OMNIBUS

Emma Pomilio

IL SANGUE DEI FRATELLI

Italici contro Romani, aristocratici contro populares

MONDADORI

Il sangue dei fratelli
di Emma Pomilio
Collezione Omnibus

ISBN 978-88-04-60870-7

I edizione aprile 2011

IL SANGUE DEI FRATELLI

PERSONAGGI PRINCIPALI

FAUSTO giovane schiavo.
MARCO LIVIO DRUSO giovane padrone.
TITO LIVIO DRUSO nobile, padre di Marco Livio Druso.
PORCIA nonna di Marco.
SABINA schiava, madre di Fausto.
LIVIO liberto e uomo di fiducia di Tito Livio Druso.
LUSIO schiavo di fiducia di Porcia.
GAIO LELIO ricco cavaliere.
LELIA PRIMA giovane figlia di Lelio.
FRINE danzatrice di proprietà di Lelio.
LUCIO CORNELIO SILLA generale e uomo politico.
GAIO MARIO generale e uomo politico.
QUINTO ORTENSIO ORTALO oratore.
LUCIO SERGIO CATILINA legato di Silla.
MARCO LICINIO CRASSO legato di Silla.
APOLLONIO MOLONE maestro di retorica a Rodi.
VINICIO studente di retorica a Rodi.
LEARCO cittadino di Rodi, studente di retorica.
LAMIA etera di Rodi.
DIOTIMO pirata.
POLIFEMO pirata.
LICINIO amministratore della villa di Porcia.
ALFIDIO mercante di Rodi.

PROLOGO

Gli amici mi chiedono perché non scrivo le mie memorie, io che ho avuto una vita lunga e avventurosa. Rispondo che non desidero rievocare il passato, ho voglia di godermi il presente; il sole nel mio giardino e una coppa di vino mi scaldano il corpo e l'anima, che dovrà abituarsi presto al freddo crepuscolo dell'oltretomba.

La verità è che dentro di me celo un segreto terribile, che toglierebbe la pace agli amici, demolendo tutte le loro certezze. Forse non sarebbero più tanto sicuri nemmeno della loro identità. È per questo che io, in realtà, non ho amici.

Ho atteso con ansia che il tempo passasse portando via con sé chi avrebbe potuto smascherarmi. In quest'attesa sono diventato vecchio, e il tempo mi ha tolto anche i complici, così non c'è nessuno accanto a me con cui parlare liberamente.

Ma io ricordo ogni cosa e penso di continuo al passato, e nei momenti di silenzio e di solitudine vedo e odo tutto distintamente, come se accadesse ancora...

Parte prima

LA GIUSTIFICAZIONE

CAPITOLO PRIMO

Anno 662 ab Urbe condita *(91 a.C.)*

Negli ultimi mesi c'era stata molta violenza.

A notte fonda i clamori di Roma ancora non si affievolivano. Ascoltavo le voci concitate e le grida che provenivano dal Foro e non riuscivo a prendere sonno. Ero sdraiato sulla mia stuoia ai piedi del letto di Marco, che dormiva tranquillo, e mi chiedevo come facesse, sapendo che le minacce e gli insulti erano diretti alla sua famiglia.

I progetti dello zio di Marco, il tribuno della plebe Druso, avevano toccato gli interessi di tanta gente. I suoi nemici lo accusavano di aspirare alla tirannide e questo pareva un buon motivo a tutti noi della famiglia perché qualcuno potesse ritenere che era vissuto troppo a lungo.

Il nostro cubicolo dava su un corridoio interno, ma una parete confinava con l'atrio; io appoggiavo l'orecchio al muro sottile per ascoltare. Qualcuno si scomodò a risalire dal Foro per venire a lanciare minacce di morte direttamente di fronte all'ingresso. Ormai era un fatto frequente. Potevo immaginare il nostro *ianitor* Demetrio, grande e massiccio sulla soglia a braccia conserte, impassibile, con una pesante daga al fianco. Ma che avrebbe potuto contro una folla inferocita?

Quando rincasò il *dominus,* Tito Livio Druso, mi giunsero i rumori consueti al suo ritorno. Mentre un cameriere gli sfilava di dosso la toga, il padrone comunicava gli ordini per l'indomani al liberto Livio, allo stesso tempo faceva un laconico resoconto degli ultimi avvenimenti alla cameriera di sua madre, che avrebbe riferito alla padrona nelle sue stanze. Non capivo del tutto le sue parole, ma conoscevo bene ogni inflessione della sua voce, e compresi che lui si imponeva la calma.

Gli uomini della scorta svolgevano le stuoie, preparavano i giacigli negli angoli più riparati dell'atrio e intanto commentavano a bassa voce i fatti della giornata; ma nei loro bisbigli si percepiva l'eccitazione.

Demetrio cominciava ad accostare i pesanti battenti...

«Fermo! Lasciami entrare» urlò una voce aspra, e uno dei battenti cozzò contro il muro. Le pareti del nostro cubicolo tremarono.

«Il tribuno è stato pugnalato» disse ancora la voce, e riconobbi un forte accento marso. Era un uomo della scorta del tribuno Druso, il cugino del padrone. I Marsi si erano raccolti in gran numero a Roma per difendere Druso, che sosteneva gli interessi degli Italici.

Infine i tumulti avevano trovato sbocco nella violenza.

Tirai giù dal letto Marco e lo trascinai confuso e barcollante verso l'atrio. Io, piccolo schiavo curioso, troppo piccolo perché mi si affidassero mansioni in quel frangente, avrei avuto il diritto di trovarmi vicino al padrone solo se ci fosse stato Marco. Ero la sua ombra. Sbucammo per primi nell'atrio oscuro, ma dopo un attimo fummo circondati da una folla sbigottita di uomini mezzi nudi e donne scarmigliate, a cui il liberto Livio impose il silenzio con un breve gesto.

Il Marso indossava un corsetto di cuoio indurito sotto un mantello corto. Era un uomo prestante e orgoglioso, ma di fronte a Tito Druso mostrava un atteggiamento molto deferente, dovuto, si vedeva, a una grande stima.

«Parla» disse con un moto d'impazienza il mio padrone. «È morto?»

«No, ma è ferito gravemente, perde molto sangue, ho visto solo questo e sono corso a informarti. È stato colpito all'inguine con un coltello da calzolaio, di quelli ricurvi, per tagliare il cuoio. I chirurghi sono stati chiamati.»

Da tempo il tribuno Druso, minacciato di morte, usciva pochissimo, riceveva in casa, nel suo atrio aperto a tutti.

«Si sa chi è stato?» chiese Tito Druso, mentre a un suo cenno lo schiavo cominciava a drappeggiargli di nuovo addosso la toga.

«No. Il sicario si è confuso nella folla dei sostenitori. L'atrio era piuttosto buio... chissà, forse l'assassino è ancora lì. Sono venuto qui anche per dirti a nome mio e degli altri che vorremmo trasferire le nostre speranze su di te, vorremmo che tu prendessi il posto di tuo cugino, tu porti il suo nome... ci fidiamo più di te che di suo figlio adottivo.»

«Non siete riusciti a difendere lui e mi chiedete questo?» ribatté il padrone. «Comunque vedremo. Adesso devo andare.»

«Sii prudente, noi confidiamo in te e...» Il Marso non poté finire, perché il mio padrone glielo impedì con un gesto imperioso.

Si avviò alla porta. In quel momento si udì un clamore improvviso, vicinissimo e più intenso, che sovrastava tutti gli altri. Demetrio fece per chiudere il portone, ma comprese che non ci sarebbe stato il tempo di serrare i chiavistelli. Così, mentre compariva una gran folla, tornò al suo posto alla sommità dei gradini sulla soglia del *vestibulum* e rimase a braccia conserte.

I sostenitori dei nemici del tribuno Marco Livio Druso erano giunti in forze, euforici per il gesto del sicario. Era plebaglia, che qualcuno manovrava dall'alto senza mostrarsi. In quel momento tutti pensammo che fossero venuti per uccidere anche il padrone.

Una schiava annunciò: «Porcia è qui».

Porcia si era fermata di fronte al *tablinum*. Tutti si fecero da parte per non impedirle la visuale, il padrone si voltò e madre e figlio si guardarono un attimo. Credo che fosse troppo buio, e loro erano troppo distanti, perché ognuno scorgesse dell'altro più della figura, ma lui sapeva benissimo che Porcia gli ingiungeva con lo sguardo di fare il suo dovere, anche a costo della vita.

Ebbe solo qualche attimo di indecisione, in cui controllò

istintivamente che le pieghe della sua toga ricadessero alla perfezione, da buon Romano prima di affrontare una situazione che richiede il massimo delle sue capacità, e continuò a camminare verso la porta.

Mentre gli altri osservavano l'intesa silenziosa di madre e figlio, Marco si svegliò completamente, partì alla riscossa e si avvicinò al padre. Io, dato che tutti erano abituati a vedermi sempre alle sue calcagna, feci altrettanto e mi conquistai un posto ottimo per guardare, al centro degli avvenimenti, cercando nello stesso tempo di non sembrare troppo invadente e di assumere una certa aria stolida e indifferente, appropriata per uno schiavo senza grandi mansioni.

«Stiamo chiudendo» disse Demetrio ai cinque o sei caporioni, che lo avevano attorniato affollando il *vestibulum*.

Quelli estrassero i pugnali e lo assalirono in tanti senza dargli alcuna possibilità di usare la daga, lo colpirono più volte e lo fecero ruzzolare sui gradini fino alla strada, poi oltrepassarono il portone e in un attimo superarono le *fauces* d'ingresso che immettevano nell'atrio. Entrati, si fermarono qualche istante per guardarsi intorno e decidere cosa fare.

Le alte colonne, le statue intorno al *compluvium* e alcune piante in vaso li separavano dal padrone e da noi ragazzini.

In quel momento terribile di incertezza e di paura Tito Druso si sentì toccare e vide vicino a sé Marco, il suo unico figlio, che portava lo stesso nome del tribuno. Forse gli sovvennero le parole del Marso: *Abbiamo più fiducia in te, che nel figlio adottivo del tribuno*. Si era fatto una fama pericolosa, per sé e per suo figlio. Ebbe un sussulto, perdendo per un istante la sua impassibilità. Si voltò a cercare Livio, ma Livio non aveva bisogno di esortazioni del suo *patronus*, era già arrivato come un lampo accanto a noi, afferrò Marco per un braccio e lo trascinò lontano.

Io stavo per seguirli, ma mi sentii prendere la mano: era il padrone che mi teneva saldamente. Non sapevo perché, pensai che volesse punirmi. Ero terrorizzato, alzai la faccia e tentai di sollevarmi più che potevo per guardare il suo volto, ma lui non faceva caso a me, i suoi occhi erano fissi sulla folla.

Gli aggressori ancora si stavano guardando intorno in silenzio. Ci misero più che qualche momento a decidere il da farsi. Alcuni furono presi, ne sono certo, da un attimo di sacro timore reverenziale mentre il loro sguardo si perdeva nel grande atrio, dai soffitti alti e scuri, che conservava ancora pitture e arredamenti antichi e un po' fuori moda e gli armadi con le maschere degli antenati. Devono aver pensato ai tanti Romani illustri che lo avevano frequentato, alle tante decisioni che erano state prese sotto quel tetto.

Si consultarono bisbigliando, ma da dietro altri li spingevano e li fecero arrivare al centro, riconducendoli al presente e alla dura necessità di procacciarsi il pane. Molti uomini entrarono dietro di loro, non solo i soliti sfaccendati che si vendono nel Foro al miglior offerente, anche artigiani e commercianti, tutti ugualmente infuriati contro i Drusi. Qualcuno sollevava il mantello per mostrare i coltelli alla cintura.

Gli uomini della scorta erano un passo dietro di noi, ma erano solo otto contro forse un centinaio. C'era anche il Marso, che aveva già estratto il gladio e di sicuro sapeva usarlo, il liberto Livio e lo schiavo Lusio si sarebbero battuti, ne ero certo, ma erano sempre pochi. Gli altri sarebbero corsi a nascondersi. Non ci voleva molto nemmeno per me a fare questi calcoli, e a quel punto compresi perché il padrone mi teneva per mano.

Si era stabilito un silenzio profondo, carico d'attesa. Il mio padrone riprese a camminare dritto ed elegante incontro alla folla minacciosa stringendomi la mano con forza, come per comunicarmi di lasciar fare tutto a lui, non prendere iniziative o me ne sarei pentito. Non sapeva che mai io avrei preso in considerazione l'idea di fuggire e deluderlo e nemmeno avevo paura; pensavo solo a godere dell'insperato contatto con la sua mano grande e ferma. Era un uomo molto prestante; io, per quanto fossi grande per la mia età, non gli arrivavo alla spalla.

Aggirando le piante e le colonne, ci fermammo a un passo da loro, ne potevo sentire il fiato avvinazzato sul volto. Il padrone non permise che parlassero per primi.

«Benvenuti» disse. «Ma perché venite a quest'ora di notte? Io, come i miei avi prima di me, ricevo tutti i giorni all'alba i miei clienti e chi mi vuole chiedere pareri e favori, o la mia difesa in tribunale. Tornate domani, e mi troverete pronto ad ascoltarvi. Inoltre è successa una cosa gravissima, mio cugino Marco Livio Druso è stato ferito e io devo andare da lui.»

Accadde qualcosa. Dovevano essersi incitati l'un l'altro a uccidere subito il mio padrone, ma rimandarono a un'occasione più propizia, ricominciando a minacciare e mostrando i pugnali.

«Bene, hai saputo di Druso» disse uno, «e noi siamo venuti ad avvisarti del fatto che anche tu corri dei gravi pericoli. C'è tanta gente scontenta delle leggi del tribuno e noi siamo pronti a ucciderti, se tu vorrai portare avanti il suo programma.»

«Il tribuno stesso porterà avanti il suo programma» disse con calma il padrone.

«Questo non è detto. Sembra che il tribuno sia davvero ferito gravemente.»

«E allora, se lui non potrà, farò il mio dovere. Il programma del tribuno Druso vuole l'accordo degli ordini e la pace con gli Italici, e io sarò onorato di portarlo avanti.»

«Se lo porterai avanti morirai» urlò qualcuno che stava appena fuori del portone.

La plebe romana riteneva di avere un'unica prerogativa: la cittadinanza, e non voleva dividerla con gli Italici. Ne è passata di acqua sotto i ponti, ma a quei tempi era una cosa elementare per chi abitava a Roma, la sapevo da quando avevo cominciato a capire qualcosa.

Un altro dei caporioni, che non era ancora riuscito a entrare nell'atrio, ma si trovava vicino al portone, salì su un vaso di fiori e si mise a urlare sporgendosi verso l'esterno per farsi sentire dalla folla nella strada. «Avete capito che sta succedendo là dentro, gente? Druso parla ancora di dare la cittadinanza agli Italici. La lezione non gli è bastata. I nostri si stanno facendo imbrogliare. Questi Drusi sono come la gramigna: fatto fuori uno ne spunta un altro.

Non vi hanno insegnato niente i Gracchi? Facciamola finita adesso! Entrate tutti!»

Dall'esterno cominciarono a spingere e a urlare. Sentii la mano del padrone quasi stritolare la mia e la *familia* urlare di terrore alle nostre spalle. Ma accadde di nuovo qualcosa. «È arrivato Lelio!» si sentì gridare nella folla.

L'euforia scomparve. Quelli che erano riusciti a entrare avevano già perso parte della loro arroganza di fronte al coraggio del padrone, cominciarono ad arretrare e poi si voltarono per uscire, anche se quelli che stavano fuori ancora li spingevano per entrare a loro volta. Si misero tutti a discutere, mentre le urla aumentavano di intensità.

«Che vuole Lelio da queste parti?» si sentiva vociare nella calca. Intanto altra gente infervorata si era riunita davanti al portone, la folla cresceva. Ma in quel momento Lelio, che io non riuscivo a vedere, mostrando coraggio e decisione, si infilò tra la marmaglia scompaginandola.

Gaio Lelio era il nostro vicino, la sua casa confinava con la nostra per un lungo tratto. Non era un soldato Lelio, era un uomo d'affari che, per quanto se ne sapeva, non aveva mai preso in mano un'arma, ma con un gladio in pugno fendeva la folla minaccioso.

Guardai il volto del padrone: pareva stupito della mossa di Lelio, era incredibile che venisse da noi in quel momento. Lelio comparve vicino all'ingresso e fece scostare i violenti che vi sostavano. A notte fonda era riuscito a radunare, oltre alla sua scorta abituale, alcuni schiavi di fiducia e liberti che abitavano nella sua casa, una ventina di uomini bene armati e temibili.

Si creò un perfetto silenzio.

Lelio salì sui gradini e, fermandosi sulla soglia, si voltò subito verso la folla nella strada, mostrando la spada. Senza alzare la voce, disse: «Tornate a casa, brava gente. Le vostre famiglie vi aspettano».

Il silenzio perdurava e qualcuno cominciò a battersela cercando di non farsi notare. La folla scemava, i gregari e i curiosi se ne andavano. Rimasero in pochi, quelli pagati per assassinare e creare incidenti, ma compresero che l'operazione era fallita e se ne chiedevano la ragione; baccagliarono e discussero a lungo, accusandosi l'un l'altro di essere stati poco tempestivi. Qualcuno parlava di fare comunque qualche azione dimostrativa, anche se si era messo di mezzo Lelio.

Ma intanto cominciarono ad arretrare, scivolando sul sangue di Demetrio che imbrattava i gradini, discutendo ancora sul perché la cosa non fosse andata in porto. Dicevano che Lelio era arrivato troppo tardi per essere stato determinante, proprio quel Druso solo e indifeso li aveva abbindolati, forse perché si teneva accanto il figlio.

«Tito Druso, devi la vita a tuo figlio!» urlò qualcuno.

Dando infine la colpa del fallimento alla loro compassione verso i bambini, si dispersero alla spicciolata, e scomparvero nella notte.

Quando il baccano si attutì in lontananza, il padrone sospirò, mi lasciò la mano e mi diede un buffetto sui capelli, forse d'approvazione. La vita riprese, nella casa. Gli schiavi corsero in strada a soccorrere Demetrio, ma Demetrio era spirato; lo trasportarono dentro e chiusero il portone.

Io rimasi fermo, all'improvviso le gambe mi tremavano, la paura di deludere il padrone, che per la prima volta mostrava di notarmi, era stata troppo grande.

Marco arrivò di corsa e si gettò nelle braccia del padre, che se lo strinse forte al petto e, tenendolo ancora stretto, andò a incontrare l'uomo che era giunto in suo soccorso. Appoggiò Marco a terra per abbracciare Lelio con grande calore.

Come erano diversi quei due uomini... Il padrone alto e imponente, di aspetto nobile coi suoi gesti misurati e la toga perfetta, superbo solo quel tanto che era giusto e doveroso per i suoi natali. Lelio più piccolo, scuro, sempre in movimento, di lineamenti molto belli e voce suadente, che, si diceva, gli erano valsi l'eredità di una ricca vedova, l'inizio della sua fortuna. Era arrivato di corsa indossando la tunica un po' stazzonata, con cui si era coricato.

«Grazie, Lelio, amico mio» disse il padrone. «Gli amici si vedono nel bisogno. Sei più amico mio tu, di tanti che se ne vantano.»

«Tito Druso, la tua amicizia mi onora. Dove sono gli amici, là sono le ricchezze» così disse quell'uomo ricchissimo. Spesso faceva uso di massime. «Come avrei potuto rimanermene al sicuro sentendo quello che accadeva qui?»

«Tanti altri sono rimasti al sicuro» disse il mio padrone. «Non dimenticherò mai quello che hai fatto.»

Il nostro vicino Lelio era un cavaliere, un furbo uomo d'affari e anche un grande collezionista, un amante delle cose belle. La sua vasta casa accanto alla nostra era stipata di statue e quadri provenienti dalla Grecia e dalla Sicilia, di splendido vasellame in argento e di oggetti d'oro, di stoffe e tappeti orientali. In politica stava con i *populares*, ma era un moderato, un fautore della concordia tra gli ordini; aveva fatto parte dei sostenitori del tribuno Druso e si era avvicinato anche al mio padrone. Infatti i due dicevano di essere più legati tra loro di quanto lo fossero ai rispettivi ordini.

Lelio tolse il disturbo dicendo che ormai la plebaglia non sarebbe ricomparsa e che era bene che Tito Druso si recasse dal tribuno, mentre lui se ne sarebbe tornato prudentemente a casa. Non erano tempi quelli per andare in giro la notte.

Il padrone andò a inchinarsi di fronte alla madre. Porcia gli accarezzò leggermente la testa. Era una donna di carattere chiuso, enigmatica, difficilmente l'avevo vista lasciarsi andare a effusioni. Non pianse e non commentò la grave disgrazia del tribuno, ma si dedicò a consolare la piccola Livilla, la sorella di Marco, che era spaventata a morte e le si aggrappava. Come al solito accanto a lei, pronto a ogni suo ordine, c'era Lusio, il suo schiavo di fiducia, furbo, robusto, scattante, eppure capace di stare fermo per ore al suo fianco senza muovere nemmeno un muscolo. Per suo conto scriveva e recapitava lettere, trattava con i fornitori, assolveva ogni incarico delicato.

Mi sentii turbato quando notai che Porcia mi guardava insistentemente da capo a piedi con particolare interesse, come se mi vedesse per la prima volta, e mi sentii paralizzato, quando fece in modo di incontrare i miei occhi e mi accorsi che parlava di me con Lusio. Solo quando passò ad altro riuscii a muovermi e a riprendere fiato.

Tito Druso uscì per andare dal cugino, che abitava poco distante, accompagnato dall'inseparabile liberto Livio e con una scorta molto numerosa, accresciuta dal Marso e da alcuni uomini di Gaio Lelio.

Mia madre mi venne vicino e mi abbracciò, bagnandomi il volto di lacrime, ma sentirmi circondato dalle sue braccia non mi confortava, lei era impotente quanto me. Si chiamava Sabina e in realtà era una delle schiave più benvolute in casa; vi era nata e questo per un padrone è importante, perché un bambino non sa nascondere la sua indole. Porcia l'aveva promossa al rango di prima *ornatrix*, un lavoro di responsabilità, era una delle poche cameriere ammesse nella sua camera a qualunque ora. Quando Porcia usciva di casa o passeggiava nel giardino, mia madre l'accompagnava con il parasole, sempre un passo dietro di lei, senza mai toccarla. A volte credevo che fosse niente altro che una sua appendice.

Lei agiva e pensava solo in funzione dei Drusi e voleva cogliere tutto il meglio che potesse derivare da quanto era appena accaduto.

«Sei stato bravo, il mio piccolo ometto coraggioso» mi disse. «Un altro se la sarebbe fatta addosso. Tutti lo hanno notato. E tutti hanno notato quanto somigli al padrone. Questo è un giorno importante, oggi hai difeso con la tua persona la vita di Marco, non permettere che se ne dimentichi. Ogni tanto parlane, sempre con grande rispetto, ma che sappia che tu meriti la sua fiducia. Quello che è successo oggi è una gran fortuna per te.»

Mia madre mi ha dato nome Fausto, convinta che mi avrebbe portato fortuna. Come giovane schiavo non me la passavo tanto male, appartenevo a una famiglia ricca e importante, mai venivo adibito a lavori pesanti, mangiavo tutti i giorni e vestivo bene, mi era stata impartita una buona educazione. Ero nato in casa da una schiava nata in casa, che mi aveva concepito con il padrone. Almeno lei raccontava questo, e tutti nella famiglia, liberi e schiavi, ne sembravano convinti e mi ritenevano affidabile e di buon carattere, uno schiavo da cui nessuno si aspettava improvvise alzate di testa. Da parte mia temevo la frusta, avevo sempre fatto del tutto per evitarla, ed ero arrivato a undici anni senza mai assaggiarla.

Io ero sicuro di essere fortunato.

«Guarda Livio, è diventato ricco, e guarda Lusio, ha il suo *peculium* e Porcia è intenzionata a emanciparlo» aggiunse mia madre. «Hanno fatto qualunque cosa per i padroni, e guarda dove sono arrivati. Soprattutto hanno saputo fare in modo che i padroni li apprezzassero. Fare le cose in modo da accontentare i padroni non è semplice, ma metterle anche in evidenza è un'arte. Devi diventare indispensabile per Marco.»

Io pensavo che effettivamente somigliavo moltissimo a Marco e a Tito Druso, ed ero convinto che un giorno questa somiglianza, a loro molto gradita, mi avrebbe dato un posto di tutto rispetto nella famiglia come schiavo di fiducia di Marco, che alla morte del padre sarebbe diventato il *dominus*. Di chi Marco Druso avrebbe potuto fidarsi di più?

Il rapporto tra un padrone e il suo schiavo di fiducia è un rapporto di reciproca convenienza e soddisfazione, in cui ognuno dei due dà qualcosa all'altro e si prende cura dell'altro nel modo che gli compete. Da parte dello schiavo è dedizione assoluta e completa sottomissione. Lo schiavo si occupa di risolvere i problemi materiali del padrone, quali che siano. In genere, se i due sono ragazzi, il primo passo è diventare il suo amante. Ma lo schiavo è quello che il padrone vuole: amante, intendente, amministratore, banchiere, ruffiano, spia, sicario... fa in modo che il resto del mondo non giunga a infastidirlo. Il padrone da parte sua considera lo schiavo un bene prezioso di cui avere cura.

Forse un giorno deciderà di affrancarlo, e a quel punto il rapporto si evolverà. Lo schiavo diventerà un liberto e un cittadino, e il padrone il suo patrono, che continuerà a proteggerlo, difendendolo anche in tribunale. Il liberto lo sosterrà, dandogli una parte dei suoi guadagni, votando per lui, procacciandogli voti e creando una discendenza legata a lui. Forse sarà ancora il suo amante, se lui vorrà.

Questa era la migliore prospettiva riguardo il mio futuro. Per me piccolo schiavo undicenne era un sogno, ma avrei potuto realizzarlo, dovevo solo rendermi indispensabile per Marco, e in quanto a questo ero già sulla buona strada. Dormivo nella sua camera, a volte lui mi chiedeva di giocare insieme o di aiutarlo a fare i compiti, e, cosa molto importante, non c'erano altri schiavi della mia età in casa, che avrebbero potuto contrastarmi.

Avevo solo undici anni, ma già da tempo mi preoccupavo del mio avvenire, perché ci vuole tempo per rendersi indispensabili e mia madre me lo ricordava ogni giorno da quando ero in grado di capire.

Marco fu spedito a letto e io di nuovo mi sdraiai sulla stuoia ai suoi piedi, ma non aveva sonno. Si agitava, e io lo ascoltavo girarsi e rigirarsi, mentre tentavo di cogliere anche i rumori nell'atrio.

«Hai avuto paura?» mi chiese all'improvviso.

«Sì» risposi. «Tanto.» Se gli avessi detto di no, si sarebbe adombrato, lui che di paura ne aveva avuta molta, come tutti del resto. Forse chi ne aveva avuta di meno ero io, preoccupato come ero di non scontentare il padrone.

«Credevo che saresti scappato a gambe levate.»

E come avrei potuto? Non sapeva quanto Tito Druso mi tenesse saldamente e quanto mi sentissi impotente a fare qualunque cosa che non fosse accontentarlo, e quanto avessi più paura del biasimo dei padroni, che dei pugnali dei sicari.

«Ma no, ho fatto il mio dovere» dissi. «Il dovere dello schiavo è fare quello che vuole il padrone. Tito Druso è un buon padrone, mi tratta bene e io mi getterei nel fuoco per lui.»

Marco sembrò soddisfatto. Finalmente poco dopo lo sentii russare e anch'io mi addormentai spossato.

Sapevo che quella notte segnava una tappa importante nella mia vita, ma non avrei mai potuto immaginare quanto.

Il tribuno Druso morì durante la notte.

CAPITOLO SECONDO

In ogni *familia* c'è sempre almeno uno schiavo che parla per denaro, o anche solo per darsi importanza al mercato. Il mattino dopo il sole non era ancora alto e già tutta Roma sapeva che Tito Livio Druso aveva affrontato la plebaglia pagata dagli avversari, spacciando per suo figlio un piccolo schiavo. Tutta Roma parlò di me, divenni famoso mio malgrado.

Marco non la prese tanto bene, gli sembrava che il piccolo schiavo lo avesse fatto passare per codardo. Cominciò a dimostrarmelo con una serie di sgarberie, e io non sapevo come metterci rimedio. Mi aiutò il funerale del tribuno Druso, che creò un grave problema organizzativo. Gaio Lelio assicurò al padrone una grossa scorta oltre a quella abituale, anche se nessuno dei due riteneva probabile che qualcuno avrebbe mandato dei sicari al funerale.

Certo è che furono momenti di paura per il padrone e anche per Marco, lo capivo dalle loro facce tirate, io che li conoscevo tanto bene. Non doveva essere una cosa di tutto riposo passare in mezzo a quel grande pubblico, in maggioranza ostile, assiepato ai bordi della strada, e poi sostare sul palco, a fianco del figlio adottivo del tribuno, ben sapendo che Tito era considerato da molti il suo erede politico, pensando che dovunque poteva annidarsi il pericolo, e tentando di non mostrare l'ansia.

Finito il trambusto dei funerali, Marco non riusciva a liberarsi della grande paura provata. La notte aveva gli incubi. Ma stare in pubblico accanto al padre gli fece riacquistare il prestigio di fronte ai suoi amici nobili; gli fece anche comprendere che quella notte famosa le cose avrebbero potuto mettersi male e io in qualche modo gli ero stato utile, avevo rischiato la vita al suo posto. Per fortuna intervenne a salvarmi anche la spiegazione che il padrone, a un certo punto, ritenne giusto dargli.

Entrò nella stanza da letto una sera. Io schizzai subito in piedi e avvolsi la stuoia in un baleno, rintanandomi in un angolo. Lui si sedette sul bordo del letto di Marco.

«Tu sei il mio unico erede maschio» gli disse, accarezzandogli i capelli. «In te è riposta ogni speranza della famiglia La tua vita non deve essere messa a rischio inutilmente.»

Marco smise di farmi degli sgarbi, ma non dimenticò mai completamente, e ogni volta che non si sentiva molto sicuro di sé, o in qualche modo si scopriva inadeguato al suo compito futuro, mi puniva. Mia madre se ne era accorta, era molto preoccupata e mi diceva di fare qualcosa, ma io non sapevo cosa, e mi prendeva un senso di soffocamento, di panico, al vedere che la mia vita dipendeva completamente dai cambiamenti di umore di Marco, più o meno motivati, di fronte ai quali ero del tutto impotente.

Fu per questo che cominciai a perdere l'appetito, a dimagrire e ad avere frequenti nausee. Le nausee mi avrebbero creato dei problemi di lì a poco: avrei avuto la dimostrazione che uno schiavo deve essere sempre attento e accorto, non può essere distolto dai suoi doveri da un mal di stomaco.

L'assassino del tribuno non fu mai identificato. Non c'era una grande voglia di scoprirlo da parte dei Romani.

Gli Italici vedevano in Druso il campione dei loro interessi e interpretarono la sua morte come la risposta romana alla loro giusta richiesta della cittadinanza. Per questo scoppiò la guerra detta Marsica, che nei due anni seguenti avrebbe insanguinato e impoverito tutta la Penisola.

Il defunto Druso fu accusato di aver provocato la guerra che aveva con tutte le forze tentato di evitare. Il tribuno della plebe Vario Ibrida, che molti indicavano come mandante del suo assassinio, propose una legge per cui dovevano essere deferiti alle giurie di cavalieri per alto tradimento tutti coloro che avessero sostenuto gli Italici nella richiesta della cittadinanza. I cavalieri imposero la votazione della legge con le spade in pugno.

Uomini più importanti avevano appoggiato il tribuno Druso, ma Tito Druso, per l'appartenenza alla stessa stirpe, per il figlio omonimo, e anche per un grosso lascito del ricchissimo tribuno, a molti era sembrato quello da colpire per primo. Gaio Lelio, che aveva forti appoggi tra i cavalieri, gli dimostrò ancora la sua amicizia facendo slittare il processo. I nemici non se ne curarono perché erano certi di avere in pugno Tito Druso, ormai, grazie alla legge di Ibrida. Intanto, mentre Lelio tramava in favore del mio padrone, altri sostenitori del tribuno Druso furono costretti all'esilio.

Lelio comparve una sera all'improvviso in casa nostra e lo fecero accomodare nel *tablinum,* dove il padrone teneva una lezione a Marco sulle glorie passate della famiglia. Io, vicino a loro, approfittavo per ascoltare, mentre mettevo in ordine il materiale scrittorio di Marco; Livio segnava degli importi e faceva i calcoli delle spese di casa sulle sue tavolette.

Tito Druso lo abbracciò con calore. Poi Lelio fece un cenno verso di me, come per dire a Livio di farmi uscire perché c'era qualcosa di importante da dire, ma il padrone intervenne.

«Fausto può stare» disse, «è ancora poco più di un bambino, ma ha dimostrato di essere molto attaccato alla famiglia, e sono certo che diventerà per Marco quello che Livio è per me.»

«Bene» disse Lelio, e in un attimo mi guardò negli occhi e mi valutò fino all'ultimo sesterzio, «in fin dei conti non si tratta di segreti di Stato. Venivo a dirti che, ungendo qua e là gli amici e gli amici degli amici, sono riuscito a far slittare ancora l'udienza. E in questa situazione, in cui le leggi si fanno per fare politica e per vendicarsi e non per fare giustizia, si salvi chi può; perciò se ci difendiamo nessuno può volercene. C'è tanta gente che mi deve molto e io sono contento di riscuotere i miei crediti per agevolare chi condivide le mie idee. Tu mi sei vicino non solo di casa ma anche negli ideali.»

Lelio aveva ideali? mi chiesi

«Col tempo la tua amicizia è sempre più preziosa, e per me è sempre più cara» disse il padrone.

«Ne sono orgoglioso» disse Lelio. «E domani è la volta del processo a Scauro. Dopo di lui faremo passare avanti altri processi di gente meno importante, intanto spero di convincere Ortensio ad assumere la tua difesa. E poi, quando il popolo sarà sazio di mandare in esilio i nobili, quando sarò certo che le giurie ci saranno favorevoli e avrò assoldato una gran massa di gente per acclamarti al processo, faremo discutere il tuo caso.

Ma ricordati che non avremo la certezza di vincere, ogni giorno al Foro c'è un colpo di scena e non possiamo controllare tutto. Certo, se tu, per proteggerti, volessi rinnegare le tue idee sulla cittadinanza saremmo sicuri dell'assoluzione. Pagheremmo dei testimoni per dire che tu non hai mai avuto a che fare con la proposta di concedere la cittadinanza agli Italici e che non perché ti chiami Druso hai le stesse idee del tribuno. Il fatto non sussisterebbe più.»

«Ma io questo non posso farlo, non rinnegherò mai quello che sono, sarebbe un tradimento.»

«Per quello che ne so io, è stato fatto di molto peggio, l'importante è quello che si racconta. Molti tradimenti vengono mascherati da atti d'eroismo, l'essenziale è sopravvivere, essere vincitori e controllare le voci che girano. Io lo farei al posto tuo, ma è giusto invece che tu la pensi così, e che tu sia orgoglioso del tuo nome, anche se tutto è più difficile. Tu sei un nobile e io sono un affarista, eppure ti comprendo. Non dobbiamo rinunciare a quello che siamo, ma dobbiamo cercare un accordo in questi tempi tristi per Roma. Lo dico spesso, ma non trovo grande seguito. Comunque, anche stando così le cose, se Ortensio si assumerà la difesa, potremo farcela.»

Appena uscito Lelio entrò Porcia e l'ambiente tranquillo si fece subito teso.

«Che voleva ancora?» Era evidente che parlava di Lelio.

«Si è offerto di nuovo di aiutarmi» disse il padrone.

«Non puoi agire senza quell'arricchito volgare?»

«Madre, è un brutto momento, e mi serve tutto l'aiuto possibile. Vuoi che sia cacciato in esilio e che tutti i miei beni vengano confiscati?»

«Certo che no. Ma non hai altri amici?»

Lui non rispose subito, ci dovevano essere state importanti defezioni nella schiera dei suoi amici. Dopo averci pensato un po' disse: «Per Lelio il denaro non è un fine, ma solo un mezzo per realizzare altre cose e lo spende volentieri per aiutare un amico».

«Quell'uomo si sta insinuando in casa nostra» disse lei. «È ricchissimo, potrebbe agire in prima persona, darsi alla politica in grande, ma lavora sempre sottobanco proteggendo qualcun altro, e questo perché con tutti i suoi soldi è un *homo novus* che ha paura di fare brutte figure. Non riuscirebbe mai a salire su un palco e a esporsi al giudizio di Roma. E come farebbe a mettere insieme due parole di fila? Adesso si vuole servire di noi. Ha un disegno in testa, è riuscito a intrufolarsi in questo quartiere da sempre abitato da nobili e a comprare una grande casa, ma non basta, adesso vuole che sua figlia diventi nobile. Vuole appioppare ai Drusi Lelia Prima.»

Lelia Prima, la sua figlia maggiore, aveva l'età giusta per sposare Marco.

«Tu non l'hai mai potuto vedere, nemmeno prima che succedessero tanti guai e Lelio avesse modo di dimostrarmi la sua amicizia» considerò il padrone.

«Perché ho sempre pensato che volesse imparentarsi con noi, e secondo me sta preparando il terreno da tempo. Altro che amicizia.»

Il padrone ci pensò bene e poi parlò, e quando faceva così aveva preso la sua decisione.

«Mi dispiace se tu non sei contenta, ma questa mi sembra davvero un'ottima idea. Questo matrimonio si deve fare. Lelio attraverso di noi si imparenterà con tutte le famiglie più importanti di Roma e noi avremo il suo aiuto, che oggi è insostituibile, visto che nella giuria che dovrà giudicarmi ci sono cavalieri suoi pari, e inoltre fra qualche anno avremo una dote enorme, che farà molto comodo a Marco per una carriera politica rapidissima. Ormai bisogna aprirsi alle novità.»

Porcia ci pensò un attimo e poi disse soltanto: «Druso è morto per aprirsi alle novità». Dopodiché uscì. Le piaceva avere comunque l'ultima parola, ma la rivelazione del padrone che non c'erano altri amici in grado di aiutarlo doveva averla abbattuta, o non avrebbe desistito tanto facilmente.

CAPITOLO TERZO

Quinto Ortensio Ortalo, il principe degli avvocati prima che si affermasse Cicerone, si assunse la difesa in cambio di un'antica statuetta d'oro e avorio, alta poco più di un palmo, che rappresentava Pallade Atena ed era uno dei pezzi più importanti della collezione di Lelio. Da quanto potei capire, cogliendo una parola qua e una là, poiché Ortensio non avrebbe mai ammesso di aver accettato del denaro, anche il grande lascito del tribuno Druso finì a Ortensio, in pratica nella nostra casa fu solo di passaggio.

Ortensio possedeva un'oratoria fluente e suggestiva, anche se eccessivamente enfatica e patetica, e nessuno come lui sapeva accompagnare alle parole la mimica. Per questo lo chiamavano Maestro di ballo. Perfino il grande attore Roscio lo frequentava per studiarne le mosse da cui prendere ispirazione sulla scena. Possedeva anche una memoria prodigiosa, addirittura proverbiale, non era di quelli che vanno a un processo armati di scartoffie, non ne aveva bisogno, ricordava tutto. Era legato politicamente all'aristocrazia, e certo tra i suoi amici c'erano alcuni di quegli irriducibili conservatori che erano tra i mandanti dell'assassinio del tribuno. Amava l'arte e il lusso, e fu probabilmente la statuetta crisoelefantina a farlo decidere in favore del padrone.

Quando si spargeva la voce che avrebbe sostenuto una causa, se venivo mandato per commissioni e potevo sostare qualche momento nel Foro, prima che in casa cominciassero a cercarmi dappertutto e a spaventare mia madre, mi fermavo ad ascoltarlo e a guardarlo, nascosto dietro una statua o una colonna. Sarebbe stato capace di parlare giorni interi senza fermarsi. A volte rientravo in casa e tornavo nel Foro dopo ore, lui stava pronunciando ancora la stessa arringa e gli spettatori non mostravano segni di stanchezza. Anch'io, piccolo schiavo, ero affascinato da lui, come tutta l'Urbe.

Oggi, dopo che Ortensio ha avuto una grande parte nella mia vita, se credessi nelle premonizioni, sarei portato a pensare che si trattasse di un presagio.

Per assistere al processo contro Tito Livio Druso si era radunata una folla enorme, molti per conquistarsi i posti migliori si trovavano nel Foro dall'alba. Era ancora notte invece quando avevano occupato le postazioni strategiche gli agitatori di professione e gli sfaccendati pagati da Lelio per far sentire la voce popolare favorevole ai Drusi e per istigare la folla. Erano presenti proprio tutti, assiepati intorno al palco. Una marea di volti. Gente preoccupata per la contesa che mai si placava tra gli ottimati e i popolari e per le sorti della città, ma anche gente interessata solo allo spettacolo. C'era folla persino nelle strade che conducono al Foro e capannelli di gente che parlava dei Drusi e scommetteva sulla sorte del mio padrone e della sua famiglia fino alle banchine sul Tevere.

Mi chiesi che fine avrei fatto io se avesse perduto. Sarei stato messo in vendita con un cartello al collo. Che valore potevo avere? Difficile dirlo per un ragazzino, ma ero considerato bello. Chi mi avrebbe comprato? Un uomo buono coi suoi schiavi, oppure no? Un pervertito? Sarei stato separato da mia madre? Questo era certo, a meno che non fossimo comprati in blocco, e questo era da escludere. La mia bellezza avrebbe potuto destinarmi a un bordello. Erano pensieri che mi facevano accapponare la pelle.

Eppure gli accusatori, che avevano già fatto esiliare grandi personaggi come Marco Antonio, Calpurnio Bestia, Aurelio Cotta, e credevano di avere ancora una volta il gioco facile, ebbero l'amara sorpresa di vedere che la difesa di

Tito Druso era stata ben architettata. Che il difensore fosse Ortensio si era saputo solo da qualche giorno: Lelio aveva preferito fare le cose in gran segreto, per non offrire mai il fianco ai nemici.

Erano tutti sul palco, l'accusatore, un uomo del tribuno Ibrida, il pretore e la giuria di cavalieri, il mio padrone, in quanto accusato, e i suoi amici per sostenerlo con il loro prestigio. In effetti la schiera degli amici si era parecchio assottigliata, qualcuno era già partito per l'esilio, ma molti si erano defilati.

Io mi tenevo nascosto temendo che Marco, Livilla e Porcia, che erano direttamente sotto al palco, e soprattutto Livio, che osservava tutto quello che accadeva intorno, mi vedessero.

Ortensio non si smentì, arrivò senza portare con sé niente di scritto, non gli servivano appunti. Il suo segretario, che lo seguiva trafelato, portava comunque due casse di documenti, che facevano la loro figura e al pubblico sembrarono prove. Ma da quello che avevo sentito non c'erano affatto delle prove da esibire per la difesa. Per l'accusa molte, invece. Le prove della difesa erano denari sonanti che avevano comprato una parte della giuria, una parte della folla e il grande oratore.

Lo accolsero con applausi scroscianti e io, arrampicato su una statua, facendo capolino tra le pieghe di una toga bronzea, lo vidi salire sul palco, elegante e inappuntabile, e poi dovetti per forza tornare a casa.

La nostra casa sul Palatino era molto vicina al Foro. Mentre divoravo di corsa i pochi passi in salita pensai che non avevo visto Lelio. Non c'era da stupirsi, doveva aver preso posto tra i principali membri della sua classe, ma non direttamente sotto il palco.

A sovrintendere alla *domus*, come capo indiscusso in assenza dei padroni e del liberto Livio, era rimasto Lusio, che si aggirava tra le stanze e il giardino sorvegliando gli altri schiavi. Era in preparazione un grande banchetto, nel caso il padrone fosse stato assolto, certo non un banchetto lussuoso, perché Porcia era una discendente del Censore, ma si trattava comunque di un avvenimento che richiedeva un certo impegno. Il cuoco Muzio era al lavoro da tre giorni e gli effetti del suo nervosismo si facevano sentire. All'alba la cucina aveva preso fuoco e Marco aveva detto che il bagno era finalmente un po' più caldo.

Ero adibito quella mattina a operazioni di facchinaggio e di pulizie, a disposizione di chiunque volesse darmi ordini tra gli schiavi di casa più anziani di me, ma anch'io avevo una squadra ai miei ordini. Svolazzavo tra bronzi, marmi, avori e antiche terrecotte alla guida di uno sciame di piccoli schiavi tra i sei e gli otto anni. Armati di pezze di lana candida eravamo intenti a spolverare i vetusti capolavori scultorei della casa, proventi di bottini delle campagne belliche dei secoli scorsi.

Di solito mi piaceva l'atmosfera rilassata della casa quando mancavano i padroni, e me la godevo come se davvero fosse casa mia, ma quella volta niente sarebbe riuscito a rendermi indifferente ai rumori che provenivano dal Foro. A tratti mi giungeva la voce degli oratori nel profondo silenzio, a tratti gli scrosci di applausi, i fischi e il vociare della folla, poi urla che coprivano tutto e dovevano essere degli agitatori pagati da Lelio. Ma potevo fare solo supposizioni sull'andamento del processo.

E poi successe una cosa che non avrei mai previsto. Lusio mi osservava, come quella notte insieme a Porcia, mi stava facendo il grande onore di chiedersi che tipo fossi io in realtà, quanto ci si potesse fidare di me. Stavolta era anche un po' divertito. Mi diede un buffetto su una guancia e disse: «Vai, lo desideri troppo. Ma non fare l'idiota, torna prima che tornino gli altri».

Ero incredulo. Mormorando un grazie uscii di corsa e arrivai in tempo per l'arringa finale, mi arrampicai agile come un gatto sulla stessa statua.

Ortensio parlava da tempo e ritenne che le premesse fossero state poste tutte. Fece una lunga pausa in cui dalla folla provenne solo un lieve colpo di tosse involontario.

Porcia era impassibile e il padrone mostrava un volto sereno e fiducioso, Marco e Livilla non riuscivano a mentire, erano consci della gravità del momento e si mostravano spaventati.

Allora l'uomo del quale il grande attore Roscio cercava di imitare i toni della voce, i gesti e gli atteggiamenti, cominciò a guardarsi intorno con studiata lentezza.

Credo che tutti abbiano capito immediatamente il significato di quel suo gioco istrionico e lo assecondarono, offrendogli la possibilità di portarlo a termine in maniera spettacolare. Lo sguardo della folla seguì ostentatamente il suo passo passo attraverso il Foro, dove i monumenti celebrano il passato.

Muovendo tutto il corpo e atteggiando le braccia, Ortensio compì un lungo giro intorno, nei luoghi impregnati di storia; si soffermò sul tempio della Concordia, sul tempio di Saturno, sulla basilica Sempronia, sul tempio di Castore, sul tempio di Vesta, sulla Regia, sulla basilica Emilia, sulla Curia, infine guardò a lungo la basilica Porcia e poi si spostò sotto al palco e si soffermò ancora più a lungo su Porcia, che si offrì al suo sguardo e a quello della folla con dignità grave, maestosa ma non superba, girandosi leggermente prima a destra poi a sinistra, perché tutti potessero scorgere il suo volto severo e ancora bello.

Ortensio aveva ottenuto esattamente quello che voleva e passò senza indugi all'arringa conclusiva.

«Romani. Qualcuno di voi ha mormorato, e io conosco bene i movimenti delle labbra, che non ho portato prove. Ma mi guardo intorno e da ogni parte mi giungono argomenti a favore di Tito Livio Druso, che sono inoppugnabili prove. I monumenti che vediamo da questo tribunale ci raccontano la storia della sua famiglia che è la nostra storia. Non c'è in questo nostro Foro, e non c'è in questa nostra città, un luogo che gli sia estraneo, che non sia parte della memoria e delle tradizioni della sua famiglia.

Volete dunque allontanare dall'Urbe quest'uomo che l'ama profondamente e teneramente, che forse ha più diritto della maggior parte di noi di amarla tanto teneramente perché i suoi avi hanno contribuito a fondarla e a costruirla? Romani, quanti uomini appartenenti alle famiglie che hanno fatto grande Roma volete allontanare ancora da questi luoghi santi? Quanti uomini che amano Roma molto più di se stessi volete ancora scacciare?

Adesso basta, il tributo dei Drusi alle nostre lotte è stato già molto alto. È stato un tributo di sangue. Qualcuno che adesso è qui insieme a noi, ne sono certo, ha ucciso il tribuno Marco Livio Druso, ma non ha il coraggio di ammetterlo. Perché non si mostra a noi ora, se davvero Druso aspirava alla tirannide? Se davvero Druso avesse aspirato a diventare un tiranno, il suo uccisore sarebbe un eroe, un salvatore e un rifondatore della Patria. Perché non si fa avanti? E se Tito Livio Druso, che oggi è qui di fronte a voi come accusato, ha aiutato coscientemente un tiranno, venite qui a ucciderlo, Romani.

Non vedo nessuno... Romani, nessuno si fa avanti? Allora io vi dico che Tito Livio Druso ha il diritto di stare qui insieme a noi nella sua amata Roma.»

Qualcuno all'invito di Ortensio si era alzato per accostarsi al palco, certo non per uccidere Tito Druso in quel momento, ma per rendere noto di essere d'accordo con la fazione che aveva ucciso il tribuno, o semplicemente per manifestare la sua convinzione che il tribuno volesse farsi tiranno, ma gli agitatori pagati da Lelio lo dissuasero. Così quei pochi temerari, che davvero si contavano sulla punta delle dita, per paura di rappresaglie tornarono al loro posto.

Quasi quarant'anni più tardi avrei ascoltato un'arringa molto simile a questa nella difesa di Emilio Scauro sostenuta dal grande Cicerone.

Quali fossero i giurati comprati dal ricco cavaliere non ebbi mai modo di sapere; su questa cosa Lelio fu molto cauto, probabilmente non lo disse nemmeno al padrone e a Ortensio, ma vinse una battaglia che sembrava perduta.

Roma non comprese quanto fosse implicato e fino a che punto si fosse spinto Lelio, e quanti soldi ci avesse investito. Come diceva Porcia, Lelio viveva defilato, non si sarebbe mai esposto di persona, ma fu molto contento, era lui il vincitore. Era un uomo strano, non avevo mai pensato che potesse esistere un Romano in grado di godere di una vittoria senza fama. Ebbe comunque quel giorno stesso quello che cercava, quello che aveva costruito con intelligenza e pagato con generosità: l'accordo con il padrone per il fidanzamento tra Marco e Lelia Prima.

Se Marco e Lelia Prima non fossero stati tanto giovani, se avessero avuto appena l'età minima richiesta dalla legge, dodici anni lei e quattordici lui, si sarebbe festeggiato un matrimonio, invece che un fidanzamento. Di tale importanza era ormai l'impegno tra il mio padrone e Gaio Lelio. Ma fu celebrato un fidanzamento secondo gli antichi costumi, che valeva quanto un matrimonio di oggi se non di più.

Porcia fece adattare per Lelia un vecchio anello di fidanzamento in ferro appartenuto alla sua famiglia.

«Non capisco l'anello in ferro, madre. Falle confezionare dal tuo orefice uno di quegli anelli che usano tutti, in oro con sopra due mani che si allacciano» le disse il padrone.

«Lelio paga, e avrà esattamente quello per cui paga: tradizione» rispose Porcia.

Il giorno stabilito ebbero luogo gli *sponsalia,* l'antica cerimonia del fidanzamento. Lelio ebbe effettivamente tutto quello per cui pagava, Porcia lo aveva capito benissimo e lui mostrava un rispetto infinito per lei, che sconfinava nella venerazione.

La cerimonia fu un atto solenne alla presenza degli aruspici e degli amici delle due famiglie, che svolgevano la funzione di testimoni del patto matrimoniale.

I fidanzati si scambiarono un bacetto sulla guancia e dei doni tradizionali, semplici oggetti di uso quotidiano, che rappresentavano l'impegno reciproco. Poi Marco le pose all'anulare l'*anulus pronubus* in ferro. L'anello rappresentava la catena con la quale Marco legava a sé la fidanzata, rivendicandone il pieno possesso. Lelio trionfava e non si curava di nascondere la gioia. Il padrone e Lelio apposero il sigillo al contratto nuziale e seguì il banchetto.

Marco non sopportava Lelia; aveva recitato bene durante la cerimonia per fare contento il padre, ma io che ero abituato a scorgere qualunque segno di malcontento sul suo volto prevedevo tempi duri, perché Lelia Prima, secondo l'antico costume che ne faceva dal punto di vista legale una sposa già a otto anni, sarebbe venuta a vivere con noi.

Quella sera stessa Lelia fu accompagnata in casa nostra con due ancelle che sarebbero rimaste insieme a lei e una dozzina di bauli di vestiti e giocattoli, perché cominciasse la convivenza con Marco, anche se il matrimonio sarebbe divenuto effettivo quando la *sponsa* avesse raggiunto la maturità fisica intorno ai dodici anni o più tardi. Porcia aveva fatto preparare per lei una stanza da letto comunicante con la sua e si era assunta la responsabilità della sua educazione.

«Non voglio intorno quella pittima» disse Marco, e con questo voleva intendere che io dovevo fare in modo che lei non lo scocciasse.

Lei invece mostrava a tutti l'anello di ferro; pure così piccola era profondamente consapevole del vincolo che la legava a Marco e desiderava essere apprezzata da lui. La vita per me divenne un inferno. Anche se la nostra casa era grande, non risultò semplice evitare una ragazzina sveglia, che ficcava il naso dappertutto e che pensava di dover essere sempre al centro dell'attenzione. Appurò presto chi comandava in casa e, quando scoprì che Marco la evitava, lo disse subito a Porcia, presentando la faccenda come un grave tradimento da parte del fidanzato, dei Livi Drusi e della stessa Porcia.

Porcia convocò Marco. Quando le comparimmo davanti io dovevo fargli da scudo, ma lei non me lo permise. Stette un attimo a considerare il nipote, probabilmente lo vide esile e ancora tanto bambino e per questo rimase un po' incerta. Di sicuro fu molto meno severa di quanto si era proposta.

«Devi essere più gentile con la tua fidanzata. È tuo dovere» gli disse. «Devi incontrarla la mattina e augurarle una buona giornata; il pomeriggio, quando hai finito i compiti, chiederle con garbo come sta e fare qualche gioco con lei; quando si cena devi rivolgerle la parola.»

«Nessuno dei miei amici ha la fidanzata in casa. Non si usa più come una volta. I padri non danno più le figlie piccole al primo che passa. Già dovrò sopportarla da sposata, perché anche da bambina?» Gli argomenti di Marco mi sembravano inoppugnabili. Porcia aveva un'espressione impenetrabile.

«Perché tuo padre ha fatto un patto» disse lei con calma. «C'è un'alleanza tra le famiglie e il patto matrimoniale va tutto a tuo vantaggio. Tuo padre non ha saputo tenere il passo con i tempi per aumentare il nostro patrimonio, ma ha trovato un alleato ricco che ci darà una dote con cui potrai fare politica, altrimenti resterai a guardare gli altri che offrono giochi e spettacoli e poi si candidano, mentre tu non avrai i soldi sufficienti per candidarti. Lelia rappresenta per te la continuazione e il prestigio della famiglia.»

«I Romani si sposano tutti dopo i vent'anni. E poi Lelia è troppo superba. È anche brutta. Appena potrò divorzierò da lei.»

«Così rispetti tuo padre? Brutta o bella non ha importanza, quando sarà il momento obbedirai a tuo padre e farai il tuo dovere con lei per perpetuare la nostra famiglia.»

Marco la guardò spaventato. Compresi che Porcia aveva deciso di affrontare un argomento spinoso per mettere subito in chiaro ogni cosa, così aveva deliberatamente evocato quello che doveva essere il segreto spauracchio di Marco, il fatto che prima o poi avrebbe dovuto dormire con Lelia.

«Non riuscirò a fare il mio dovere» disse Marco quasi piangendo.

«Ci riuscirai. Allora come hanno fatto tutti gli altri prima di te? Tuo padre? Mio marito? È parte dei doveri di un uomo avere figli da una donna che gli può dare eredi legittimi, anche se non gli piace. Il piacere, come hanno fatto tutti prima di te, lo prenderai da qualche altra parte, e quando potrai decidere da solo non divorzierai, non ti sembrerà conveniente, perché io ti garantisco che non lascerò niente di intentato per fare di Lelia una buona moglie, una vera matrona romana.

Sotto questo aspetto che lei viva qui è una fortuna per tutti noi, infatti ho voluto io che venisse qui. Ha solo otto anni, ma quando ne avrà l'età e vivrai con lei come moglie, lei sarà stata educata da me e la sentirai vicina, ti comprenderà e sarà legata alla famiglia come se fosse nata qui. Te lo garantisco. Fidati di me. E adesso ringrazia gli dei perché lei è venuta a lamentarsi da me e non è andata da Lelio.»

Marco rimase in silenzio, col volto scuro.

«Fausto» disse Porcia, e io sobbalzai e la guardai in viso. Di solito tenevo gli occhi bassi in sua presenza. Mi stava rivolgendo uno sguardo benevolo che riuscì a confondermi maggiormente. «Tu devi cercare di rendere le cose più facili. So che sei capace. Inventa qualcosa.»

«Sì, *domina*.»

Inventa qualcosa... ormai, a parte la notte, avevo un po' di respiro solo quando Lelia andava a fare la quotidiana visita in casa del padre. Avevo la mente sempre occupata a inventare qualcosa. Porcia mi aveva affidato un compito e io volevo essere all'altezza, l'ansia mi divorava e dopo poco ricominciai a essere inappetente e ad avere nausea, e questa non è una buona cosa per uno schiavo, uno schiavo deve essere in forze. Per evitare i malumori mettevo di continuo nella testolina vuota di Livilla qualche idea su giochi femminili in cui Marco non poteva né partecipare né essere giudice, la spingevo a chiamare anche Lelia Seconda e ad attirare in casa altre bambine che abitavano sulla stessa strada. Inventavo giochi che Marco poteva fare solo con i ragazzi del quartiere e poi altre mille scuse per allontanarlo da Lelia senza offenderla.

Intanto scorreva il tempo nella *domus* dei Livi Drusi, mentre Roma combatteva la durissima guerra marsica.

Per difendere la sua amata Roma, il padrone partì a combattere la guerra che avrebbe voluto evitare. Il liberto Livio rimase l'unico adulto maschio libero in casa nostra. Anche Lelio era partito al seguito degli eserciti e si arricchiva sempre di più col vettovagliamento.

Per fronteggiare gli Italici, popoli coraggiosi che avevano sempre combattuto al suo fianco come *socii* e ne conoscevano la tattica e gli armamenti, Roma schierò centoquarantamila uomini.

CAPITOLO QUARTO

Anno 663 ab Urbe condita *(90 a.C.)*

La città si era svuotata di quasi tutti gli uomini validi, presto sembrò una città di fantasmi. La notte non girava più nessuno, se non i malfattori e i *tresviri capitales* per sorvegliarli. Le donne, come sempre fanno in momenti di pericolo, chiudevano i portoni prima del tramonto. Il Foro era meno frequentato e meno teatro di discussioni, anche se nessuno potrebbe far desistere i Romani dal discutere, e qualcuno che arringava folle meno consistenti di una volta si trovava sempre.

All'inizio gli Italici ebbero la meglio. Questa guerra risultò peggiore di qualunque previsione. Roma richiamò dall'Asia il grande generale che l'aveva salvata dai barbari, Gaio Mario. La paura dei padroni si era trasferita anche su noi schiavi di famiglie importanti, che rispetto agli altri schiavi più sfruttati avevamo qualcosa da difendere. Per noi non era affatto vero che un padrone vale l'altro.

Intanto, mentre gli eserciti si massacravano, il Senato discuteva proposte di legge che potessero fermare la carneficina. Si rinfocolavano continuamente le polemiche sulla cittadinanza agli Italici, e qualcuno cominciava a comprendere che le riforme di Druso non erano poi tanto male, ma la plebe non era d'accordo e di nuovo ci furono dei tafferugli per le strade.

Livio andava nel Foro a raccogliere tutte le dicerie sui Drusi per tenere informata Porcia. A Marco non era più permesso nemmeno mettere un piede fuori del portone, se non accompagnato da Lusio e da altri schiavi armati; doveva accontentarsi solo di me per giocare e aveva poche occasioni di sfuggire alle premure della fidanzata.

Avevamo un nuovo *ianitor*, Demofilo, un greco venuto dalla villa di campagna, dove era stato un sorvegliante di schiavi. Era ancora più grande e forte di Demetrio, e incorruttibile. Non lo convincevano promesse o minacce; scuotendo la testa si piazzava nel vano della porta, oscurandolo col suo corpo immenso.

«Andiamo solo fino all'angolo» lo pregava Marco.

«Uscirete col permesso di Porcia, quando Lusio sarà libero e potrà accompagnarvi.»

«Quando sarò il *dominus* ti farò staccare tutta la pelle a frustate» gli diceva Marco.

«Quando sarai il *dominus* mi darai un premio, ma oggi non sei il *dominus*» gli rispondeva Demofilo, senza perdere affatto la calma.

Marco cominciava ad annoiarsi da solo con me, passando dall'atrio al giardino e al *tablinum*, e io non sapevo come trovare un rimedio. Infine, percorrendo la casa in lungo e in largo, un pomeriggio salimmo su una terrazza poco frequentata per giocare a palla senza essere importunati da Lelia e scoprimmo una porta semiaperta. La vide Marco per caso, raccogliendo la palla dietro certe vecchie assi da costruzione appoggiate al muro di confine.

Ci guardammo, contenti, pensando la stessa cosa, avevamo trovato un'uscita alternativa. Tutto stava a vedere dove portava. Aprimmo spingendo con tutte le nostre forze, lacerando l'intreccio di rami e fiori che pendevano da una pergola dalla parte opposta, e ci trovammo in un'altra terrazza simile alla nostra. C'erano accatastate centinaia di anfore vinarie vuote, coperte da teli cerati. Eravamo nella terrazza della bottega di vini che faceva parte della nostra casa, gestita da un liberto dei Drusi, ma non comunicante con noi al pianoterra. La porta della bottega sulla strada si apriva non lontano dal nostro ingresso: inutile, dunque, tentare da lì una sortita, Demofilo ci avrebbe visti.

Proseguimmo. Arrampicandoci sulle giare, scavalcammo il muro divisorio e ci trovammo nella proprietà di Lelio, in un'altra terrazza in parte coperta da una tettoia, che riparava panni stesi ad asciugare.

«Questa terrazza appartiene al negozio del sarto» dissi.

«Bene» disse Marco. «Da lì possiamo uscire, Demofilo non ci vedrà e nemmeno il portiere di Lelio.»

Aprì la porta ed entrammo in un piccolo ammezzato sopra una bottega, di quelli che abitano le famiglie degli artigiani. Era quasi buio e tanto basso che dovevamo stare curvi. Oltre ai loro oggetti personali c'erano anche degli abiti confezionati per i clienti. Marco si tolse la sua tunica fine di lana candida dai bordi ricamati, la nascose sotto un mucchio di stoffe e indossò una semplice tunica bruna molto simile alla mia.

«Che fai? È pericoloso» dissi.

Ero preoccupato. In strada l'abito chiaro ed elegante lo avrebbe protetto indicando, a chi avesse voluto attentare alla sua virtù, che lui era un ragazzo libero di alta condizione, e avrebbe protetto anche me come suo servo.

«Così non faranno caso a me. Non mi riconoscerà nessuno e non andranno a riferirlo a mia nonna. Ti preoccupi sempre... sei noioso. Ti proteggo io: se ci scoprono dico che non hai colpa.» Non volle sentire altro.

Ci togliemmo i calzari e scendemmo piano per la scala. Guardando giù sentii più forte la nausea, mi presero dei forti conati di vomito e stavo per precipitare.

Marco mi afferrò. «Ma che fai? E io scemo che mi fido di te...»

«Scusami, ho messo un piede in fallo.»

Il sarto era in guerra, la moglie era occupata con dei clienti, la figlia cucinava in un angolo, lo schiavo cuciva a testa bassa su un panchetto appena fuori del portone. Noi, sgusciando tra le merci, uscimmo sulla strada.

«È tardi» disse Marco, guardando il cielo. «Dobbiamo

tornare indietro prima che la sarta sbarri la porta o ce la vedremo brutta.»

«Che facciamo?» chiesi, mentre ci rimettevamo i calzari.

«Solo un giretto d'esplorazione, tanto per cambiare aria» disse Marco e io ricominciai ad avere la nausea.

Camminando rasente i muri, scendemmo dall'aristocratico e poco caotico Palatino, attraversammo il Foro in un punto non frequentato dai nobili e, passando nell'*Argiletum*, ci dirigemmo verso la Suburra. Passeggiando nel *Clivus Suburanus* osservammo le merci, ma soprattutto la gente. Insieme ai mercanti, agli schiavi mandati per commissioni e ai giovani venuti a divertirsi, c'erano mimi, giocolieri, fattucchiere, incantatori di vipere, imbroglioni e delinquenti di ogni sorta, prostituti e cortigiane. Notai che queste ultime interessavano molto Marco.

In quella baraonda, senza nemmeno rendercene conto, imboccammo una stradina attirati dalle piccole prostitute nude, che attendevano i clienti davanti alla loro stanzetta chiusa da una tenda piena di buchi. Marco le volle guardare all'opera attraverso i buchi e volle che anch'io guardassi.

«Oggi non abbiamo soldi» disse, «ma torneremo.»

«Tornate quando siete un po' cresciuti» disse una ridendo. Non sapevo come quella povera cosa macilenta potesse trovare la forza di ridere.

Le piccole prostitute non lo distinguevano da me e questo divertiva molto Marco, io invece, in preda alla nausea, dovevo appoggiarmi per non cadere; con un grande sforzo riuscii a tenere il passo, ma non feci molto caso alla strada che stavamo percorrendo. Sbaglio gravissimo: a Roma è molto facile perdere l'orientamento oggi, e allora forse anche di più, ed è ancora più facile nei quartieri poveri, che sono un ammasso di casupole e caseggiati fatiscenti, che si sostengono l'uno con l'altro per non cadere, con pochi monumenti e poche piazze, e quindi pochi punti di riferimento.

La stradina delle piccole prostitute nude ci convogliò in altre stradine anche più sordide e pian piano ci ritrovammo in un dedalo di viuzze strette e sporche, di vicoli ciechi, di gallerie, di scale che salivano e scendevano seguendo i declivi dei colli. Le facce che si incontravano non erano delle più raccomandabili.

Qualche donna raccolse in casa i marmocchi e chiuse l'uscio.

«È tardi. Torniamo indietro» disse Marco.

Ero pronto a seguirlo ancora, ma lui mi guardò: «Allora? Dove si va?».

Credeva che avessi tenuto a mente la strada.

«Non lo so» dissi. «Ho perduto l'orientamento. Pensavo che tu lo sapessi.»

«Imbecille... non ci si può fidare di te. E mio padre e mia nonna vogliono che io ti stia sempre appiccicato... "Fausto ha un buon carattere." Che me ne faccio del tuo buon carattere...»

Ci guardammo intorno, e io per la paura dimenticai anche la nausea.

Il sole stava tramontando, il buio invadeva i vicoli angusti già in penombra, le persone perbene si rinchiudevano in casa e arrivavano i lavoratori del porto sul Tevere. Intanto la città vomitava dai suoi più miseri ricoveri tutta la feccia che conteneva, e chi era stato nascosto durante il giorno usciva a vivere la Roma notturna.

Invano facemmo qualche passo intorno in cerca di un punto di riferimento, pensammo che, andando verso il basso, prima o poi saremmo sbucati nel Foro. Ma non fu così, percorrendo strade in discesa sprofondammo in viuzze chiuse, anguste e deserte, e in scale che inesorabilmente ci riportarono su. Infine il buio ci sorprese nello stesso vicolo da cui eravamo partiti.

In giro in quel momento non si vedeva nessuno, eppure non eravamo lontani dal *Clivus Suburanus* che ci avrebbe ricondotti all'*Argiletum* e poi al Foro, se ne sentiva il frastuono.

«Ormai è buio, la sarta ha chiuso la bottega. Ci possiamo ritenere scoperti. Ma non tutto è perduto: potremmo bussare da Lelio» disse Marco, che non aveva compreso la gravità della situazione e pensava alla punizione di Porcia come alla cosa più pericolosa. «Sono certo che Terenzia, se glielo chiedo, dirà che eravamo da loro, per non farmi punire.»

Se fossimo riusciti a tornare sul Palatino, pensai io. Ero

disperato. E se avessimo tentato di farci aprire da qualcuno? Ma chi ci avrebbe aperto?

Occhi di donna ci scrutarono da uno spioncino, che si richiuse quando mi avvicinai. In quel momento il vento ci portò puzzo di carogna. Eravamo molto vicini al cimitero dell'Esquilino, e alle fosse comuni dove venivano gettati gli animali e gli schiavi morti e dove si eseguivano le fustigazioni e le condanne a morte dei servi.

«Adesso riproviamo a cercare la strada. Muoviti, renditi utile» disse Marco, ma in quel momento la straducola diventata rapidamente buia, dove non sarebbe riuscito a passare un carretto, si fece improvvisamente molto affollata.

Quattro individui ci vennero incontro e, pure al buio, in un solo istante vidi gli sguardi carichi di lussuria e su un paio di loro il collare che si salda al collo degli schiavi fuggitivi. Erano stati ripresi e ce l'avevano fatta a fuggire un'altra volta. Quella era gente pericolosa, che non aveva nemmeno i pochi assi che servono per pagare le lupe della Suburra. Noi, carini e profumati, rappresentavamo una fortuna insperata.

Rimanemmo per un attimo paralizzati. Poi io spinsi indietro Marco.

«Scappa e nasconditi» mormorai. Non rispose, di lui udii solo un lieve scalpiccio e poi più nulla.

Io rimasi fermo. Avevano capito che li attendevo per fare in modo che il mio compagno fuggisse. Agirono senza fretta, mi circondarono lentamente osservandomi, mi sembrava che i loro occhi famelici forassero il buio.

«Sarà pure buio per dare giudizi, ma a me sembra un bel ragazzino. Non mi aspettavo una fortuna del genere» disse uno.

«Per noi è davvero molto carino. È roba da ricchi» disse un altro.

«Che ne dite, è un libero?» disse uno con un tono preoccupato.

«Di che hai paura?»

«Se è un libero ci mettono sulla croce. La senti la puzza?» Tra le carogne delle Esquilie ci sono tanti schiavi crocifissi. Il tanfo terribile ci colpì più forte e quel momento mi sembrò adatto a parlare, per mentire, per dire di essere libero. Ma fui interrotto.

«È bello e curato» disse uno che la sapeva lunga. «Ma non ha la *bulla*. È uno schiavo allevato da una famiglia ricca. E poi se fosse libero avrebbe già detto di essere un cittadino romano e di essere intoccabile, di essere figlio del tale, che è amico del tale, che è amico del console o di tutti e due. Li conosco i padroni. Invece lui ha fatto fuggire il suo padrone. Il libero era l'altro. Non ci metteranno sulla croce per lui. E poi, anche se fosse libero? Io mi darò molto da fare per morire di coltello tra queste strade puzzolenti, prima di dar loro il tempo di mettermi sulla croce. Quello che non voglio è tornare dal mio padrone.»

Ma erano impazienti, non sprecarono altro tempo in chiacchiere. Mi afferrarono e mi gettarono a terra con la faccia nel fango. Sentii subito un dolore lancinante e dopo non molto svenni, provato non solo dalla paura di quel momento, ma anche da mesi di ansie e di nausee.

Quando rinvenni ero solo. Più del dolore mi tormentava il tanfo di quegli uomini bestiali che ancora mi sentivo addosso. Aveva cominciato a piovere e la viuzza in discesa si era trasformata in una fogna tumultuosa. Il mio corpo disteso al centro fermava il fluire di ossa, escrementi e detriti di ogni tipo. Mi trascinai sotto un cornicione e presto smise di piovere; attesi tremando di freddo, battevo i denti con un rumore lugubre, e dal basso guardavo il buio che mi circondava e le sagome sbilenche delle catapecchie contro il cielo notturno.

Si avvicinò un rumore di passi cadenzati, un barlume ondeggiante. Delle facce si curvarono su di me a guardarmi alla luce delle torce, era una squadra di schiavi pubblici addetti a raccogliere le carogne nelle strade durante la notte e a portarle alle fosse delle Esquilie. Uno mi afferrò un piede, un altro un braccio e mi stavano gettando su una barella.

«Sono vivo» volevo urlare, ma mi uscì solo un mormorio confuso. Riuscii però a divincolarmi con forza, quelli mi lasciarono ricadere nel fango e passarono avanti.

Il pensiero di Marco mi torturava. Che fine aveva fatto? Speravo che fosse riuscito a nascondersi da qualche parte, o sarei stato punito. Di sicuro la famiglia lo stava cercando.

All'alba potei cominciare a distinguere le sbrecciature dei muri e gli usci sbarrati e, dallo stesso spioncino, gli occhi femminili che mi avevano osservato al tramonto. Occhi giovani, scuri e brillanti.

Un paio di persone uscirono dalle loro case, una donna aprì l'uscio e gettò fuori dei rifiuti. Io immobile continuavo a guardare gli occhi brillanti che a loro volta mi fissavano e infine, quando il chiarore si fece più forte, lo spioncino si chiuse, si aprì il portone e lei venne verso di me.

Era una ragazzina magra e pallida, con una gran massa di capelli arruffati e una veste troppo corta e piena di rattoppi, portava una borsa per la spesa e un'anfora vuota sotto il braccio. Una piccola schiava miserabile che andava a sbrigare le commissioni della mattina.

«Stai così male che non puoi alzarti? Per tanto poco...» disse lei. «Vattene via, smorfioso.»

«Aiutami» le dissi. «Mia madre ti darà dei soldi.»

«Se ti vede il mio padrone, ti rapisce per venderti.»

«Chi è il tuo padrone?»

«Il ruffiano Minucio.»

Ero solo un ragazzino indifeso e per tutta la vita avevo sentito parlare di rapimenti, di gente sparita e mai più ritrovata, o di liberi per caso ritrovati dopo anni in stato di schiavitù. Non volevo rivolgermi agli adulti, chiunque da quelle parti poteva fiutare l'affare di vendere un ragazzino senza protezione.

«Senti, accompagnami al Foro. Ti giuro che non lo dimenticherò.»

«Invece, se dicessi a Minucio che sei qui, mi darebbe in premio una tunica nuova, e, siccome tu non saresti tanto male senza tutto quel fango addosso, ti venderebbe a una casa di lusso sull'Aventino.» A quei tempi i bordelli di lusso erano tutti alle pendici dell'Aventino.

«Qualcuno dei frequentatori mi riconoscerebbe e lo direbbe al mio padrone» dissi. «E poi Minucio se la dovrebbe vedere con Tito Druso.»

A lei il nome dei Drusi non faceva nessun effetto.

«E allora se è così Minucio ti venderebbe ai provinciali. Si divertono anche loro.» Ma a quel punto cominciò a prendermi in considerazione. «Io non ho il permesso di allontanarmi troppo» disse. «E tu hai soldi? Fammi vedere.»

«Ho i soldi per una tunica nuova. Vado da mia madre e te li porto.»

«Perché dovrei crederti?»

«Non lo so. Ma, ti prego, accompagnami al Foro o non uscirò più dalla Suburra, sono debole e non conosco la strada.»

Mi alzai e anche lei poté vedere un rivolo di sangue che mi scorreva su una gamba, e nel luogo dove ero stato steso c'era una pozza di sangue rappreso.

«Come ti chiami?»

«Frine. Il padrone mi ha dato questo nome. È il nome di una grandissima puttana greca, che con gli uomini ci faceva quello che voleva. Lui dice che anch'io con gli uomini posso fare quello che voglio, dice che spenderà dei soldi per farmi imparare a danzare. Farò una grande carriera, non sarò una lupa della Suburra.»

Io non vedevo un granché di fascino in lei. Vedevo solo una ragazzina vestita di stracci, tutta occhi, capelli ispidi e ossa, e con la lingua molto sciolta. Fiutò il mio scetticismo e mi diede da reggere l'anfora e la borsa, si irrigidì per qualche istante in una posa a gambe divaricate e braccia sollevate all'altezza del capo e poco dopo si sciolse in una danza. Lei danzava nel fango e nei rifiuti mentre io reggevo l'anfora e la borsa con una mano e con l'altra mi appoggiavo a un muro muffito. Questo è uno dei ricordi più belli di tutta la mia vita, ma lo capisco solo ora.

«Sei molto brava Frine, ma ti prego, aiutami, mia madre mi starà piangendo morto.»

Avevo trovato le parole giuste. Frine smise di danzare. «Forse ho il cuore troppo tenero» disse. «Ma se mi parli di una madre che piange... chissà mia madre quanto ha pianto, quando mi hanno rapita...»

«Dov'è tua madre?» chiesi sinceramente interessato.

«Non voglio parlare di lei, lei non rivedrà più sua figlia. Voglio dimenticare, se ci penso soffro troppo.»

Prese le sue cose e si sporse verso di me per farmi appoggiare. Ero sporco da capo a piedi e sporcai anche lei; non protestò, stava solo attenta a sorreggere me e a non far cadere l'anfora. Mi accompagnò per un vicolo stretto e sinuoso, che con Marco avevo già percorso e sbucava direttamente nel *Clivus Suburanus*. Potei constatare che la strada per il ritorno al Foro non era poi così complicata, ma per noi la Suburra era stata un labirinto.

Li vidi subito in mezzo alla folla di schiavi con la borsa della spesa, a passo spedito Marco precedeva Livio, Lusio e altri quattro schiavi di casa. Quando mi videro mostrarono un'espressione di sollievo.

Lusio mi fu accanto in un attimo, mi sollevò come un fuscello, eppure con grande delicatezza, e mi tenne tra le braccia per portarmi via. Ricordo ancora la sensazione di benessere e di tranquillità che provai.

«Quanto puzzi» fu il suo saluto. Mi sentii a casa.

Livio senza chiedere niente aprì la borsa per dare un compenso a Frine.

«Le ho promesso una tunica nuova per non dire al suo ruffiano che ero là» dissi.

Livio entrò in una bottega per comprare la tunica e lei lo seguì per sceglierla, poi uscendo la infilò nella sua borsa e mi sorrise, contenta, mi fece un cenno di saluto e scappò via.

CAPITOLO QUINTO

Mi ripulirono e medicarono e mi servirono dolciumi. Passai la giornata sdraiato sul letto di mia madre, che mi vezzeggiò in ogni momento libero. Tutta la famiglia venne a trovarmi, padroni e schiavi, Porcia mi sorrise. Ma la sera mia madre mi cacciò via; piagnucolai e pregai, avevo bisogno di lei, ero solo un ragazzino terrorizzato, mesi di ansia con un penoso epilogo mi pesavano addosso.

«La festa è durata abbastanza» disse. «Torna al tuo posto. Ti è accaduto solo quello che ti sarebbe accaduto comunque, prima o poi. Hai dimenticato cosa sei?» Mi diede un cuscino e anche una coperta in più e mi girò le spalle.

Mi avviai zoppicando.

Marco era già a letto. Non parlò mentre mi preparavo il giaciglio e ascoltammo per un po' i rumori dell'atrio.

Lui era stato fortunato, correndo all'impazzata aveva imboccato direttamente il *Clivus Suburanus*, che lo aveva portato all'*Argiletum* e poi al Foro. Lusio e Livio mi avevano cercato tutta la notte e prima dell'alba si era riunita una squadra più numerosa per ricominciare le ricerche.

Sembrava che tra noi fosse scesa una grande pace, e anche la mia nausea si attenuò.

Parlò all'improvviso. «Se tu non fossi stato così pronto sarei stato violentato. Non lo dimenticherò mai.»

Questa volta gli avevo letteralmente salvato il culo.

«Ho fatto il mio dovere.»

«È giusto, hai fatto il tuo dovere, ma hai avuto la prontezza di farlo. Mio padre dice sempre che negli schiavi le buone intenzioni senza le capacità non servono, anche negli schiavi, per quanto ci siano inferiori, servono delle qualità. Gli schiavi non sono tutti uguali e tu hai dimostrato di valere. Senza la tua prontezza nel coprirmi le spalle, una marachella poteva avere conseguenze gravi. Figurati mio padre... la notizia gli sarebbe arrivata sul campo di battaglia.»

Potevo immaginare Tito Druso quando fosse venuto a conoscenza di una cosa tanto disonorante...

«Tu sei davvero il servo di cui posso fidarmi, come Livio è stato per mio padre. Quando andrò in Grecia a completare gli studi, tu verrai con me e, se nel tempo sarai affidabile come sei stato adesso, ti libererò presto come è stato per Livio, non alla mia morte. Come dice mio padre a Livio, ti darò la possibilità di goderti la libertà e la cittadinanza quando sarai ancora in grado di apprezzarla. Tu da oggi sei il mio schiavo di fiducia.»

Lo aveva detto, schiavo di fiducia. Avevo ottenuto la cosa che più stava a cuore a me e a mia madre, adesso dovevo fare in modo che non mi sfuggisse di mano.

E Marco parlava di libertà. La mia ansia si attenuò all'istante e dopo poco non sentivo più neppure la nausea.

Porcia decise che non dovevamo uscire più se non per motivi importanti.

«La casa è tanto grande...» disse. Ma chiese a Terenzia di aprire una porta tra noi e loro per la durata della guerra, perché i bambini avessero più sfogo, cosa che Terenzia fece con grande piacere. Così cominciarono le scorribande e le esplorazioni che restituirono il buonumore a Marco, e la vita per me divenne più sopportabile. Piacevo al cuoco di Lelio, quando mi imbucavo in cucina mi regalava dolciumi e frutta prelibata.

In seguito alla sua decisione i bambini non potevano frequentare la scuola, così ogni giorno Porcia li riuniva nel *tablinum* per la lezione di grammatica. Erano una piccola classe: Marco, Lelia Prima, Livilla, Lelia Seconda e il figlio maschio di Lelio, Publio, che aveva solo cinque anni, ma non voleva essere lasciato in disparte.

Io portavo le tavolette di Livilla e Marco e poi tornavo alle mie commissioni, ma tentavo sempre di ascoltare qualcosa, e poi di ripresentarmi nel *tablinum* prima che Porcia assegnasse i compiti. Mi procurai delle tavolette e facevo anch'io i compiti, di fretta, riparandomi alla vista nell'orto, tra i panni stesi e i cespugli. Poi nascondevo le tavolette sotto una siepe in giardino e potevo controllare se avevo fatto bene su quelle di Marco.

Un giorno vidi le mie tavolette sul tavolo di fronte a Porcia. Ero stato scoperto, pensai che sarei stato punito duramente, ma lei mi disse di sedermi insieme alla classe.

«Ti concedo due ore al giorno di lezione. Da quello che vedo» e mi indicò le tavolette «due ore ti bastano. Poi tornerai ai tuoi lavori in casa.»

Da quel giorno cominciò a correggere anche i miei compiti insieme a quelli degli altri e io ero felice, ritenevo di essere lo schiavo più fortunato sulla faccia della terra.

La comunicazione fra le due case era tra un nostro ambiente di servizio e un loro cortiletto lastricato sempre pieno di panni stesi. Da lì si passava in una dispensa buia stipata di giare di olive e condimenti, poi in un lungo corridoio, su cui davano varie dispense e le due cucine, e poi nell'orto, da cui si poteva finalmente imboccare un corridoio che portava nel giardino. A nessun adulto venne in mente di usare il passaggio, ma i ragazzini sconfinavano di continuo, e anch'io insieme a Marco.

Un giorno entrammo nel cortile delle schiave di Lelio. C'era una bambina accovacciata, intenta a raschiare le grosse pentole in cui si cucinava il cibo degli schiavi. Alzò la testa e ci vide, subito si pulì le mani in uno strofinaccio, si alzò in piedi, si tolse il grembiule e sorrise. Infine la riconobbi. Era Frine, ma quanto diversa... rosea, più in carne, con una bella veste, e i capelli puliti: una massa ondeggiante di riccioli bruni lucidi lucidi. Avevo voglia di toccarli. E gli occhi erano ancora più brillanti di prima, se era possibile.

«Chi è?» mi chiese Marco, vedendo il mio stupore.

«Era lei che mi accompagnava, quando mi avete ritrovato nella Suburra.»

«Ah... sì. È vero. La schiavetta affamata piena di pulci. Ho saputo di lei.»

Io non parlai più, nemmeno chiesi cosa avesse saputo Marco, improvvisamente rivivevo quei momenti di dolore e solitudine. Lei la prese male, forse si aspettava che dicessi una parola a suo favore, non era consapevole della distanza incolmabile che ci separava da Marco, forse si illudeva che tra bambini si potesse essere schietti. Forse funzionava così nei vicoli della Suburra. Non sapeva che solo a Marco era permessa la schiettezza, non era vissuta nella *domus*, dove i confini erano invalicabili e dovere delle schiave era insegnarli ai loro figli appena fossero in grado di comprendere qualche parola. Frine era molto diversa da me, era nata libera.

«Fausto è un pauroso, ha paura anche della sua ombra. Non ce l'avrebbe mai fatta da solo a uscire dalla Suburra» disse accigliata.

«Io ce l'ho fatta» disse Marco.

Lei che aveva visto tutto stava per replicare e mi si fermò il cuore nel petto. Con poche parole poteva rovinare la mia vita e la sua, ma stavolta non replicò, poiché sarebbe toccato a me farlo. Si produsse invece in un inchino profondo all'uso orientale, ma si capiva bene che non c'era niente di servile in lei, che nessuno poteva dominare quella bambina totalmente, nemmeno un adulto e nemmeno il suo padrone.

Marco non si accorse di niente, passò oltre e io lo seguii senza più guardarla.

Tornai da solo dopo qualche giorno e lei era intenta alla stessa opera. Stavolta non smise, ma mi guardò sorridente e ironica. Quel suo sorriso era una lama affilata rovente, mi scaldava il petto e mi faceva male, come le braccia di mia madre schiava, che mi davano amore, calore, e dolore. Non me lo spiegavo allora, avrei capito solo in seguito che accentuavano in me la consapevolezza dell'impotenza.

«Come mai sei qui?» chiesi facendo l'indifferente, come se fossi solamente di passaggio.

«Non te l'ha detto Marco, il tuo padrone?» Mise del disprezzo in quelle parole, e io lo recepii profondamente.

Risposi stizzito. «Perché dovrebbe parlare di te? Non si cura di una come te.»

«Forse si cura di te?» mi rimbeccò, ma si addolcì subito e mi spiegò il mistero. «Livio, il liberto, ha parlato con il liberto di Lelio, Antistio. Loro si fanno dei favori. Gli ha detto che il ruffiano Minucio aveva una ragazzina che prometteva bene. Livio ne capisce di schiavi, così Antistio, che fa acquisti per Lelio, è venuto subito a vedermi, lo stesso giorno, e mi ha comprata, mi ha portata qui e mi ha affidata alle concubine di Lelio. Una era un'attrice, ha il compito di insegnarmi a suonare e a comportarmi come si deve.»

«Hai davvero bisogno di qualcuno che ti insegni come ci si comporta.» Volevo intendere come ci si comporta se si è schiavi, cosa che a me era stata insegnata presto, ma lei non capì.

«Lo so. Dovrò fare buona impressione, quando Lelio mi vedrà» disse pensierosa, consapevole di ben altre difficoltà, di tipo artistico. Poi mi guardò di sotto in su con una certa ironia affettuosa. «Ma io sono qui grazie a te. Non lo dimenticherò mai.»

Queste parole mi spiazzarono. Per il fatto che sapeva troppe cose di me e di Marco, ero andato là non solo per rivederla, ma anche col fine di darle qualche dritta, per il bene suo e mio, ma quella volta non me la sentii e lasciai perdere. Avrei ripreso l'argomento in seguito.

«E poi? Rimarrai qui?» chiesi.

«Appena Lelio sarà di passaggio a Roma deciderà cosa fare di me.»

La rividi da solo una volta, prima che Lelio la assegnasse a una scuola di danza e canto diretta da un suo liberto che era stato attore, sulle pendici dell'Aventino. Lelio era un grande impresario dello spettacolo. Per farli esibire sulle scene faceva allevare nelle scuole di danza o di recitazione molti ragazzini, schiavi o anche poveri che i genitori gli vendevano, e che ai suoi occhi sembravano dotati e promettenti. Non tutti poi riuscivano a calcare le scene, quelli che non ce la facevano erano comunque adatti a lavorare nei bordelli di lusso alle pendici dell'Aventino.

«Guarda» mi disse lei entusiasta, «sto imparando dei passi per danzare di fronte a Lelio. Se ci fosse la musica sarebbe anche meglio, ma dobbiamo adattarci.»

Cominciò a mormorare un motivetto e a eseguire un passo complicato, molto seria, senza più sorridere. Anche lei come me doveva farsi strada nel mondo dei padroni, ma lei era tanto piccola e sola, senza nemmeno una madre schiava, e mi faceva una pena infinita.

«Sei molto brava.» Lo era davvero.

Aveva grazia e fascino da vendere e io le auguravo una splendida carriera.

«Danzerò davanti ai Romani più importanti. Diventerò ricca.»

«Sei molto brava, ma rischi di fare una brutta fine se non tieni la bocca chiusa. Io... io vorrei dirti una cosa.»

«E allora?»

«Vorrei dirti di non parlare di quello che hai visto alla Suburra...»

«Che Marco è un vigliacco?»

«Zitta! Non usare mai più questa parola. Marco è il mio padrone, e poi ricordati che lui è il fidanzato di Lelia Prima e Lelio stravede per lui. Quella notte Marco non ti ha vista, quindi puoi anche startene muta. Lui ha raccontato di essere riuscito a fuggire, ma che io non ce l'ho fatta, e in fondo questa è la verità. Quello che conta è che lui è stato contento di me. Che lui sia più o meno coraggioso non dobbiamo giudicare noi.»

«Hai detto che lui non si interessa di noi.»

«Ai padroni non interessa di noi finché le cose vanno come vogliono loro.»

«Ah... va bene, non parlerò.»

«Non ti ribellare mai e guardati intorno per trovare qualcuno che ti protegga.»

CAPITOLO SESTO

Anno 665 ab Urbe condita *(88 a.C.)*

Erano passati quasi tre anni dalla morte del tribuno Druso.

La guerra marsica era stata durissima e Roma aveva vinto, ma di fronte alla minaccia che si espandesse anche ad altre popolazioni, era stata costretta a concedere la cittadinanza a tutti i *socii*. Quella che sembrava una vittoria celava in effetti una sconfitta, inutilmente erano morti tanti uomini e si era riempita la Penisola di rovine e di odi inestinguibili.

Il mio padrone sopravvisse e tornò da noi. Con la guerra si era spenta la sua simpatia per gli Italici, ne aveva viste talmente tante che ormai li odiava. Da parte loro la simpatia si era spenta subito dopo l'assassinio di Druso, poiché il padrone non si era esposto fino in fondo per salvaguardare i loro interessi. Anche a me sembrava un debole e non lo ammiravo più come un tempo.

La vita della famiglia, padroni e schiavi, era ricominciata come prima. Tito Druso si recava in Senato a perorare la causa del ritorno degli esiliati, quelli che non avevano avuto al momento giusto un amico furbo e devoto come Lelio. Marco aveva ripreso gli studi fuori di casa e i giochi e le bravate con gli amici, io lo accompagnavo dovunque e riuscivo a scrollargli di dosso parecchi fastidi, standogli sempre vicino con discrezione.

Con un paziente lavoro avevo consolidato la grande conquista della sua fiducia, che era avvenuta solo per una circostanza fortuita: ero diventato un'abitudine radicata per lui, ma volevo indurlo a pensare che la mia assenza avrebbe potuto risolversi in un problema. Lavoravo a questo progetto ogni attimo della mia vita, ma, scorgendo in lontananza la libertà, il lavoro era diventato piacevole, non soffrivo più di nausea, l'ansia era un ricordo.

Volevo bene a Marco, e gradivo ogni momento passato insieme, non solo perché vedevo in lui il tramite per la libertà, ma perché non era possibile non volergli bene. Era bello, affascinante ed eloquente come tutti i Drusi, ma, rispetto ai Drusi piuttosto freddi, aveva più calore, e un sorriso che faceva perdonare i suoi difetti, come la cocciutaggine, scambiata da tutti per fermezza d'animo. Chiunque subiva il suo fascino e gli voleva bene, e io più degli altri.

Dovevo compiere quattordici anni, ero piuttosto esile e senza un accenno di peluria sul volto, ma dentro di me ero un adulto. Oggi penso che non sono mai stato bambino, non lo sono stato neppure quando ero proprio un moccioso, perché già allora mia madre tenendomi in braccio mi parlava della carriera di Livio e di Lusio e sperava che io li imitassi.

Marco era più sviluppato di me, gli cresceva un po' di peluria sul mento, la sua voce era cambiata, e un giorno lo sorpresi a scrutarmi con interesse, con occhi diversi dal solito.

«Sei davvero bello, Fausto» mi disse con grande dolcezza, poi mi accarezzò sul volto e mi immerse le dita nei capelli.

La mattina ci recavamo al Foro insieme a Tito Druso, seguiti dal codazzo dei clienti. Livio gli stava sempre a fianco, con stilo e tavoletta pronti per prendere appunti; Tito Druso non aveva tra i suoi schiavi un *nomenclator*, ma era spesso compito di Livio ricordargli i nomi delle persone. Non gli sfuggiva mai niente, non una parola, non un gesto, andava anche a informarsi in giro, e al momento opportuno sapeva dare indicazioni al padrone sul carattere e i patrimoni della gente.

Io guardavo tutto quello che faceva Livio e imparavo, e pensavo che avrei fatto un lavoro prestigioso come il suo, un domani. Per il momento portavo a tracolla la *capsa* con i classici e le tavolette cerate di Marco. A lui il candore donava, era bellissimo in *toga praetexta*, vicino al padre che lo mostrava orgoglioso a tutti. Io lo seguivo qualche passo indietro nella mia tunica bruna da schiavo, che indicava subito la mia condizione.

Dal Foro Marco e io proseguivamo per andare alla lezione del *grammaticus*. Marco occupava i primi posti tra gli eredi delle famiglie più in vista, ed era anche piuttosto bravo, parlava correntemente il greco, commentava con acume i classici e scriveva buoni componimenti. Io mi appoggiavo discretamente a una colonna e con tutte le mie forze tentavo di fare tesoro di ogni parola del *grammaticus*, per trascrivere poi la lezione nascosto tra le siepi dell'orto.

Una volta, mentre ero concentrato a scrivere, mi sentii sfiorare e sobbalzai. C'era Marco dietro di me.

«Ti osservo da un po'. Hai una memoria formidabile» disse riflettendo. «E dunque hai trascritto praticamente tutta la lezione di questa mattina.»

«Ma era una lezione semplice» dissi. Mentivo.

«No. Non lo era. Tu stai decisamente facendo troppo per uno schiavo.»

Il suo tono era minaccioso e io mi sentii finito. Non mi sembrava il caso di spiegargli che io facevo tutto con il massimo impegno proprio perché ero uno schiavo e volevo conquistarmi la libertà come premio per i miei buoni uffici presso di lui.

«Cerco di imparare per esserti utile un domani. Chi ti farà da segretario? Perché non io? Di chi potresti fidarti di più?» dissi.

«Certo, certo. L'idea è buona. Ma puoi cominciare a renderti utile subito...»

Rimasi col fiato sospeso.

«Io ormai sono stufo di questi commenti, non servono a niente. Basta Omero, non ne posso più. Domani mi metterò all'estremità destra vicino a una colonna, tu farai il compito per la verifica mensile, poi passerai vicino a me e ci scambieremo le tavolette. Non ci vedrà nessuno.»

Così feci. Marco ebbe un ottimo giudizio, anche se io di

proposito non avevo dato il massimo, e d'altronde lui stesso mi aveva avvisato di stare molto attento a rimanere al mio posto. *Stai facendo decisamente troppo per uno schiavo.*

Tito Druso diceva a tutti che Marco era già pronto per accedere a una scuola di retorica, ma era troppo giovane, perciò doveva ancora pazientare e seguire le lezioni del *grammaticus*. Così facevo contento Marco, che era dotato ma pigro, e speravo che il padrone non ci scoprisse, o ci avrei rimesso io. Non potevo sapere come l'avrebbe presa, forse mi avrebbe tolto per sempre la possibilità di istruirmi, forse mi avrebbe allontanato da Marco e dalla famiglia mandandomi a imparare un mestiere in una bottega.

Livio ci osservava. Non sapevo quanto avesse intuito dell'evoluzione dei nostri rapporti, ma un giorno fece in modo di incontrarmi da solo.

«Tieni» mi disse. «Questa è una ricetta che si tramanda tra gli schiavi da molti anni. Ai padroni non serve, e solo gli infami e i liberi che non sono degni di chiamarsi Romani la conoscono, ma a te sarà molto utile.»

Mi aveva messo tra le mani un vasetto per unguenti.

«Portalo sempre con te.»

Io stetti zitto, intimorito. Livio mostrava di notarmi...

«Vedo molto di me in te. Anch'io con tutte le mie forze volevo essere libero. Ricordati che sarà difficile avere la libertà, non te la regala nessuno.»

Non era destino che stessimo in pace molto a lungo. Vedendo Roma indebolita dalla guerra, la Grecia e le province d'Oriente si ribellarono sotto la guida di Mitridate re del Ponto. Roma doveva ancora spegnere gli ultimi focolai della guerra marsica e già era costretta a preparare una grossa spedizione in Oriente.

Lelio che aveva molti affari in Asia era preoccupato e infine ci giunse la notizia che i rivoltosi avevano ucciso circa ottantamila cittadini romani in Oriente e in Grecia. Lelio perse molti dei suoi agenti e dei suoi affari. Per fortuna Rodi, isola con cui Lelio trafficava su vasta scala, era rimasta fedele a Roma.

Il Senato affidò il comando della guerra contro Mitridate a Lucio Cornelio Silla, un nobile, inviso ai popolari e ai cavalieri, ma grande generale, che al termine della guerra marsica aveva ottenuto il consolato.

Silla era intento a raccogliere l'esercito presso Nola per imbarcarsi, ma intanto i Mariani a Roma brigavano contro di lui e il risultato fu che l'assemblea della plebe tolse l'*imperium* a Silla e lo diede a Mario.

Era un atto illegale e Silla rispose con atti altrettanto illegali. Tornò a Roma con oltre trentamila uomini fidati, si scontrò con le forze di Mario e le sbaragliò. Poi procedette all'epurazione dei Mariani e al varo di una legislazione conservatrice, limitando l'autorità dei tribuni della plebe e immettendo nel Senato trecento nuovi membri scelti tra i migliori cavalieri. Accresciuta l'autorità del Senato, accettò l'elezione a consoli per l'anno successivo del popolare Cornelio Cinna e dell'ottimate Gneo Ottavio, obbligati da un giuramento a osservare la nuova costituzione, e infine partì alla volta dell'Oriente. Spontaneamente aveva deposto la violenza.

Lelio approfittò subito della possibilità di entrare in Senato cooptato da Tito Druso e dai suoi amici. Lelio non era un caso eccezionale di opportunismo politico, ma era un raro esempio di come ci si può barcamenare prendendo dove c'è da prendere senza scontentare mai nessuno e rimanendo sempre a galla.

Il nuovo senatore festeggiò la sua vittoria e pagò una consistente rata della dote di Lelia Prima. Le cose andavano bene per Tito Druso, e anche per noi schiavi di casa, devo onestamente riconoscere. Da che mondo è mondo gli schiavi prosperano quando i padroni sono benestanti e li considerano come una proprietà importante da tenere con cura.

I Drusi avevano ricominciato a frequentare liberamente i luoghi pubblici e tutta la città, tanto che avevano dimenticato la comunicazione aperta tra noi e Lelio. Ormai se ne servivano gli schiavi per i loro amori clandestini, poiché anche tra gli schiavi delle due *domus* si erano stretti molto i rapporti.

Intanto anche i rapporti tra Marco e me si fecero molto più intimi.

Una mattina, dopo la scuola, c'era un bel sole, Marco e i suoi amici si misero a giocare a palla. Io attendevo in piedi vicino al piedistallo di una statua, con la pesante *capsa* contenente i volumi dei classici a tracolla e le tavolette tra le braccia. A un certo punto non ce la feci più a stare dritto e mi appoggiai al piedistallo sospirando. Mi accorsi che uno degli amici mi osservava con occhi da intenditore e all'improvviso mi lanciò la palla. Lasciai rovinare a terra le tavolette, la presi e la rilanciai, perché per quanto stanco e di condizione servile, rimanevo pur sempre un ragazzo, avevo i riflessi molto pronti e mi piaceva giocare.

Da quel momento non fecero che osservarmi tutti e lo stesso amico mi rilanciò la palla. Di nuovo il ragazzo dai riflessi pronti che era in me rispose al lancio, e poco dopo vollero che mi unissi a loro nel gioco. Mi schermii, ma insistettero. Marco era divertito. Era il momento di tornare in me e io ridiventai molto circospetto e giocai come facevo ogni cosa vicino ai padroni, bene senza eccellere, perché non mi considerassero inetto e nemmeno si risentissero per una mia eccessiva bravura. Ma scoprii con sgomento, per quanto sapessi che prima o poi sarebbe accaduto, che gli amici di Marco non erano interessati al mio modo di giocare. Mi sfioravano e mi toccavano di continuo, e ogni tanto qualcuno diceva a Marco che era davvero fortunato ad avere uno schiavo così bello.

Tornammo a casa e mi vedevo davanti agli occhi ancora quegli ammiccamenti, e come colui la cui vita dipende dal capriccio altrui speravo solo che qualcosa intervenisse a distogliere Marco. Avevo paura di molte cose, ma soprattutto di non piacergli e di rovinare con una improvvisa goffaggine tutto il lavoro fatto in precedenza. Invece Marco volle andare sul terrazzo disabitato da cui era partita la nostra avventura nella Suburra e volle fare l'amore con me. La sua inesperienza e la mia si sarebbero di certo tradotte in una sofferenza per me e forse in un intoppo nel nostro rapporto, se non mi fosse venuta in aiuto la preveggenza di Livio, Livio che aveva fatto le mie stesse esperienze con Tito Druso e vedeva tanto di sé in me.

Da allora Marco era completamente infatuato: non mi lasciava un attimo, di giorno voleva andare spesso sul terrazzo e la notte non si addormentava se non mi aveva posseduto. A quel punto Lelio, il suocero, che di certo aveva più di una spia tra noi, e discretamente si interessava al buon andamento della nostra casa, deve aver pensato che Marco, avendo uno schiavo assai bello e in grado di attrarlo anche con il fascino dell'intelletto, si stava disinteressando un po' troppo alle donne. Questa non è mai stata considerata una buona cosa per un Romano, e non piaceva nemmeno a quel tempo in cui molti antichi valori si andavano già disgregando.

Un Romano deve essere equilibrato nei piaceri e Lelio, che era un uomo arrivato al potere con imbrogli e compromessi di ogni tipo, da quando era senatore riteneva le qualità morali come la cosa più importante della persona. Non avrebbe certo gradito che qualcuno insinuasse che Marco era un effeminato, e non sarebbe valsa a nulla la mia testimonianza contraria di schiavo, che il mio ruolo era sempre stato passivo, come richiedeva la mia condizione servile.

Così Lelio decise di combattermi offrendo una ragazza di grande fascino a Marco.

Il padrone si accorse del raggiro e io lo udii suggerire a Porcia che Lelio lo avesse messo in opera perché non si fidava del controllo di Porcia su Lelia Prima. Ma tutti sapevano che Porcia sorvegliava Lelia come un falco la preda e non avrebbe permesso mai rapporti prima che la *sponsa* fosse matura. Porcia avrebbe considerato non solo il fatto, ma persino le chiacchiere su un argomento del genere una grave vergogna per i Drusi. Disse al padrone che secondo lei la causa ero io. Come conseguenza Porcia non si immischiò nei rapporti di Marco con me, ma accentuò la sorveglianza su Lelia Prima e fece capire con grande eleganza a Lelio che per questa volta fingeva di non accorgersi delle sue manovre.

Lelio invitò a cena il padrone e tutta la famiglia. Stavolta Marco non volle che lo accompagnassi, nemmeno per portargli i sandali di ricambio e il mantello. Ma io ero un ragazzino curioso e senza altri interessi se non Marco, poiché la mia vita era dedicata a lui, e dopo una lunga visita a mia madre e alle altre schiave nell'orto, e dopo aver anticipato alcune delle incombenze per l'indomani, mi sentii inutile.

Era notte fonda, il banchetto doveva essere quasi terminato. Usai il passaggio tra le due case. Sapevo essere molto discreto, quasi invisibile. Mi intrufolai nei cortili e nei corridoi tra i servi che rigovernavano, tra le dispense e vicino al cuoco, forse il più bravo e il più esagitato che abbia mai conosciuto, poi nell'orto dove avevo incontrato Frine e infine da un ultimo corridoio entrai nel peristilio che circondava il vasto giardino stracolmo di statue e meraviglie botaniche.

Nel peristilio si aprivano le porte dei triclini principali. Nascondendomi nell'ombra delle colonne arrivai vicino alle porte del triclinio dove si teneva il banchetto e li vidi tutti. Il padrone e Lelio, Marco e Lelia Prima accanto a lui, Porcia e Terenzia, e tutti i ragazzini, Livilla, Lelia Seconda e il piccolo Publio. C'era anche Livio vicino al liberto di Lelio, Antistio.

Lelia Prima era molto composta. L'educazione impartita da Porcia aveva dato i suoi frutti e lei era diventata la perfetta futura moglie di un Livio Druso. Non sarebbe stata in futuro una matrona più dignitosa, ma certo più grave e contegnosa della sua maestra, perché le mancavano un certo senso dell'umorismo e un certo senso critico, che mitigavano la severità ed erano alla base della nobile grandezza di Porcia.

Questo io lo capisco solo ora, ora che ho tempo per riflettere e tanti elementi in più per capire, e capisco anche che Porcia aveva fatto tutto il possibile per Lelia, ma non poteva ottenere l'impossibile e non poteva instillare in Lelia certe cose che devono essere innate, ma lei la considerava il suo modello ed era certa di imitarla alla perfezione.

Erano in attesa di qualcosa: all'improvviso una musica trascinante riempì l'aria.

E lei arrivò e danzò. La riconobbi subito per la massa di capelli ricci e lucidi. Frine. Era lei la femmina di grande fascino che doveva distogliere Marco da me.

In realtà di fascino ne aveva acquistato dall'ultima volta che l'avevo vista. Erano passati quasi tre anni e lei era cresciuta, e bene. Era ancora un po' acerba, ma le proporzioni c'erano, e c'erano la grazia e l'eleganza. Livio aveva davvero l'occhio lungo. Alla luce delle candele e delle lucerne sembrava addirittura vaga ed evanescente, una figura ultraterrena, quasi divina, che prometteva infinite delizie al suo prescelto. Si impegnava molto perché Marco percepisse il suo fascino e comprendesse di essere il prescelto, il tutto senza offendere Lelia. Era brava, quanto era brava, a soli tredici anni.

Il mondo dello spettacolo rende denaro, ma anche potere politico e potere sulla gente, che è conquistata non solo dalle rappresentazioni, ma anche dagli attori. Lelio sapeva bene come acquisire potere sulla gente. La scuola di danza e l'istruzione per Frine dovevano essergli costate non poco, ma stavolta aveva speso bene il suo denaro e mi sembrava soddisfatto. I padroni pensano continuamente a come sfruttare gli schiavi e lui in quel momento guardava lontano, non guardava soltanto al modesto fine di distogliere Marco da me.

Sentivo dire spesso queste cose dagli schiavi adulti, loro osservano e commentano le rapide ascese di questi nostri simili famosi, gli attori, e sanno come i padroni si servono di loro. I padroni sono molto gratificati quando possono dominare o anche ricattare un loro pari attraverso uno schiavo e l'attore è perfetto per questo ruolo. Ero certo che Lelio stesse pensando che attraverso Frine avrebbe potuto manipolare Marco molto a lungo, e non solo Marco. La ragazza gli sembrava in grado di introdursi in un ambiente nobile, e dal suo viso compiaciuto si poteva dedurre che Lelio fosse intenzionato a investire ancora molto su di lei.

Quando la musica finì e Frine si inchinò al suo pubblico e sparì in un'altra stanza, uno dei suonatori si accostò a Marco e gli disse qualcosa sottovoce. Il risultato fu che il giorno dopo dovetti accompagnare Marco a un appuntamento con Frine. Gli avevano addirittura fatto credere che lei lo stesse incontrando in segreto, affascinata da lui; che lei, che aveva tredici anni, volesse farsi un amante importante che potesse aiutarla in futuro nella sua carriera. Non gli avevano parlato solo di attrazione, avevano solleticato il suo amor proprio in tutti i modi. Fu un inganno raffinato, una cospirazione per il suo bene. Non c'era da aspettarsi di meno da Lelio.

Marco era contento di fare qualcosa di segreto e proibito – credeva lui – ed era in ansia per l'incontro con una danzatrice. Era molto bello nella *toga praetexta*, che contrastava con gli occhi e i capelli scuri e brillanti, e io, che possedevo solo la mia dedizione per lui, ero geloso.

«Che dici, dovrò farle un regalo?»

«Puoi darle dei soldi.»

«Sì certo, ho soldi con me, ma volevo portarle anche un regalo da mettere addosso. Non voglio fare brutta figura.»

Nella via degli argentieri le comprammo un braccialetto d'argento e ambra.

L'appuntamento era in una stanza di una casa d'affitto vicina alla scuola di danza. La casa a tre piani, decorosa, apparteneva ad Antistio, il liberto di Lelio, che l'affittava a liberti e provinciali di passaggio. Frine ci aprì tutta sorrisi, ma io vidi un lampo di durezza nei suoi occhi. Indossava un vestito costoso, di un verde acceso che mai una donna perbene avrebbe indossato, e perline d'oro tra i capelli. Lelio stava davvero investendo su di lei.

«Oh... sono impaziente» disse, attirando a sé Marco e parlando vicinissima al suo volto. «Perché sono certa che così giovane e vigoroso sei un amante straordinario.»

Trascinò dentro Marco, che era rimasto senza parole, e mi sbatté la porta in faccia, lasciandomi sul ballatoio delle scale. C'era disprezzo e malanimo sul suo volto, quando Marco non poteva vederla. Lo odiava. Mi fece pena e non sentii più le punte della gelosia, sarebbero stati brutti momenti per lei. Io invece ero contento di servire Marco come lui preferiva, nella consapevolezza che tra me e lui c'era un patto e un domani sarei stato libero. Mi sedetti sui gradini in paziente attesa.

Si vide subito che i due consoli che Silla ci aveva lasciato a succedergli, e che avevano giurato di mantenere la pace, battevano strade diverse. Gli eventi a Roma dopo la partenza di Silla furono fatti così sordidi che mi fa male ricordarli, ma non posso farne a meno perché la storia dei Drusi, e dunque la mia, a essi è strettamente legata. Averli vissuti è stato terribile, e credo che molti Romani come me li rivedano in sogno la notte e si sveglino madidi di sudore gelido.

Cicerone, che durante il periodo di assenza di Silla era giovane, disse in seguito che quell'epoca fu senza legge e senza alcuna dignità per Roma.

Mentre Ottavio rimaneva fedele al giuramento fatto a Silla di rispettare la costituzione, Cornelio Cinna lo dimenticò presto e cominciò a lavorare per il ritorno di Mario e dei Mariani. Poiché i nuovi cittadini chiedevano di essere distribuiti in tutte le tribù in modo che il loro voto avesse più peso, i popolari li appoggiavano nell'intento di servirsi del loro voto in favore di Mario.

Il padrone si era schierato dalla parte di Ottavio, non solo perché era un suo parente, diceva, ma anche perché la repubblica aveva bisogno di ordine dopo tante traversie e si era reso conto del fatto che dare troppo potere all'improvviso ai provinciali era pericoloso: lui aveva visto in guerra quanto potevano essere pericolosi i Marsi o i Sanniti. È certo che comunque non voleva schierarsi con chi lo aveva processato ingiustamente, chi aveva promesso la libertà agli schiavi per incitarli alla rivolta, e dunque era senza onore, chi aveva combattuto i consoli, e dunque era un nemico della repubblica. Diceva a tutti che anche il tribuno Druso suo cugino avrebbe fatto questa scelta, se avesse potuto.

CAPITOLO SETTIMO

anno 666 ab Urbe condita *(87 a.C.)*

Eravamo in primavera ed era il giorno della votazione.

Per sostenere le proposte di Cinna sull'eguaglianza politica ai nuovi cittadini un gran numero di Italici era affluito a Roma, tanto che nel Foro era difficile muoversi. Ottavio aveva tentato di disperderli senza successo.

Era diventato impossibile fare lezione, venivamo continuamente urtati e il baccano era infernale. Il *grammaticus* ci congedò con la raccomandazione di andare subito a casa, Marco invece volle rimanere tra la gente a guardare il sacrificio, i magistrati e la folla. Continuavamo comunque ad aggirarci lontano dai Rostri rimanendo sempre ai margini del Foro, vicino al tempio di Castore. La folla compatta era formata dai seguaci di Cinna, che per primi avevano occupato il Foro in attesa del risultato. Ci accorgemmo che erano tutti armati.

«Faremmo bene ad andarcene» dissi.

«Hai ragione» concordò Marco e si avviò.

All'improvviso ci fu un clamore più forte. I tribuni fedeli a Ottavio avevano posto il veto alle iniziative dei Cinnani. La reazione dei popolari fu rapida. Intorno a noi c'erano molti Italici, che afferrarono i pugnali e si slanciarono verso i Rostri, ma a difesa dei tribuni si ersero i loro sostenitori.

Noi rimanemmo un attimo a guardarci incerti e poi fuggimmo mano nella mano verso il *Clivus Palatinus*, ma altra gente armata correva dalla parte opposta e ci travolse, così ci ritrovammo di nuovo vicino al tempio di Castore. Marco fu gettato a terra, riuscì a rialzarsi subito e a correre. Fui sbattuto a terra anch'io, ma feci in tempo a vedere Lusio che afferrava Marco e lo portava via verso la sommità del monte, mentre altri schiavi di casa gli facevano strada scostando rudemente la gente. Mi avevano abbandonato. Mi rialzai e, distribuendo spintoni a testa bassa, tentai anch'io di correre verso casa.

Ma era impossibile per me contrastare la fiumana di gente che brandiva i pugnali, potevo solo assecondarla o le lame mi balenavano sulla faccia, e prima o poi qualcuno mi avrebbe infilzato forse anche non volendo. Mi trasportarono verso i Rostri. Era il caso di fare quello che sapevo fare, fu un gioco, infatti, arrampicarmi su una delle statue, ne conoscevo tutti gli appigli.

Intanto si udirono urla più forti che provenivano dal Palatino e dalla Via Sacra. Quando i Cinnani avevano attaccato, Ottavio era ancora a casa sua in attesa di notizie, e ora alla testa di una schiera di seguaci era sceso giù per la Via Sacra e si precipitava nel Foro in aiuto dei tribuni a lui fedeli. Così mi trovai nel mezzo della battaglia, appiattito tra una colonna di marmo e le pieghe di una toga di bronzo.

Ottavio arrivò al tempio di Castore, i suoi seguaci estrassero le armi e attaccarono e, anche se erano in minoranza, riuscirono a dividere la folla dei popolari per avanzare verso i Rostri. Vidi Tito Druso e Livio vicini a Ottavio.

Fu una battaglia violenta. I nuovi cittadini covavano odio e volevano difendere i loro diritti, ma la lotta feroce e spietata fu tra concittadini, tra vicini e parenti, nel Foro, davanti ai luoghi più sacri. Mi sembrava incredibile. Vedevo Romani colpire e Romani cadere, facce sconvolte dall'odio, sangue dappertutto; le urla disumane venivano amplificate dalla forma della piazza e dagli edifici intorno. I sostenitori di Ottavio uccisero molti nuovi cittadini e ne inseguirono altri fino alle porte.

Vedendo che Ottavio vinceva, Cinna fuggì dal Foro e sentivo urlare i sostenitori di Ottavio, pieni di timore, che forse Cinna stava chiamando a raccolta gli schiavi.

La battaglia andava spegnendosi e io pieno di lividi e di graffi scesi dall'alto piedistallo. Mi avviai a casa intontito, scavalcando i cadaveri che riempivano il Foro e le strade adiacenti, tra i vivi che piangevano e imprecavano. Seppi dalla gente che Cinna era andato davvero con i seguaci a chiamare alle armi gli schiavi promettendo la libertà, ma gli schiavi avevano avuto paura di unirsi al perdente e Cinna stava fuggendo con i fedeli da Roma.

Nell'atrio trovai una folla attonita raccolta intorno a Porcia. Il padrone non era ancora tornato e lei, appena ebbe sentore della fine della battaglia, mandò Lusio a cercarlo.

Mentre mi passava accanto, Lusio mi scompigliò i capelli con uno scappellotto amichevole e disse: «Lo sapevo che te la saresti cavata». E con lo sguardo mi approvava e mi confermava una stima che mi lasciò un po' confuso, ma felice.

Mia madre mi medicò i graffi senza dire nulla. Era incinta; lei diceva del padrone, ma la voce comune la smentiva. Aveva ventotto anni ma sembrava più bella; sono tanti ventotto anni per una schiava, ma per lei il tempo pareva non essere trascorso. Pensai che il bambino fosse di Lusio.

Con il mio contributo Marco stava diventando sempre più bravo a scuola e il *grammaticus* come compito a casa gli assegnava, oltre allo studio dei classici, anche la composizione di brevi orazioni su argomenti politici non più attuali. Poi le correggeva da parte, per non umiliare gli altri eredi di grandi famiglie, diceva. Sosteneva col padrone che lui sapeva riconoscere certe qualità e Marco era un oratore nato. Secondo quella brava persona, appena avesse cominciato il corso di studi superiori, Marco sarebbe apparso a tutti uno dei più promettenti giovani oratori romani.

Venne come ambasciatore presso i Romani il grande oratore Apollonio Molone, mandato dai Rodii a manifestare la loro amicizia e a illustrare in Senato la situazione che si era creata a Rodi a causa della guerra di Mitridate, poiché l'isola era rimasta fedele a Roma e, come alleata di Roma, aveva sostenuto un terribile assedio. Il padrone, orgoglioso di Marco, si fece in quattro per farglielo conoscere, invitò il retore in casa e Marco fece davvero una bellissima figura.

Per declamare si preparava a lungo, impostava il tono della voce e i gesti, e il suo naturale fascino lo aiutava; se avesse voluto sarebbe stato molto bravo. Molone non parlava il latino, così Marco e io avevamo unito le nostre forze per comporre un piccolo discorso in greco.

Mentre Marco declamava nel *tablinum*, io attendevo in un angolo buio dell'atrio; mi sentivo un condannato a morte e a un certo punto, quando Molone non poté trattenere un sorriso per un qualche strafalcione, dovetti correre fuori a vomitare.

Il grande Molone disse a Tito Druso che sarebbe stato un onore per lui avere un promettente giovane oratore come Marco tra gli allievi nella sua scuola a Rodi. Il padrone era molto contento, ma io cominciai a dubitare di quello che stavo facendo, pensavo che mi stavo spingendo troppo oltre.

«Forse è il caso di smetterla con le orazioni» dissi a Marco quella sera stessa, mentre mi preparavo il giaciglio ai piedi del suo letto.

«Non capisco.»

«Se tuo padre lo scopre? Sembrava un gioco, una cosa anche divertente, ma adesso sta durando troppo e, se qualcuno si accorge che siamo conniventi, passiamo i guai.»

Soprattutto io avrei passato i guai. Lui avrebbe subito una ramanzina e magari una settimana o due senza dolci, a me una cosa del genere poteva costare l'espulsione dalla *familia urbana.*

Il padrone avrebbe pensato che avevo varcato i confini, mettendo le mani in una cosa come l'arte oratoria, degna solo dei cittadini più importanti, o dei maestri venuti schiavi dalla Grecia. E senza la sua approvazione, tra l'altro. Il mondo dei padroni e quello degli schiavi devono operare sempre vicini, paralleli, ma non devono mai incontrarsi, e io sapevo molto bene quali sono le cose vietate a uno schiavo.

Non avrebbe dato rilievo alla cosa, il padrone, per non umiliare Marco, ma forse, per rimettermi al mio posto, avrebbe trovato una scusa per mandarmi in campagna. Là sarei diventato una bestia. Non avrei più avuto strumenti per scrivere, né classici da commentare, solo fatica e forse ceppi ai piedi. E così giovane e bello sarei diventato l'oggetto di piacere di tutti, non solo di Marco. In campagna avrei dormito in un *ergastulum* insieme a trenta o quaranta schiavi, mi avrebbero violentato in massa.

Marco capì perfettamente a cosa pensavo.

«Se qualcuno se ne accorge, chi passerà i guai sono io, che ho un onore da difendere, tu che devi difendere? Non conti niente. Sei uno schiavo, non hai onore, e tutto quello che hai ti proviene da me, solo se accontenterai me avrai una vita decente e un giorno la libertà. Oppure...» Quell'*oppure* mi terrorizzò, non ebbi più nemmeno il coraggio di guardarlo.

«Ormai hai cominciato e devi continuare. È un grande favore che ti faccio, perché stiamo lavorando per guadagnarci di sicuro la Grecia» disse. «Mi hai deluso. Guardami quando ti parlo.»

Alzai gli occhi ed ebbi paura di quello che vidi nei suoi: completa indifferenza per me e la mia sorte.

«Ti avevo promesso di portarti con me... Il retore Molone mi è sembrato soddisfatto, potremmo rimanere anche più di un anno e io mi toglierei da questa atmosfera soffocante.»

Finalmente compresi. Se il suo profitto fosse calato, invece di mandarlo a completare l'educazione in Grecia, il padrone e Lelio avrebbero potuto imporgli di frequentare qualche grande oratore a Roma, qualcuno come Ortensio, e intanto lo avrebbero fatto sposare a sedici anni. E se c'era una cosa che poteva dare fastidio a Marco, questa era il matrimonio. Lelia, diventata la fidanzata perfetta, lo infastidiva più di prima, e lui tentava di procrastinare le nozze. Non sarebbe cambiato molto per Marco col matrimonio, ma lui odiava ogni imposizione anche minima. Una dilazione era tanto importante per lui, che nemmeno osava parlarne chiaramente, come se quel sogno potesse sfuggirgli.

«E poi, se non ci fossi più tu, credi che io non saprei comporre una di quelle stupide orazioni?»

«No, certo che sapresti comporla. Ho capito... la Grecia...»

Ma avevo passato il segno e all'improvviso Marco mi prese e mi fece molto male quella sera. Mi trattò rudemente, mi umiliò per ricordarmi che appartenevo a lui; e non perché componevo delle orazioni per lui, che aveva altro di più divertente da fare, potevo dargli consigli o mettere in discussione i suoi comportamenti.

Mi ricordò con la violenza che, anche se ognuno dei due era utile all'altro e c'era quasi un patto tra noi, era lui che comandava. Che un accordo tra noi non era un patto vero perché un patto è tra uguali, che mettono ognuno in palio qualcosa: io avevo da offrire solo qualche orazione, che avrebbe potuto comporre lui, se non fosse stato occupato in altro, Marco metteva in gioco la mia libertà futura e il mio benessere immediato.

Aveva ottenuto lo scopo di farmi sentire un niente, ma un niente non può comporre orazioni, non ha la forza di ergersi né contro, né in favore di nulla. Infatti l'oratoria è prerogativa dei liberi. La sua carriera di retore subì un brusco arresto. Dopo tutta una serie di nuove minacce e violenze, che non ottennero l'effetto desiderato, comprese e cominciò a trattarmi di nuovo con dolcezza e familiarità, ripresi vigore presto e con me i miei componimenti.

Dopo la fuga da Roma Cinna era stato deposto dalla sua carica con un senatoconsulto. Per tornare e riprendere il potere si servì dell'arma introdotta da Silla: l'esercito. Arruolò gli eserciti ancora in campo contro i *socii* ribelli, molti schiavi e molti nuovi cittadini.

L'avanzata di Cinna fu un trionfo. Appena vide qualche possibilità di rientrare a Roma, Mario sbarcò in Etruria e vi chiamò a raccolta i suoi, poi si unì a Cinna.

Non potendo richiamare Silla, che aveva già attraversato il mare, Ottavio durante l'estate cercò di preparare la resistenza, riparando le mura. Gli eserciti popolari interruppero tutti i rifornimenti e disposero l'assedio.

In Roma il caldo, le zone paludose e malsane, la carestia, le truppe ammassate provocarono una pestilenza e ancora diserzioni.

Mi intristisco per giorni se rivivo l'atmosfera cupa di quell'estate torrida nella città senza rifornimenti. Il presagio di morte che gravava nell'aria, gli occhi della gente rivolti al cielo nella ricerca ansiosa di segni premonitori degli dei, la corsa di tutti a rinforzare le mura e a scavare fossati, sapendo che era inutile, le lotte, i furti e le rapine per procurarsi cibo, la paura strisciante e poi l'inedia, il silenzio rotto solo dai gemiti e dai pianti degli appestati.

Prima che Mario bloccasse i rifornimenti, Porcia aveva riempito le dispense, che traboccavano di grano, legumi, olio, formaggi e carni secche. Appena ci fu penuria, i clienti dei Drusi trovarono presso di noi piccole razioni per sopravvivere. Era un andirivieni di gente affamata e impaurita, che cercava cibo e conforto. Demofilo li faceva sostare nel *vestibulum*, non li faceva entrare mai nell'atrio per paura del contagio.

Livio venne a sapere che il nostro schiavo Sesto, il primo aiutante del cuoco, vendeva grano di nascosto, piccole quantità che pure gli avevano reso un bel gruzzolo; il denaro lo trovarono nel cubicolo della sua amante, la schiava Licia.

Sesto fu frustato nel criptoportico, non fu portato alle Esquilie come accadeva di solito per le punizioni, perché il padrone ritenne che non fosse il caso di fare pubblicità a quello che era accaduto in casa nostra, con l'atmosfera di paura che opprimeva tutti in città, liberi e schiavi. Licia disse di non sapere nulla dei soldi e il padrone non la punì.

Per noi schiavi già spaventati e affamati le urla di Sesto, che provenivano affievolite dal sotterraneo, furono molto dure da sopportare, finché Porcia ordinò al figlio di far smettere i tormenti.

Appena guarito dalle ferite Sesto sparì. Licia si presentò al padrone un pomeriggio nel *tablinum*, dicendo che Sesto era introvabile dalla notte precedente.

La fuga di Sesto fu un colpo per la famiglia, tolse la tranquillità e la sicurezza agli schiavi e ai padroni. Anche se erano trattati bene e non avevano mai avuto prima di allora l'intenzione di fuggire, molti dei nostri schiavi cominciarono a chiedersi cosa convenisse fare in quel momento, in cui

Mario li chiamava alle armi come uomini, con la promessa della libertà. Alcuni, quelli che non riuscivano ad attirarsi la benevolenza dei padroni, pensavano che forse avrebbero fatto bene a seguire Sesto. Non parlavano, ma io lo capivo dai loro occhi. Per me il problema, anche se non fossi stato solo un ragazzo, non si sarebbe posto comunque: il mio destino era legato a quello di Marco, era da lui che mi aspettavo come ricompensa la libertà.

Ma il più insicuro in casa era il padrone, lo conoscevo bene e lo so, la defezione di Sesto dovette sembrargli come la fuga dei topi dalla nave che affonda. Come al solito Porcia era imperturbabile e riusciva a incoraggiare il figlio.

Il padrone ci riunì tutti nel giardino. Nella casa di città eravamo trenta schiavi, tolto Sesto ventinove. Dodici donne, undici uomini, io e i cinque bambini più piccoli. Lo guardavamo immobili in attesa di un predicozzo, che non sarebbe stato di conforto.

«Sempre, nei momenti in cui la repubblica è stata in crisi gli schiavi hanno tentato di ribellarsi, accrescendo il disordine e i disagi e attirandosi poi la vendetta di Roma. Oggi Mario e Cinna chiamano alle armi gli schiavi, ma che fine faranno quegli schiavi che li seguono, che si lasciano tentare? Non una buona fine.

Mario e Cinna si definiscono popolari, e la gente crede che questo significhi che sono dalla parte del popolo, ma loro non sono dalla parte del popolo, sono dalla parte di Mario e Cinna. Si servono del popolo per arraffare il potere, per prendersi Roma. Lo stesso stanno tentando di fare con gli schiavi.

Coloro che chiamano a raccolta gli schiavi sono persone inaffidabili, che fanno dimenticare a tutti quale posto è stato loro assegnato dagli dei nel mondo e fanno piombare la società civile nel disordine. La verità è che si servono degli schiavi in questo momento, ma presto, quando non ne avranno più bisogno, li scacceranno o li ridurranno nuovamente in servitù.

Credete che i popolari vogliano dare da mangiare per sempre agli schiavi che attirano? Quegli schiavi, quando

Roma sarà pacificata, finiranno sulla croce o saranno riconsegnati ai loro padroni, che li puniranno. Ma potrebbe anche succedere che gli schiavi ribelli restino liberi a Roma o fuori di Roma. E quando non serviranno più ai popolari cosa mangeranno quegli schiavi? Molti di loro non sono capaci di nulla se il padrone non provvede a loro, non sanno procacciarsi neppure di che sopravvivere.

Oggi è il momento della violenza e dei saccheggi, e gli schiavi ribelli stanno prosperando nella violenza, ma la violenza finirà: prima o poi deve finire. È stato sempre così. E allora, quando le regole del vivere civile saranno ripristinate, cosa mangeranno coloro che non sanno produrre nulla? Credete che Roma li renderà partecipi delle distribuzioni di frumento? Credete che ci sarà qualcuno che si offrirà di mantenerli?

Gli schiavi che oggi si lasciano tentare tra non molto tempo per mangiare dovranno fare gli accattoni, ma di accattoni Roma è già piena. O forse potranno unirsi ai briganti, e presto molti di loro finiranno sulla croce. Alcuni saranno ripresi dai padroni e saranno trattati più duramente di prima. Ma la maggior parte di loro capirà che non può andare avanti e sarà costretta a offrirsi per farsi comprare. Volete forse mettervi in vendita a qualcuno che vi sfrutterà senza nemmeno darvi da mangiare o da coprirvi decentemente? Ricordatevi che voi oggi vivete meglio di molti liberi.

Superati questi momenti, quando tutto tornerà come prima, le grandi famiglie comanderanno ancora e per uno schiavo sarà sempre molto conveniente appartenere a una grande famiglia. Allora non tentate di fuggire, perché oggi siete fortunati. Oggi fate parte di una famiglia che ha di che provvedere a voi e vi protegge. L'unica possibilità di cambiamento in meglio per voi consiste nel farvi benvolere sempre di più dal padrone. Il buon padrone a capo di una famiglia onorata protegge i suoi schiavi ed è la loro guida. Il padrone ha bisogno degli schiavi per prosperare, ma gli schiavi hanno bisogno del padrone per sopravvivere. I più deboli sono gli schiavi.»

Io avevo già elaborato in precedenza quei concetti, ero del tutto convinto di quello che aveva detto il padrone, e non avrei mai lasciato la famiglia, piuttosto temevo che fosse Tito Druso a doverci lasciare, perché girava voce che Mario e Cinna fossero assetati di vendetta.

Tutti lo ascoltarono senza fiatare, guardando la sua figura maestosa avvolta nella toga candida che ricadeva in pieghe perfette.

Mia madre andò a baciare la mano del padrone per prima e uno a uno andammo tutti, a ognuno il padrone fece una carezza sul capo, ma il giorno dopo mancavano altri due schiavi. Anche da Lelio ci furono delle fughe. E allora i padroni cominciarono ad avere paura, non solo del nemico, ma anche degli stessi schiavi della loro *familia*, nelle loro case. La notte cominciarono a chiudersi dentro le stanze. Prima di dormire, anche Marco mise il paletto alla nostra porta e mentre smorzavo la lucerna colsi un suo sguardo perplesso nei miei confronti. Forse pensava che avrei potuto ucciderlo nel sonno. In fin dei conti, chi avrebbe creduto che Sesto potesse fuggire?

La fuga di Sesto e degli altri e le promesse di libertà agli schiavi da parte dei popolari mi offrivano qualche nuova opportunità. «Quel discorso del padrone sulla fine che faranno gli schiavi ribelli...» gli dissi. «Io le immaginavo già quelle cose: che fine può fare lo schiavo senza la protezione del padrone? Questo lo sa qualunque schiavo con un po' di senno. Nessun popolare potrà indurmi a tradirti, tu mi hai promesso la libertà prima dei popolari, in cambio della mia fedeltà. Io ti sarò sempre fedele.»

«E io ti libererò» disse Marco.

«E io da libero ti sarò fedele come da schiavo, da libero rimarrò ancora al tuo servizio, ancora nella tua casa, se vorrai. Tu mi proteggerai.»

«Lo farò. E tu sarai come Livio è per mio padre.»

Avevamo parlato al buio, volle che riaccendessi la lucerna.

«Per guardarti» disse, e volle che mi spogliassi completamente. «Anche se ti sta crescendo un po' di barba e stai cambiando voce, sei sempre il mio preferito.»

«Anche più di Frine?»
«Certo, sei meglio di Frine.»
Quella sera fu molto tenero e affettuoso, mi accarezzò su tutto il corpo e volle darmi piacere, non solo prenderne da me.
«Sei bellissimo, Fausto» mormorava.
Ci addormentammo l'uno nelle braccia dell'altro.

CAPITOLO OTTAVO

Roma si arrese. Il Senato fu costretto ad accettare di nuovo Cinna come console e a procedere a una finta votazione per il ritorno di Mario dall'esilio.

Le truppe dilagarono per la città e cominciarono i saccheggi, eravamo terrorizzati.

Ottavio era sicuro che non avrebbe subito violenza, persuaso da Cinna e Mario, che avevano dato la loro parola, e da auguri e indovini, i quali avevano vaticinato che non gli sarebbe successo alcun male. Invece gli amici, tra cui il mio padrone, gli avevano consigliato la fuga, ma lui accolse i nemici seduto sulla sedia curule, con la veste consolare, e attese di essere ucciso.

La sua testa fu inviata a Cinna, che la fece appendere ai Rostri. Mentre molte altre teste venivano appese ai Rostri, Porcia mandò Lusio nel Foro a chiedere informazioni sul padrone, ma prima di Lusio tornò a casa Livio, ed era sconvolto. Andò a riferire a Porcia e poco dopo lei si presentò nell'atrio, dove già erano radunati gli schiavi in attesa di notizie.

«Tito Livio Druso è morto e i suoi nemici non vogliono che gli si dia sepoltura» disse. Non piangeva, ma pronunciò con furore molte maledizioni. «Che i suoi assassini siano maledetti. Che gli autori di questa violenza muoiano di morte violenta per la strada anche loro come cani, che siano fatti a pezzi e che le loro madri non possano dar loro sepoltura, come me.»

Marco, Livilla e Lelia Prima erano accanto a lei e piangevano addolorati e spaventati.

Si levarono i pianti delle schiave per il padrone, ma Porcia fece segno di voler parlare ancora. «Sarò ospitata da Lelio per qualche tempo.»

«Portaci con te» dissero gli schiavi.

«Non posso» disse Porcia. «Qui deve rimanere qualcuno, nella speranza che la casa non sia data alle fiamme. Ma non tentate di difendere nulla, la vita è la cosa più importante. Dite che siete rimasti qui perché non avete altro ricovero, e fate presente che la casa confina con quella di Lelio, che è amico dei popolari, perciò non è proprio il caso che la incendino. Ricordate di fare il nome di Lelio, questo può salvare la casa. Demofilo, la tua vita mi è cara e conosco il tuo carattere: ti ordino di non opporti all'ingresso dei saccheggiatori.»

Porcia prese i suoi gioielli e attraversò per la prima volta il passaggio tra la nostra casa e quella di Lelio, seguita da Marco, Lelia Prima e Livilla, una piccola processione di ragazzetti piangenti con alcune delle loro cose più care tra le mani. Io e mia madre e le due ancelle di Lelia Prima li seguivamo carichi dei loro vestiti e oggetti personali. Lusio e Livio fecero più viaggi trasportando le maschere degli antenati e alcune opere d'arte, che provenivano dai bottini dei Livi dei secoli precedenti, poi murarono la comunicazione.

Terenzia accolse Porcia con alti pianti.

Si sparse la voce che Mario e Cinna, ormai padroni di Roma, avevano convocato gli amici per chiedere il loro consiglio su come procedere per mantenere la pace nell'Urbe e insieme erano giunti alla conclusione che il modo migliore fosse uccidere tutti gli avversari.

Era iniziata una spietata caccia ai partigiani di Silla. Molti temevano la vendetta di Mario e dei Mariani, e il vecchio consumato dall'odio scatenò l'esercito e gli schiavi liberati contro i suoi nemici, veri e presunti. Si raccontavano storie di orribili esecuzioni, di gente fatta a pezzi, ma anche di fughe rischiose andate a buon fine. La moglie e i figli di Silla riuscirono a fuggire in modo avventuroso e con altri sostenitori si diressero in Grecia, a mettersi sotto la sua protezione.

Gli schiavi stavano svolgendo un ruolo di primo piano. Circolavano voci di alcuni di noi che avevano salvato con abili stratagemmi i padroni, ma soprattutto di altri che li avevano denunciati o fatti scoprire per dabbenaggine. I Romani hanno sempre avuto paura degli schiavi, e si stavano accorgendo di quanto realmente potessero essere pericolosi quegli esseri che vivevano sempre vicino a loro oppressi e sfruttati, conoscendone tutto il peggio e odiandoli sempre di più, giorno dopo giorno. Molti schiavi, unendosi a Mario, videro giunto il momento sospirato della vendetta personale.

Noi eravamo in lutto e la famiglia di Lelio partecipava al nostro lutto. Attendevamo insieme di udire i rumori del saccheggio dalla *domus* dei Livi, e avevamo paura che i saccheggiatori venissero a stanarci da Lelio. Lelio era ancora fuori città per i suoi affari e il liberto Antistio era partito per avvisarlo della morte di Tito Druso. Livio e Lusio erano andati in cerca del corpo del padrone, perché Porcia voleva sapere dove si trovasse e come fosse morto, anche se non si poteva procedere con il funerale.

Il Palatino, residenza di molti nemici di Mario, attraversato dall'esercito popolare e dalle bande di schiavi incaricati di fare giustizia, era diventato un luogo di dolore, di silenzio profondo rotto di tanto in tanto dalle voci aspre e rabbiose dei giustizieri e da pianti e gemiti. Chiudersi in casa non serviva.

Ci eravamo trasferiti solo da poche ore presso Lelio, ma Demofilo venne già a cercare Porcia.

«*Domina*, da quando manchi tu in casa manca la legge, sono fuggiti anche Quinto e Numasio appena hai voltato le spalle. Tutti gli schiavi si stanno ubriacando e poco fa il cuoco ha spento un incendio in cucina.» Demofilo, nel parapiglia, potendo contare solo sull'aiuto del cuoco, si sentiva perduto.

Porcia decise di tornare a casa.

«Non tornare, *domina*. Tu non devi passare per strada. Non è un bello spettacolo. Dimmi solo che fare. Per favore, dammi l'ordine di usare le maniere forti» disse Demofilo e mostrò la daga che portava al fianco.

«No» disse Porcia. «Non abbiamo bisogno di altra violenza.»

Attraversò l'atrio di Lelio col solito volto impassibile sotto lo sguardo spaventato di Marco e uscì in strada. Io e mia madre l'accompagnammo.

Sul selciato, davanti alla porta di Lelio c'erano due cadaveri decapitati, e avanti altri corpi integri. Questa disparità di trattamento dipendeva dal rango: i decapitati erano senatori, le cui teste erano state appese ai Rostri. Il console Ottavio ebbe l'onore di essere il primo, ma poi se ne sono visti molti da allora, e dopo parecchi anni ebbe questo privilegio anche il grande Cicerone. I corpi dovevano essere lasciati a decomporsi, nessuno, pena la morte, poteva dar loro sepoltura, e nessuno provava a farlo, tanto era il terrore.

Preceduta da Demofilo, Porcia percorse in silenzio i pochi passi che ci separavano da casa.

Non solo la strada, ma anche i muri erano imbrattati di sangue, il sangue era schizzato dappertutto. Il sole era abbacinante. Mia madre, come al solito un passo dietro a Porcia, reggeva il parasole, e questo è un ricordo molto vivido.

Mi sembrava strano quel parasole, mentre Porcia doveva stare attenta a non scivolare sul selciato rosso di sangue, ma Porcia non le disse niente, non voleva farla impaurire cambiando all'improvviso qualcosa nelle sue mansioni. Gli schiavi di casa rimasti fedeli avrebbero trovato protezione e certezze presso di lei finché avesse avuto fiato. Così percorsero la strada piena di cadaveri secondo le antiche consuetudini, la *domina* avanti e la schiava un passo indietro riparandola col parasole.

Non vedemmo vivi in strada, ma urla non lontane ci annunciavano che i guai erano in arrivo.

In casa regnava l'anarchia, ci giunsero scoppi di risa e voci di ubriachi, e una coppia amoreggiava nell'atrio. Mi vergognai: erano i miei simili.

Appena manca il padrone gli schiavi, senza la sua guida, diventano bestie, non sanno come comportarsi. Così aveva sempre detto Tito Druso, e così avrebbe commentato un Romano. Ma io, dopo tante esperienze fatte, posso dire che in realtà gli schiavi comuni vengono sempre tenuti come bambini e convinti in mille modi dai padroni di non essere in grado di agire senza guida, e alcuni di loro si comportano davvero come irresponsabili, se viene meno il controllo.

Si sparse subito la voce che Porcia era tornata e qualcuno, che ancora si reggeva sulle gambe, comparve nell'atrio con espressione ebete, tenendo tra le mani alcune delle più preziose coppe dei Livi piene di vino.

Comparve anche Muzio, il cuoco, in preda a una delle sue crisi di agitazione. «Non mi obbediscono» gemette con le mani tra i capelli.

«Che succede?» disse Porcia. «Io vi ho lasciati a custodire la casa. Voi siete la *familia urbana* di Tito Livio Druso, il vostro comportamento è deprecabile e fuori luogo. Il padrone è morto e non si trova il suo corpo, e voi vi date alle orge.»

Non potemmo sapere cosa avrebbero risposto, perché l'atrio fu invaso all'improvviso da una turba di gentaglia armata, guidata dal nostro schiavo fuggito Sesto. Erano schiavi liberati dai popolari e liberi poveri che speravano nel saccheggio. Si fermarono di fronte a Porcia. Io e mia madre le stavamo già accanto, Demofilo e Muzio si avvicinarono di corsa. Demofilo stava estraendo la daga, ma lei gli fece cenno di fermarsi.

Sesto la fronteggiò con lo sguardo spavaldo, puntandole il pugnale vicino al volto. «Vecchia strega, dov'è tuo figlio?»

«Io non l'ho visto, ma mi hanno detto che è morto.» Porcia riusciva a essere impassibile anche dicendo questo.

Sesto ebbe un lampo di genio. «Perché non sei a lutto?» chiese con tono insidioso.

«Perché non mi hanno dato la certezza che mio figlio sia morto, e allora se mi mettessi a lutto e lui fosse vivo... voi mi capite benissimo: potrei portargli sfortuna.»

«Non ti fare tanti scrupoli, farà la fine che merita, se non l'ha già fatta. Li hai visti gli altri? Non potrai dargli sepoltura. Se lo mangeranno i cani.»

«Chi commette violenza inutile sarà punito dagli dei.»

«Basta. Noi siamo qui incaricati di fare giustizia, adesso controlleremo, tuo figlio non riuscirà a sfuggirci.» Le avvicinò la punta dell'arma a un occhio. «Allora, dov'è?»

«Guarda tra i cadaveri nelle strade. C'è gente irriconoscibile.»

«Sempre uguale la vecchia...» Sembrava quasi compiaciuto. «Credi che non abbia già guardato? Niente mi farebbe più piacere che cavargli un occhio, o anche tutti e due, ma lui non c'è. Ho visto solo tre uomini della sua scorta in cima a un mucchio cadaveri. Beh... certo, che se sono morti gli uomini della scorta...»

«Se è già morto, non può morire una seconda volta, in quel caso non avrai il piacere di ucciderlo.»

«Avrò il piacere di farlo a pezzi» disse Sesto.

«Che aspetti?» abbaiò uno del gruppo. «Scannala.»

«Non sono questi gli ordini. Comunque sì! Certo, lo farò! Prima però le voglio parlare a tu per tu, cosa che non mi è mai stata concessa, voglio farle capire che per il figlio è finita e voglio che mi dica dov'è.»

Avvicinò sempre di più l'arma all'occhio di Porcia, che non si mosse. Demofilo fece un passo avanti. Ma all'improvviso un ragazzetto sbarbatello, che stava vicino a Porcia e a Sesto, spostando lo sguardo dall'uno all'altro mentre parlavano, afferrò un secondo pugnale alla cintola di Sesto, che proprio non si aspettava questa mossa, e si frappose tra Sesto e Porcia brandendolo.

Quel ragazzetto ero io. Ero terrorizzato, non da Sesto, ma dagli altri per me sconosciuti. Sesto all'istante afferrò il mio braccio armato e mi puntò alla gola il pugnale con cui stava minacciando Porcia. Sentii che la punta penetrava e il sangue mi colò sulla tunica. Questo frenò l'ilarità dilagante dei compagni di Sesto. Mia madre nel frattempo aveva fatto scudo col suo corpo a Porcia.

All'improvviso gli altri nostri schiavi corsero ad armarsi.

A Sesto non ero mai stato antipatico, anzi, e quel mio gesto doveva avergli fatto ricordare quanto gli piacevo, si mise a ridere anche lui e mi diede uno spintone che mi mandò a sbattere lontano, ma si trovò subito di fronte Demofilo e il nostro cuoco Muzio, che intanto avevano afferrato Porcia tirandola indietro. Muzio, anche se esagitato, era famoso per come sapeva adoperare il suo micidiale coltello affilato, che teneva tra le mani in quel momento.

Per qualche istante Demofilo e Muzio fronteggiarono gli assalitori, uno dei quali, incitando gli altri, si gettò addosso a Demofilo, che lo afferrò e, tenendolo sospeso, lo sgozzò come un capretto e poi lo fece cadere dall'alto a terra con un lugubre tonfo. I suoi compagni diventarono più prudenti.

I nostri schiavi riemersero dal *tablinum* con i trofei di guerra dei Livi, e sembravano anche piuttosto sobri, ma i compagni di Sesto erano molto più numerosi.

«Non vi immischiate» disse però Sesto. «Non siamo qui per uccidere i nostri fratelli. Se combattessimo tra di noi faremmo il gioco dei padroni.»

Si stabilì un profondo silenzio, mentre Porcia veniva circondata dai suoi schiavi fedeli.

«Siamo qui per ubbidire a un ordine» disse infine Sesto. «Basta con le perdite di tempo, cerchiamo Druso.»

«Nel frattempo saccheggiamo e incendiamo» disse uno del gruppo.

Porcia si rivolse a Sesto. «Non potete appiccare il fuoco» gli disse con calma. «La nostra casa confina con quella di Lelio, amico di Cinna e di Mario, e tu lo sai bene.»

L'amante di Sesto, Licia, aveva lo sguardo cattivo, anche lei stava aspettando la sua vendetta e non era soddisfatta di come si mettevano le cose. Prima andò a porsi sotto la protezione di Sesto e poi disse: «Oggi sono scappati a rifugiarsi tutti da Lelio, con la scusa che si sono imparentati col fidanzamento di Marco e Lelia Prima. Ma Porcia di notte ha sepolto delle monete nell'orto. L'ho vista».

Tutti gli orti e i giardini di Roma erano punteggiati di scavi in quel periodo triste.

Sesto e la sua banda cominciarono le ricerche del padrone, ma non lo trovarono. Presto Druso passò in secondo piano e si diedero alla ricerca del denaro nell'orto e a un sistematico saccheggio delle argenterie, dei piccoli bronzi, delle armi e delle migliori stoffe. Porcia ordinò a Demofilo di non contrastare il saccheggio, intanto noi ci saremmo eclissati, e si avviò maestosa verso la casa di Lelio. Io e mia madre la seguimmo. In effetti mi sembrava strano che abbandonasse il campo di battaglia, ma avrei capito presto il perché.

La voce di Sesto la seguì. «Mi rivedrai, strega. Se non troveremo tuo figlio, cominceremo a pensare che ha fatto il furbo ed è fuggito, allora verremo a prendere tuo nipote Marco.»

Appena tornati da Lelio, Porcia mi fece bendare il collo, anche se avevo solo una piccola scalfittura, e raccontò che il mio gesto disperato aveva suscitato negli altri schiavi il coraggio di organizzarsi in sua difesa. Tutti mi osservavano quella sera, soprattutto Marco. Si trovavano nella difficile posizione di un padrone di fronte al suo schiavo che ha imbracciato le armi, ha saputo farlo e se ne è dimostrato degno, dunque è un uomo. Non sapevano che io avrei dato la vita per la donna che mi aveva permesso di assistere alle sue lezioni e mi aveva corretto i compiti, e poi in cuor mio sapevo che Sesto non mi avrebbe fatto del male. Per fortuna presto si scordarono di me.

Porcia invece continuava a interessarsi a me in modo molto benevolo. Mi fece cenno di accostarmi e mi disse sottovoce: «In tutto quello che accadrà da ora in poi mi aspetto molto da te. Ricordalo».

CAPITOLO NONO

Ero immerso in un sonno profondo, quando qualcuno mi chiuse la bocca con forza e mi bloccò sul giaciglio. Volevo urlare e tentai di divincolarmi, ma l'aggressore silenzioso era troppo forte per me. Era ancora notte, lo capivo perché era molto debole la luce che proveniva dalla porta della stanza aperta. Il cuore mi batteva all'impazzata, mi sembrava che facesse un chiasso assordante.

«Non fare rumore» bisbigliò nel mio orecchio la voce di Lusio.

Mi calmai quando lo riconobbi. Mi tolse la mano dalla bocca e mi fece alzare e uscimmo nel corridoio poco più illuminato, dove silenzioso in attesa c'era Livio il liberto. Lusio svegliò anche Marco con le stesse cautele.

Attraversammo senza produrre il minimo rumore gli alloggi delle schiave di Lelio. Dai cubicoli affollati proveniva un leggero russare. Da una terrazza di Lelio passammo in una dei Drusi, poi andammo avanti superando in silenzio quella che mi sembrò un'infinità di scale e cortili bui e terrazze al chiaro di luna, appartenenti ad altre case, senza incontrare anima viva. Infine ci trovammo in una bottega piena di merci, il cui proprietario era un certo Attilio, che conoscevamo come attivissimo Mariano. Livio disse che ormai doveva lasciarci, perché era troppo conosciuto come *nomenclator* di Tito e chiunque lo poteva associare ai Drusi. A lui si sostituì Attilio. Uscimmo da una porticina su un vicolo e scendemmo dal Palatino, incamminandoci spediti per la Suburra.

Marco senza la sua *toga praetexta*, tutti con vesti scure e molto comuni, potevamo essere scambiati per schiavi o per un gruppetto della tanta gentaglia che si era data all'omicidio e al saccheggio nei giorni della vendetta di Mario. Attilio e Lusio brandivano le armi. Ogni tanto passavamo accanto a un mucchio di cadaveri che cominciavano a puzzare, e dovunque c'erano squadre addette alla sorveglianza, perché gli amici di Silla non fuggissero e i cadaveri dei Sillani non ricevessero sepoltura, nemmeno il simbolico pugno di terra. Le ritorsioni contro chi aiutava i Sillani erano terribili.

«Dove andiamo?» chiese Marco.

«Fai troppe domande» rispose Attilio. «Comunque sappi che io sto aiutando il fidanzato di Lelia Prima, non il figlio di Tito Druso.»

Passando per la Suburra avevamo compiuto un giro più lungo per prudenza, dedussi, perché la nostra destinazione era nell'*Argiletum*: una fabbrica di *caligae* militari e sandali di infima qualità. Vi giungemmo prima dell'alba. In quel posto la puzza della concia superava di gran lunga quella dei cadaveri. Gli operai ancora non avevano cominciato a lavorare, schiavi e intendenti erano in attività a scaricare del pellame e a organizzare il lavoro del giorno.

In un momento in cui nessuno ci osservava, Attilio fece sdraiare Marco e me sul fondo duro e sporco di un carro e cominciò a coprirci con i sandali.

«Dove ci portano?» chiesi a Marco. Non avrei voluto chiedere, per non mostrare la grande inquietudine che provavo, ma fu più forte di me.

«Credi che non te lo avrei detto se lo sapessi?» rispose Marco, con la voce rotta dall'emozione.

Prima che ci ricoprissero con la merce, quando ancora era possibile qualche movimento, mi afferrò la mano. Presto non vedemmo più niente, la sua mano era l'unico contatto col mondo. Ci stringemmo forte.

Era caldo da morire e respirare stava diventando difficile, la puzza del cuoio conciato era insopportabile. Sentii salire il guidatore, il carro si mosse e uscì dalla fabbrica, cominciarono gli scuotimenti sul selciato. Attraverso i sandali ammucchiati giungeva qualche luccichio che mi indicò che si era fatto giorno; intanto il chiasso si intensificò, e questo voleva dire che stavamo passando in posti di grande traffico. Il carro si fermava di continuo e ripartiva in discesa con forti scossoni, i sandali si assestavano meglio, sembrava che pesassero di più e mi toglievano il respiro.

«Ferma!» Il carro si fermò all'ordine perentorio e si udirono i passi pesanti di molte persone che si avvicinavano.

«Attilio!» disse una voce forte e vicinissima. Sobbalzai per la paura e Marco mi strinse la mano più forte.

«Minucio!» rispose Attilio.

«Ma che fate, proprio oggi dovete uscire da Roma?»

«Abbiamo il magazzino pieno. Avevamo le ordinazioni, così durante l'assedio abbiamo lavorato e adesso devo portare i sandali per gli schiavi alle ville verso Tivoli. Spero di farcela per stasera con le consegne e di tornare domani. Vuoi un paio di sandali per il tuo servo?»

«Te ne sarei grato, intanto dobbiamo procedere col controllo, abbiamo ordine di controllare soprattutto i carri in uscita.»

«Non mi danneggerete la merce, spero. Intanto io vado alla latrina.»

I soldati di guardia scostarono la parte superficiale del carico, poi infilarono le mani e le aste delle lance tra i sandali. La punta di un bastone mi sfiorò e andò a sbattere contro il fondo del carro. Poi i soldati di guardia si disinteressarono al carico e chiacchierarono a lungo con Attilio su come erano morti Ottavio e altri ottimati, indugiando sulle descrizioni di particolari così orripilanti da gettare nel panico più completo Marco, che pensava a suo padre e cominciò ad agitarsi. Solo con la mano io potevo ricordargli che doveva star fermo, e gliela strinsi forte, quasi da stritolargliela, finché comprese e si impose la calma. Infine Attilio salutò, si mise di nuovo alla guida e gli scossoni ricominciarono.

Credevo che sarei morto di caldo e di sete, ma finalmente il carro si fermò, Attilio cominciò a liberarci e Marco mi lasciò la mano. Appena ce la feci a scrollarmi di dosso i sandali emersi col busto e poi schizzai fuori e vidi che Marco era già stato liberato prima di me, come era giusto, e all'ombra di un enorme pino beveva avidamente da un'anfora. Me la passò e mi mollò una pacca amichevole su una spalla.

Eravamo in aperta campagna e il sole era alto all'orizzonte. Attilio ricompose il carico, prese qualcosa da mangiare per noi da una sacca e, mentre Marco stava già per parlare, disse: «Niente domande. Aspettate qui».

Salì sul carro e si allontanò.

«Senti?» disse Marco. «Cavalli al galoppo su una strada.»

«La strada è vicina» dissi, «dobbiamo essere pronti a nasconderci.»

Aspettammo seduti all'ombra appoggiati al tronco del pino, godendo di quel fresco prezioso senza più dire una parola. Marco ogni tanto ricacciava indietro una lacrima per il padre e anch'io piangevo: con la morte del padrone mi sentivo senza punti di riferimento e in balia di un destino sempre più capriccioso. Era crollato tutto, Roma era sotto il dominio dei nemici dei miei padroni, e noi non sapevamo che cosa stavamo aspettando e che fine avremmo fatto. Stando sempre con Marco anch'io ero in grave pericolo.

Un cavallo al galoppo sulla strada deviò e venne verso di noi. Ci nascondemmo in un cespuglio, ma il cavaliere era Lusio, che si guardò intorno preoccupato, non vedendo nessuno. Sbucammo dal cespuglio e gli corremmo incontro; ci abbracciò, anche me, e mi baciò sulla testa. Avrei voluto che quelle braccia forti non mi lasciassero così presto.

«Dobbiamo avvicinarci al luogo dell'appuntamento col padrone, è ora» disse.

Allo sguardo incredulo di Marco rispose: «Sì, Tito Druso è vivo e ti sta aspettando per portarti con sé a Rodi. Ma non dire niente adesso, non è il momento opportuno. Cerca di dominarti e di fare esattamente tutto quello che ti dico».

Marco si dominò, non chiese altro.

Lusio non aveva accennato a me, ma vide il mio sguardo smarrito e gli feci pena. «Vai a Rodi anche tu, Fausto» mi disse e mi fece una carezza sulla testa. «Il padrone vuole così, perché sa che Marco ne sarà contento. Porterà con sé qualcosa della sua vita a Roma.»

Fece salire in sella noi ragazzi e si incamminò rapido tra gli alberi, tenendo il cavallo per le briglie. Dopo poco ci inoltrammo in silenzio tra i filari di una vigna e sbucammo tra campi coltivati. Camminammo curvi, tra le stoppie e l'erba alta ingiallita dell'estate, fino a un boschetto che delimitava uno spiazzo aperto, davanti al muro di confine di una fattoria.

«Conviene lasciare qui il cavallo, siamo vicini» mormorò Lusio, e legò la bestia.

Al di là del muro, in più punti diroccato e aggredito da rampicanti, si scorgevano, tra alberi carichi di frutta, i tetti dell'edificio principale della fattoria e delle dipendenze. Ci giunsero le voci di gente al lavoro e la puzza e i grugniti di una grossa porcilaia.

Marco voleva lanciarsi verso la fattoria, ma Lusio lo trattenne.

«Prudenza» sussurrò. «State fermi.»

Ci lasciò al riparo di un macchione di rovi e si avvicinò quatto al margine dello spiazzo, sempre al riparo delle piante. Ma si udirono un nitrito e dei fruscii dalla vegetazione intorno alla radura, per fortuna lontano da noi: non eravamo soli a osservare la fattoria. Lusio tornò subito vicino a noi circospetto, quasi strisciando.

«Mi dispiace» mormorò. «È andata male, qualcuno ha tradito. Ho intravisto un luccichio dall'altra parte dello spiazzo, forse è un'arma. Dobbiamo allontanarci. Dobbiamo sparire.»

«Avvisiamo mio padre» disse Marco. «Facciamo qualcosa.»

«Non posso rischiare la tua vita» disse Lusio.

«È mio padre, non possiamo abbandonarlo» insisteva Marco.

«Ho avuto ordini precisi da lui» replicò Lusio.

Ma quella discussione finì presto, qualcun altro aveva deciso per loro. In quel momento, dalla parte opposta alla nostra, alcuni cavalieri sbucarono nello spiazzo dal boschetto e si avvicinarono al muro. Erano una dozzina, non soldati, ma una banda di schiavi liberati sguinzagliati a cercare i nemici di Mario e Cinna. Un cavaliere si lanciò al galoppo saltando al di là del muro in un punto diroccato più basso; gli altri lo seguirono, uno alla volta.

Lusio afferrò la mano di Marco e ci riportò alla vigna cercando di non fare rumore. Io mi sentivo abbattuto per la gioia presto delusa che gli affari dei padroni tornassero a posto e li seguivo con le lacrime agli occhi, incespicando. Lusio mi rimproverò con lo sguardo, così ricacciai indietro le lacrime e mi affrettai. All'improvviso, mentre correvamo tenendoci lontani dalle zone aperte, ci raggiunsero le urla di una lotta feroce. La fine del padrone si stava consumando.

Giunti al cavallo Lusio fece montare noi ragazzi e di corsa, sempre conducendo l'animale per le briglie, ci fece arrampicare su una piccola altura e ci portò al riparo tra la vegetazione, poi si accasciò a terra per la fatica.

«Non credo che saliranno qui su con i cavalli. Nascondetevi tra i cespugli» disse.

Sotto di noi si snodava un sentiero di campagna. Rimanemmo fermi in un'attesa spasmodica e poi si udì il rimbombo sul terreno di un drappello di cavalieri che si avvicinava al galoppo. Lusio si nascose insieme a noi cercando di tenere fermo e silenzioso il cavallo. Passarono sul sentiero sotto di noi per raggiungere la strada. Uno teneva alta una picca, su cui era infissa la testa da poco tagliata e ancora sgocciolante di Tito Livio Druso, un altro si tirava dietro un cavallo che portava il suo corpo senza testa.

Lusio tenne fermo Marco e gli chiuse la bocca. Poco dopo uscì dal riparo per andare a esplorare la zona intorno; mi affidò Marco e io lo abbracciai e cercai di consolarlo per la morte del padre, che in realtà aveva generato anche me.

Marco era inebetito. Quando tornò, chiesi a Lusio che avremmo fatto.

«Livio avrebbe dovuto raggiungerci alla fattoria» disse. «Lui doveva farsi ancora vedere in giro a Roma per far credere che il padrone non fosse fuggito. Ma verrà Livio? Tra poco lo sapremo. Speriamo che non lo abbiano arrestato. Comunque ancora non voglio avvicinarmi alla fattoria, anche se gli schiavi di Mario hanno avuto quello che cercavano e non credo che sia rimasto qualcuno ad attenderci. Ci avvicineremo stanotte.»

«Chi ci ha tradito, secondo te?» gli chiesi.

«Non lo so. Quasi certamente un servo della fattoria nella speranza di avere la taglia e la libertà, e anche di andare in città a depredare e a uccidere insieme alle squadre di Mario. Prima dell'assedio Mario ha fatto passare dei banditori nelle campagne per invitare gli schiavi a ribellarsi. Forse ieri quello schiavo, vedendo arrivare un grande personaggio in fuga, ha visto un'occasione propizia e ha fatto in modo di avvisare qualcuno. Comunque non mi sembra il caso di andare a verificare se la mia supposizione è giusta.»

Fu Livio a trovarci, quando col favore del buio ci stavamo avvicinando alla fattoria. Non era stupito di vederci soli. Per parlare ci allontanammo da quei luoghi, tornando sotto al grande pino.

«C'erano delle spie che mi seguivano nella speranza che li portassi da Tito Druso, e io li facevo girovagare per la città cercando l'occasione di seminarli prima che si stufassero, o mangiassero la foglia, e per farmi parlare decidessero di portarmi al carcere, dal boia. Eravamo al Foro quando è entrata a Roma la banda di schiavi con il corpo di Tito Druso. Subito si è sparsa la voce e sono corso a vedere il mio padrone. Hanno appeso la testa ai Rostri e hanno fatto a pezzi il corpo disseminandolo poi lungo la Via Sacra. Ormai le spie non avevano più interesse per me, e nessuno ha fatto problemi a lasciarmi uscire. Hanno avuto quello che volevano, al momento non gli interessa Marco e noi dobbiamo decidere cosa fare di lui.»

«Perché non sei tornato indietro a chiedere a Porcia?» domandò Lusio.

«Perché dopo che avranno ammazzato i senatori e i cavalieri si rivolgeranno anche alla gente meno importante come me. Per me prima di tornare a Roma sarà bene aspettare» disse Livio. «Inoltre, cosa importante, Tito Druso mi ha affidato il figlio. È un ragazzo di quasi quindici anni, e dunque se permetti voglio chiedere anche a lui che intende fare. Io intanto ho il dovere di dirgli cosa il padre voleva per lui: Tito Druso voleva che Marco seguisse le lezioni di Apollonio Molone a Rodi.

Conosco il contenuto del testamento di Tito Druso. Lelio è il tutore di Marco e di Livilla, mentre il tutore di Porcia è un suo parente. Io, in base ai desideri di suo padre, un uomo nobile a cui devo tutto, consiglierei a Marco di tornare a Roma quando potrà essere libero dalla tutela.

Anche se Lelio è un uomo di larghe vedute, non vorrei che tentasse di mettergli le mani addosso per paura che gli venga a mancare il suo aristocratico genero.

Secondo me, se torniamo oggi a Roma, non ne usciamo più. Marco corre molti pericoli in questi giorni a girare per la città e dovrà rinchiudersi in casa di Lelio. Potrebbe anche verificarsi qualcosa per cui sia costretto a sposarsi subito, tra poco Lelia compirà dodici anni.»

«No, no, no...» strillò Marco.

«Zitto! Se fosse necessario per salvarti? Lelio soltanto, come popolare, è in grado di proteggerti in questo momento, infatti Porcia e Livilla sono al sicuro da Lelio.»

«E allora che facciamo?» Avevo posto io, disperato, la domanda, e i tre mi guardarono increduli. Ero troppo scosso e interessato a quello che accadeva, per riuscire a starmene in silenzio al mio posto.

Risero di me, anche Marco, e Livio mi diede una pacca affettuosa su una spalla.

«Io dico di approfittare del piano preparato da Lelio. A Brindisi c'è una nave predisposta da lui già durante l'assedio per far fuggire Tito e Marco» disse Livio. «Lelio sapeva come sarebbe finita. Andiamo alla nave e partiamo per Rodi. Il padrone era così contento di portare via il figlio da quell'inferno che è diventata Roma... un posto dove entrano gli eserciti romani in armi... Tito diceva che ormai si dovrà aspettare a lungo prima che si possano ripristinare a Roma le libertà necessarie alla formazione di un grande oratore, quale sarà di sicuro Marco. Diceva che Marco non sarebbe diventato un buon oratore a Roma.»

«Che dirà Lelio come mio tutore?» chiese Marco, preoccupato di quella tutela.

«Lelio si troverà davanti al fatto compiuto. È troppo furbo, non dirà assolutamente niente. Noi stiamo eseguendo i suoi ordini, stiamo portando a termine il piano originale concepito da lui per salvare Tito Druso e Marco Druso. Al momento di salpare gli manderemo un messaggio, non prima: lo capirebbe anche un bambino che potrebbe essere pericoloso per la sicurezza di Marco, poiché i controlli sono stretti, e di certo lo capirà Lelio.»

Lusio procurò altri due cavalli. All'inizio viaggiammo lontano dalle strade, ma una volta entrati sull'Appia arrivammo a Brindisi in brevissimo tempo e la strada ci condusse direttamente al porto. Identificammo presto la nave. Quando salimmo a bordo, un uomo che non era un marinaio stava guardando il mare aperto dandoci le spalle, intorno a lui tutti si muovevano con circospezione, cercando di non disturbarlo.

Si voltò: era Lelio. Addolorato per quello che era successo e contento di rivedere Marco. Livio e Lusio rimasero senza parole, Lelio non era uomo da prendere sotto gamba. Mi aveva sempre affascinato e un po' intimorito, e cominciavo a comprenderne il perché: non era un'occupazione secondaria per lui prevedere le mosse degli altri e questa doveva essere una delle ragioni del suo successo.

Abbracciò Marco. «Temevo di non rivederti più, ma devo riconoscere che le persone che si occupano di te sono molto furbe e affidabili» disse e fece un cenno di approvazione verso Livio e Lusio, che in quel momento si sarebbero ficcati sotto terra. «Quando hanno portato il corpo di tuo padre a Roma, credevo che fossi morto pure tu. Presto sono riuscito a sapere che non era così, allora ho immaginato che avresti deciso insieme a loro di partire ugualmente, e hai fatto bene, e sappi che anch'io te lo avrei consigliato caldamente. Ma non potevo lasciarti andar via, dopo il grave lutto che ci ha colpiti entrambi, senza vederti e parlarti, e senza augurarti buona fortuna. Una maggior fortuna di quella che ha avuto tuo padre.»

Marco era a disagio e non riuscì a spiccicare una parola.
«Ti avremmo mandato un messaggio prima di salpare» disse Livio.

«Certo, certo» disse Lelio. «Non ho da lamentarmi di voi.»

Livio e Lusio si allontanarono per far parlare Lelio con Marco, io invece rimasi nei pressi, ma Lelio non mi scacciò, ormai si era abituato a me, anche a lui sembravo una specie di prolungamento del mio padrone.

«Ci rivedremo presto» disse a Marco, «perché potrai tornare presto. Nessuno a Roma può tenere un potere dittatoriale molto a lungo. Oggi comandano Mario e Cinna, ma Cinna non vale niente e Mario è un vecchio malato e disilluso e senza più energia, solo tanta voglia di vendetta. E pensare che ci ha salvato dai Cimbri e dai Teutoni e un tempo lui era la nostra unica grande speranza. Non è rimasto molto di quell'uomo. Mario e Cinna sono *populares* come me, ma non li stimo particolarmente, io li rifornisco di tutto quanto hanno bisogno, e mi arricchisco.

Ma presto tornerà Silla. Io mi arricchisco anche con lui. Silla è un grande e quando avrà sistemato le cose in Oriente tornerà e farà una strage di quelli che sono ora al governo. Probabilmente non manca molto e insieme a Silla tornerete anche voi. Come oggi io difendo la tua famiglia con le mie amicizie, tu farai altrettanto per me al ritorno di Silla. Vedrai che sarà naturale, Silla non potrà prendersela col suocero di Marco Druso, il figlio di un nobile che è morto per lui. Ma, per salvaguardare la nostra sicurezza, non parlare mai con nessuno di questa nostra intesa.

Io non mi preoccupo per Porcia e Livilla, e non preoccuparti nemmeno tu, al momento il tuo fidanzamento con Lelia è più che sufficiente a difendere loro e anche una gran parte del tuo patrimonio da Mario e Cinna. Farò di tutto perché sia così, e terrò con me Porcia e Livilla come mie parenti, anche se non ne sono degno. Ma questi sono tempi in cui non si può andare tanto per il sottile, Mario ha decimato i nobili. E meno male che Porcia l'ha capito e mi sopporta. Vai e impara, coltiva il tuo ingegno, quando tornerai ci sarà certo bisogno di grandi oratori a Roma. Non ti far mancare nulla a Rodi, penserò a tutto io.»

Non avevo mai sentito Lelio parlare tanto a lungo, ma Marco fu conquistato dalle sue promesse e gli si gettò tra le braccia. Lelio lo strinse forte.

«Sono il tuo tutore, ma ricordati che ti voglio bene come un padre.»

Marco scoppiò a piangere a sentir nominare il padre e Lelio pianse insieme a lui.

«Ho fatto tutto quello che era possibile per lui... o almeno credo. Non c'è stato molto tempo per pensare. Dove puoi nasconderti, di chi puoi fidarti? gli ho chiesto. E ho sbagliato, forse dovevo decidere io. Col senno di poi... Lui non ha esitato, ha detto che una volta aveva fatto un grosso favore al padrone della fattoria. Mario e Cinna avevano appena cominciato a uccidere e avevano appena dato l'ordine di chiudere le porte, e lui si stava già allontanando da Roma. Ma non ha voluto partire subito per Rodi, ha voluto aspettarti e questo è stato fatale. Hanno ucciso anche il padrone della fattoria, poveruomo, perché servisse di esempio. Per fortuna tu sei arrivato tardi. Ma i traditori sono dappertutto. Ricordati sempre questo, anche a Rodi: dovunque ti troverai ci sarà sempre qualcuno pronto a tradire, e per tanti motivi, a volte non c'entra nemmeno il denaro.»

Poi Lelio prese un sacchettino dalla borsa appesa alla sua cintura e lo diede a Marco, che lo guardò incerto.

«Aprilo» disse Lelio.

Marco sciolse la cordicella che lo chiudeva e, allo sguardo d'approvazione di Lelio, si fece cadere il contenuto del sacchetto sul palmo della mano.

Era un anello. L'anello col sigillo dei Livi Drusi. Lo riconobbi all'istante senza nemmeno avvicinarmi, l'avevo sempre visto sulla mano del mio padrone. Marco lo accarezzò leggermente e sorrise a Lelio.

«Come l'hai avuto?»

«Ho mandato uno dei miei schiavi a trattare con i carnefici di Mario.»

«È sporco di sangue» disse Marco e ricominciò a piangere.
«Lo so. Mettilo» disse Lelio, «il sangue sparirà col tempo.»
Marco lo infilò al dito.
«Ho sfiancato i cavalli per essere qui prima che la nave salpasse, per dartelo personalmente, non l'avrei affidato ad altri» continuò Lelio. «Anche se sei troppo giovane e sei sotto la mia tutela, cosa di cui sono molto orgoglioso, non ho atteso che tu tornassi a Roma per consegnartelo. Ti ricorderà, dovunque ti troverai, chi sei e quali doveri hai. Ricordati che il *dominus* ha il potere su tutta la famiglia, ma allo stesso tempo ha molti doveri. E ricordati che il capo di una grande famiglia rappresenta la famiglia e ha dei doveri anche verso la repubblica e per questo Roma non gli perdona gli eccessi, anche se di gioventù. Perciò fai in modo di non perdere mai l'onore, qualunque cosa accada. Oggi il sigillo è tuo e lo lascerai a tuo figlio alla tua morte.»
Compresi quanto fosse importante per Lelio quel sigillo vecchio di secoli, appartenuto di volta in volta al *dominus*, e che ogni padre aveva portato e poi affidato a suo figlio. Non era solo un sigillo per lui, era un simbolo. Per Lelio rappresentava il rispetto e la considerazione che non avrebbe mai avuto dai Romani, e che non avrebbe avuto suo figlio con tutte le sue ricchezze. Sarebbero dovute passare altre generazioni dei suoi discendenti a Roma, conservando la ricchezza, perché un Lelio avesse una parte del rispetto dovuto a un Livio. E compresi quanto spasmodicamente Lelio cercasse legittimazione, che a lui era negata; la stava conquistando per un futuro nipote.

Parte seconda

LA VENDETTA

CAPITOLO DECIMO

Anno 669 ab Urbe condita *(84 a.C.)*

Quando noi andammo a Rodi l'isola era molto decaduta rispetto ai secoli precedenti. «Forse i Rodii hanno peccato di superbia e a un certo punto gli dei hanno mandato i Romani» così mi disse un vecchio al porto.

Solo ottanta anni prima Rodi era uno dei principali porti del Mediterraneo. Si trovava al centro delle rotte commerciali verso l'Oriente, aveva una grande marina mercantile protetta da una flotta da guerra, ed era governata da un'aristocrazia che non disdegnava gli affari e vi impiegava grossi capitali. Questo spiega la grande importanza di un'isola tanto piccola, la sua ricchezza, l'amore dei suoi abitanti per il sapere e per l'arte, la fama meritata delle sue scuole.

Ma gli aristocratici rodii erano orgogliosi, non vollero adulare i Romani e durante la terza guerra macedonica si mantennero indipendenti, così i Romani, subentrati a Cartagine come prima potenza del Mediterraneo, ne decretarono la distruzione. Rodi fu salvata da Catone, avo di Porcia, con la famosa orazione *Per i Rodii*, ma i Romani la colpirono comunque creando un porto franco nella vicina Delo.

Anche se sopravvisse bene, Rodi non ebbe più un ruolo preminente nei commerci, e non ebbe più la possibilità di mantenere con una grande flotta mercantile le flottiglie per la guerra ai pirati. Questo risultò disastroso per il commercio nel Mediterraneo, dove ormai i pirati la facevano da padroni, e forse i Rodii si presero qualche soddisfazione quando proprio i Romani diventarono dei pirati le principali vittime.

A volte me ne andavo a zonzo sulle banchine dei porti di Rodi. La città ha due porti, il Grande e il Piccolo, uniti da un canale presso cui si trovano gli arsenali. Il Porto Piccolo può essere chiuso con catene. L'imponente complesso portuale, circondato da potenti bastioni, è degno di una grande metropoli che è sempre vissuta dei proventi del commercio marittimo. Dal Porto Grande, camminando verso occidente, si raggiunge l'*agorà*.

Io andavo a vedere le navi che entravano nel porto e la gente che sbarcava, e a sentire le ultime novità sulla guerra che Silla conduceva in Grecia. La sua campagna vittoriosa contro Mitridate volgeva al termine. Mario era morto poco dopo la nostra partenza, appena eletto console per la settima volta, e a Roma comandava Cinna, ma le vittorie di Silla sui generali di Mitridate e sui generali mandati contro di lui da Cinna facevano sperare che Silla, al suo rientro, avrebbe battuto i Mariani senza grandi problemi. Nel frattempo i consoli Cinna e Carbone stavano arruolando un esercito per contrastare Silla e stavano facendo incetta di vettovaglie.

Una mattina mi recai al porto e passai a salutare Lusio.

Se ne stava beato tra la folla. Era seduto davanti a un banchetto carico di scartoffie e sacchetti di monete, affiancato da due schiavi, uno dei quali comprato da lui. Io avrei scommesso che sapeva tutto di tutti e avrebbe potuto fare il *nomenclator* anche a Rodi, come faceva spesso a Roma per Porcia, ma Marco non ne aveva bisogno, aveva bisogno solo di un cameriere e per questo bastavo io. Così Lusio, pur svolgendo il suo compito principale di sorvegliare Marco e tenere aggiornata Porcia, si era dedicato con successo agli affari. Presentato da una lettera di raccomandazione di Lelio, si era messo al servizio di un banchiere che lavorava per Silla, il quale stava facendo molti debiti, ma si sapeva che aveva accumulato un ingente bottino e avrebbe pagato.

Alle spalle di Lusio c'era l'ufficio del banchiere, tra le botteghe più importanti del porto, ma lui, quando gli chiesi perché non sfruttasse il comodo ufficio, mi disse che non puoi aspettare che ti vengano a cercare, devi stare in strada, tra la gente, anche per sapere che aria tira.

Lusio ebbe un attimo di distrazione: ero certo che stesse pensando con nostalgia a mia madre. Sospettavo che il bambino che aveva avuto mia madre fosse suo, anche se lei invece aveva fatto sapere che era del padrone, come me. Il perché del suo comportamento era comprensibile. Il padrone morto non era in grado di smentire e che fosse figlio suo rendeva il bambino più gradito alla famiglia, nella convinzione che una tale nascita ne avrebbe fatto un servo fedele e di buon carattere. Lusio aveva precipitosamente abbandonato a Roma madre e figlio per salvare Marco, ma avevo capito che gli mancavano moltissimo.

«Pensi sempre al denaro» gli dissi come saluto. «Ho indovinato?»

Come saluto mi rispose: «C'è qualcosa di più importante?».

«Forse tuo figlio...»

Sogghignò. «Eh già. Ma mi serve del denaro per farlo accettare da Roma...»

«Capisco.»

Mi sorrise. Ormai con me si era sostituito a Livio, che non vedevamo da più di tre anni. Ogni tanto, come Livio, diceva di vedere sempre di più qualcosa di sé in me, e anche lui mi dava dei consigli basati sulle sue esperienze con i padroni.

«È arrivata una lettera per me, e una per Marco» disse. «Nella mia Lelio dice che sarebbe partito volentieri per venirci a trovare, ma è un momento difficile e non è il caso che lui lasci sole senza protezione a Roma Porcia e Livilla. Dice che sta anche tralasciando gli affari per stare sempre accanto a loro, ma lo ritiene necessario. Si scusa di non essere mai venuto a vedere se poteva esserci utile, e si scusa per non essere venuto da noi in occasione del passaggio di

Marco all'età adulta. Gli dispiace che Marco non abbia avuto le cerimonie e i festeggiamenti, ma è la guerra. Organizzerà una grande festa appena Marco sarà tornato a Roma.»

In quel momento si sentì un vociare confuso, un gruppo di Romani sembrava in grande agitazione. Ci avvicinammo.

«Che succede?» chiese Lusio.

«Cinna è morto, ad Ancona» disse un mercante. Era ancora incredulo.

«Come? Davvero? Racconta.»

«Cinna voleva affrontare Silla prima che tornasse nella Penisola, ma i soldati non vogliono un'altra guerra civile e rifiutavano di imbarcarsi per la Grecia. Lui ha insistito e l'hanno lapidato. Carbone è rimasto il solo console, e non ha voluto accettare un collega. Ha detto che gli auspici erano contrari, e così a Roma abbiamo un altro dittatore. Adesso vedremo che farà Silla.»

«Come vedi» mi disse Lusio, «Lelio sapeva che c'era qualcosa in ballo.»

Durante la nostra permanenza a Rodi, Marco si era comportato in modo esemplare. Anche se sfruttava me, alla scuola di Molone apprendeva, e i nostri sforzi combinati ne avevano fatto lo studente migliore tra i tanti provenienti da mezzo mondo, da Roma, dalle città italiche, dalla Grecia, dall'Africa, dall'Asia. Il retore Molone spediva entusiastiche missive a Porcia sull'andamento dei suoi studi, tanto che a Roma si era sparsa la voce sulle sue doti. Si doveva considerare, scriveva Molone, anche l'età di Marco, che era il più giovane nella scuola, in media aveva due, tre o anche quattro e cinque anni in meno di chi frequentava il suo corso.

Marco aveva trovato a Rodi, una delle più splendide città che si affacciano sul Mediterraneo, la vita a lui congeniale. Rodi gli piaceva, forse più di Roma. La sua insofferenza per le costrizioni col tempo era peggiorata, ma Lelio lo aveva mantenuto con larghezza di mezzi e non gli aveva fatto sentire il fiato sul collo mentre era il suo tutore, ormai non si permetteva nemmeno più di dargli consigli.

Così Marco spendeva allegramente i soldi di Lelio ed era intento a godere tutto il possibile del soggiorno a Rodi, che gli sembrava una grande fortuna nella sfortuna della morte di suo padre.

Al ritorno a Roma avrebbe dovuto accollarsi le responsabilità del *dominus*, soprattutto la più grande, a cui sembrava rassegnato, ma alla quale rimaneva sempre avverso in cuor suo: il matrimonio con Lelia Prima. Porcia, che avrebbe voluto rivederlo ormai, sperava che noi potessimo tornare insieme a Silla, Marco da parte sua sperava che Silla prolungasse ancora il suo soggiorno in Grecia.

Quando usciva per strada, gruppi di piccole prostitute giovanissime, che stavano ad aspettarlo di fronte a casa nostra, lo circondavano disputandosene i favori, lui non rinunciava mai, e se ne portava in casa anche due o tre delle più carine. Con i soldi di Lelio poteva permetterselo.

I ragazzi non lo cercavano, perché li rifiutava: lo sapevano tutti che il suo favorito ero io, il bellissimo schiavo Fausto, in carica da circa quattro anni ormai. Pochi dei ragazzi che si vendevano a Rodi potevano competere con me, anche se io non mi truccavo, indossavo sempre la mia tunica bruna e non usavo grandi artifici per rendermi attraente.

L'unica concessione al mio stato, che mi faceva riconoscere subito per quello che ero, un oggetto di attenzioni erotiche, erano i capelli lunghi, che a volte portavo raccolti in una coda per comodità, quando facevo una nuotata in mare o andavo al mercato o studiavo. Inoltre, da qualche mese, da quando mi era cresciuta una morbida lanugine sulle guance, mi depilavo il volto e mi ammorbidivo i peli sul corpo con delle noci arroventate.

Non mi piaceva il mio aspetto, non mi piaceva essere definito un cinedo, e non mi piacevano le attenzioni grossolane che mi venivano rivolte per strada, ma Marco si era sentito attratto da altri ragazzi così acconciati, ne era stato incuriosito e aveva espresso il desiderio di sapere come sarei stato io con i capelli lunghi. Non avevo nemmeno pensato di distoglierlo da questa sua idea, nel timore che si distaccasse da me.

Ma il mio atteggiamento non era di supina rassegnazione, perché io mi aspettavo qualcosa da lui e speravo che prima o poi me la desse. La tanto sospirata libertà. E qualcosa c'era che mi sollevava dall'umiliazione causata dal mio aspetto: il fatto di non desiderare l'amore di Marco, se non a volte come segno d'affetto, e il rendermi conto, vedendo una bella ragazza, che ero capace di una reazione da uomo.

Non ero ancora diventato femmina, anzi le femmine mi piacevano e tanto. Era questa l'unica ribellione che mi potevo permettere.

La comune opinione che ormai, dopo anni di passività, dovessi essere effeminato non valeva per me. Oggi, giunto alla mia venerabile età, posso dire che da parte dei padroni della società, gli uomini adulti liberi, i cittadini forti e dominatori, ne ho sentite tante di teorie sulle persone a loro sottomesse... sulle donne, sui bambini, sugli schiavi... In realtà solo loro hanno delle teorie e nessuno li smentisce, perché alle persone sottomesse non è permesso parlare, e viene fatto credere loro di non essere capaci di badare a se stesse. Figurarsi elaborare delle idee autonome...

Un pomeriggio dopo le lezioni Marco si fermò a mangiare in una taverna affollata, una delle tante frequentate da studenti nei pressi dell'*agorà*.

Gli studenti a Rodi formano quasi una casta a parte e sono molto rispettati, non solo perché portano movimento e soldi, pagando i maestri, pagando gli affitti, frequentando le taverne e i postriboli, ma perché esportano nel mondo la parola dei maestri e la civiltà di Rodi. Marco stava insieme a dei nuovi studenti, che solo da poco seguivano le lezioni di Molone. Io mi stancai di aspettare vicino alla porta e, appena si liberò un tavolo d'angolo, mi sedetti dando le spalle alla sala.

Venne subito una serva a sparecchiare e ripulì briciole e unto con uno straccio sporco. Gli studenti dicevano che, in quella taverna piena di grasso e di fumo di cucina, era lo sporco ad aggiungere sapore ai cibi. I cibi in effetti di sapore erano buoni, se si passava sopra al resto. Ordinai una zuppa e delle olive.

C'erano molti tavoli e panche e gli studenti, stipati come acciughe in salamoia, si salutavano e chiacchieravano da un tavolo all'altro in mezzo al fumo spesso.

Dal mio tavolo, molto vicino a quello dove sedeva Marco, potevo lanciare qualche occhiata alla combriccola e anche ascoltare i loro discorsi. Avevano fatto amicizia presto, eppure non si conoscevano prima e provenivano da posti diversi. Era una certa comunione d'intenti che li legava, pensai: la voglia di divertirsi sovvertendo le regole. Avevano tutti tre o quattro anni più di Marco.

«Non ho mai sentito la voce del tuo bellissimo ragazzo, caro Marco» disse uno degli amici, che si chiamava Vinicio.

«Vieni a sederti con noi, Fausto» mi disse Marco.

Io che lo seguivo passo passo, sempre alla stessa distanza e a portata di voce, pronto a eseguire i suoi ordini, vedevo le cose da una prospettiva diversa dalla sua, di sicuro più ampia, e già mi ero fatto un'idea sui nuovi studenti: non mi piacevano. La loro posizione sociale era inferiore, certo, ma mi accorsi che adulavano troppo Marco. Tra studenti non si usa. Mi chiedevo che volessero da lui e, se Marco non si fosse dimostrato sempre tanto ligio al dovere, la cosa mi avrebbe preoccupato e ne avrei parlato a Lusio.

Vinicio diceva di essere il figlio di un mercante romano che operava in Asia e, sfuggito al massacro ordinato da Mitridate, si era trasferito in Grecia al seguito dell'esercito di Silla e aveva mandato il figlio a studiare a Rodi, ma io, già da prima, ascoltandolo da lontano, avevo pensato che questa affermazione fosse falsa, perché, da come parlava, Vinicio non ne sapeva niente di commercio. Vedendolo da vicino mi confermai nella mia idea, e avevo ragione, ma lo avrei saputo solo in seguito.

Difilo era un Greco, anche lui mandato dal padre a studiare a Rodi invece che ad Atene sempre a causa della guerra. Learco era un giovane del posto, figlio di un ricco mercante, e della città di Rodi sapeva tutto. Filisco invece era un poveraccio che veniva da Lindo, altra città dell'isola, era molto dotato e si arrabattava per campare e pagare le lezioni con i pochi soldi che gli poteva dare il padre che aveva una piccola attività per la pesca delle spugne. Osservando la sua faccia volpina e i suoi occhi mobilissimi a cui non sfuggiva niente, mi ero fatto l'idea che arrotondasse le sue entrate con piccole truffe e ricatti ai danni degli altri studenti. Ma era solo un sospetto. Forse era l'unico che apprezzasse veramente la fortuna di ascoltare Molone.

Proprio lui, Filisco, il povero che era sopportato dagli altri per la sua bravura e per la sua disponibilità ad aiutarli nello studio, mi fece posto accanto a sé. Mi sedetti portandomi appresso il mio piatto, sempre con la mia solita aria dimessa e gli occhi bassi, ma mi accorgevo che loro mi fissavano.

La tavola era imbandita bene e il vino era buono. Vollero farmi mangiare e bere la roba ordinata da loro, che era migliore della mia, e si ripeté la solita scena, tutti facevano in modo di sfiorarmi una mano, mentre prendevano qualcosa sulla tavola, e mi corteggiavano, chi versandomi il vino, chi mettendomi nel piatto un boccone prelibato. Marco si divertiva, orgoglioso di me come sempre.

«Marco» disse Vinicio, «devo riconoscere che il tuo ragazzo da vicino è anche più bello, ma ancora non abbiamo avuto il piacere di ascoltare la sua voce.»

«Recita qualcosa, Fausto» mi ordinò Marco. E aggiunse per loro: «È molto colto».

Attaccai in greco. L'*Iliade*. Ma non era quello che volevano, erano delusi.

Marco interpretò il loro pensiero. Non ci voleva molto. «Una poesia erotica» mi disse.

Qualcosa che potesse riferirsi a me volevano, recitato da me con passione, e io avrei avuto centinaia di versi da recitare, perché i poeti hanno amato e cantato molti ragazzi. Ma, se Marco voleva fare bella figura, io non dovevo concedermi facilmente, così scelsi l'amore grande e struggente, complesso, di una donna, soffuso di tenerezza e delicatezza, non del desiderio di dominio e di possesso degli uomini, che io ben conoscevo.

... vola di nuovo il desiderio
accanto a Gongila bella.

La tua veste
mi fa smarrire di gioia.
Un giorno la pura dea,
Cipride, mi biasimava
per la mia supplica...

Saffo parlava a un'altra donna, ma ero sicuro che il suo amore avrebbe avuto gli stessi accenti e le stesse complesse sfaccettature anche se fosse stato rivolto a un uomo.

Avevo cominciato sottovoce, sempre con gli occhi bassi, ma mi ero presto estraniato da loro, e recitai con passione, forse anche alzando un po' la voce, non ricordo. Desideravo l'amore delle donne, e lo feci capire perfettamente a quegli uomini che desideravano me. Non ero mai stato con una donna, non volevo un amore mercenario, e i miei capelli, che denunciavano il mio stato, non mi facevano degno d'attenzione da parte di molte donne.

Erano rimasti in perfetto silenzio. Quando terminai alzai lo sguardo, mi stavano osservando e riflettevano, ma non erano delicati pensieri d'amore i loro; Saffo recitata da me non poteva suscitarli in loro. Marco era insuperbito dal fatto che mi possedeva, e, se mi piacessero le donne o no, non gli importava niente, ma gli altri non avrei saputo dire a che pensassero, oltre a desiderarmi e ad aver capito benissimo che non volevo essere corteggiato da loro. Di lì a poco avrei compreso che stavano cogliendo al volo un'occasione propizia.

Learco, il ricco cittadino di Rodi, disse: «Fausto ci parla dell'amore delle donne, ma è così colto e affascinante, bello e appassionato, che ci potrebbe portare a disprezzare del tutto l'amore delle donne. E questa non è una cosa buona, giacché è nostro dovere riprodurci. Guardando Fausto comincio a dubitare di me stesso. Io dico di andare da una donna famosa di grande fascino. Vediamo se Fausto è più affascinante di Lamia».

CAPITOLO UNDICESIMO

Appena arrivati a Rodi avevo sentito parlare di Lamia, al porto, al mercato, nell'*agorà*, tra la gente di qualunque ceto. La sua bocca è un bocciolo di rosa, dicevano gli uomini. La sua bocca è una fogna putrida, dicevano le donne gelose.

Si raccontava che fosse ricca, aveva pagato la sua libertà e comprato altre ragazze e bambine. L'avevo anche vista un paio di volte, quando usciva con un piccolo corteo per una delle sue passeggiate a scopo pubblicitario. Il corteo era aperto dal portiere, che sembrava un satrapo orientale, poi incedeva lei elegantissima, vestita di bisso colorato e carica di gioielli, con un velo sottile sui capelli per creare un po' di curiosità sulle sue fattezze, ma che fosse molto bella nessuno lo metteva in dubbio.

La seguivano quattro ragazze già avviate al mestiere, molto carine ed eleganti, anche se non come lei, e cinque bambine che lei stessa allevava per istruirle alla stessa carriera, vestite di bianco e con delle coroncine di fiori sulla testa. La gente si fermava a guardarli.

La sua casa era un luogo d'incontro dei giovani ricchi. Lamia non era una prostituta qualunque, era un'etera bella e colta e faceva affari in una casa elegante della città antica. La gente non notava nulla di diverso dalle altre case, solo un certo andirivieni soprattutto notturno, ma non ne provenivano schiamazzi e il portone era sempre sbarrato.

Per andare da lei non bastava mostrare al suo portiere di essere forniti di soldi, era necessaria anche la posizione sociale, e la presentazione di qualcuno che già la frequentava. Il suo portiere sapeva bene a chi doveva aprire.

Attraversammo l'*agorà* e alcune strade tranquille, abitate da gente facoltosa, e giungemmo a casa di Lamia, nei pressi del ginnasio.

Learco bussò e si aprì uno spioncino. Un occhio severo ci scrutò, si soffermò su di me diventando più severo, poi su Learco. Solo allora il portone si aprì e, mentre il portiere si faceva da parte, una ragazza ci venne incontro dal cortile, salutò sorridente e ci guidò in una stanza interna, ci fece sedere su alcune panche intorno a un braciere e si congedò dicendo che avrebbe chiamato la signora.

La casa era del tipo greco, a due piani; i vari ambienti prendevano luce da un cortile centrale con colonne in legno intagliato e una scala che portava al piano superiore. Casa molto decorosa e ben tenuta. Nel cortile centrale c'era una grande statua di Afrodite. La stanza in cui ci trovavamo era adornata da quadri e da sculture dipinte in colori vivaci.

È facile a Rodi, città che esporta in tutto il mondo i suoi manufatti artistici, procurarsi dei bei dipinti e delle sculture, e io, che spesso passeggiavo tra le botteghe degli artisti, avrei anche saputo dire da quali botteghe provenivano i quadri e le statue che ornavano la casa. Alcuni erano di valore.

Quello che trovai strano era la mancanza di soggetti erotici. Anche Marco lo notò e Learco gli disse: «Lamia è una donna che ama farsi corteggiare, ma di sopra ci sono molte pitture erotiche, se lei ti concede di vederle».

Lamia arrivò presto, accompagnata da una nuova ragazza. Era vestita molto più semplicemente e molto meno truccata di quando faceva la sua passeggiata pubblica, e secondo me era anche più bella. Credo che il segreto della sua bellezza fossero gli occhi scuri, profondi e intelligenti.

Learco le disse il motivo della visita e lei mi guardò facendo l'offesa. Io tentavo di scorgere qualcosa di divertente nella situazione, che a un commediografo avrebbe offerto molti spunti umoristici, ma non ci riuscivo. Per la prima volta ero stanco, invidioso e astioso verso quei liberi, che la legge autorizzava a trattarmi come un oggetto. Bestiame munito di parola, mi definiva la legge. Potevo sopportarlo da Marco che era il mio padrone, ma perché anche dai suoi nuovi amici?

Ma un oggetto ero per la legge e il mio padrone voleva che mi confrontassi con Lamia. Così mi prestai al gioco, sostenni lo sguardo di Lamia sfidandola col mento proteso, e recitai, ma ero sicuro che lei scorgesse il mio profondo disagio.

> Un ragazzo conosce gratitudine; una donna,
> non ti puoi fidare: ama sempre il primo che arriva.

C'era del vero in questi versi di Teognide, io ero solo di Marco, lei di tutti.

Sicura di sé mi rispose sorridendo con un epigramma di Meleagro:

> Non più scrivo: «Bello, Terone» e Apollodoto
> che un tempo ebbe occhi di fiamma, ora è un tizzone:
> Voglio amare una donna: cavalcare debosciati garzoni
> dall'orifizio peloso sia caro ai pastori che montano capre.

Mi aveva ricordato con malignità lo spauracchio dei *ragazzi*, i peli. Tutti i presenti potevano vedere che ero depilato e sorrisero ironici del cinedo che faceva lo scontroso. Marco rise divertito e questo fu l'avvio per una risata generale. Era un colpo basso da parte di Lamia, ma intanto aveva guadagnato molti punti. Con un'occhiata imperiosa Marco mi ingiunse di darmi da fare, così ero pronto a ribattere con versi molto espliciti sulla comune preferenza degli uomini per i ragazzi, ma Lamia a quel punto decise di fare sfoggio di grande saggezza e interruppe la gara, per me odiosa; mi salvò lei da quella sfida perduta comunque, perché non avrei voluto combatterla. Lamia era troppo intelligente e non si prestò oltre, sapeva benissimo che i poeti hanno cantato più i ragazzi e hanno spesso disprezzato le donne, e dunque io avevo a disposizione un materiale illimitato per combattere quella gara, se si faceva a colpi di versi. Così cambiò le regole.

«Volete una gara tra me e lui per sapere chi è più affascinante? È un'offesa» proclamò, col tono di una regina oltraggiata. «Lavoro da molti anni e ho sedotto molti uomini, tutti ricchi, ma giovani e vecchi, stupidi e d'ingegno. Come pensate che avrei potuto comprarmi la libertà? Perché sono molto, molto affascinante. E oggi dovrei confrontarmi con lui che è un novellino? E voi chi siete per presentarvi come arbitri? Siete sicuri di saper giudicare? E poi una gara con lui non ha senso perché siamo diversi. Io sono una donna e lui è un ragazzo, la qual cosa mi sembra piuttosto evidente. Come si può dare un giudizio tra due generi tanto dissimili? Ho sempre ritenuto sciocche queste dispute, ognuno di noi ha il suo spazio nel cuore degli uomini. Un uomo ha bisogni diversi e io lascio a Fausto il suo spazio e mi tengo il mio, a patto che lui non mi sfidi.»

«Hai paura di lui?» chiese subdolo Learco, che sembrava avere un qualche ascendente su di lei.

«Guardate» disse Lamia e indicò una statua di Afrodite dal seno scoperto, che si trovava alle sue spalle.

Si denudò il busto e si tolse gli anelli, poi assunse la posa della dea, con la testa china e la mano destra che sorreggeva lieve il roseo seno sinistro.

Io pensai che Lamia era incantevole e che loro erano stolti a paragonarmi a lei e poi, guardando meglio, vidi che lo scultore aveva ritratto proprio il suo seno, e, anche un po' idealizzandolo, gli aveva saputo dare un colore dell'incarnato che sembrava vero, ma quello vivente e palpitante ai riverberi del braciere era ancora più bello.

«Ho detto che non può sussistere una gara tra noi in quanto non abbiamo molto in comune che possa essere giudicato, a parte la conoscenza dei poeti. Ma portatemi una donna e la sfido» concluse Lamia.

Marco e i suoi amici non replicarono. Lei vide la gratitudine nei miei occhi e mi sorrise con la condiscendenza di chi sapeva il fatto suo. Fece trillare un campanellino e arrivò una ragazza con una lira, che prese posto accanto a lei per suonare. Lamia recitò e cantò per i suoi ospiti, ma soprattutto per Marco, che era ammaliato da lei.

Marco passò la notte di sopra con Lamia e io lo attesi, preso da un desiderio struggente, guardando la copia marmorea del seno di Lamia finché non si spense il braciere. Se avesse avuto un senso invidiare il mio padrone, lo avrei invidiato quella notte. Invece il mio era un sentimento agrodolce, invidia per lui, desiderio di lei, ma soprattutto consapevolezza di desiderare che mi rendeva orgoglioso e felice.

La casa di Lamia diventò la casa di Marco, trascorreva più tempo lì che nella nostra abitazione nel quartiere degli affari, che il banchiere per cui lavorava Lusio ci aveva messo a disposizione. Anch'io, che lo accompagnavo, vi passavo ormai intere nottate ed ero diventato il prediletto delle ragazze e delle bambine, che non mi vedevano molto diverso da loro stesse, mi offrivano la loro cena – piuttosto misera in realtà –, si fermavano a parlare con me e da me si facevano vedere anche senza trucco.

La loro era una vita di finzione. Splendide cortigiane davanti ai clienti dal pomeriggio all'intera notte, misere e perennemente affamate e malvestite la mattina, quando Marco lasciava Lamia e andavamo via. Questo non contrastava con quanto si dice delle cortigiane, che ostentano una vita di lussi di fronte ai loro amanti e risparmiano per il resto del tempo.

Ma c'era di più: le ragazze mi confidarono che Lamia, ricchissima, si stava rovinando per amore, era innamorata perdutamente di Learco, che la sfruttava. A volte le lasciava senza mangiare. Tutto si spiegò per me: Lamia era intenzionata a spremere Marco per pagare Learco e non era un caso che Learco ci avesse portati da lei.

Lusio disse: «Io non mi preoccuperei: Marco non ha mai saltato una lezione di Molone e in fin dei conti è qui per questo. Il guaio è solo tuo, Fausto, che non dormi mai per accompagnarlo».

«Oh... posso reggere. Da Lamia le ragazze mi danno da mangiare e una coperta, e io dormo su una panca, mentre intorno a me loro intrattengono gli amanti e il bordello conclude ottimi affari.» Era così, il mio giaciglio da molte notti era una panca in casa di Lamia.

«Che facciamo?» chiese Lusio. «Porcia vorrebbe saperlo.»

La situazione per la persona di fiducia della famiglia era complessa.

Io ero incerto. «Non mi dirai che è la prima volta che uno studente si diverte» disse Lusio dopo una lunga riflessione. «I soldi per pagare li ha. E lui è il *dominus*. Questa è la cosa più importante, noi gli dobbiamo rispetto e obbedienza incondizionati. E poi, per fortuna, tra non molto torneremo a Roma, finalmente, e allora se la vedrà con Porcia. Ma io darò un'occhiata e poi scriverò alla padrona, perché lei lo vorrebbe, e perché sono sospettoso per natura, cosa che sanno tutti.»

«Ho guardato nella borsa di Marco, mentre faceva il bagno» dissi. «Ci sono dei soldi, non ha speso tutto.»

«Questa è una cosa che mi rasserena» disse Lusio, ma cominciai a vedere che ci seguiva, sempre in modo discreto.

Eppure, se Marco aveva a che fare con Lamia e la sua borsa non era ancora del tutto svuotata, ci doveva essere un motivo, pensavo.

Nel frattempo venimmo a conoscenza della decisione di Porcia di far partire presto Livio da Roma per raggiungerci. Sarebbe rimasto qualche tempo a Rodi per sbrigare alcuni affari per conto di Lelio e poi, appena Silla fosse sbarcato nella Penisola, avrebbe scortato insieme a noi Marco nel suo ritorno a Roma.

Un pomeriggio Marco si era lavato e profumato, aveva indossato una tunica bordata d'oro e io gli avevo tagliato i capelli e li stavo arricciando leggermente col ferro caldo. Era quasi pronto per andare da Lamia, ma giunse Lusio dal porto con delle lettere.

«Ce n'è per tutti i gusti» disse. «Da Porcia a Marco e a me. Da Lelio a Marco e a me. Da Lelia Prima a Marco. E anche un pacco da Lelia a Marco.»

«Perché mandano lettere? Che mandino soldi» disse Marco schifato. «Che c'è in quel pacco? Apri tutto e se c'è qualcosa di importante dimmelo, altrimenti no. Dammi da leggere solo la lettera di mia nonna.»

Mentre Marco leggeva la lettera di Porcia, con grande piacere all'inizio e poi incupendosi sempre più, Lusio aprì il pacco e sembrò molto a disagio, si schiarì la gola a più riprese e finalmente parlò.

«La tua fidanzata ti manda il suo ritratto e ti prega di farti fare anche tu un ritratto e di inviarglielo presto, con la stessa nave che ha portato il suo. Si chiede come sei diventato.» Poi aggiunse: «È ansiosa di riv...». Si interruppe a vedere l'espressione di Marco.

Eppure Marco si impose la calma. Tese la mano a Lusio, che gli porse il dipinto, lo prese e gli diede un'occhiata, poi lo gettò da parte e rimase per qualche istante a riflettere.

«Non ho tempo di posare» disse. «Fausto, vai a tagliarti i capelli e domattina vai da un pittore, non dei più cari, e comincia a farti fare un ritratto, poi il pittore potrà fare qualche ritocco appena avrò tempo.»

Io rimasi senza parole.

«Quando sarai tornato a Roma, Lelia se ne accorgerà» disse Lusio.

«Perché, credete che il suo non sia falso?» disse Marco.

«Porcia non lo avrebbe permesso» asserì Lusio.

Marco imprecò e uscì.

Lusio raccolse il ritratto da terra e lo guardò, poi lo porse anche a me.

«È carina, mi piace» disse, e io mi trovai d'accordo.

Quanto era cambiata... la Lelia del ritratto era una ragazza giovane e graziosa, pudica e acconciata molto semplicemente, con il bell'ovale e il naso proporzionato del padre e gli occhi limpidi e grandi, pure senza trucco. Ma nella bocca notai qualcosa, la petulanza della bambina era sparita, si era mutata in una fermezza insolita per una ragazza tanto giovane, e forse era durezza. La bocca mi ricordava Lelio, rivelava il carattere di chi non arretra mai.

Andai da un *tonsor* nella zona del porto e mi feci tagliare i capelli e arricciare leggermente la frangetta come io facevo con Marco. I capelli che mi ricadevano sulla schiena erano così folti, morbidi e lucenti, che il *tonsor* me li pagò bene e io mi allontanai con un piacevole peso alla cintola. Sapevo cosa fare di quei soldi.

Era tacito che Marco mi avesse lasciato del tempo a disposizione quel pomeriggio, cosa che non succedeva tanto spesso, così feci una passeggiata fino sull'acropoli maggiore. L'acropoli è un luogo magnifico, con i templi di Atena e Zeus, i grandi ninfei scavati nella roccia e le terrazze circondate da boschi sacri rigogliosi.

Senza i capelli lunghi a denunciare la mia condizione di oggetto di piacere, ero libero dagli sguardi insistenti degli uomini, che prima mi seguivano dappertutto. Mi sentivo diverso e apprezzavo in pieno la sfarzosa magnificenza del luogo. Fermandomi ad ammirare dall'alto la splendida Rodi come un uomo nuovo, mi sembrava ancora più bella. È molto diversa da Roma, che è altrettanto bella, ma è sorta caoticamente.

Per il modello della città di Rodi Ippodamo di Mileto si è basato sulla pianta ortogonale di stampo babilonese. Le mura poderose contornano i porti, salgono sulle colline e racchiudono l'abitato diviso dalle strade in grandi quadrati, ma la conformazione del terreno a terrazze che scendono al mare attenua le proporzioni troppo rigide e dà alla città un aspetto scenografico di grande effetto per chi la guarda dall'alto e anche per chi giunge nei suoi porti dal mare.

Sempre con la piacevole sensazione di passare inosservato, di sembrare *uomo*, scesi dall'acropoli, incrociai un vecchio satiro che di solito mi faceva proposte sconce, ma stavolta non mi notò proprio, e andai da Lamia. Marco non c'era. Le ragazze non mi avevano riconosciuto subito, poi quando mi riconobbero mi sembrarono molto sorprese, mi guardavano fisso e non scherzarono con me come al solito, mi dissero soltanto che Marco era in una taverna poco distante.

Non era una taverna frequentata da studenti, c'era gente di tutti i tipi e poco raccomandabile. Non vidi Marco, poi sentii un parlottare dietro una tenda e sbirciai, c'era una stanzetta misera e senza finestra. Un odore di chiuso e di sudore mi fece quasi stramazzare a terra, ma mi giunse la voce di Marco, così entrai. Vedevo solo un capannello di persone intorno a qualcosa, girai intorno al gruppo, ma non trovavo un pertugio per guardare; stavano così stretti, che tra l'uno e l'altro non sarebbe passato nemmeno un ago.

Chiesi permesso, ma nessuno mi sentiva, bussai sulla spalla di uno e quello mi scacciò come si fa con una mosca, girai ancora intorno e infine scelsi un ubriaco, che non avrebbe capito bene cosa stava succedendo. Lo afferrai per il collo, lo tirai indietro e presi il suo posto. Quando il tizio incredulo tentò di riconquistarlo, lo tramortii con un pugno improvviso. Ancora non vedevo bene Marco, compresi però che dentro al capannello c'era un tavolo di dadi.

Mi feci strada a spintoni e giunsi a toccare il tavolo intorno al quale erano seduti Marco e i suoi nuovi amici. Vidi subito che Marco era ubriaco, ma stava vincendo e Learco disse: «Marco, tu sei non solo bravo, ma anche fortunato, ma Fortuna è una dea capricciosa e adesso potrebbe girarti le spalle. Andiamo da Lamia, ci farà servire qualcosa da mangiare e canterà per noi».

«Hai paura che ti vinca tutto» disse Marco.

«Mi hai già vinto tutto. Stasera dovrò chiedere qualcosa a Lamia, se vorrò mangiare uno spuntino con voi dopo la lezione, domani.»

Marco mise il bel gruzzolo che aveva vinto nella sua borsa e intorno gli spettatori si diradarono. Tentò di alzarsi e ricadde seduto, così io mi accostai ad aiutarlo e successe un fatto strano: gli amici mi guardarono e rimasero stupefatti, increduli.

«Per tutti gli dei, è Fausto» disse Learco.

«È Fausto» ripeté Vinicio. «È proprio lui.»

Gli altri, meno chiacchieroni per natura, non parlarono, ma anche loro erano meravigliati e increduli.

«Mi volete dire che c'è?» chiese Marco, che aveva accettato il mio aiuto come una cosa abituale, senza guardarmi, ed era ancora appoggiato a me.

«Ti somiglia molto» disse Vinicio.

Marco si girò e ci trovammo coi volti vicinissimi.

«No» disse, «sarà un'impressione perché si è tagliato i capelli come me.»

«La somiglianza è notevole» disse Difilo, «hanno ragione, Marco.»

Ecco cosa avevano notato le ragazze di Lamia. Anche mia madre me lo diceva sempre, ma forse a casa gli altri ci erano abituati, ne erano consapevoli, e non lo dicevano per buon gusto. Forse nel tempo in cui avevo portato i capelli lunghi la nostra somiglianza si era accentuata e non ce ne eravamo accorti.

Marco prima si arrabbiò e poi si mise a ridere. Doveva appoggiarsi a me, ma decise di andare comunque da Lamia, dove infine si riprese, disse di voler offrire la rivincita ai perdenti e mise di nuovo in palio i soldi che aveva vinto nella taverna. Continuarono a giocare per buona parte della notte e io rimasi accanto al tavolo.

«Fausto» mi si rivolse direttamente Vinicio, «vuoi spiegarci perché ti sei fatto tagliare i capelli?»

«Gliel'ho ordinato io» disse Marco.

«E perché, se è lecito?»

«Perché era ora, ormai siamo cresciuti, io sono il capo della mia famiglia e anche Fausto ha diciotto anni, e i capelli lunghi non erano più adatti: qualcuno ormai avrebbe potuto anche scambiarlo per un cinedo.»

«Ma non ti piaceva più prima?»

«Fausto mi piace comunque. Perché dovrebbe somigliare a una donna? Di donne ne ho quante ne voglio, invece tra me e Fausto c'è dell'affetto, che è ciò che più può addolcire i rapporti tra due uomini. Anzi, Fausto frequenta le lezioni di un filosofo, e se per caso avesse intenzione di farsi crescere una barba da filosofo, quando la sua barba sarà pronta per un tale sforzo, per me andrà benissimo. Per me sarà sempre Fausto.»

Non gli avevo detto di aver ascoltato qualche lezione di un filosofo, era un segreto, non lo avevo detto a nessuno, ma evidentemente sapeva più cose di quante io credessi. Suo padre gli aveva sempre detto che gli schiavi sono come bambini e devono essere controllati, e forse ogni tanto mi faceva seguire da Lusio.

«Un filosofo? A che ti serve la filosofia, Fausto?» rise Vinicio.

«Gli fa credere di essere come noi» disse Learco, con tono maligno. «I filosofi che predicano l'uguaglianza e accettano gli schiavi e le donne andrebbero scacciati da Rodi. Rodi è una città piena di gentaglia, che tenta di sovvertire l'ordine sociale stabilito dagli dei. Questo i Rodii non lo permetteranno, naturalmente, ma la stessa presenza di quella feccia ci tirerà addosso qualche calamità. Mio padre che è un sacerdote lo teme.»

«Fausto ha il mio consenso» disse Marco. «È giusto che impari, è il futuro collaboratore di un senatore romano. Fausto è in grado di trascrivere un discorso quasi perfettamente senza nemmeno prendere appunti. Parla e scrive in greco meglio di voi. Conoscere i raggiri del filosofo non può che essere un'altra esperienza utile per quando torneremo a Roma. A Roma uno schiavo colto è un grande prestigio per il padrone. Lui un domani scriverà la mia biografia, e forse gli darò la possibilità di consultare gli annali di famiglia per scrivere una storia della *gens* dei Livi.» E mise fine alle chiacchiere.

Mi dimenticarono e si dedicarono di nuovo al gioco.

Io da un paio di settimane, appena avevo un momento libero, frequentavo le lezioni di Cratilo, un filosofo epicureo, che accettava anche gli schiavi e le donne, poiché per la dottrina epicurea tutti aspirano alla tranquillità dell'animo e perciò sono uguali. Non gli credevo del tutto, in quanto la mia esperienza di vita mi insegnava il contrario, ma mi sentivo valorizzato e pensavo continuamente alle sue parole, che mi davano slancio e speranza.

Ci ero capitato per caso. Passeggiavo in un giardino nei pressi del tempio di Iside e vidi in un posto ombreggiato un raduno di persone. Un uomo barbuto parlava a uomini e donne insieme. La cosa mi sembrò singolare e mi avvicinai. Le donne erano vestite di colori tenui e avevano quasi tutte il capo coperto, perciò erano donne perbene, ma ascoltavano attentamente e a volte intervenivano anche, e addirittura si poteva udire la loro voce.

Stetti un poco ad ascoltare per curiosità, e compresi che alcuni degli uomini erano schiavi. Mi sentii autorizzato a unirmi al gruppo, anche se con discrezione, e quando il filosofo stava per terminare mi eclissai, ma, mentre ognuno chiudeva il suo sgabello portatile e salutava, udii che si davano appuntamento per il giorno dopo in un luogo diverso. Uno strano impulso mi condusse di nuovo da loro, a vedere cosa avrei provato in un posto dove non dovevo nascondermi dietro una colonna per ascoltare.

E poi tornai altre volte, senza mai fare domande o chiedere spiegazioni, perché mi vergognavo per i miei capelli lunghi: ero l'unico amasio dichiarato del gruppo e temevo che non mi prendessero sul serio. Neppure presi appunti, ero allenato a ricordare e a trascrivere dopo, mentre nessuno mi vedeva, ma Cratilo, quando arrivavo trafelato, mi faceva un cenno di saluto con la testa.

All'inizio credevo che fosse un poveruomo per accettare uno come me, poi compresi che invece dimostrava grande saggezza e coraggio.

All'alba nella casa di Lamia mi svegliò una delle bambine tastandomi i capelli corti.

«Dove sono i tuoi bei capelli Fausto?»

«Li ho venduti.»

Mi guardava rosicchiando un tozzo di pane secco con i canini, perché gli incisivi le erano caduti.

«Davvero somiglio a Marco?» le chiesi accarezzandola.

«Appena sei arrivato ti ho scambiato per lui, ieri» mi rispose tutta seria, «ma subito mi sono accorta che mi sbagliavo.»

«Brava. Penso che diventerai proprio bella. Io me ne intendo di queste cose, sai.»

Quella povera bambina mi guardò tutta felice.

Accompagnai Marco a casa e lo preparai per andare alla lezione di Molone; poi anch'io corsi dal mio filosofo, con uno sgabello pieghevole sotto il braccio, e stavolta mi avvicinai, unendomi agli altri che volevano interpellarlo.

«Mi chiamo Fausto» dissi.

Gli consegnai i pochi soldi del *tonsor* e lui li accettò con gratitudine e con gioia, come se gli avessi offerto grandi ricchezze. Non mi disse niente dei capelli, ma mostrò di notare la seconda novità, lo sgabello; comprese che con i capelli corti mi sentivo un uomo nuovo e volle che prendessi posto in prima fila. Mi diede grande rilievo nella lezione e io ebbi modo di fare domande e chiedere ulteriori spiegazioni e di esprimere e mettere in luce finalmente tanti anni di preparazione fatta di nascosto. Lui era stupito e soddisfatto, gli brillavano gli occhi mentre mi ascoltava.

Fu un'esperienza esaltante. Mi sentivo davvero una persona nuova, addirittura un uomo, senza la mia lunga chioma da cinedo, che da due anni a quella parte mi qualificava a prima vista.

Ancora oggi ricordo Cratilo con grande affetto, perché mi ha dato la possibilità di acquisire rispetto di me stesso in un momento in cui questo sarebbe stato impossibile altrimenti. Ma ero uno schiavo e non avevo molto tempo a disposizione, così non mi fermai dopo la lezione insieme con chi voleva ancora parlargli.

Attraversai mezza città di corsa fino alla bottega di un pittore, che era un grande ritrattista, contrattai a lungo il prezzo e cominciai a posare per il ritratto.

«Cerca di fare un buon lavoro» dissi al pittore, «questo ritratto deve attraversare il mare e andare fino a Roma, da una fidanzata molto ricca. Lascia la possibilità di correggerlo, se dovesse servire, e io lo porterò al mio padrone per l'approvazione.»

Comprese perfettamente. Marco guardò l'opera quasi terminata e non volle confrontarla con la sua immagine allo specchio, come gli consigliavo io. La confrontò, invece, col ritratto di Lelia e disse che sicuramente ero meglio io di lei e che potevamo inviare il maledetto ritratto. Era anche troppo lusso per Lelia.

«Guarda chi mi hanno appioppato. E avevo solo undici anni. Mi hanno sconvolto l'adolescenza.»

«Io la trovo molto carina» azzardai.

«No, è brutta e piena di sé. Magari potessi sostituirmi tu anche per il matrimonio. Sono sicuro che con questa mi si ammoscia, altroché. E poi che gli racconto a mia nonna?»

«Con quelle belle sono bravi tutti.»

Il detto popolare lo fece ridere. «La verità, Fausto, è che sei quasi più libero tu di me, che sono il capo della famiglia. Io ho tanti di quei doveri...»

«Quando vuoi fare uno scambio, ricordati che io sono sempre pronto.»

Prima rise, ma poi ci ripensò: «Ah... sei come tutti gli altri schiavi dopotutto... pensi di sostituirti al padrone». Questa battuta l'aveva presa male.

Avevo passato il segno, sotto l'influsso di una breve sensazione di intimità, che lui ormai mi concedeva raramente. «È solo un modo di dire» mi scusai.

«Ma non ci pensare per niente, non servirà. Il sacrificio da parte mia durerà poco. Quando Silla mi farà restituire le mie proprietà, la scaccerò di casa.»

«Tuo padre ha fatto un patto e Lelio lo ha rispettato sempre» dissi io continuando a passare il segno, ma non ero riuscito a fermarmi.

Avevo azzardato davvero troppo stavolta. «Mio padre è morto per colpa di Lelio» disse Marco con cattiveria. «Non ha saputo salvarlo. Chissà come mai è riuscito a salvare me. Lo so io il motivo: per mettere le mani addosso a Marco Druso, lui che è la feccia di Roma. È nipote di un liberto, il suo bisnonno era uno schiavo. È stato un grande onore per lui essere il mio tutore e tra un po' diventerà addirittura mio suocero. Ma la pagherà. Lo giuro. Al momento opportuno la pagherà, e sua figlia insieme a lui. E tu non impicciarti mai più.»

Ero costernato.

«Torna dal pittore e digli come dipingere anche la barba, visto che manca questo particolare» concluse. «Poi scrivi alla mia fidanzata una bella lettera in cui ti dichiari impaziente di vederla di persona. Io non ci riuscirei nemmeno con una spada alla gola. Firmati come Marco. Sei diventato il mio *alter ego*, scommetto che sai fare anche la mia firma. Dopo porta il ritratto e la lettera alla nave.»

Il suo tono non ammetteva repliche e io eseguii. In effetti le poche missive spedite a casa erano state scritte tutte da me. Quando il ritratto era ormai impacchettato e la lettera era ormai chiusa, appose il sigillo che Lelio, rischiando tutto quanto aveva costruito, aveva fatto recuperare dal cadavere di Tito Druso.

CAPITOLO DODICESIMO

La frequentazione dei suoi nuovi amici aveva portato alla luce le nascoste inclinazioni di Marco. Amava in modo viscerale il gioco d'azzardo, ed era anche perfettamente a suo agio tra le voci sguaiate, i litigi e la promiscuità. Ormai non andava nemmeno più con Lamia, la sua infatuazione per lei era stata spazzata via dalla nuova passione, che si era impadronita di ogni fibra del suo corpo e di ogni spazio nella sua mente. Era una follia che lo aveva stravolto completamente.

Ma Lamia aveva ottenuto quello che voleva da lui, che mantenesse i vizi di Learco e dei suoi amici.

Learco aveva preteso che Lamia mettesse a disposizione dei giocatori una stanza, ma questo non bastava, a volte andavano a giocare nelle taverne più malfamate. Marco stava perdendo grosse somme e aveva prosciugato la cassa di Lusio con la promessa di restituire tutto appena avesse potuto mettere le mani sulla dote di Lelia Prima. Né io né Lusio avevamo il potere di fargli notare che questa era una assurdità, visto che non voleva sposarla.

Mentre Silla saccheggiava la Grecia noi rimanemmo ancora a Rodi, e gli amici saccheggiavano Marco, ma il ritorno di Silla in Italia a capo di un esercito di veterani considerati imbattibili era imminente e lo era anche il nostro ritorno a Roma.

Avevo messo da parte un gruzzoletto per portare un piccolo dono al filosofo Cratilo, misero in realtà, perché Marco non aveva più soldi da darmi, ma quando aprii la mia borsa per prenderlo non lo trovai: Marco aveva pulito tutto. Mi vergognai e non andai alla lezione di Cratilo, che per vivere doveva affidarsi alla generosità dei discepoli.

Considerai che di quel passo Marco mi avrebbe lasciato senza mangiare. Lusio era uscito, così ero solo; avevo fame e frugai un po' dappertutto in casa, alla ricerca di qualche asse per comprarmi un tozzo di pane.

Sapevo dove Marco teneva la chiave di una sua cassetta in cui custodiva i soldi e le lettere di Porcia e Livilla. Magari sul fondo c'era qualche moneta. Frugai e trovai due monetine di rame che mi sarebbero bastate per un po' di pane. Lo sguardo intanto mi cadde sull'ultima lettera di Porcia, che era arrotolata male, e vidi il mio nome. Mi incuriosii. Non era nelle mie abitudini, ma pensai che le sue parole per il nipote, ispirate certo all'equilibrio e alla fermezza, avrebbero potuto essere consolatorie per me.

Dopo i vari convenevoli e le raccomandazioni generali trovai qualcosa di molto interessante:

... Sai, caro nipote, che non mi piace criticare il tuo operato e che i tuoi progressi nel campo della retorica mi rendono molto orgogliosa di te, eppure c'è qualcosa di te che devo criticare. L'agente di Lelio che è tornato a Roma da Rodi qualche giorno fa, e che io ho convocato per sapere qualcosa della vostra vita a Rodi, mi ha detto che Fausto porta i capelli lunghi come un cinedo. E non solo, si depila il volto e si passa le noci roventi sulle gambe per ammorbidire i peli. Questo non mi sembra giusto, perché, anche se lui è il tuo amasio, cosa su cui non mi voglio soffermare perché sono fatti tuoi, e anche se lui è di tua proprietà e tu che sei il dominus *puoi farne quello che vuoi, perché così dice la legge, lui è nato nella nostra casa, appartiene alla nostra* familia urbana, *è cresciuto insieme a te, ha condiviso con te la fuga da Roma e altri momenti di grave pericolo, e dunque non mi sembra giusto che tu lo esibisca come un oggetto di piacere. In queste cose deve intervenire anche il buon gusto del padrone. Fausto ha diritto a una certa dignità e spero che tu non voglia farlo sbarca-*

re nella Penisola conciato come un cinedo, cosa che gli precluderebbe l'esercizio di qualsiasi attività nel futuro e che io non approvo assolutamente per uno schiavo nato nella nostra casa, figlio di una schiava nata nella nostra casa...

Dopo queste parole Porcia passava ad altro, soprattutto a descrivere le qualità di Lelia Prima, che era diventata la moglie che lei aveva promesso a Marco, e si mostrava molto compiaciuta e orgogliosa del risultato del suo lavoro. Anche se ammetteva che *la ragazza ha della stoffa di suo e spontaneamente ama senza riserve la nostra famiglia.*

Di una cosa ero contento: non sembrava lontano il momento di tornare a Roma, per essere di nuovo sotto l'ala protettrice di Porcia, una padrona serena ed equilibrata, immune da stravaganze e vizi. Ero certo che una volta a Roma i pericoli che ora incombevano sulla mia vita sarebbero svaniti; l'idea di diventare uno di quei servi abbandonati dai padroni sempre in giro affamati a elemosinare un tozzo di pane, o a rubacchiare dalle bancarelle, o a prostituirsi, mi spaventava. Porcia avrebbe riportato anche Marco alla normalità e comunque da lei avrei mangiato. Se avessi potuto avrei baciato la terra dove Porcia camminava. Intanto anche se a stomaco vuoto ero contento di avere i capelli corti e sapevo a chi attribuire la cosa.

Comprai del pane e, una volta sedati i morsi della fame, andai da Lamia. Il rumore dei bussolotti mi annunciò che si giocava ai dadi.

Mi piazzai discretamente dietro a Marco, che vinceva e aveva davanti un bel gruzzolo. Lui nemmeno si accorgeva di me, avendomi alle spalle, ma gli amici mi osservavano come un fenomeno.

«È davvero straordinaria la vostra somiglianza» disse Vinicio.

"Ma guarda un po', che novità. E questi crapuloni sono in grado di accorgersene" pensavo, cercando di mantenermi impassibile. "Anch'io sono stato generato dal padre di Marco, ma non è cosa da dirsi."

Marco su questo argomento di solito faceva finta di nulla, e comunque era una cosa scontata per tutti che fossimo stati generati da uno dei padroni che avevano accesso alle schiave della famiglia.

«Se si facesse crescere la barba come la tua, ti somiglierebbe ancora di più» aggiunse Learco.

Il volto di Marco era appena ombreggiato da una morbida barbetta da adolescente mai tagliata, come sarebbe stata la mia, se non mi fossi depilato.

«Arriverà anche il momento in cui non si depilerà più il volto» disse Marco, «ormai è così grosso e forte che sarebbe ridicolo per me. Che penserebbe la gente? Ancora prima della nostra partenza per Roma vedrete Fausto molto cambiato.» Agitò i dadi nel bossolo e li lanciò sulla tavola.

Un sei, un tre, un uno.

Dal piano superiore scese Lamia e, scansandomi, lo abbracciò standogli alle spalle.

«Che buon profumo» disse Marco e si voltò un attimo a baciarla sulle labbra. In quel breve istante Learco passò una mano sulla tavola e scambiò con una mossa rapidissima uno dei dadi. Manco a farlo apposta quello che aveva il sei sulla faccia superiore.

Ma era stata una cosa così rapida che dovevo ammettere di non esserne proprio certo. Forse Learco aveva solo stirato il braccio intorpidito dalla posizione. Io in effetti non avevo mai giocato ai dadi, non ne avevo mai avuto il tempo; i padroni non permettono agli schiavi di avere tempo libero, il tempo libero degli schiavi è uno spreco.

Toccava a Vinicio che totalizzò un sei, un cinque e un due. Marco pagò. Poi toccò a Learco e a tutti gli altri, ognuno dei quali ebbe un sei, ma nessuno ebbe un uno. A quel punto ero certo che un dado truccato fosse stato scambiato con un altro dado truccato. A Marco appioppavano il dado che dava sempre l'uno, mentre, quando toccava a loro, mettevano in gioco il dado che dava sempre il sei. Solo una sfortuna nera permetteva a volte a uno degli amici di fare un punto più basso di quello di Marco.

Erano tutti d'accordo e Lamia, innamorata di Learco, tentava di accontentarlo come poteva e si prestava alla truffa in vari modi, anche offrendo una stanza perché alla taverna gli altri giocatori li avrebbero potuti smascherare.

Marco li pagò tutti. Lamia gli porse una coppa di vino e notai che non era tagliato. Ribollivo di rabbia, facevano tutte queste cose davanti a me, come se fossi cieco, cioè, a me neppure badavano, non vedevano niente da prendere in considerazione, a parte il richiamo erotico.

Toccava a Marco che, più ubriaco di prima, disse: «Stai qui accanto a me, Lamia. Sono certo che mi porterai fortuna».

E si verificò la stessa cosa di prima. Lamia amoreggiò con lui sospirando sulle sue labbra e Learco passò velocemente una mano sul tavolo. Dovevo riconoscere che un serpente non avrebbe colpito con una mossa più rapida. Non mi intendevo di dadi, ma mi sembrava comunque una frode piuttosto rozza, i bravi giovani non erano capaci di qualcosa di più raffinato. E a che sarebbe servito comunque? Marco non era molto furbo, ed era più giovane e inesperto di tutti loro.

Erano di una improntitudine inaudita. Un nobile ricco e giovanissimo, di tre o quattro anni più giovane, dovevano averlo puntato subito, appena arrivati a Rodi. Forse già da tempo lo aveva notato Learco, prima di tutti. Lo avevano circuito fino a farlo appassionare al gioco, a cui non era mai sembrato portato, e intanto si mantenevano in una grande città, frequentando lezioni costose senza rinunciare ai loro vizi.

Decisi di intervenire: era mio dovere far capire a Marco chi erano i suoi amici. Mi spostai leggermente in modo da poter piombare sul tavolo nello spazio tra Marco e Learco, che sedeva alla sua sinistra, non appena Learco stesse effettuando lo scambio.

Marco lanciò i dadi, invocò il nome di Lamia come portafortuna, e di nuovo uscì l'uno. Marco imprecò e si agitò.

«Il cane mi si è davvero affezionato» urlò e batté i pugni sul tavolo.

«Mi dispiace» disse Lamia. «Non ti ho portato fortuna.»

Stavolta non fu Lamia a distogliere la sua attenzione, ma Filisco, che gli batté una mano sulla spalla e lo invitò a bere.

«Caro amico non ti arrabbiare, ti rifarai. Bevi che ti passa, si dice.»

Intanto Learco mosse la mano, ancora rapido come un serpente, per effettuare lo scambio, ma io piombai sulla sua mano con tutto il mio peso.

Non c'era da sbagliarsi: in quel momento i dadi sulla tavola erano quattro, due sotto la mano del baro. Ma gli altri mi balzarono addosso come aquile urlando, e mi riempirono di pugni. Guardai Marco in cerca di aiuto, ma era smarrito e non capiva più niente. Mi afferrarono e mi tennero fermo in tre, Learco fece sparire i dadi e mi venne davanti e continuò a picchiarmi come una furia.

«Come ti sei permesso, maledetto schiavo, di toccarmi. Che ti è saltato in mente?»

«Sei un baro» gli sputai sulla faccia insieme al sangue, «quando ti sono piombato addosso stavi sostituendo i dadi.»

Solo il giorno prima avrei agito diversamente, avrei preso Marco da parte e gli avrei detto cosa succedeva. Non solo per paura, ma anche perché uno schiavo non deve mettersi in mostra, deve riferire al suo padrone, che troverà la giusta soluzione. Decisamente i capelli corti mi stavano rendendo la vita molto pericolosa. Mi ispiravano un comportamento che mi danneggiava, un comportamento da libero. C'entrava anche il saggio Cratilo? È probabile.

Oggi so che ero destinato a pensare con la mia testa e a prendere posizione, prima o poi.

Learco si strofinò le nocche e ricominciò a colpirmi, mentre gli altri mi reggevano, ma Vinicio mi lasciò e gli si parò davanti.

«Che fai?» disse. «Adesso basta. Perché rovinare il bel Fausto?»

«Togliti di mezzo. Non hai sentito che mi ha chiamato baro?» disse Learco.

«Marco» chiamai. «Alzati, difendimi. Questi non sono amici, sono imbroglioni e ladri. Sono bari. Sono più vecchi, sono più esperti, e si servono di te per fare la bella vita. Io sono tuo schiavo, sono parte della tua famiglia, sei responsabile per me.»

Marco provò ad alzarsi e ricadde seduto.

«Marco» disse Learco, «il tuo schiavo ha accusato me, il figlio di uno dei più importanti cittadini di Rodi, di barare. Poi ci ha chiamati tutti ladri e imbroglioni. Tu sei responsabile per lui. È come se tu stesso ci avessi chiamati ladri.»

«Non prendertela con Marco, adesso» disse Vinicio, e questo serviva a sottolineare che Learco aveva avuto l'improntitudine di farlo e l'aveva passata liscia. «Uno schiavo è sempre una specie di bestia di cui non ti puoi fidare mai. Forse Marco si è fidato di lui e ha fatto male, però non è giusto che tu adesso voglia rivalerti su Marco.»

Marco riuscì ad alzarsi e dimostrò che, per quanto fossi io a scrivergli i discorsi, se voleva sapeva fare da sé. Anche ubriaco.

«È una cosa grave quella che ha fatto Fausto» disse, «ma sta a me punirlo. Vi ricordate che cosa avete detto del filosofo? La causa di quello che è successo è proprio lui, il filosofo, che accetta anche gli schiavi e le donne alle sue lezioni. Il ciarlatano ha sconvolto la mente di Fausto con i suoi insegnamenti. L'impostore gli fatto credere di poter mettere le mani addosso a un importante cittadino come Learco impunemente. A Roma non sarebbe successo, a Roma quelli che si professano filosofi e vogliono turbare l'ordine sociale noi li scacciamo.»

«Forse ha ragione» dissero Difilo e Filisco.

«Certo che ho ragione» disse Marco. «Io ho molti schiavi, diverse centinaia in campagna, trenta ne avevo nella mia casa di città prima del ritorno di Mario. Gli schiavi sono come bambini, devono essere sorvegliati. Il rimedio migliore, perché non facciano guai, è che abbiano sempre da fare, non bisogna lasciare loro del tempo libero. Il tempo libero deve essere prerogativa dell'uomo libero. Mio padre me lo ha sempre detto e io non ho saputo fare tesoro delle sue parole. Non avrei dovuto permettere che Fausto frequentasse quell'impostore, adesso lo riconosco.

Ma voi dovete riconoscere che nel fare questo mi sono uniformato ai vostri costumi. Forse questo è successo perché non eravamo a Roma. E dunque, se volete punire Fausto sarà bene che puniate anche il vostro filosofo, e forse anche voi stessi e i vostri governanti, visto che permettete a quel mestatore di danneggiare le proprietà altrui. Perché io a questo punto sono stato danneggiato. Invece lasciate Fausto a me, e io, come ha sempre fatto mio padre, lo punirò in casa e ne sarete soddisfatti.»

«Non sarei soddisfatto nemmeno se lo torturassi a morte» disse Learco.

Ma all'improvviso Marco si rivestì di carattere. «Vi chiedo scusa per quello che è successo. In effetti mi sento responsabile. Dovrebbe bastarvi, però, che uno dei più nobili Romani vi chieda scusa, non succede tutti i giorni. Anzi, ragionandoci sopra, il più danneggiato di tutti sono io, che avevo uno schiavo dal quale mai mi sarei aspettato una ribellione, e invece mi ritrovo uno schiavo di cui forse non posso più fidarmi. Adesso sarà meglio che io e Fausto torniamo a casa.»

«Ma come» disse Difilo, «io sono venuto qui per giocare. Non dirmi che ti sei offeso con noi, che ci siamo dimostrati sempre amici tuoi, per questo schiavo, per quanto bello. Questo schiavo ti ha fatto una fattura, ti ha stregato.»

«Sei succube del tuo schiavo» disse Learco.

«Basta» disse Vinicio. «Come fai ad accusare Marco di questo?»

Ma intanto Learco lo aveva accusato, aveva gettato un seme che sarebbe germogliato. In quel momento ebbi la netta percezione di come Vinicio e Learco giocassero al gatto e la volpe, e di come gli altri reggessero loro il gioco; e infatti convinsero Marco a restare e a continuare a giocare, instillando in lui mano mano durante la serata, con un'osservazione di qua e una battutina di là, anche un certo senso di colpa e un certo fastidio per me.

Dopo quell'abile messa in scena Marco non mi avrebbe creduto mai più, pensavo. Io me ne stetti seduto sulla solita panca tutto pesto e col sangue che dal naso e dalla bocca mi colava sul mento e sulla tunica. Marco non mi guardò nemmeno una volta. Dopo tante dimostrazioni di incondizionata fedeltà, non mi aveva creduto affatto. Non aveva nemmeno preso in considerazione l'idea di verificare le mie parole.

C'era un patto tra noi. Marco non capiva che io avevo rispettato il nostro patto. Lui mi aveva promesso la libertà e io la fedeltà. Non aveva capito che ero stato fedele e gli avevo offerto l'opportunità di beccare i bari sul fatto e di riscattarsi dalla parte del fesso, che recitava da mesi, e anche di uscirne con onore.

Lamia mi si sedette vicino un attimo. «Mi dispiace per te, Fausto» disse e poi alzò studiatamente le spalle come per dire che lei non poteva farci niente. «Avresti potuto farti i fatti tuoi» aggiunse mormorando, senza farsi scorgere dagli altri. «I fatti tuoi non devono collimare necessariamente col benessere del tuo padrone. Anzi, poiché il tuo padrone è un allocco, avresti dovuto metterti d'accordo con i bari per avere la tua parte.»

Si mise a ridere vedendo che la fissavo con tutto il disprezzo che potevano dimostrare i miei occhi pesti e la mia faccia coperta di sangue. «Io non avrei mai fatto una cosa del genere, io sono fedele a Marco. La mia natura non è da infingardo, quello che comunemente si crede di uno schiavo» dissi.

«Allora preparati ad avere molti dispiaceri. Non lo avrei detto prima di stasera, ma devo riconoscere che mi rincresce un po' per te» mormorò lei. «Io apprezzo il coraggio, ma tu devi riconoscere che il coraggio non è per gli schiavi. Hai sbagliato e hai pagato. Visto che avevi capito cosa succedeva, perché non hai avvisato il tuo padrone da parte?»

Gli amici non rimisero in gioco i dadi truccati e per un po' fecero vincere Marco, ma a fine serata gli avevano fatto perdere una somma considerevole. Anche senza dadi truccati, in quattro contro uno non avevano difficoltà a vincere. Io rimanevo seduto sulla panca, guardando il pavimento.

Dal vano della porta si affacciarono le bambine e mi guardarono spaventate. In casa si era diffusa presto la notizia che il mio padrone aveva permesso che mi picchiassero a sangue. Così piccole erano consapevoli della mia impotenza e della mia solitudine, che accrescevano il senso della loro impotenza. Quando uno schiavo alza la testa e perde, gli altri schiavi si sentono sconfitti.

Rivolsero lo sguardo a Lamia, che fece un cenno affermativo, e mi vennero vicino silenziose, prudenti, cercando di non farsi notare dai giocatori, mi presero per mano e mi costrinsero ad alzarmi. Mi accompagnarono nel cortile dove tirarono su un secchio d'acqua dal pozzo e mi fecero sciacquare la faccia, cercando anche di pulirmi un po' la tunica.

«Adesso che succede, Fausto?»

«Torno dentro.»

«Non andare.»

«Devo andare, il mio padrone non mi ha congedato.»

Quando rientrai nella stanza, Learco stava dicendo: «Ho fatto un calcolo, la somma è veramente grande, caro Marco, spero che tu possa onorare il tuo debito».

«La somma sarà a disposizione presso il banchiere liberto di mio padre, Livio, che conoscete, non appena tornerà» disse Marco. «È intenzionato a tornare presto, o manderà la somma per qualcun altro, si tratta forse di dieci giorni o quindici, non di più, forse anche meno.»

«Non ci dai un piccolo anticipo?»

«Mi avete ripulito» disse Marco. Ed era vero, in casa non c'era più nemmeno una moneta, io che avevo frugato dappertutto lo potevo testimoniare.

«Allora dacci una cauzione come si fa di solito» disse Learco.

«Come faccio, non mi trovo a casa mia. E poi non vi serve una cauzione. Volete mettere in dubbio la mia parola?» Marco aveva risposto piuttosto duramente e gli amici rinunciarono a un po' della petulanza e dell'arroganza, che ormai affioravano sempre più spesso.

«No, nessuno mette in dubbio la parola di Marco Druso, è solo che le usanze sono usanze» disse Vinicio. «Ma per te si può fare un'eccezione.»

«Comunque» disse Learco, «io dico che non è più il caso di giocare ormai. Ultimamente abbiamo studiato poco e se

Molone incontra mio padre... Mi dispiace per Marco che ne esce sconfitto...»

«Ma che sconfitto, stasera era la mia serata, sentivo che la fortuna era dalla mia parte...» Marco si guardò addosso per vedere se aveva qualcosa da giocarsi, guardò nella borsa, ma non c'era niente. L'unico oggetto prezioso che possedesse ancora era l'anello con il sigillo, ma non sarebbe stato onorevole puntarlo.

In quel momento un uccello entrò dal cortile e svolazzò impaurito nella stanza sfiorando Marco.

«Oh! Guardate!» strillò Lamia. E disse un nome che non ricordo più, solo perché non lo compresi, altrimenti di quella serata ricordo tutto. «È di buon auspicio» aggiunse.

Non avevo mai visto quell'uccello e non so se per il luogo l'avvenimento potesse essere considerato di buon auspicio. Io avevo sempre sentito dire da mia madre che se un uccello entra in casa porta sfortuna, ma paese che vai credenze che trovi riguardo alla fortuna.

«Davvero» disse Vinicio. «Anche mio padre che si intende di auspici lo dice.» Il padre di Vinicio era l'unico romano e allora si doveva credergli.

«Giocherei me stesso, se non fosse disonorevole solo il pensarlo. Sono così sicuro che la fortuna sarebbe dalla mia parte...» disse Marco, con grande rincrescimento.

«Ma c'è il tuo *alter ego*» insinuò Filisco.

Marco comprese immediatamente e si girò verso di me, anche se non mi guardò in faccia. Secondo me ci aveva già pensato.

«È come se giocassi te stesso, ti somiglia talmente tanto...» disse Difilo.

«Ma sì, il bellissimo Fausto! è una puntata più che degna» disse Learco. «L'accettiamo.»

«Se giochi Fausto non è disonorevole» disse Vinicio. «E poi ci sembra giusto che tu faccia godere di qualcosa che è tuo i tuoi amici.»

«Certo» disse Learco, «che problema c'è? E poi, se uno di noi vincesse, anche se non mi sembra probabile, dato l'auspicio, non vorrebbe toglierti a lungo il tuo schiavo di fiducia. Forse dovrai mandarlo per commissioni... Te lo riconsegnerebbe domattina presto. Allora giochiamo, e quello di noi che fa il punteggio più alto si porta a casa Fausto per tutta la notte. Se vince Marco scaleremo una parte della somma che ci deve.»

Mi valutarono una somma alta, mille sesterzi. Tanto erano certissimi di vincere. Marco alla fine acconsentì con un cenno del capo. Quante volte mi aveva detto che ero solo suo...

Perse, e non mi guardò mai, nemmeno mentre mi ordinava di seguire il vincitore.

CAPITOLO TREDICESIMO

Vinicio era euforico per essersi accaparrato il bel Fausto.

Mentre mi faceva strada per condurmi a casa sua, tra i vicoli di un quartiere miserabile vicino al Porto Piccolo, da cui si vedeva lo squallido spettacolo degli edifici dell'arsenale e delle navi in secca, Vinicio si voltava indietro e mi parlava cortesemente svelandomi molti retroscena.

«Mio padre non riceve il suo *stipendium* da tempo, ma al ritorno Silla lo sistemerà. Non solo mio padre parteciperà alla spartizione di un ricco bottino, che proviene dai saccheggi che stanno operando adesso in Grecia, ma avrà anche un pezzo di terra in Campania, per quello che si vocifera. Potrei addirittura avere la possibilità di fare politica. Così io aspetto che questo avvenga e nel frattempo mi arrangio per campare.»

«Perché dovrebbe partecipare alla spartizione del bottino? È un mercante» dissi. Non ero riuscito a frenarmi, ma mi pentii subito di quelle parole.

«Non ti sfugge niente» sibilò. Intanto mi lanciò uno sguardo che non avrei saputo decifrare, ma ne colsi la minaccia e il forte disappunto, perché anche lui aveva parlato troppo.

Dunque era vero quello che avevo capito molto tempo prima, che il padre non era un mercante, e se Vinicio lo nascondeva c'era un motivo su cui era meglio non indagare: forse il sedicente mercante svolgeva mansioni delicate e segrete.

«Non mi è sembrato vero di incontrare Marco, ricco, e così giovane e inesperto, altrimenti avrei dovuto mettermi a lavorare e addio studio. Non che organizzare le truffe ai danni di Marco non stia diventando quasi un lavoro a tempo pieno in realtà...» continuò con cortesia melliflua, che voleva nascondere la tensione creata da me.

Ormai io lo seguivo e lo ascoltavo solo per quel tanto che era necessario, per rispondere sì o no, se mi poneva una domanda. Avevo paura di lui, ma, mi dicevo per consolarmi, in fin dei conti non può essere tanto diverso dagli altri nelle sue voglie, e non può riconsegnarmi a Marco troppo malconcio.

Ci fermammo davanti a un portone semiaperto, da cui proveniva un odore di sudiciume e di stantio. La casa di Vinicio era sordida come lui. Viveva in una stanza d'affitto presso una vecchia.

«Dalla vecchia non sto male» disse, «perché è così sorda, che io posso fare il comodo mio e lei non protesta mai. A volte canto e declamo per irrobustirmi la voce come vuole Molone e la notte mi preparo qualche lezione a voce alta. Vedrai che proprio non se ne accorgerà quando ti farò entrare.»

Non risposi perché non mi aveva rivolto alcuna domanda.

«Non ha voluto crederti, caro Fausto» disse poi in tono canzonatorio.

Io lo guardai senza capire bene, preso dai miei pensieri e dalle mie angosce.

Poi compresi che parlava di Marco.

«Davvero credevi di riuscire a convincerlo del fatto che noi lo imbrogliamo?» continuò a canzonarmi.

«Sì. Perché avevo le prove» risposi in tono duro. «Quattro dadi sul tavolo. Pensavo che avrebbe voluto verificare.»

«Che effetto fa essere fedele e non essere ricambiato? Credevi di essere solo suo? Il fatto che ti abbia ceduto a me, che non gli importi dividerti con altri è una cosa vergognosa per te, una grande umiliazione, mostra quanto il suo affetto sia superficiale.» Stavolta sembrava sinceramente interessato, e addirittura spiacente per me, mentre mi diceva quelle cose vere, che per me erano lame affilate nelle carni. «Il tuo padrone è un giocatore e questo è già un problema per te come schiavo, ma il tuo padrone è anche un vigliacco e la tua vita si complica. Quale vita può avere lo schiavo di un vigliacco?»

«Marco non è un vigliacco» dissi, perché, come è giusto e d'obbligo per uno schiavo, che è stato educato a esistere in funzione del padrone, era mio dovere difenderlo, anche se in quel momento il padrone mi aveva messo in una situazione di cui avevo paura. E comunque gli volevo bene, perché lui era tutto il mio mondo. E se lui era un vigliacco io non ero più niente.

Vinicio fece un sorrisetto. «Sei davvero in una brutta situazione, bel Fausto. Da come Marco si va rivelando, sei solo all'inizio dei guai della tua vita di schiavo. Il tuo padrone sta precipitando nell'abiezione e ti sta trascinando con sé. Io ti comprendo.»

«Grazie, ma non ti preoccupare, me la caverò» dissi io, perché ogni tanto anche gli schiavi provano un po' d'orgoglio. Però mi sentii meglio, meno impaurito: Vinicio non sembrava tanto maldisposto nei miei confronti.

Entrammo, e dopo un budello buio passammo in un cortiletto su cui affacciavano le stanze della casa e salimmo una scala stretta, dai gradini sconnessi, che ci portò su un ballatoio traballante. Vinicio mi condusse sul ballatoio fino a una porta chiusa e l'aprì. Ne provenne una luce. Mi chiesi come mai la stanza fosse già illuminata, ma ero troppo scoraggiato e umiliato per pensare davvero.

Vinicio mi stava alle spalle come per fermare una mia eventuale fuga dell'ultimo istante. Ma non ce n'era bisogno, avrei voluto dirgli, io ubbidivo a Marco, che aveva deciso di concedergli le mie grazie. Stavo entrando, quando vidi, inquadrato nel breve spazio dell'apertura, il piede ben calzato di un uomo seduto e riconobbi al volo il calzare di lusso di Learco. Poi mi giunsero delle risate.

C'erano tutti. Un lampo nella mia mente e mi ritrovai in un vicoletto nella Suburra solo e indifeso, mentre un gruppo di schiavi fuggitivi mi stava circondando. Ecco perché Vinicio insisteva tanto sulla sordità della vecchia: nessuno avrebbe udito le mie urla.

Mi girai indietro e Vinicio era pronto a fermarmi. La luce dalla porta illuminava il suo sorriso crudele e sarcastico. Lo investii in piena faccia con un pugno scaraventandolo contro il parapetto, e lui fu abbastanza svelto da reggersi, o sarebbe precipitato giù. Mentre cominciavo a correre sentii le risate di scherno degli amici dirette a Vinicio. Scesi le scale sconnesse quasi volando, superai lo stretto corridoio d'ingresso e corsi nei vicoli, corsi a perdifiato e arrivai a casa.

Era buio. La porta di Lusio era chiusa. Spalancai quella della stanza che Marco divideva con me. La lucerna mandava ancora un bagliore fioco, Marco era sdraiato sul letto con le braccia sotto la testa, non dormiva, ma non mi guardò. Io avevo il fiatone, non riuscii a parlare subito, e lui finalmente si girò verso di me, simulando indifferenza.

«Già sei tornato?» mi chiese.

«C'erano tutti» dissi. «Ti hanno mentito.»

Non mi rispose, ma dalla sua espressione compresi che lo sapeva già. Non gli avevano mentito, ma lui insieme a loro aveva mentito a me per non fare scenate in casa di Lamia, perché lui sapeva quanta paura mi aveva lasciato addosso quella notte passata alla Suburra. Questo ebbe il potere di terrorizzarmi.

«Sono fuggito. Non mi rimandare là» lo pregai scoppiando a piangere come un bambino.

«Sei impazzito? Perché l'hai fatto?»

«Ho avuto paura.»

«Mi hai svergognato davanti a tutti.»

«Credevo che i patti prevedessero solo Vinicio.»

Non rispose.

«Quelli sono bari e io l'ho scoperto. Vogliono punirmi. Ti prego non mandarmi.» Ma davanti alla sua espressione fredda e determinata smisi di piangere.

Pregai ancora perché era giusto farlo, e perché si sentisse un po' in colpa quando mi fossi avviato. «Ti sono sempre stato fedele» dissi. «Perché permetti che mi maltrattino? Puniscimi tu.»

«I patti sono patti. E la somma di cui sono debitore è molto alta. Non posso inimicarmeli mentre attendo che mi inviino i soldi da Roma, e tu me li stavi facendo inimicare, avresti dovuto dirmi da parte quello che sapevi.»

«Ma in questo modo ti ho dato l'opportunità di coglierli sul fatto.»

«Hai sbagliato. È poco diplomatico. Ma sei proprio certo che barassero?»

«C'erano quattro dadi sul tavolo.»

Non commentò e di nuovo si mise a guardare il vuoto. Io continuai a piangere silenziosamente. Ma era ora di andare...

«Quelli mi ammazzano» dissi.

«Non ti ammazzano.»

«Ho dato un pugno a Vinicio.»

«Ah... tu crescendo sei impazzito veramente.» E questa da parte sua era un'amara constatazione. «È proprio vero che non si possono dare giudizi su uno schiavo finché non ha raggiunto l'età adulta. Ma neanche; il loro animo è instabile come quello delle donne.»

«Non ho saputo controllarmi, e tu lo sai che sono molto forte. È stata la paura, mi sembrava di trovarmi un'altra volta in quel vicolo della Suburra...»

Sospirò. Sembrava che dicesse *ancora questa storia*. Si girò verso il muro voltandomi le spalle. Non era servito a nulla ricordargli che quella volta avevo salvato il suo onore.

«Vieni con me, ti prego in nome di tuo padre, in nome di Porcia... lei non vorrebbe. Non mandarmi da solo. Se ci sarai tu non potranno essere troppo severi nel maltrattarmi» pregai.

Rimase in silenzio, voltato di là.

«Allora io vado» dissi, e temporeggiai ancora, in attesa di una sua risposta, che non venne.

Uscii lentamente dalla stanza, indugiando nel chiudere la porta, sempre in attesa di un suo ripensamento. Infine chiusi e mi riavviai a casa di Vinicio.

Lusio uscì dalla sua camera. «Che succede? Stai uscendo di nuovo?» mi chiese.

«Marco ha dimenticato la borsa da Lamia e vado a prenderla.» Mentii per non fargli sapere che Marco mi teneva in così poco conto da prostituirmi ai suoi amici e da abbandonarmi alla loro vendetta.

Camminai lentamente, nei vicoli più malfamati e pericolosi, nel buio e nel silenzio rotto all'improvviso da scoppi di risa e urla di ubriachi e di prostitute. Ogni tanto sentivo uno scalpiccio dietro di me e nemmeno mi voltavo a guardare. Speravo che qualcuno mi uccidesse per rapinarmi, così mi sarei tolto dai guai, il guaio prossimo, pochi vicoli più in là, a casa di Vinicio, e quelli futuri.

Si era rotto il patto di reciproca convenienza e soddisfazione, che è alla base del rapporto tra il padrone e il suo schiavo di fiducia. Quando uno dei due viene meno il rapporto degenera. Nel caso del mio padrone e di me non era colpa mia, avevo tentato di accontentarlo in tutti i modi.

Mi ero illuso per tanti anni e ora che Marco era il *dominus*, nel momento in cui avrei dovuto cominciare a raccogliere i frutti dei miei sacrifici, della mia dedizione e devozione, avevo scoperto che dovevo avere paura di lui. Non potevo fidarmi in nessun modo di un padrone che mi esponeva alla vendetta di quattro debosciati convinti di poter fare di me quello che volevano. Forse mi avrebbero ucciso e, dato che avevo malmenato Vinicio, un cittadino romano, avrebbero preteso da Marco che avesse il buon gusto di non risentirsi per la mia morte, poiché ero uno schiavo violento. Lo avrebbero accusato di mandare libero in circolazione uno schiavo da tenere ai ceppi.

Ma se fossi sopravvissuto? La mia vita mi appariva senza speranza, senza luce.

Sentii che non volevo più bene a Marco e all'improvviso ero senza nessuno, senza punti di riferimento.

Ero lo schiavo di un uomo che stava scendendo tutti i gradini dell'abiezione ed era un vigliacco, come diceva giustamente Vinicio, e quando succede questo la parte più sporca tocca allo schiavo. Cosa avrebbe voluto da me negli anni futuri? A cosa mi avrebbe esposto? Mi rendevo conto per la prima volta di avere un grave difetto, una coscienza; mi ponevo problemi morali ed etici che uno schiavo, per tirare a campare, non dovrebbe porsi. Forse era colpa del filosofo Cratilo.

Ma tutti questi miei ragionamenti non bastavano a farmi dimenticare la paura di quel momento, perché le cose non erano andate come previsto da Marco, e Vinicio aveva ricevuto un bel pugno in bocca da me, da uno schiavo. Che mi avrebbero fatto per questo?

Entrai nella casa, passai nel cortile, arrivai al ballatoio e alla porta che era rimasta semiaperta. La spalancai e loro mi attendevano seduti, il ricco Learco sull'unica sedia, gli altri sul letto. Non si erano scomodati per niente a cercarmi, sapevano che Marco mi avrebbe rispedito là. Rimanemmo un po' a guardarci, io tentando di non mostrare la paura, loro con aria ironica.

«Che vi avevo detto?» disse Vinicio. «Marco l'ha rispedito da noi.» Poi si rivolse a me: «Davvero il tuo padrone non ti merita, bel Fausto».

«Il problema di Marco è che non sa tenere lo schiavo al suo posto» disse Filisco.

«Ha sbagliato a farlo studiare troppo, così Fausto si è messo a pensare. Non si può far studiare uno schiavo senza che cominci a credere di poter pensare e di capire più di noi. È meglio che gli schiavi rimangano ignoranti» disse Difilo.

«No, non sono d'accordo: gli schiavi colti servono» disse Learco, «è solo che vanno tenuti a bada. Gli schiavi colti sono i più difficili da gestire.»

In quel momento mi serviva solo un'altra disquisizione sulla natura della schiavitù...

«E dunque, caro Fausto» Learco si rivolse a me, «se non ti punisce il tuo padrone, lo faremo noi, per farti capire come devi comportarti. Tenere al loro posto gli schiavi è un dovere di ogni cittadino nei riguardi della comunità, e noi ci assumeremo il compito che Marco non ha saputo svolgere, tirandoti su pieno di orgoglio e di pensieri inutili.»

«Per me è un piacere» disse Filisco.

«Anche per me» confermò Difilo.

«Lui si fida di voi» dissi io. «Lui spera che siate gente d'onore e non vogliate rovinare la sua proprietà.» L'allusione alla legge e la voce un po' esitante mostrarono la mia paura e loro ne sorrisero.

Vinicio si alzò dal letto e mi si avvicinò. Cominciai a tremare di paura, ma riuscii a non fuggire a gambe levate come desideravo fare. Rimasi immobile e lui mi restituì il pugno, in faccia e così forte che mi mandò a sbattere contro la parete.

«Sei uno schiavo ribelle, Fausto. Ti insegneremo a essere più mansueto» disse. «Senza rovinare la proprietà di Marco, naturalmente. Per chi ci prende Marco?»

«Non sono uno schiavo ribelle, ho sempre ubbidito al mio padrone e ho fatto il suo interes...» Vinicio non mi fece finire, mi assestò un altro pugno.

E per quanto si proponessero di non rovinare il favorito di Marco, a un certo punto si lasciarono prendere un po' la mano, perché io non collaboravo molto e non rispondevo se mi parlavano. Mi sentivo una bestia, umiliato e offeso in ogni modo. Mi si palleggiavano schiaffeggiandomi. Per istinto avrei voluto difendermi, restituire gli schiaffi e i pugni, ma piano piano riuscii a dominarmi, a raggiungere uno stato d'inerzia che mi aiutava a distaccarmi dagli aguzzini, dalle loro crudeltà e dal sarcasmo.

Pensai alle poche cose buone della mia vita e mi passarono davanti i volti di chi mi aveva fatto del bene. Sorprendentemente Frine, bambina alla Suburra, Livio con i suoi consigli, Cratilo il filosofo. Tutti riuscirono a consolarmi, ma solo un volto, nella sua fermezza, mi diede coraggio. Il volto di Porcia, lei che, in quanto facevo parte della *familia urbana*, voleva che avessi un aspetto decente; solo lei, tra i padroni, aveva associato la dignità e la mia persona, due cose che non sembravano nella realtà molto compatibili.

Mia madre schiava era un volto sbiadito e una voce che mi diceva di servire il padrone. Avrei voluto farle vedere cosa mi succedeva per essere lo schiavo favorito di Marco.

Mi strapparono di dosso la tunica. Cominciai a farneticare e di nuovo mi apparve Porcia; si rivolgeva a Marco, definendo poco dignitoso quello che mi accadeva. Ma io sapevo che la dignità deve associarsi alla fermezza e al coraggio, e all'improvviso mi fu tutto chiaro. Dovevo reagire. Dopo avrei affrontato le conseguenze.

Avevo gli occhi pesti, e la stanza era poco illuminata,

ma riuscii ad assestare un pugno a Vinicio, che lo mandò a sbattere lontano contro una parete, e tentai di imboccare la porta. Mi agguantò Difilo, a cui mollai uno spintone che gli fece perdere l'equilibrio. Learco e Filisco tentarono di afferrarmi, ma il mio corpo nudo e spalmato di olio non offriva molti appigli. Mi voltai, spinsi via Filisco, che finì sdraiato sul letto, e colpii con forza Learco, che arretrò con le mani sulla faccia. Riuscii ad arrivare alla porta, l'aprii e cominciai a correre.

Sul ballatoio c'era in attesa Lusio, che mi seguì.

Usciti dalla casa corremmo affiancati per i vicoli, ma io a un certo punto mi accasciai e lui dovette sorreggermi più di una volta, finché mi raccolse da terra e mi caricò su una spalla nudo come ero, reggendomi le gambe con un braccio, mentre con l'altro mi gettò addosso il suo mantello. Stava riprendendo a correre, quando si udì uno scalpiccio e un bisbigliare di voci. Mi condusse dentro un piccolo vestibolo buio, aspettammo e lui ne approfittò per riprendere fiato. Passarono di corsa, poco dopo abbandonammo il nascondiglio e proseguimmo. Lusio era rigido per la paura e faceva un terribile sforzo per non mostrare di tremare, ma procedendo spedito mi portò a casa. Era l'alba.

La finestra di Marco inquadrava la faccia di Learco.

«Non ci hanno trovato per strada e sono venuti ad aspettarci qui» disse Lusio.

«Che mi farà Marco? Portami via» dissi. «Tornerò quando avrò riacquistato un po' di forze per sopportare.»

«No» disse Lusio, «se conosco i padroni, e li conosco, possiamo salire senza paura.»

Io non ce la facevo a ribattere.

Lusio mi portò su per le scale, mi mise a terra di fronte alla porta d'ingresso e poi mi spinse dentro. Li trovammo tutti seduti nella piccola stanza che usavamo come studio. Marco sembrava molto divertito.

«Allora, Lusio» disse, «i miei amici sono venuti a lamentarsi con me del vostro comportamento. Ho già ascoltato il resoconto di quello che è successo da loro, ma vorrei che anche tu mi raccontassi la tua versione.»

«Certo...» stava dicendo Lusio, ma fu interrotto.

«È uno schiavo» disse Learco, «anche noi dobbiamo stare qui ad ascoltarlo? Non basta la nostra parola di cittadini?»

«No, se vuoi i tuoi soldi. Lusio ha tutta la mia fiducia. La legge non mi obbliga a pagare i debiti di gioco, solo l'onore mi obbliga, ma se non mi sembrate gente d'onore...»

A quel punto Lusio non permise più a Learco né a nessuno di interromperlo.

Si rivolse a Marco: «Ho visto Fausto uscire di casa a un'ora strana e molto spaventato, così l'ho seguito. Dopo ho capito che aveva ragione ad aver paura. È arrivato a casa di Vinicio, una vera stamberga con una puzza da fare schifo – dovresti vederla – ed è salito su. Allora sono salito anch'io e sono rimasto in ascolto fuori della porta. Ti hanno offeso gravemente. Hanno detto che tu, Marco Druso, non sai tenere a bada i tuoi schiavi, che è sbagliato che Fausto sia troppo colto e che ci avrebbero pensato loro a punire Fausto, se tu non hai le palle per farlo. Così, a giudicare dai rumori, hanno cominciato a dargli una ripassata tutti insieme, a botte e pugni».

«Troppo onore certo, ma non potevamo usare la frusta, non era nei patti» interloquì Vinicio.

«Io non sapevo se intervenire a difendere Fausto, non vedevo e quindi non riuscivo a capire se lo stavano conciando troppo male» continuò Lusio. «Poi Fausto si è ribellato, e da solo, rimbambito dalle botte, è riuscito ad atterrarli tutti, a uscire dalla stanza e a fuggire. Solo quando era già fuori della casa io l'ho aiutato, non prima.»

Marco disse: «E bravo Fausto». E poi scoppiò a ridere e non la finiva più.

Gli amici si guardavano l'uno con l'altro e mi sembravano molto offesi e umiliati. A Marco uscivano le lacrime per il troppo ridere.

«In quattro ve lo siete fatto scappare e venite pure a dirmelo?» riuscì a farfugliare tra le risate fragorose.

«Adesso ce lo portiamo via e gliela faremo vedere» disse Vinicio.

«Proprio tu» rise Marco. «Proprio tu, che te lo sei fatto

scappare due volte e hai i segni dei suoi pugni sulla faccia? Comincio a nutrire qualche perplessità sulla tua intelligenza, Vinicio.» E continuò a ridergli in faccia.

Ma gli sconfitti non sembravano contenti dell'epilogo.

«Avanti, amici, è solo uno schiavo» disse Marco, «e dunque non può mettersi di mezzo a rovinare la nostra salda amicizia. Ma è riuscito a sfuggirvi e io non posso riconsegnarvelo per la seconda volta; già l'ho fatto quando era sfuggito al solo Vinicio, e voi non siete stati in grado di trattenerlo. Perciò adesso basta.»

Basta... ma solo per affermare la sua superiorità, non per difendere me. E intanto mi chiedevo: fino a quando? Quando si sarebbe rimesso nei guai fino al collo e io sarei stato di nuovo in pericolo?

CAPITOLO QUATTORDICESIMO

«Non è la prima volta che ti riporto a casa malandato» mi disse Lusio, mentre mi lavava e medicava.

Ero sdraiato sul suo letto. «Te ne sono grato» mormorai.

«Una volta vi siete persi nella Suburra, ma stavolta che cosa è accaduto?»

«Non mi va di parlarne.»

«Questo è orgoglio stupido. E non mi sembra che ti stia portando da nessuna parte. Ho già scritto a Porcia raccontandole qualcosa di Marco, ma a parlarle di questo come faccio? Eppure debbo proteggerti in qualche modo...»

La mattina dopo ero ancora nella stanza di Lusio, incapace di alzarmi dal letto. Mi sforzavo di mangiare qualcosa, ma avevo la bocca gonfia e dolorante, come tutto il corpo. Lusio mi preparò una specie di pappetta molle, facile da mandar giù. Vinicio li sapeva assestare i pugni, ero tutto pesto.

Marco entrò nella stanza, volevo alzarmi, ma ricaddi giù con un gemito.

«Mi dispiace che tu stia così male» mi disse. «Ma ti compenserò. A Roma ti darò dei vestiti nuovi e del denaro, così potrai avere il tuo peculio. È giusto, poiché a Roma sarai il segretario di Marco Druso, e sono molto contento che tu abbia tenuto alto l'onore della famiglia, che uno schiavo di Marco Druso gliele abbia date a quegli imbecilli. Non avevo altro che te da offrire, Fausto, ma sono contento che sia andata così.»

Io ritenevo che il patto che era alla base della mia intera

esistenza fosse stato violato. Marco non se ne rendeva conto per niente e di sicuro nemmeno gli interessava: dopo quello che avevo passato, per lui nulla era cambiato.

«Guarisci presto, abbiamo molto da fare per la fine dei corsi» disse. «Io vado a lezione.»

Uscito Marco entrò Lusio. Aveva origliato.

«La situazione non va» disse. «Siamo partiti da Roma per salvare Marco da Mario e Cinna, siamo rimasti qui per salvarlo da Cinna e da Carbone, ma ora dobbiamo partire da Rodi per salvarlo da se stesso. E dai suoi amici.» Si era informato e sapeva più cose di quelle che gli avevo raccontato io, ma ne parlava poco per non mettere in evidenza la mia situazione umiliante e il mio insuccesso nella ricerca di una vita dignitosa.

Io non parlavo. Ero molto scettico sulla possibilità di sfuggire agli amici di Marco.

«Vado al mercato a comprare un impiastro per la tua faccia e al porto per sapere se ci sono novità» disse lui sospirando.

Tornò presto, tutto contento, con una lettera tra le mani.

«Ehi! Avanti, tirati su! Basta con quella faccia da funerale» mi disse, ma non ebbe successo. «Grandi notizie. Silla ha sistemato l'Asia, è partito da Efeso, ed è tornato in tre giorni ad Atene, dove sta facendo un bottino colossale e si sta procurando le navi per spedirlo in Italia. Intende trascorrere l'inverno in Grecia, sembra anche per partecipare alle feste istituite in suo onore ed essere iniziato ai Misteri di Eleusi, ma all'inizio della primavera tornerà in Italia.

Carbone si prepara a fare gli onori di casa e sta ancora raccogliendo truppe, ma il Senato e i consoli hanno agito per conto loro e hanno inviato onorevoli proposte di pace, che Silla non può rifiutare, e si presuppone che Roma sia pacificata per quando noi arriveremo. A questo punto anche per noi si avvicina la partenza.» Mi sventolò la lettera sulla faccia. «E guarda qui. Porcia scrive che tra un paio di settimane Livio sarà a Rodi, ormai deve essere già partito. Appena arrivato Livio, concorderemo con lui il modo migliore per compiere il viaggio.»

Il mio scarso interesse lo stupì.

«Allora, hai capito? Si parte! Non passeremo un altro inverno qui! Appena possibile ripartiremo tutti insieme per Roma.»

«Non è pericoloso tornare a Roma?»

«Porcia dice che al momento sembra tutto calmo, ma, se sarà necessario, prima di entrare a Roma attenderemo nella sua villa di campagna di *Suessa*. Comunque lei è certa che Lelio farà qualcosa per aiutarci anche questa volta, perché vuole che la figlia si sposi a breve. E poi, ci sono stati troppi morti, ormai anche i Romani vogliono ricominciare a vivere.»

«E se Silla non accetta le proposte dei popolari e i popolari vincono ancora?»

«Per quello che sento in giro, qui a Rodi non lo ritengono possibile. Silla ha un esercito fedele solo a lui e in Italia ci sono anche altri generali a capo delle loro legioni pronti a unirsi a lui.»

«Allora non possiamo fare altro che attendere Livio» dissi.

«Sì, e io non vedo l'ora di andarmene.»

«Anch'io» dissi. Se Marco era diventato pericoloso, speravo che a Roma Porcia e la futura moglie Lelia Prima potessero calmarlo. Ma era possibile? Lui era il *dominus*. Non potevo pensare a un capo peggiore per la nostra famiglia. In quel momento ebbi la netta percezione di quanto sarebbe stato difficile per le due donne arginare le sue intemperanze e quante occasioni avrebbe avuto Marco anche a Roma di mettermi in pericolo. Mi sentii del tutto impotente e indifeso.

Lusio cominciò a spalmarmi sul viso l'impiastro e tentò di tirarmi su il morale. «Porcia scrive che dobbiamo già cominciare a organizzarci per il viaggio. E appena saremo giunti a Roma ci saranno grandi festeggiamenti per le nozze. C'è già qualche preparativo in corso, è già pronta la camera nuziale. Sono contento: qualche volta Marco sarà costretto a dormire con la moglie e tu riposerai.»

Mi sembrava un sogno, avere qualche ora per pensare o dormire senza l'assillo di accontentare il mio padrone. Sapevo che, una volta guarito e di nuovo in piedi, sarebbe diventato un compito ormai per me odioso seguirlo come la sua ombra e spiarne di continuo il volto per prevenirne i desideri e spianargli le difficoltà. Certamente non ci sarei riuscito bene come prima, quando credevo che lui fosse un padrone affezionato, che proteggeva il suo schiavo prediletto.

«Non dire a Marco che è pronta la stanza nuziale» suggerii.

«Giusto, perché crearsi problemi per il viaggio?» Questa volta Lusio era perfettamente d'accordo con me.

Infine, quando mi vide un po' rasserenato, disse: «Sono arrivati i soldi».

«Solo un giorno» mormorai. «E tutto questo non sarebbe successo.» Solo un giorno e non mi sarebbe caduto addosso il mondo.

Lusio non rispose, ma l'espressione del suo volto diceva che per il futuro dovevo aspettarmi qualcosa di peggio.

Mentre attendevamo Livio, Lusio non se ne stette in ozio. Cominciò a organizzare tutto per la partenza. Chiese al suo schiavo se gli sarebbe piaciuto venire a Roma, ma lo schiavo aveva una donna nell'entroterra e Lusio riuscì a venderlo allo stesso padrone della donna. Vendette anche tutta la roba che avevamo accumulato in quasi quattro anni e cominciò a informarsi sulle navi in arrivo e in partenza per l'Italia.

«L'inverno si avvicina e il mare è più infestato dai pirati di quando siamo arrivati, ogni anno la situazione peggiora» disse a Marco una sera. «Forse sarebbe bene fare una parte del viaggio per terra, in Grecia e in Macedonia, che sono nelle mani dei Sillani. E io avrei anche un'idea. Poiché si dice che i pirati vengano informati su chi si imbarca, che abbiano delle spie in tutti i porti, io farei prenotare da Livio il viaggio per Atene su una nave a nome di Marco e poi ci potremmo imbarcare su un'altra nave in segreto.»

«Sì» disse Marco. «L'idea è buona. Appena arrivato Livio ci penseremo.»

Livio, per quello che ne sapevamo, sarebbe arrivato dopo un paio di giorni.

Ma dopo due giorni di Livio non c'era traccia. Una nave può tardare per tanti motivi, forse Livio era costretto ad attendere il sopraggiungere del bel tempo in qualche porto.

Un giorno Marco rientrò prima del solito, appena dopo il tramonto, con gli occhi gonfi e molto irritabile. Sembrava che avesse pianto. Non ero stato insieme a lui, mi aveva incaricato di comprare un regalino per Livilla. Io e Lusio stavamo mangiando. Si sedette a mangiare anche lui con la faccia cupa, mandò giù un boccone, ma subito spinse via il piatto schifato, chiese invece del vino e lo ingollò in un sorso. Poi ci diede l'annuncio.

«Partiamo domani.»

Io e Lusio rimanemmo senza parole.

Marco si rivolse a Lusio: «Vai subito al porto a vedere che possibilità ci sono. Mi va bene anche una nave oneraria che ci porti in Grecia. Poi da lì vedremo».

«E Livio?» chiese Lusio

«Ti ho dato un ordine» disse Marco duramente.

«Domani...» disse Lusio. «Ma come facciamo, non abbiamo tempo...»

«Ma se siamo già pronti. È un mese che stai preparando la partenza. Vuoi dire che non sei capace di trovare un passaggio su una nave? Il problema è mio perché devo andare a salutare Molone e gli amici e tagliare i ponti senza lasciare qualcuno scontento.»

«Potrebbe essere rischioso» azzardai io.

«Io credo di no» rispose Marco sgarbato. «Anche le spie dei pirati hanno bisogno di un minimo di tempo per agire, e noi in tre giorni saremo già sbarcati in Grecia. Chi vuoi che lo sappia se partiamo da un giorno all'altro? Tu piuttosto, stai attento a mantenere il segreto, soprattutto se vai in quel posto pieno di gentaglia con il tuo filosofo.»

«Non andrò» dissi. «Non si riuniscono di sera.» Non avrei avuto la possibilità di salutare Cratilo.

«Bravo. Ci siamo capiti allora: nessuno deve sapere niente della nostra destinazione e della nave. Paghiamo tutti i nostri debiti, non lasciamo niente in sospeso, perché questo non sarebbe degno di uno dei Livi, e domani si parte» concluse Marco, e si rivolse poi direttamente a Lusio: «Spendi quello che vuoi. Ho pagato i creditori e ho ancora una grossa somma.»

Evidentemente Lelio era stato molto generoso anche questa volta.

Ci rivedemmo più tardi.

«Ho trovato il passaggio» disse Lusio. «Sono stato fortunato.»

«Bene, non mi aspettavo di meno da te» disse Marco.

«Uno come te per affrontare un lungo viaggio senza scorta deve viaggiare in segreto e perciò ho riflettuto e girato per il Porto Piccolo, alla ricerca di una possibilità di segretezza, e l'ho trovata. Naturalmente la segretezza, come una comoda sistemazione in cabina, varia secondo le possibilità del viaggiatore.»

Marco alzò le spalle. Con Lelio come finanziatore se lo poteva permettere.

«Ho parlato della situazione al *naukleros*, proprietario di una considerevole flotta, di cui mi fido ciecamente; è serio e preciso, gli ho fatto dei prestiti in questi anni e ho avuto sempre il mio bel tornaconto» continuò Lusio. «Gli affiderei senza problemi anche il gruzzolo che ho messo da parte con tante fatiche. Ha la sua sede non lontano da me, al porto. Mi ha detto che c'è l'uomo che fa al caso nostro e mi ha mandato da lui con una lettera di presentazione. Si tratta di Lacrito, *kybernetes* di una nave oneraria che trasporta vino e olio e partirà all'alba, in questo momento la stanno stivando. Dovrebbe navigare lungo la costa dell'Asia per caricare spugne dalle isole e poi dirigersi ad Atene. È il suo ultimo viaggio prima della brutta stagione.»

«Non mi sembra una buona cosa fermarmi di continuo, comunque per andarmene da qui mi sta bene tutto» disse Marco.

Io e Lusio cominciammo a guardarci, a chiederci cosa avesse causato in Marco una tale antipatia per Rodi.

«Non sarà necessario fare soste» disse Lusio. «Lacrito, con noi a bordo, non si fermerà a caricare spugne delle isole, seguirà una rotta alternativa, direttamente verso Atene» spiegò Lusio. Poi si rivolse a Marco: «Puoi salire a bordo stanotte, a guardia della nave carica ci sarà lui, Lacrito, il *kybernetes*, con un altro marinaio di cui si fida. Ti nasconderai nella stiva dietro il carico mentre si svolgeranno le manovre, e poiché la nave non si fermerà più, appena partiti potrai salire sul ponte. Per la notte c'è una cabina di poppa che non sarà degna di un re, ma per tre o quattro giorni può andare anche per Marco Druso.

Non ci saranno altri passeggeri con noi. Lacrito è sempre passato senza avere guai pagando un pedaggio ai pirati, se li incontra, ma paga comunque una tassa annuale. Lui viene da *Kalymnos*, da un villaggio della costa che è in rapporti di amicizia con i pirati. Danno loro rifugio e vettovaglie, quando serve, e alcuni abitanti del villaggio si offrono come rematori sulle navi pirate. Per i villaggi costieri di pescatori mantenersi in amicizia con i pirati è l'unico modo per sopravvivere, altrimenti per proteggere dalle sortite le ragazze e i bambini dovrebbero spostarsi all'interno e difendersi con delle mura.»

«Guardate che è successo a Delo» dissi io.

L'isola di Delo era stata saccheggiata quattro anni prima.

«Togli una ventina di ragazze da un villaggio e lo hai rovinato per sempre» considerò Lusio. «Comunque, se dovessimo incontrare i pirati, Lacrito pagherà un pedaggio e ce la caveremo.»

«Speriamo di non incontrarli» dissi io.

«Basta» disse Marco, indifferente ai guai delle popolazioni costiere e palesemente stufo delle nostre preoccupazioni sulla sua sicurezza. «Adesso vado a salutare gli amici e tornerò in tempo per salire a bordo prima dei marinai.»

CAPITOLO QUINDICESIMO

Era buio pesto nella stiva, e caldo da morire, io sudavo copiosamente. Sgusciando dentro col favore della notte, mentre il *kybernetes* aveva mandato un attimo il marinaio di guardia nella cabina di poppa con un incarico, ci eravamo nascosti il più lontano possibile dal boccaporto, a prua, dietro il carico di anfore.

La nave era una oneraria di media stazza, dipinta a strisce rosse e blu, agile e facilmente manovrabile, adatta a navigare tra le isole greche. Eravamo sdraiati direttamente sulle tavole del fondo coperte di paglia per proteggere le anfore. L'odore di sentina era terribile, era proprio quello di cui si narra nelle storie di mare.

La nave trasportava olio e vino. Le anfore erano disposte in più strati sovrapposti, incastrate le une con le altre per rendere saldo il carico, il puntale delle anfore dello strato superiore fra tre colli di quelle dello strato inferiore.

Ascoltavo il russare da ubriaco di Marco. Quante volte lo avevo già fatto, nella mia vita di schiavo... Mentre lui era sveglio avevo troppo da fare, pensavo durante la notte a come fare per accontentarlo di giorno, a come facilitargli la vita e mantenermi il suo favore. Era tanta l'abitudine, che neppure riuscivo ad addormentarmi senza aver riesaminato quanto era accaduto durante il giorno e senza aver pensato alle mie mansioni per l'indomani.

Dal ponte venivano i rumori delle manovre, la nave si

era già allontanata lentamente dal molo con l'ausilio dei remi e tra non molto sarebbe uscita dal porto. Allora, secondo gli accordi col *kybernetes* Lacrito, avremmo potuto lasciare quell'ambiente orribile e trasferirci nella cabina di poppa, che aveva l'accesso dalla stiva, ma anche dal ponte. In realtà era un bene che Marco fosse troppo ubriaco per stare sveglio; mi avrebbe martoriato con le recriminazioni per quella puzza nauseabonda, e io non avevo più voglia di ascoltare le sue lamentele di ragazzo viziato.

Era l'alba ed entrava ormai un po' di luce da qualche fessura del ponte e dal boccaporto. Io avevo sete d'aria pura, sentivo il bisogno impellente di uscire da lì, ma Marco si sarebbe arrabbiato a morte, se svegliandosi non mi avesse trovato pronto ai suoi ordini e avesse dovuto chiamarmi.

Marco cominciò a parlare nel sonno, frasi sconnesse e smozzicate con la bocca impastata, ma se ne accorse e aprì gli occhi, poi si guardò intorno, non del tutto sveglio, senza capire dove fosse. Io approfittai di questo stato di semicoscienza per dargli dell'acqua e appoggiargli la testa su una coperta, cosa che non avevo potuto fare prima perché appena arrivato si era gettato a dormire sulla paglia fetida. Bevve e ripiombò in un sonno agitato ricominciando a parlare, ma stavolta pronunciava parole intelligibili, anche se di dubbio significato.

«Non volevo... non sapevo... sono stato ingannato... non avrei mai fatto una cosa del genere se avessi saputo...»

Cominciò a piangere nel sonno.

Chissà che aveva combinato. E il male fatto a qualcuno era la causa della fuga da Rodi? Ero nauseato da lui, ma dovevo conoscere i fatti, per prudenza, per la giusta abitudine di cercar di sapere sempre dove spira il vento, perché spesso i guai del padrone si ritorcono sullo schiavo, e io ne sapevo qualcosa.

Mi avvicinai al suo orecchio.

«Chi ti ha ingannato?» chiesi a voce bassissima.

«Learco...» farfugliò, «mi ha detto che la ragazzina era una schiava... Giuro che non avrei mai fatto una cosa del genere a una ragazza libera... non sono quel tipo di uomo che...»

Potevo finire da solo la frase «... non si fa scrupolo di rovinare la virtù delle donne libere, uno dei fondamenti della società».

Aveva violentato una ragazza libera, credendo che fosse schiava.

All'improvviso mi sentii afferrare per la tunica e mi trovai davanti i suoi occhi sbarrati.

«Che vuoi? Che cerchi di sapere?» mi sbraitò in faccia.

«Io niente» dissi, cercando di sembrare uno che cade dalle nuvole. «Tu parli nel sonno e dici che Learco ti ha ingannato. Perché, che ti ha fatto?»

Stavo diventando lo schiavo bugiardo e infingardo che avrei dovuto essere da molto tempo con un tale padrone.

«Niente» disse guardandomi con sospetto. Aveva commesso un grave crimine, così disonorante da aver paura anche di confessarlo a me, che sapevo tutto di lui.

«Vogliamo salire sul ponte?» chiesi io. «Siamo in mare aperto.»

«No.» Riuscì appena a pronunciare questa sillaba e cadde di nuovo addormentato.

Dormì molte ore, e non solo per l'ubriachezza, sembrava che volesse sfuggire ai suoi fantasmi. Mi stavo letteralmente sciogliendo in sudore, ma continuai a stargli accanto, ristorandomi ogni tanto con un po' d'acqua. Lusio venne a controllare come andava e mi raccomandò di aver pazienza.

«Vuoi salire un po' su?» mi chiese.

«No» risposi, «se poi non mi trova, si arrabbia.»

«Hai mangiato?»

«No. Mangerò all'aperto, all'aria fresca.»

Un paio di volte scesero dei marinai a prendere del cordame e delle provviste, nemmeno si accorsero di noi.

La debole luce che entrava dal boccaporto cominciò a diminuire e Marco mostrò di risvegliarsi, si mosse e si deterse il sudore dalla fronte con l'avambraccio; ero certo che si sarebbe destato di lì a poco e finalmente avrei avuto aria fresca e cibo.

All'improvviso si udì un grido.

«I pirati!»

Al grido Marco si svegliò e chiese dell'acqua. Lo aiutai a tenere sollevata la testa e a bere.

Lusio si sporse dal boccaporto: «Lacrito vi suggerisce di rimanere giù».

«Non ci dici altro?» chiesi.

«Si stanno avvicinando tre liburne a remi e vela, piccole e veloci, dipinte di un verdazzurro simile a quello dell'acqua, stanno ammainando la vela e smontando l'albero per prepararsi all'attacco...» la faccia di Lusio scomparve per un po' e dopo ricomparve. «Ci hanno circondati. I rematori lasciano i remi e si preparano all'abbordaggio. Lacrito ha intenzione di non ostacolarli in nessun modo e spera di cavarsela pagando un pedaggio» e la faccia di Lusio scomparve definitivamente dal boccaporto.

Marco aveva paura, gli stavo vicino e potevo sentirlo tremare.

«È un caso, non possono sapere che sei qui, rimarremo nascosti e andrà tutto bene» dissi per fargli animo, perché era mio dovere, anche se avrei avuto bisogno io di qualcuno che mi facesse animo.

«Ne sei sicuro?» disse lui

«Certo. Siamo partiti all'improvviso, dalla sera alla mattina, non lo sa nessuno. Oltre a Lacrito, che non avrebbe avuto modo di avvisare nessuno, lo sa solo il *naukleros*, ma Lusio dice che è una persona di cui si fida nel modo più assoluto.»

Avrei voluto dirgli invece che avremmo potuto viaggiare più sicuri e più comodamente se avessimo atteso Livio e ci fossimo procurati una scorta, che il suo delitto contro la virtù di una ragazza di Rodi ci aveva messo in pericolo, e come al solito era la sua imprudenza a creare problemi.

Non lo potevo vedere in viso, ma lui continuava a tremare e io compresi che c'era qualche altra cosa che non mi diceva ed ebbi paura. E poi, con quel *Ne sei sicuro?* che voleva intendere?

Gli urti delle prue delle liburne rimbombarono nella stiva buia e i rumori lungo le fiancate ci fecero capire che i pirati avevano gettato delle corde e si stavano issando a bordo. Si fece silenzio e passi pesanti risuonarono sulle nostre teste.

Una voce profonda disse: «Lacrito, amico mio!».

«Polifemo, terrore dei mari, qual buon vento ti porta da me?»

«Una soffiata mi porta da te. La mia spia a Rodi mi ha detto che tu hai imbarcato questa notte un uomo molto ricco.»

«No... davvero? E quell'uomo molto ricco mi paga così poco?»

«Ah sì? Ti hanno imbrogliato, caro Lacrito? Non sai chi hai imbarcato?»

«Uno che, a rimanere a Rodi, avrebbe potuto passare qualche guaio con un padre incazzato, che io sappia.»

E anche questo era vero, pensai io. Marco ebbe un sussulto. Senza volere Lacrito aveva messo il dito nella piaga.

Da Polifemo, terrore dei mari, venne una breve risata.

Disse: «Guai con un padre? Oggi non sanno più che inventarsi per rendere difficile la vita ai pirati. Lascia che ti spieghi che tu porti addirittura Marco Livio Druso, fidanzato della figlia di Gaio Lelio, uno degli uomini più ricchi di Roma, e nipote del defunto tribuno Druso, che ai suoi tempi era l'uomo più ricco di Roma. Questo mi fa pensare che potrei chiedere un grosso riscatto a Lelio e agli eredi di Druso per riconsegnare ai Romani il tuo passeggero».

«Ti giuro che non lo sapevo. Non conoscevo il giovane che ho fatto imbarcare. Mi hanno pagato molto bene per essere portati in fretta in Grecia, prima che cominci il cattivo tempo, senza fermate a caricare le spugne o altri passeggeri. È una cosa che capita ogni tanto.»

Lacrito diceva la verità, ne ero certo. Anche perché con Polifemo doveva essere la cosa migliore da fare.

«E io sono portato a crederti» disse Polifemo. «Ma qualcuno lo sapeva.»

«Non so che dirti» ribatté Lacrito con accento sincero.

«Chi ha trovato questi clienti?» chiese il pirata.

«Quest'uomo, Lusio, mi è stato mandato dal *naukleros* proprietario della nave, con cui sono in società. Ma non credo che lui sapesse.»

«Invece sono certo che sapesse» disse il pirata, «anche perché, lui che lavora al porto, non avrà potuto non associare l'uomo che gli ha chiesto il passaggio con il giovane Druso.»

L'atmosfera era soffocante, mi mancava l'aria. La rabbia mi montava dentro. Ci eravamo imbarcati di notte, l'armatore a cui Lusio si era rivolto non era uomo poco affidabile, e Lacrito si era fatto in quattro perché tutto andasse bene. Solo uno poteva aver parlato: Marco.

Non ne vedevo bene il volto, vedevo solo la sua sagoma. Lo odiavo.

«Che hai fatto? Hai parlato? Eri ubriaco?»

«Non me lo ricordo.»

«Lo ricordi benissimo: quando hanno dato l'allarme tu tremavi, non solo di paura, anche perché sapevi che era colpa tua.»

«Perché mi parli con questo tono? Ti leverò la pelle a frustate.»

«Non ti importa della vita degli altri? Se i pirati ammazzano Lacrito? o Lusio?»

«Lusio? Speriamo di no, mi dispiacerebbe. E poi chi se la sentirebbe mia nonna?»

Perché, Lacrito cos'era, carne da macello? E i marinai? E, non ultimo secondo me, il suo fedele schiavo Fausto?

«Che sarà di me, se mi catturano?» chiesi.

«Ti farò liberare. E poi piaci agli uomini, di che ti preoccupi?»

Ormai ero terrorizzato per quello che avevo passato e per quanto sarebbe potuto accadere, nelle mani dei pirati.

Sentii un impulso irresistibile. A tentoni, passando per la spalla, con una mano arrivai alla sua gola, senza che si difendesse, perché credeva che volessi servirlo o aiutarlo in qualcosa. Solo quando mossi anche l'altra mano e gliele strinsi intorno alla gola, comprese, si svegliò del tutto e cominciò a difendersi. Era forte come me, ma in più era allenato nella lotta con i suoi pari in palestra. Riuscì facilmente a respingermi e io non lo vedevo bene per attaccarlo di nuovo in modo letale.

«Schiavo balordo, che ti sei messo in testa?» motteggiò. «Sarai crocifisso.»

Dal boccaporto giunse la voce del pirata: «Allora, illustre passeggero, vuoi mostrarti a noi? Sali sul ponte Marco Livio Druso».

Era fermo, si era rintanato in una zona d'ombra verso l'estremità della prua. Sentivo il suo respiro affannoso. Anch'io respiravo affannosamente in preda all'istinto omicida. Si mosse, lo vidi per un breve istante e poi sentii un gran fracasso. Aveva sollevato dall'incastro e fatto cadere delle anfore d'olio, poi, brandendone una, aveva spaccato le altre. Ero più in discesa di lui, verso il centro della nave, nel corridoio tra le anfore appoggiate alle fiancate; sentii i piedi bagnarsi d'olio e scivolai all'indietro. Mi appoggiai con una mano al carico e per fortuna le anfore erano incastrate saldamente, così riuscii a fermarmi.

Sempre appoggiandomi al carico risalii verso la prua e mi resi conto che probabilmente lui vedeva la mia sagoma, perché io ero con le spalle al boccaporto. Ma al posto delle anfore divelte da Marco si era creato uno spiraglio, che illuminava leggermente il suo nascondiglio. Finsi di lanciarmi in avanti e lui si mosse di riflesso, così per un attimo riuscii a vedere il biancore del suo volto e a localizzarlo: balzai in avanti e mi trovai a calpestare i cocci, ma ce la feci a superarli e mi gettai su di lui. Gli arrivai alla gola.

«Aiuto!» urlò, mentre tentava di liberarsi dalla morsa che gli serrava il collo, ma le mie mani erano asciutte e ben salde, mentre le sue erano unte d'olio. Certo risentiva anche dei bagordi notturni, riuscì solo a graffiarmi il volto ma non ce la fece a scrollarmi di dosso per la seconda volta.

Non lo mollai più, finché non lo sentii afflosciarsi tra le mie braccia.

Sopra, sul ponte, Lacrito e Polifemo ancora discutevano alla ricerca delle responsabilità. Polifemo diceva che il *naukleros* sapeva, mentre Lacrito insisteva nel tentativo di dimostrare che il *naukleros* poteva anche non sapere, e presto avrei capito cosa volesse salvare.

Gettai via da me il corpo di Marco e sentii svanire la furia. Mi chiesi che sarebbe successo. Se Marco era stato un idiota, io non ero stato da meno a voler mettere fine alle sue scempiaggini pericolose. Senza di lui eravamo tutti morti. Che sarebbe successo quando i pirati avessero capito che Marco Druso era sgusciato loro tra le mani e insieme a lui era svanito il riscatto? Mi sentivo responsabile verso Lusio soprattutto, ma anche verso Lacrito e i marinai che non avevano nessuna colpa.

«Allora» la voce di Polifemo, che si affacciava nel boccaporto, rimbombò nella stiva, «Marco Druso, vuoi salire su, o dobbiamo venire a prenderti?»

Il tempo stava per scadere, e dopo poco, se Marco Druso non fosse uscito, la stiva sarebbe stata piena di pirati che lo avrebbero trovato morto e ancora caldo. Che mi avrebbero fatto per averglielo soffiato sotto al naso? Mi apparvero davanti agli occhi le efferate torture per cui erano famosi i pirati. Ma Polifemo passò a modi più spicci e gettò nella stiva una torcia intinta nel bitume. La paglia bagnata sotto di me stentava, ma l'olio che colava verso il centro prese fuoco presto e in pochi istanti la stiva era tutta illuminata.

Il corpo di Marco stava per essere lambito dalle fiamme e io vidi al suo dito il sigillo.

In quel momento capii che Lusio e i marinai potevano ancora avere una possibilità di salvarsi. Mi slanciai sul corpo tra le fiamme, gli strappai l'anello dal dito e me lo infilai, gli sganciai la cintura con la borsa e, mentre me la agganciavo alla vita, andai verso il boccaporto. Mi girai indietro prima di salire sulla scaletta: il corpo di Marco disteso sulla paglia intrisa d'olio diventò una torcia davanti ai miei occhi. Lo abbandonai in quell'inferno di fuoco e salii sul ponte. La mia tunica si era incendiata e nemmeno me ne ero accorto. Lacrito mi gettò addosso dell'acqua.

«Marco Druso, finalmente. C'è voluto il fuoco per stanarti. Mi avevano detto che sei un vigliacco, ma non credevo fino a questo punto...»

Non guardai il pirata, eppure mi stava parlando e da lui dipendeva tutto, guardai solo il volto pallido, incredulo, esterrefatto di Lusio, che aveva visto l'anello al mio dito e i segni della lotta, i graffi sulla mia faccia. Nella sua mente si stava facendo strada l'idea che Marco era morto, forse ucciso da me, e non sarebbe più uscito dalla stiva. Io con gli occhi, tentando di mostrare fermezza, gli comunicai che doveva salvarsi, e infine mi girai verso il pirata e recitai la parte di un giovane nobile arrogante. Diventai Marco Druso.

«Mostrami più rispetto» gli dissi, «visto che sai chi sono.»

Polifemo rise, contento del buon esito della spedizione. Un lungo sfregio gli attraversava la parte sinistra del volto e l'orbita era vuota.

Mi mostrò una certa deferenza. «Sei tu dunque Marco Livio Druso?» mi chiese con garbo, quasi inchinandosi.

«Lo sono, e tu chi sei?»

«Sono Polifemo, avrai capito perché mi chiamano così.»

«Certo. Ma che fantasia.»

Rise ancora delle mie parole.

«E questo è Lusio» dissi mostrando una sicurezza che davvero non sentivo, «nato in casa della illustre famiglia di mia nonna Porcia. Lui è la persona adatta al delicato incarico di tornare a Roma a chiedere il riscatto per me. Non vorrei che questa missione fosse affidata ad altri.»

Il pirata osservò a lungo Lusio e si mostrò d'accordo.

«Certo. Come vuoi» disse. «Se ti fidi... È della tua vita che si parla, Marco Druso, oltre che dei miei soldi.»

Dal boccaporto uscivano alte lingue di fuoco e il legno del ponte era caldissimo, alcune assi si stavano staccando, tra poco saremmo sprofondati nelle fiamme. In quel momento sentii delle fitte ai piedi e mi accorsi che erano ustionati.

«La nave è stata incendiata per punire il padrone, che se ne sta tranquillo nel suo ufficio e che voleva lasciarci fuori dall'affare» tuonò Polifemo. «Che venga qualche volta a rischiare sui mari. Ma Lacrito e i suoi uomini saranno sbarcati da una delle mie liburne sull'isola più vicina. Questa è la giustizia di Polifemo.»

Lacrito e i marinai urlando di gioia per essere stati risparmiati si gettarono ai suoi piedi a baciare un lembo della sua veste.

Subito ci trasferimmo sulle imbarcazioni pirate, basse e

sottili, leggere e maneggevoli, di ridotto pescaggio e a un solo ordine di remi, adatte a navigare tra le isole e gli scogli, a nascondersi dietro un promontorio o un'isoletta, o dentro un'insenatura, e a comparire all'improvviso per inseguire navi onerarie più lente, o ad attaccare di sorpresa, riunite in flotte, le città costiere. Veloci, perché così sottili non esercitavano un grande attrito sull'acqua e potevano sfruttare la forza dei remi e il vento favorevole con una vela quadrata, che in quel momento era riposta tra i rematori.

I pirati si misero ai remi e le portarono a distanza di sicurezza da tizzoni incandescenti e scintille, mentre la nave di Lacrito diventava un'unica grande torcia sull'acqua, alimentata dall'olio nella stiva, e per un po' tutti guardammo il magnifico e terribile spettacolo, finché Polifemo ordinò di muoversi.

Immaginavo il corpo di Marco che si stava disfacendo là dentro. Guardai il volto di Lusio e vidi che anche lui era commosso e pensava a questo, ma non mi lasciai distrarre a lungo dalla difficile parte che stavo recitando, non potevo tradirmi finché Lusio non fosse stato in salvo. Almeno lui, che mi aveva sempre trattato bene, doveva farcela; non potevo permettermi di fare come Marco, di mettere in pericolo la vita degli altri per la mia dabbenaggine.

CAPITOLO SEDICESIMO

Io, Lusio e Lacrito eravamo sulla stessa imbarcazione di Polifemo. Lusio era ancora stravolto, il mondo gli era crollato addosso, ma la sua incredulità e la sua collera sembravano del tutto normali ai pirati in quel frangente.

Polifemo si rivolse a Lusio: «Ti sbarcheremo su un'isoletta, insieme agli altri, e da lì proseguirai. Tu sei incaricato da me di chiedere il riscatto. La somma è cinquanta talenti. Quando avrai i soldi andrai a Delo, dove noi abbiamo molti affari e andiamo di continuo, e attenderai in una locanda sul porto. Là ti troveremo noi e il tuo banchiere di fiducia trasferirà i soldi al nostro. Nel frattempo Marco Druso sarà trasportato in un posto inaccessibile. Naturalmente spero che tu gli voglia un po' di bene...».

«Stai tranquillo» disse Lusio, «tornerò, mi troverete a Delo appena mi sarà possibile, è inutile che tu minacci Marco Druso. Il mio padrone mi è caro, ma soprattutto è caro a un uomo molto ricco, che farà qualunque cosa per salvarlo. C'è solo il problema che si sta avvicinando la stagione cattiva e non so se sia il caso di affrontare il mare invernale con la possibilità di non arrivare all'appuntamento.»

«Questo era previsto. Non preoccuparti, attenderemo, ci vuole tempo per certe cose. Sono investimenti che non danno frutti subito. Durante la cattiva stagione Marco Druso sarà ospitato con tutti gli onori dovuti al suo rango. Ma se i soldi non arriveranno, prima o poi il signorino farà una brutta fine. Davvero molto brutta. Volete che scenda nei particolari?»

«No» disse Lusio, «ci fidiamo.»

Io ostentavo un certo disinteresse per le questioni economiche che venivano dibattute tra il pirata e il *mio schiavo*, un atteggiamento abituale di Marco, e ammiravo invece le due liburne, che ci seguivano e sembravano scivolare sull'acqua calma senza sforzo, come sull'olio.

Erano tutte dipinte di un color azzurrino verdognolo, anche l'albero, che poteva essere smontato e appoggiato nello spazio centrale tra i rematori, e così la vela. L'unica nota di diverso colore erano gli occhi neri con l'angolo esterno rivolto all'insù, dipinti ai due lati della prua, quasi a pelo dell'acqua. Così basse le navi dei pirati erano ritenute poco sicure, anche una burrasca di lieve entità avrebbe potuto travolgerle, come già era successo nelle tempeste a intere flotte da guerra romane costruite alla stessa maniera, ma loro se ne sapevano servire, ed erano a perfetto agio, sembrava che nel mare ci fossero nati.

Polifemo mi osservava e comprese qualcosa dei miei ragionamenti.

«Il mare è immenso» disse, sorridendo benevolo a me e ai soldi che rappresentavo. «Il mare è infido, è pericoloso. Sul mare sopravvivono i forti e i furbi e coloro che sono cari agli dei. Io lo amo molto per questo, per il senso di imprevedibilità che dà alla mia vita. Oggi ci sono, domani non so. Ogni cosa è bella perché potrebbe essere l'ultima.

Intanto mi godo tutto quello che mi può dare la mia esistenza di cacce e saccheggi. Come dite voi Romani, che non amate il mare e preferite la terraferma, questo è il pascolo dei pazzi. Un uomo che va per mare deve lasciarsi alle spalle l'idea che si è fatto del mondo sulla terraferma, perché il mare gli fa cambiare opinione. Sul mare possono mutare rapidamente i destini delle persone. Il mare ha cambiato la mia vita. Anche la tua, Marco Druso, potrebbe essere cambiata dal mare...»

«Spero di no» lo interruppi, ma non poteva immaginare quanto fosse vero che per me il mare si era rivelato il pascolo dei pazzi.

«Oggi sei ricco e rispettato» riprese con un sorriso ironico, «anche se so benissimo che sei un vigliacco, ma, se i tuoi non pagano il riscatto, nemmeno ti faccio il favore di gettarti in mare, ti torturo a lungo fino a farti desiderare la morte come il più grande dei doni, poi ti taglio il naso e le orecchie, e ti considero l'ultimo dei miei schiavi. Non è una bella sorte. Ti faccio provare che significa essere schiavi. Essere alla mercé di qualcun altro.»

Giusto. *Era ora che lo provassi.* «Ho capito perfettamente. Ma tu chi sei per minacciarmi? Vedi di smetterla, o, quando mi avrai liberato, tornerò per catturarti e crocifiggerti come meriti» risposi, tanto ormai ero certo di fare una brutta fine.

«I nobili romani si credono i padroni del mondo, non sanno che, quando loro si vestivano di pelli, dalle mie parti i ricchi si vestivano di bisso. Comunque tu non sembri tanto vigliacco come raccontano» disse Polifemo, sempre e comunque divertito dalle mie risposte pungenti e contento di avere catturato Marco Druso.

Era quasi notte quando giungemmo in vista dell'isola, dove i pirati avrebbero lasciato Lusio e Lacrito con i suoi marinai. Le veloci liburne scivolarono tra gli scogli sfiorandoli e si introdussero in una caletta nascosta con una spiaggia di fine sabbia bianca, cinta da alture boscose. I pirati non tirarono in secco le navi, gettarono l'ancora nella caletta e la maggior parte di loro scese a terra a riempire i recipienti dell'acqua e a cogliere dei fichi e alcuni frutti rosei spinosi. Presto accesero dei fuochi sulla spiaggia e cucinarono.

Fecero scendere a terra anche me, mi nutrirono coscienziosamente e mi rinfrescarono i piedi con un unguento. Ero diventato molto importante. Come genero di Lelio valevo cinquanta talenti.

Mentre si mangiava, Lusio, che avevano fatto sedere sulla sabbia lontano da me, mi guardava con espressione neutra, sembrava che la sua rabbia per il mio gesto, aver ucciso Marco ed essermi impadronito dell'anello, fosse sfumata, che la situazione gli creasse dei timori, certo, ma che mi considerasse con l'antico affetto. Io avrei voluto entrare nella sua testa per sapere che cosa avrebbe fatto e detto una volta a Roma.

Mi addolorava l'opinione che Porcia si sarebbe fatta di me. Non potevo sperare che Lusio non le dicesse che Marco era morto per mano mia, speravo che il racconto di Lusio dell'accaduto potesse fornirmi qualche lieve attenuante ai suoi occhi, ma non c'era da farsi illusioni. Come avrebbe potuto dirle, Lusio, che suo nipote non era degno di essere tale? Che lui, responsabile dei suoi famigli, li aveva messi in pericolo? Che aveva messo in pericolo anche degli onesti marinai, che aveva violentato una ragazza libera? Che meritava la morte, anche se non per mano mia? Marco non aveva onore, ma questa non sarebbe stata un'attenuante agli occhi di Porcia, lei avrebbe pensato comunque che si era allevata una serpe in seno, e avrebbe stigmatizzato la mia azione dicendo come dicono di solito i padroni: *Degli schiavi non ti puoi mai fidare*. E forse avrebbe pensato che proprio l'avermi fatto partecipare alle sue lezioni, cosa per cui io la veneravo, doveva avermi rovinato.

Ci stendemmo tutti sulla sabbia, i pirati mi diedero anche un mantello che non puzzava nemmeno tanto, e, se di solito cantavano o raccontavano intorno al fuoco, come usa fare la gente, quella sera non lo fecero. Erano molto disciplinati, e bevvero moderatamente del vino annacquato: vero è che le loro imbarcazioni da guerra non avevano molto spazio per portare anfore e che l'approvvigionamento idrico era uno dei loro problemi più seri.

Polifemo e gli altri due piloti si allontanarono sulla spiaggia e parlarono a lungo, evidentemente per decidere che fare di me, come proteggere il prezioso carico. Poi molti di loro tornarono a dormire sulle navi e calò il silenzio sull'accampamento, ma c'erano molti uomini di guardia, che fecero un paio di turni.

La caletta doveva essere una delle loro basi per passare la notte, perché c'erano molti resti di fuochi sulla spiaggia, e nell'acqua tizzoni e ossa, che le onde lievi cullavano.

Non riuscii quasi a chiudere occhio, per quanto fossi spossato. Ascoltando la risacca pensavo continuamente a Marco, all'orrendo delitto che avevo compiuto e alla faccia di Porcia, quando Lusio glielo avrebbe detto. Cominciai a sperare che le riferisse solo che avevo preso il posto del padrone per salvarci, non che l'avevo ucciso.

Pare che dall'altra parte dell'isola, oltre il bosco, ci fosse un approdo più frequentato. All'alba i pirati annunciarono che Lusio era libero: accompagnato da Lacrito e dai suoi marinai, attraversando il bosco, sarebbe giunto all'approdo, dove c'era la possibilità di procurarsi un passaggio per un porto più grande e poi per Roma.

Lusio scansò un pirata che voleva fermarlo, mi venne vicino e mi abbracciò. «Ci rivedremo padrone, non dubitarne mai» mi disse a voce alta.

E io quasi gli credevo.

Si avviò insieme agli altri, ma prima di scomparire alla vista nella vegetazione, si voltò indietro e mi salutò con la mano, e io risposi al saluto. Quando non lo vidi più rimasi fermo, immobile, mi sentii vuoto e smarrito, pensavo che non lo avrei mai più rivisto. Qualsiasi affetto o legame era scomparso per me.

Due uomini si erano inoltrati prima dell'alba nella macchia e tornarono con una capretta razziata da un gregge nell'entroterra. Polifemo la sacrificò alle Tempeste.

I pirati erano tutti ai loro posti sulle liburne.

Io ancora guardavo smarrito il punto tra la vegetazione dove si era dileguato Lusio. Mi sentii toccare, era Polifemo. «Lo rivedrai, se i tuoi pagheranno» mi disse col suo solito tono ironico. «È ora di andare, Marco Druso.»

Saliti sulla nave, asperse le viscere della capra con del vino e le gettò in mare dalla prua. In un'edicola a poppa c'era la statua di una dea protettrice dei naviganti a me sconosciuta, alla quale il pirata rivolse delle preghiere. Niente fu trascurato da parte degli equipaggi al fine di ottenere il favore divino per il viaggio che ci attendeva.

Il pirata mi disse che ci saremmo diretti a oriente e avremmo navigato piuttosto al largo delle coste dell'Asia, per non fare incontri indesiderati, ma non così al largo da non poter approdare di notte su spiagge disabitate per dormire e raccogliere acqua. La meta era *Coracesium*, la fortezza principale dei pirati cilici, il posto migliore per svernare tranquilli con un capitale come quello rappresentato da me.

Mi volle vicino a sé sulla liburna, mentre guidava la spedizione e dirigeva il corso della nave stando a poppa, manovrando i due remi posti ai lati.

Le coste si scorgevano vaghe in lontananza. Quando i pirati osservavano il turno di riposo e smetteva il remeggio, Polifemo chiacchierava con me del più e del meno, soprattutto Silla in Grecia e il suo favoloso bottino, le conseguenze della sconfitta di Mitridate, o pettegolezzi sulle famiglie più importanti di Roma.

Mi faceva molte domande, ma io conoscevo poche risposte, così per la maggior parte del tempo parlava lui; intanto mi osservava per vedere come la pensava *Marco Druso* e che effetto gli facessero le sue parole. Era una cosa del tutto nuova per me che il *mio* giudizio fosse importante, così tentavo di barcamenarmi e di non fare brutta figura, ricordando come si comportava Marco quando doveva mostrarsi al meglio, e in effetti l'avevo osservato tanto a lungo e con tanta spasmodica attenzione, che non mi riusciva molto difficile. D'altronde anche Marco stesso, che se ne accorgeva, con un po' di fastidio mi definiva il suo *alter ego*. Era solo il dover fingere una certa boria di quando in quando che mi creava problemi, per il resto me la cavavo con onore, direi.

«E pensare che i miei uomini non volevano venire dalle parti di Rodi» mi disse un pomeriggio Polifemo. «Ho dovuto forzarli, e guarda che ti riporto. Marco Druso in persona. Io lo fiuto il bottino, lo punto e vado a colpo sicuro, non attacco qualunque nave: a volte le navi portano solo zavorra. L'importante per il nostro mestiere è avere buoni informatori.»

«Ne parli come se fosse un mestiere normale» dissi io, con un pizzico di acredine.

«No, non è un mestiere normale, è un'arte, ed è pericoloso» rispose. «Quante cose non sai, Marco Druso, perché sei nato ricco e nobile. I pirati ci sono sempre stati, da quando l'uomo è andato sul mare, come i briganti esistono da quando l'uomo cammina sulla terra. A volte a un povero non si presenta altra occasione che la pirateria. Ma i pirati oggi si sono organizzati, sono come un grande stato sulle acque, che altri stati credono proprie. Collaborano tra di loro in tutti i mari, da oriente a occidente. Chi aiuta un pirata viene rispettato da tutti gli altri, chi è nemico di un pirata lo è di tutti gli altri. Sono diventati molto potenti, soprattutto da quando i Romani hanno indebolito chi faceva loro la guerra, come Rodi. Dominano il Mediterraneo con più di mille navi e grandi ammiragli e potenti roccaforti. Hanno navi e conoscenze che permettono di affrontare anche il mare invernale, hanno basi con arsenali e magazzini pieni di rifornimenti. Se un gruppo di pirati è minacciato in Oriente, dall'Occidente gli arrivano rinforzi e denaro. Il Mediterraneo è diventato la nostra piscina.»

«La fai troppo semplice. I Romani hanno avuto molto da fare per combattere i *socii*, e per combattersi tra di loro, chi seguendo i popolari, chi gli ottimati. Ma adesso state alzando troppo la cresta e i Romani decideranno di farvi la guerra per davvero e vi sconfiggeranno. Anche il fatto di aver rapito me non vi farà del bene.»

Polifemo rise delle mie parole. «Come ti ritieni importante» ironizzò. «I Romani fingono di combatterci, vengono ogni tanto a dare dimostrazione di forza e poi tornano a Roma a farsi concedere il trionfo, ma non hanno intenzione di distruggerci, hanno troppo bisogno di schiavi, e noi siamo i loro maggiori fornitori. Come rapitori e mercanti di schiavi siamo superiori a chiunque. La società romana si fonda sulla schiavitù più di qualunque altra. Ad esempio Lelio è uno dei nostri migliori clienti. I Romani erano contadini, adesso vogliono fare i principi o i soldati a tempo pieno e hanno bisogno di altri che lavorino la terra per loro. E poi come te lo spieghi che sempre più gente si unisce a noi? Perché sono rovinati dai cattivi governi... sapessi quanti Romani...»

«Feccia» dissi io.

«Non solo feccia» disse lui in tono duro. «E sulle nostre navi trovano una nuova patria e leggi più giuste per loro.»

«Ma sono assassini e criminali...»

«Non più di chi è protetto dalle leggi e li ha costretti a questo. Non più di chi costringe i nemici politici a fuggire dalla patria. Non più di chi compra schiavi, che sono il frutto delle razzie, che fanno arricchire i pirati e li spronano a compiere altre razzie.»

Non sapevo proprio che rispondere, nella parte di Marco Druso. Se la conversazione fosse andata avanti avrei dovuto prima o poi pronunciare le frasi più trite e ritrite di chi possiede schiavi: *Gli schiavi sono inferiori per natura*, oppure *Il mondo è fatto di padroni e schiavi*. Ma non ce la facevo proprio a dire certe cose che non condividevo.

E lui chiese in tono insidioso: «Hai molte schiave che ti sollazzano a Roma, Marco Druso?».

«Certo, ho molte schiave. Tutte quelle che richiede il mio rango.»

In quel momento pensai a Frine. Marco aveva Frine. Un sogno per me. E pensai che in quel momento, sotto le vesti di Marco, mi sarebbe piaciuto molto tornare a Roma e incontrarla.

«Hai anche un bello schiavo sempre al seguito, da quanto mi diceva il mio informatore.»

«Sì, Fausto, davvero bello, ma non era solo bello, era molto colto e aveva una memoria formidabile. In effetti la mia attrazione per lui stava sfumando, ma sarebbe stato sempre molto importante per me, lo avevo destinato a essere in seguito il mio segretario e schiavo di fiducia.» Oh... se questo si fosse potuto compiere...

«Era? Che fine ha fatto?»

«Non so, è salito con me sulla nave, ma io ero ubriaco, mi sono addormentato e, quando mi sono svegliato, non c'era più. Questa è una nota dolorosa. Prima che voi ci abbordaste pensavo proprio al mio bellissimo Fausto. Forse è fuggito dalla nave nel porto di Rodi prima che salpasse, quando io dormivo. Ma lo ritroverò. Non doveva farmi questo, ingaggerò uno di quei cacciatori di schiavi fuggitivi.»

Mentre parlavo mi accorsi da come mi guardava che Polifemo considerava molto attraente anche *Marco Druso*, ma non mi faceva proposte, ormai come Druso ero principalmente una fonte di soldi.

Queste conversazioni mi spossavano, ma per fortuna i pirati mi facevano mangiare bene e anche dormire a lungo e comodamente, secondo il mio rango asserivano, così riuscivo a riprendermi.

Polifemo diceva cose vere, dal suo punto di vista, e i pirati continuarono ad alzare la cresta. Oggi, dopo che Pompeo ha debellato la pirateria già da molti anni, mi chiedo che fine abbia fatto Polifemo. Pompeo ha ritenuto giusto risparmiare i pirati che si sono arresi, e metterli a fare i contadini in luoghi lontani dalla loro patria: chissà se Polifemo è sopravvissuto alla guerra? Si è arreso? E, in questo caso, chissà dove è stato mandato a fare il contadino lui, che amava l'immensità del mare imprevedibile? In Gallia?

CAPITOLO DICIASSETTESIMO

Il pirata aveva evitato incidenti di percorso, poiché già portava con sé un'ambita preda. Avevamo avvistato una nave oneraria all'orizzonte, scortata da una trireme, ma Polifemo non aveva nemmeno pensato di attaccarla. In effetti era un uomo accorto e saggio, un buon capo lo definirei oggi; quasi quasi in certi momenti, quando faceva del suo meglio per mettermi a mio agio, mi dispiaceva di imbrogliarlo. Vivevo sospeso in una specie di stato atemporale, di continuo stupore, e stordimento, avevo ucciso ed ero destinato a essere ucciso non appena mi avessero scoperto, o quando si fossero accorti che nessuno pagava il riscatto.

Arrivammo in nove giorni in vista della città di *Coracesium,* la base più importante dei pirati cilici. Ci apparvero all'orizzonte un aspro promontorio circondato da coste frastagliate e in alto, sulla sommità di un picco roccioso, le mura di un castello, il covo dei pirati, la fortezza imprendibile.

«Guarda in alto, quelle mura sulla cima: saranno la tua casa, per quest'inverno» mi disse Polifemo.

Dal basso lo spettacolo grandioso delle ripide scogliere, che parevano d'oro al sole del tramonto, era terrificante per me, mi diede la sensazione immediata di quello che mi attendeva. Mesi e mesi di solitudine tra scabre rocce protese sul mare invernale, e la consapevolezza che sarei stato libero solo con la morte.

All'improvviso ci fu un gran starnazzare in alto sulle

mura. Uno stormo di uccelli si azzuffava intorno a qualcosa. Per un momento nell'aspra lotta si allontanarono dall'oggetto della contesa e vidi che era un uomo appeso alle mura, legato solo per le braccia. Era ancora vivo, nudo, coperto di sangue, ogni tanto raccoglieva le forze per scalciare nel vano tentativo di allontanare gli uccelli.

Polifemo osservava come al solito le mie reazioni.

«Sembra che quell'uomo non fosse molto importante per i suoi parenti» disse. «Infatti non hanno pagato il riscatto. Quell'uomo è colpevole di non essersi fatto amare dalla sua famiglia.»

Pensai di dirgli tutto, per finirla subito, temevo quella morte atroce e sapevo che l'attesa sarebbe stata un'ulteriore orribile sofferenza. Volevo anche liberarmi del mio segreto che era diventato un peso enorme, ma ero così giovane e avevo troppa paura della morte, così cercai di procrastinare ancora. Era stato tanto capriccioso con me il destino... e chissà che poteva riservarmi ancora... Compresi che avrei procrastinato e sofferto per tutto il tempo che mi sarebbe stato concesso. È vero il detto che la speranza è l'ultima a morire, perché pensai che qualche giorno più in là, appena mi avessero lasciato una minima possibilità, avrei tentato la fuga, e se la fuga non fosse riuscita, sarei morto di mia iniziativa tentando un'impresa onorevole. Questo mi avrebbe offerto una fine più rapida, magari precipitando dalle alte scogliere dorate. Ma sì, questa poteva essere una morte accettabile.

«Lassù, nel castello, potrai meditare sui tuoi errori, Marco Druso» disse il pirata, che continuava a osservarmi e a volte mi dava l'impressione di intuire che dentro di me si combatteva un'aspra lotta.

«Non devo meditare sui miei errori» risposi borioso, «perché non ne ho fatti poi tanti.»

«Ma sì, hai ragione, sei così giovane...»

«E non sono un vigliacco.»

«Questo lo dice il mio informatore a Rodi, Marco Druso, ma io devo riconoscere che comincio a dubitarne.»

Le liburne azzurre costeggiarono le pareti a strapiombo

del promontorio, su cui era arroccata la fortezza, e arrivarono in vista della città dei pirati, che si estendeva sui pendii che conducono alla fortezza nella parte meno scoscesa, verso il continente.

Il promontorio è collegato alla costa solo da un basso e stretto istmo ben difendibile. Anche la città era molto ben fortificata e il litorale era chiuso alle spalle da un aspro rilievo.

Si diceva che *Coracesium* fosse imprendibile, di certo era la più importante tra le roccaforti dei pirati sparse per tutto il Mediterraneo, e numerose soprattutto in Oriente. Le isole e le città dei pirati erano talmente fortificate da rendere difficile per chiunque espugnarle o solo avvicinarsi.

Sbarcammo su un molo affollato più del Foro di Roma in tempo di elezioni. C'era gente di tutti i tipi e di tutte le razze, a riprova delle parole del mio ospite, e anche molti diversi tipi di navi, alcune splendide. Accanto alle piccole navi da caccia, emiolie con una fila e mezzo di remi, e liburne dipinte di azzurro o di nero per mimetizzarsi, c'erano triremi e quadriremi adorne d'oro, d'argento e porpora. Vidi una delle triremi con i remi rivestiti d'argento di cui tanto si favoleggiava.

I marinai, che si erano fermati sul molo, dovevano avere già sparso la voce della mia cattura; infatti al nostro ingresso in città, anche se non passammo per le strade più affollate vicino alla piazza, io diventai un'attrazione, i bambini mi correvano intorno schiamazzando, la gente si fermava a commentare il mio aspetto, la fama dei Livi e le ricchezze di Lelio e del tribuno Druso.

Io e Polifemo, scortati da tre dei suoi uomini, superammo le case di legno arrivando a una stretta fascia disabitata intorno alla rocca e ci inerpicammo per una strada scoscesa, che ci portò al castello.

Il castello era davvero un nido d'aquila sulle rocce a precipizio sul mare, dove era impensabile che qualcuno riuscisse ad arrampicarsi, ma vidi che era anche molto ben fortificato dalla parte della città.

Polifemo mi affidò a un servitore, che mi condusse per

molti ambienti diversi e infine in un cortiletto, dove aprì una porta e mi fece cenno di entrare.

Sapeva un po' di latino. «Ecco, qui abiterai tu» disse stentatamente e pronunciò una lunga serie di parole, che mi sembrarono scongiuri. Poi compresi che erano i nomi di illustri prigionieri di varie nazionalità, che avevano occupato la stanza prima di me. Mi lasciò sulla soglia.

Entrai nella penombra. La camera era tutta di pietra bianca e aveva il soffitto a volta sempre di pietra. C'era un letto di legno intagliato con belle coperte e vicino alla finestra un tavolo e una sedia intarsiati d'avorio. Sul tavolo volumi in greco. Una prigione dorata, pensai. Ma rettificai subito: la vera prigione non era la stanza, erano le mie menzogne e le mie paure. Invece che avrebbe pensato Marco? Non avrebbe temuto di non essere liberato, no, mai, ma avrebbe sbraitato contro Lelio dicendo che era lento a pagare il riscatto e come al solito di lui non ci si poteva fidare, e che era un infingardo, perché non affrontava il mare invernale per correre a liberarlo subito.

Quello che mi attirava era la grande finestra. Corsi a spalancarla e vidi solo azzurro, mare e cielo. Sporgendomi potevo vedere le rocce. Ma alla mia destra ci fu un improvviso sbattere d'ali e grida di rapaci. Mi sporsi a guardare: l'uomo poco amato dai parenti aveva trovato le forze per scalciare e allontanare un attimo i suoi aguzzini.

Non aveva più occhi, la sua faccia era tutta carne viva, come il torso, le braccia e il collo. Solo le gambe si salvavano perché i pirati, come si fa per la crocifissione, gli avevano lasciato un appoggio in una pietra sporgente, che era come un davanzale. Il condannato si accasciò di nuovo e gli uccelli tornarono al pasto. Scalciando l'uomo li allontanava per poco, ma così la sua morte si procrastinava e le sue sofferenze si prolungavano.

Che potevo fare per lui? Chiedere pietà ai pirati? Non era una buona idea.

Le grida ricominciarono e io persi il controllo. Non feci solo per delicatezza d'animo, come pensarono poi i pirati, quello che avrei fatto, lo feci anche perché in quell'uomo vedevo il mio possibile destino e non avevo la forza di sopportare quella scena.

Mi sporsi sul davanzale della finestra e, aggrappandomi all'imposta, tentai di avvicinarmi all'uomo, ma non ci riuscii; vidi che era legato saldamente e compresi che le funi pendevano dal muro del cortile, su cui dava la mia stanza. Mi rinfilai dentro e aprii la porta sul cortile. Era deserto.

Corsi al muro e tentai di sciogliere le funi, che erano legate a un palo, a sua volta fissato saldamente nel muro con degli anelli di ferro. Ma non ce la facevo, perché erano rese rigide dal peso, così mi guardai intorno per scovare qualcosa di adatto a tagliarle. Allora vidi un pirata che mi osservava, molto interessato.

Un uomo notevole, agile e robusto e di piglio autoritario, vestito sfarzosamente all'orientale con una lunga tunica fluente ricamata, provvista di maniche e cintura in vita, e un pugnale al fianco dal fodero d'oro incrostato di gemme. Non l'avevo sentito arrivare. Ci scrutammo a lungo, poi lui mormorò qualcosa e subito si presentarono due servi.

Io abbassai la testa, tornai lentamente verso la mia stanza e mi ci chiusi dentro. Chiusi anche la finestra e mi coprii la testa con le coperte, per non udire le strida degli uccelli e le grida del condannato, ma la porta si aprì e uno dei due servi mi scosse e mi fece cenno di uscire. Tenendo tra le mani un'ascia, si accostò alle funi. L'altro servo era già pronto con un'ascia in attesa che io mi avvicinassi e, appena ebbero la mia attenzione, tagliarono contemporaneamente con due soli colpi precisi le funi del condannato, che schizzarono veloci al di là del muro come code di serpenti, mentre l'uomo precipitava. Si udirono i tonfi del corpo che sbatteva sulle rocce e poi silenzio, solo il frastuono attenuato della città alle nostre spalle.

Il pirata elegante mi osservava ancora e io non sapevo che fare, poi feci un cenno col capo, che poteva essere un saluto e un ringraziamento, e lui dovette ritenersi soddisfatto perché ricambiò e andò via.

Non appena fui solo, cominciai a passeggiare in lungo e in largo, e a un certo punto mi accorsi che avrei potuto uscire dal cortile, poiché la porta, che dava su un lungo corridoio, non era chiusa a chiave. Feci un giro delle stanze e delle sale di pietra bianca. Negli ambienti che davano sull'esterno c'erano munite postazioni per gli arcieri e per le catapulte, sui cortili interni affacciavano sale di riunione con lunghi tavoli, cucine, dormitori. Gli arsenali erano invece chiusi a chiave: i pirati non mi avevano lasciato la possibilità di procurarmi un pugnale.

Alla sommità di una larga scalinata mi ritrovai in una grande sala dalle pareti affrescate con paesaggi marini e battaglie navali, da cui i servi stavano ripulendo i resti di un fastoso banchetto. Un lato della sala con ampie finestre affacciava sul mare.

Il castello era quasi deserto: non c'era un attacco nemico in vista, anzi per la verità nessuno si permetteva di contrariare i pirati in tutto il Mediterraneo. Gli armati di guardia erano pochi, la gente che incontravo era soprattutto servitù e non faceva caso a me, era abituata ai prigionieri che circolavano nella fortezza. Infine arrivai all'ingresso sulla strada che portava in città e lì, anche se con garbo, fui respinto indietro. Quello per me era il confine.

Se prima il pensiero di fuggire mi aveva dato un po' di speranza, da queste esplorazioni dedussi che c'era una sola via di fuga per me, la morte.

Per un paio di settimane non vidi Polifemo e nemmeno l'uomo autorevole. Girovagai per il castello, sempre più depresso e disperato, e, quando riuscivo a scacciare dalla mente la visione di quella che sarebbe stata la mia fine sulle mura, ero in preda a pensieri tormentosi su quello che Lusio avrebbe detto a Porcia e cosa Porcia avrebbe detto di me. Lei era l'unica persona di cui mi interessasse un giudizio sulla mia breve esistenza.

Qualche volta sentivo persino la mancanza di Marco, tanto ero abituato a lui. Ancora nel dormiveglia, una mattina, credendo di trovarmi sulla stuoia per terra vicino a lui, schizzai in piedi per preparargli i vestiti e caddi dal letto. Ma non mi pentii mai di aver ucciso l'uomo che la fortuna aveva voluto *dominus*, capo e responsabile di una grande e numerosa famiglia, e la metteva in pericolo per superficialità e stoltezza. Con la violenza a una ragazza libera aveva messo a rischio anche l'onore dei Livi e dei Leli a Roma. Io mi potevo ritenere la mano guidata dagli dei, stufi delle sue intemperanze.

Una sera, passando vicino alla scala che portava alla grande sala affrescata, udii delle voci e dei canti; la cucina a fianco della scala era in piena attività e davanti a me sfilò una processione di servi carichi di vassoi con vari tipi di pesci. Una squillante risata femminile mi attirò su per la scala come una calamita e mi fermai sulla porta aperta.

Era in corso un grande banchetto, con una ventina di convitati importanti sdraiati su bassi letti accanto ai loro accompagnatori, donne e ragazzi. Le mense e i letti erano coperti da drappi di porpora. Al suono del flauto si esibiva un gruppo di danzatrici. Oro, argento e gemme scintillavano alla luce dei bracieri e di una miriade di lampade.

Subito mi fissarono gli occhi dell'uomo misterioso, sdraiato su un letto al centro della sala insieme a un ragazzo molto bello, con una lunga chioma ricciuta e gli occhi bistrati. Il suo sguardo richiamò su di me l'attenzione di tutti e si fece silenzio, anche le danzatrici si ritirarono.

«Marco Druso. Vieni avanti» disse in greco. «Ormai sei qua, prendi parte al banchetto, ne saremo onorati. Ti accogliamo con grande piacere, Marco Druso. I soldi del tuo riscatto daranno una possibilità in più alla nostra causa.»

Indicò lo spazio davanti a sé e due servi vi depositarono un letto.

«Vuoi una donna o un ragazzo?» mi chiese con garbo.

Sarebbe stato poco opportuno, se non pericoloso rifiutare. «Una donna» dissi, e non poteva essere altrimenti, anche se temevo di fare brutta figura per la mia inesperienza in quel campo.

Diede l'ordine con un gesto. Poco dopo i servi mi tolsero i calzari e mi lavarono i piedi e una ragazza molto graziosa si sdraiò accanto a me, mi salutò con un bacetto sulle labbra, mormorando il suo nome, che non ricordo, e cominciò a servirmi, scegliendo dai vassoi bocconi delicati e portandoli alla mia bocca con le sue dita. Io masticavo senza sentirne il sapore.

«Mi chiamo Policrate, come il tiranno, e sono nativo di Samo. Ma tutti mi conoscono come Diotimo. Ho assunto il nome di un grande pirata. Molti di noi, quando si danno alla pirateria, cambiano nome» disse in tono affabile l'uomo misterioso. «Non conosco il motivo, ma tu avevi particolarmente a cuore la sorte di quel condannato, e volevi liberarlo dalla sofferenza, anche senza sapere perché veniva punito, così io ti ho accontentato per darti il benvenuto tra noi, e gli ho concesso una rapida morte. Era un uomo molto forte, e sarebbe durato anche tre giorni appeso a quel muro.»

Se avesse potuto sapere perché... Tutti mi osservavano e io ero confuso e rimasi in silenzio in cerca di qualcosa da dire.

«Allora» riprese Diotimo, «vuoi dirci cosa ti spingeva a voler porre fine alle sofferenze di quell'uomo?»

«Le sofferenze inflitte a quell'uomo» dissi in greco «mi sembravano una barbarie.»

«Come?» era sbalordito. «Allora, Marco Druso, tu mi dai del barbaro. Ci vuole coraggio per fare una cosa del genere, e io devo ammettere che di coraggio ne hai da vendere. Ti apprezzo per questo, ma devo annunciarti che non sono d'accordo con te, perché tra noi il barbaro sei tu.»

Tutti mi guardavano ancora più sbalorditi di lui, anche Polifemo, e cominciarono a mormorare e a scommettere su che tipo di sofferenze Diotimo avrebbe inflitto al Romano arrogante. Stavolta l'avevo fatta grossa.

«Silenzio» disse Diotimo, e poi si rivolse a me: «Io non sono un barbaro. Se lo fossi, adesso ti appenderei alle mura, pasto per i corvi.»

«Se non lo fai, è perché io per te valgo cinquanta talenti» dissi. La mia situazione era talmente insolita e paurosa, che gli rispondevo qualunque cosa mi venisse in mente, preoccupato ancora principalmente di nascondere la mia identità e sapendo, per l'esperienza fatta con Polifemo, che l'arroganza, insieme alla mia bellezza e alla mia giovane età, era divertente per quegli uomini.

«Invece sto pensando seriamente di farlo» disse Diotimo. «Ma poiché sono Greco, vengo da un grande popolo e da una grande famiglia onorata tra quel popolo, ti lascio l'opportunità di esporre le tue ragioni, prima di decidere cosa fare di te.»

Non mi lasciai intimidire e, per fare la parte di Marco Druso, mi lanciai in una difesa a oltranza dei Romani e dei nobili romani.

Era un argomento su cui avevo riflettuto a lungo per fornire gli elementi sufficienti a Marco per una *controversia* con un altro discepolo, che era un Greco, in cui ognuno doveva sostenere a lungo la sua tesi di fronte a Molone. Si trattava dei rispettivi meriti dei Greci e dei Romani e di chi fosse superiore, ma furono i discepoli a mostrarsi inadeguati e ne vennero fuori delle violente scazzottate tra studenti di diverse nazioni, che convinsero Molone ad abbandonare l'argomento.

«Prima i Romani erano barbari rispetto ai Greci, oggi no» cominciai. «E se tu sei riuscito a catturarmi è solo perché io sono venuto a studiare a Rodi, in quanto i nobili romani sono tutti bilingui e rischiano la vita per studiare presso i grandi oratori. Ma la Grecia è finita e ringraziate gli dei se i Romani ne stanno accettando l'eredità, invece di farla scomparire. La Grecia lascia una grande eredità, ma Roma è forse anche più grande perché lo comprende, e sta imparando da voi e sta prendendo tutto quello per cui eravate superiori e lo sta diffondendo nelle zone conquistate...»

«Certo» disse Diotimo, «il bottino di Silla è immenso, ha depredato anche i templi.» Tutti intorno risero di me. Ma erano risate amare.

«L'ha fatto solo perché i Greci si sono ribellati e si sono alleati col nemico» ripresi con poco garbo. «Ma non è l'avidità e l'empietà di Roma a rovinarvi, come credete voi Greci. I Greci non erano più Greci prima ancora che arrivasse Roma. Quelli che erano i cittadini dei tempi gloriosi delle guerre persiane si sono corrotti, Roma li ha trovati sudditi. Infatti Silla, stufo delle loro sciocche recriminazioni, ha detto che li avrebbe risparmiati solo in ricordo dei tempi passati, e li ha chiamati *Graeculi*, perché ora non valgono più niente. Oggi solo i Romani sono liberi, solo la cittadinanza romana è libertà. Nessuno riesce a sottomettere i Romani, e non sarete voi a sconfiggerli, nemmeno con le vostre mille navi. Ricordatevi Cartagine.»

Diotimo mi guardava con gli occhi ridotti a fessure, e successe una cosa che non credevo mai sarebbe successa: guardandoli dalla prospettiva del nobile Marco Druso, cominciai ad apprezzare i Romani, non più solo a temerli dalla prospettiva dello schiavo Fausto come padroni imprevedibili. Con tutti i difetti ne scorsi la grandezza, che prima per me, al momento di comporre il discorso per Molone, era solo una parola vuota. E compresi davanti a quegli uomini, che mi guardavano pensierosi, cosa rappresentavo *io*, il bel Fausto, nell'economia della questione: se non ci può essere grandezza senza la sofferenza di tanti, io ero uno dei tanti destinati a soffrire per la grandezza di Roma. Compresi che era inevitabile.

Ma questa era teoria. Guardando Diotimo tornai in me, e pensai con terrore alle sofferenze reali che mi attendevano. Mi rivolsi a lui con tutta la superbia e l'arroganza possibili.

«Allora» sputai, «che hai deciso per me?»

«Sapevo che i Romani sono pericolosi, ma tu mi hai fatto capire che lo sono molto più di quanto credessi, così ti lascerò vivere e mi intratterrò con te ogni volta che ne avrò il tempo fino alla tua liberazione, perché tu possa rinfrescarmi la memoria. Giochi a dama?»

«Certo.»

CAPITOLO DICIOTTESIMO

Diotimo, agile di mente, non solo di corpo, e sempre con il pensiero volto a elaborare strategie, era un grande giocatore e vinceva con facilità.

«Il mare non è una scacchiera» gli ricordavo, visto il motivo per cui si intratteneva con me. Oppure: «I Romani non sono facili da neutralizzare come queste pedine». E lui sorrideva. Poteva essere un uomo molto gradevole, se si dimenticava il trattamento che riservava ai nemici.

«Bravo» mi diceva, «stai svolgendo bene il tuo compito.»

Parlando con lui scoprii quale fosse la causa, alla quale il mio riscatto avrebbe dato un grosso contributo. Il pirata era intenzionato a creare una grande coalizione per sconfiggere Roma. I potenti e ricchi pirati con le loro innumerevoli navi veloci e le loro basi in tutto il Mediterraneo sarebbero stati lo strumento di una alleanza tra i tanti nemici di Roma lontani tra loro, tra gli occidentali e gli orientali, come gli Iberici e Mitridate, il quale, secondo Diotimo, non era stato affatto sconfitto definitivamente da Silla. Se Silla aveva fretta di tornare in Italia era solo per regolare i conti con i Mariani, ma la guerra di Mitridate sarebbe ripresa.

Arrivò l'inverno. Il castello si riempì di acute voci femminili, di invettive e di pianti disperati. Due navi avevano compiuto un'ultima razzia, ma i pirati non ritennero opportuno portare le prede a Delo e nemmeno a Side, che era il loro mercato secondo solo a Delo, decisero di aspettare la primavera e acquirenti numerosi, che se le sarebbero disputate durante un'asta affollata. Erano circa trenta ragazze provenienti dalla Sicilia, che nel frattempo sarebbero state custodite nel castello e alloggiavano in due grandi sale vicino all'uscita.

Nel mio girovagare le udivo piangere di continuo e litigare, e venivo preso dalla curiosità di sapere come si sentissero le ragazze strappate alle loro famiglie per diventare serve o concubine o prostitute, secondo la loro avvenenza, soprattutto perché presumevo che alcune di loro fossero di famiglia agiata, un po' viziate e abituate ad avere schiavi in casa, e a maltrattarli, più o meno. Questa curiosità anche oggi mi pare del tutto legittima, da parte mia. Sul pascolo dei pazzi da padrone erano diventate schiave.

Ogni tanto mi avvicinavo alla loro zona per sbirciarle. Erano molto giovani e un paio erano proprio bambine, che invocavano di continuo la mamma e i parenti. Anche Frine era giunta bambina a Roma.

L'oggetto della loro continua disputa era il sospetto da parte di alcune che una del gruppo, la più bella, con la sua imprudenza le avesse esposte alla cattura. Secondo loro si era mostrata senza velo sui capelli sulla spiaggia a dei mercanti, che erano approdati per passare la notte. Un giorno le ragazze erano disperate e infuriate più del solito; la stavano linciando, i servi la sottrassero alla vendetta e la portarono nella stanza adiacente alla mia.

Credeva di aver chiuso la porta e invece l'aveva lasciata socchiusa. Era davvero sbadata come dicevano le compagne, ma molto bella, i futuri compratori l'avrebbero pagata bene. La osservai sporgersi, guardare le rocce a strapiombo e il mare, e considerare il salto mortale come spesso facevo io, con desiderio e timore.

Ma percepì la mia presenza, si voltò, mi vide sulla porta e si ritrasse per paura che la fermassi, o che facessi la spia.

«Non dirò niente» la rassicurai. «Perché lo vuoi fare?» chiesi poi. «Perché le altre ti accusano?»

«Che mi importa di loro» disse. «Lo sanno gli dei che non è vero.»

«Ah...»

«Non voglio essere schiava.» Disse la parola schiava sottovoce, come se fosse qualcosa di così spaventoso che poteva essere il destino di chiunque altro, ma non suo.

«Il mondo è fatto di padroni e schiavi» dissi io. «Qualcuno deve essere schiavo. I tuoi sono troppo lontani, ormai ti piangono morta.»

«Avevo due schiave addette solo a me, le trattavo bene, le facevo frustare poco. Volevo bene alle mie schiave, ma non voglio essere come loro. È terribile.»

«Allora salta» dissi.

Ma lei a sentirlo dire da me si allontanò dalla finestra. Non l'avrebbe mai fatto.

Continuavo a vivere in uno stato stuporoso in attesa della fine, recitando la parte di Marco Druso, partecipando ai banchetti e giocando a dama.

Intanto le giornate si allungarono, e dalla mia finestra vidi arrivare delle navi che avevano compiuto il breve tragitto dalla città di Side. Quando seppi di altri condannati, che per riguardo alla mia delicatezza d'animo, come mi disse Diotimo con una certa ironia, erano stati torturati con uno straccio in bocca e poi appesi alle mura lontano dalla mia stanza, pensai che comunque fosse arrivata l'ora di porre fine ai miei giorni, prima che lo facesse Diotimo molto più rudemente di quanto avrei fatto io.

Ero certo che, quando avesse scoperto che lo avevo imbrogliato, Diotimo mi avrebbe riservato un trattamento speciale, quindi dovevo sbrigarmi. Ormai ero giunto alla resa dei conti sapendo bene che la possibilità della fuga non era da contemplare.

Il posto migliore da cui buttarmi era la grande sala affrescata, che aveva una specie di piccolo aggetto sul vuoto. Ogni volta che partecipavo a un banchetto guardavo quel punto e decidevo che il giorno dopo l'avrei fatto; intanto per la paura diventavo sempre più indisponente e arrogante divertendo moltissimo Diotimo e Polifemo, poi il giorno dopo rimandavo a quello ancora seguente.

Intanto le ragazze furono caricate su una nave oneraria per essere portate a Delo, anche la mia bella vicina di stanza, che non voleva essere schiava, ma non ce l'aveva fatta a saltare, e andava incontro al suo destino in qualche bordello di lusso.

Passò un altro mese, le navi che solcavano il mare di fronte alle finestre della fortezza erano via via più numerose e io finalmente mi decisi.

C'era sempre una brocca di vino nella mia stanza, ne bevvi due tazze senza tagliarlo, nella speranza che attenuasse la paura, e in effetti mi sentii molto più coraggioso e determinato. Mi lavai scrupolosamente, indossai la tunica più bella e mi diressi alla sala. Nelle cucine vidi qualche servo intento alle pulizie, ma la sala era vuota.

Arrivato alla finestra, mi voltai. Nessuno. Scavalcai il davanzale con una gamba e guardai giù reggendomi ancora allo stipite, c'erano molti spuntoni di roccia su cui mi sarei sfracellato nella caduta, ma di meglio non potevo trovare.

Respirai profondamente e lasciai la presa sullo stipite, mi sporsi nel vuoto seduto sul davanzale e stavo tirando fuori l'altra gamba, già in bilico sullo strapiombo, quando mi sentii afferrare e qualcuno mi si aggrappò al collo con un braccio e con l'altro mi afferrò la tunica, mentre urlava come un'aquila. La sua faccia era a fianco della mia, riuscii a girarmi leggermente e la vidi di profilo. Era il servo.

Lottai, riuscii anche a districarmi fino a sferrargli un pugno che gli fracassò il naso, gli ferii la mano che stringeva la mia tunica, ma lui si era abbarbicato a me come un moribondo all'ultima possibilità e non mi lasciava, continuando a urlare più forte. Dalle sue urla di richiamo compresi che anche lui aveva paura della tortura e della morte, proprio come me, qualora io fossi fuggito. Non lo avevo mai saputo, ma evidentemente era sua la responsabilità della mia persona e sarebbe stato punito.

Quel poveruomo mi fece pena; ero più forte, avrei potuto scrollarmelo di dosso, ma non lottai più. In quei pochi istanti la sala si era riempita di servi, che ci afferrarono e ci trascinarono al sicuro sul pavimento.

Lui mi lasciò, e crollò esausto per il grande sforzo, premendosi le mani sulla faccia insanguinata, ma gli altri mi tennero ben stretto, poi mi portarono in una stanza senza finestre e mi ci chiusero dentro, in attesa del ritorno di Diotimo, o di Polifemo.

La stanza era centrale, situata in un punto di gran passaggio, prendeva luce da un lucernario nel soffitto e aveva la porta spessa con una grata, da cui si poteva sbirciare dentro. I servi tornarono, depositarono il letto, il tavolo e la sedia, che avevo nell'altro alloggio, e vi appoggiarono i libri e tutta la mia roba. Mi servirono di tutto punto, ma non mi lasciarono più uscire.

Il primo dei capi ad arrivare fu Polifemo. Non mi ero accorto che qualcuno si fosse avvicinato, vidi all'improvviso il suo volto sfregiato nella grata.

Attaccai per primo. «Si può sapere che succede? Perché sono rinchiuso qui?»

«Il servo addetto alla tua persona dice che hai tentato di ammazzarti» disse lui con voce piatta, indifferente.

«Come gli viene in mente. Se avessi voluto fare questo, lui non avrebbe potuto impedirmelo. È un mucchietto d'ossa. Mi stavo solo sporgendo per guardare di sotto.»

Il servo era dietro di lui, si avvicinò e cominciò a blaterare. Polifemo lo zittì con un gesto breve.

«Lui dice che avevi questa idea in mente da sempre e così non si è mai fidato, e non solo ti controlla da quando sei arrivato, ma ti ha fatto seguire e spiare anche da altri, e tutti sono d'accordo con lui riguardo alle tue intenzioni. Cosa devo dedurre da tutto questo?»

«Non lo so, deduci e lasciami in pace...»

«Devo dedurre» continuò lui, «che tu hai paura che il riscatto non venga pagato. Per quale motivo? Ti sei inimicato Lelio? Forse hai rotto il fidanzamento?»

Non risposi.

«Ah...» fece lui, «la cosa è grave. Credevo di aver fatto un buon affare con te. E tu, che sapevi, avresti voluto morire rapidamente, senza soffrire, un salto sulle rocce e via. Ma non ti è andata bene. Se me lo avessi detto subito, al momento dell'abbordaggio, io ti avrei gettato all'istante in pasto ai pesci e tutto sarebbe finito là. Invece hai detto che Lusio era l'uomo di fiducia all'altezza di occuparsi del riscatto. Perché l'hai fatto?»

Non risposi.

Rispose lui: «Per salvarlo. La tua delicatezza d'animo mi stupisce sempre più. Da quello che ho capito, hai una paura folle della tortura ma la rischi prima per uno schiavo, poi per un condannato che nemmeno conoscevi, e infine per un altro servo, che è un *mucchietto d'ossa* e non avrebbe potuto fermarti». Aveva ripetuto le mie parole con un tono tale da farmi capire chiaramente che questo mi sminuiva di parecchio ai suoi occhi. Infine, mostrandosi molto preoccupato chiese: «Quindi tu credi che Lusio non tornerà?».

Potevo dirgli che Lusio non sarebbe tornato, perché io ero solo lo schiavo, che aveva ucciso il vero Marco Druso? In tutto il mondo conosciuto le pene per gli schiavi sono più crudeli di quelle per i liberi. A quel punto potevo solo sperare che Lusio, schiavo e quindi ben cosciente di questo, non facesse trapelare in giro chi ero in realtà.

«Tornerà» dissi piano. In quel momento avrei voluto urlare tutta la verità e togliermi di dosso quel peso. Per fortuna la paura me lo ha impedito, dico oggi.

«Aspettiamo» concluse Polifemo. «A noi, ora che sei qui, non costa niente aspettare. Ci costa solo il tuo vitto quotidiano. Giorno più, giorno meno... mese più, mese meno... Tu, se non hai detto la verità, prega. Prega Giove che ti colpisca con un fulmine attraverso il lucernario.» Mi sorrise e scomparve.

Passò un mese, i giorni si erano susseguiti ai giorni. Nella grata comparivano di continuo le facce dei miei sorveglianti, che mi scrutavano attentamente qualunque cosa facessi. Non avevo intimità, ma venivo trattato bene, tenuto in una pulizia perfetta e nutrito con cibi sopraffini. Io non li rifiutavo, li assaporavo sotto il loro sguardo, pensando che li avrei pagati con la tortura. C'era abbastanza luce, così per allontanare questi pensieri leggevo quasi tutto il giorno e facevo esercizi ginnici. A volte riuscivo a distrarmi, anche se sapevo bene che tenermi in forma mi avrebbe fatto sopravvivere più a lungo sotto la tortura.

Ebbi di nuovo delle terribili nausee, quelle che mi assalivano quando, bambino, venivo caricato di responsabilità, ma non vomitai, e riuscire a evitare questa prova del mio terrore di fronte ai carcerieri fu un piccolo sollievo, una cosa di cui andare orgoglioso. Un uomo sottoposto a pressioni disumane si attacca a tutto per mantenere la ragione, per lui le prospettive cambiano, anche le cose sciocche gli sembrano importanti.

Tornò dalla sua spedizione Diotimo. Sentii la sua voce, sentii che si faceva raccontare di me, ma non si degnò di venire a farmi visita subito. Questo mi angosciava maggiormente, se era possibile. Forse aveva saputo in qualche modo che gli si poteva presentare l'eventualità che io non fossi Marco Druso? Lusio aveva parlato? Era arrivata una voce da Roma? Io mi sfinivo nelle più orribili congetture.

Il terzo giorno vidi la sua faccia nella grata. «Hai tentato di mandare a monte un grande affare. Ma forse l'hai fatto perché non è un grande affare, e tu lo sapevi, vero? Spera che paghino, ragazzo di indole delicata» mi sussurrò e sparì.

Passò un altro mese, in cui io ero riuscito a raggiungere un certo disinteresse per la mia sorte. Quando, in autunno, al mancato pagamento, fosse arrivata l'ora di soffrire, avrei sofferto, dicevo a me stesso.

Ma da Roma pagarono.

Non vidi più Diotimo, che al momento della mia partenza era in mare. A Delo mi accompagnò Polifemo con lo stesso assetto del viaggio precedente, tre liburne azzurrine con una sessantina di uomini. Tra i tanti approdi deserti, per dormire e raccogliere acqua, ci fermammo anche nell'isola in cui, in preda alla disperazione, avevo creduto di vedere Lusio per l'ultima volta. Al largo di *Mykonos* io, Polifemo e altri quattro dei pirati ci trasferimmo su una nave oneraria, che ci portò in vista delle coste frastagliate dell'isola di Delo. Il viaggio era durato dodici giorni.

La nave trasportava schiavi, noi eravamo sistemati sul ponte, ma dal boccaporto provenivano lamenti, pianti, voci di donne e bambini, e una puzza nauseante.

Entrammo in tarda mattinata nel porto protetto da un lungo molo di poderosi blocchi di granito, la pietra dell'isola. Io rimasi sulla nave, in attesa del segnale da parte di Polifemo che il suo banchiere aveva ricevuto i soldi.

Il carico di schiavi fu portato a terra e le donne divise dai bambini. In quel momento iniziarono pianti, urla più forti e maledizioni, ma i pirati, con efficienza impietosa, legarono le donne l'una con l'altra da una parte e i bambini dall'altra, formando due diversi gruppi di esseri piangenti e miserabili, e li scortarono verso le costruzioni a loro destinate sulle banchine, per essere rifocillati e ripuliti prima della vendita all'asta.

La piccola rocciosa Delo fedele a Roma era stata invasa e saccheggiata dai generali di Mitridate, che avevano ucciso tutti gli Italici presenti sull'isola. Ma Silla aveva ricacciato Mitridate nel Ponto e l'isola sacra ad Apollo si stava riprendendo dalle conseguenze della guerra. Altri mercanti erano tornati, perché niente li ferma, e Delo, passaggio obbligato delle rotte che uniscono la Grecia all'Asia, era di nuovo un grande fiorente mercato di schiavi, provenienti dalle recenti guerre e dalle incursioni piratiche.

Guardavo con desiderio e timore la terraferma. Chi mi avrebbe preso in consegna? Una volta che la fortuna mi aveva permesso di uscire dal castello dei pirati, la fortuna mi avrebbe offerto il modo di fuggire? Perché Lelio ha pagato? mi chiedevo poi, e non trovavo una risposta convincente. Per avere lui il piacere di punirmi? Questo poteva valere cinquanta talenti? Cinquanta talenti mi sembravano una somma spropositata per questo, e poi, comunque, era chiaro per tutti che, se lui non avesse pagato, mi avrebbero torturato e ucciso i pirati.

Qualche anno dopo anche per Cesare sarebbero stati sborsati cinquanta talenti; pure se lui non era ancora il grande *Cesare*, ma solo un nobile di illustre famiglia, nipote di Mario, erano una grossa somma.

Infine da lontano riconobbi avanzare sulla Via delle Processioni la figura agile e prestante di Polifemo. E vicino a lui – non potevo sbagliarmi – Lusio.

Polifemo fece un cenno concordato e i marinai di guardia mi fecero scendere a terra: la mia prigionia era finita. Corsi verso la figura cara e familiare di Lusio e l'abbracciai sotto lo sguardo indagatore di Polifemo.

Lusio si sciolse abilmente dalle mie braccia. Si inchinò e mi prese la mano, me la tenne stretta a lungo e me la baciò, rammentandomi il pericolo incombente, per cui dovevo comportarmi come voleva lui.

Smise di baciarmi la mano e sollevò il volto, con atteggiamento sottomesso.

«Padrone! Finalmente! Volevo affrontare il mare in inverno e poi proseguire a terra, in Grecia e in Asia, per venire da te, per liberarti, ma tua nonna non ha voluto rischiare. Ha detto che nessuno avrebbe osato toccarti col tuo nome e con cinquanta talenti di mezzo. Ma ora a Roma sono tutti ansiosi di riabbracciarti.»

Davanti al pirata ero ancora immerso fino al collo nella parte di Marco Druso. «Anch'io» dissi «sono ansioso di riabbracciarli.»

Polifemo mi si avvicinò, mi diede una pacca sulle spalle e mi disse: «Addio, ragazzo di indole delicata. Eppure c'è qualcosa di strano in te. Pensa che per un po' ho creduto che non avrebbero pagato e, prima di metterti a morte, ti avrei annoverato tra i miei amanti preferiti».

Gli restituii la pacca e dissi: «Io invece avrei voluto vederti crocifisso. Succederà, ti prenderanno, ne sono certo, ma purtroppo io non ci sarò».

Polifemo rise divertito e si allontanò tra la folla.

CAPITOLO DICIANNOVESIMO

Anno 670 ab Urbe condita *(83 a.C.)*

Guardavo Lusio e non riuscivo a parlare per l'emozione. Lui, con la faccia stanca, invecchiata, piena di rughe che non gli avevo mai visto, mostrava di aver sofferto in quei mesi, ma era ormai contento e soddisfatto di come si erano risolte le cose. Lo abbracciai di nuovo e di nuovo si sciolse abilmente dalla mia stretta e me ne spiegò il motivo.

«C'è Livio, che sta ancora trattando col banchiere, e insieme a lui ci sono due schiavi, uno suo e uno di Lelio.»

«Dobbiamo ancora continuare la finzione?» chiesi. «Non ne posso più.»

«Certo che dobbiamo. Oggi tu sei Marco Druso.»

Forse voleva procrastinare la mia sparizione, pensai che di certo avesse i suoi piani, ma Livio mi faceva paura... «Che vuoi fare? Sei matto? Livio mi riconoscerà.»

«No, che non ti riconoscerà. Non ti vede da più di quattro anni e i due schiavi sono nuovi. Ma dimmi, com'è andata?» mi chiese. «Mi domandavo di continuo se ero riuscito, davanti a tutta quella gente che ci scrutava, a farti capire che non avrei rivelato il tuo segreto, che tu saresti stato Marco Druso prigioniero dei pirati, per quelli che stavano a Roma. Che sarei tornato da te a qualunque costo per liberarti.»

Non gli dissi che il terrore e l'angoscia mi avevano offuscato la mente e avevo tentato di uccidermi, rischiando di mandare all'aria i suoi piani.

«Non avevo capito, non ero certo di nulla» dissi. «Ho

sempre dubitato. Mi aspettavo continuamente che mi ammazzassero. Tu non avevi motivo di tornare, anzi come farai ora?»

«Ho fatto quello che ho potuto per farti capire che non ti avrei abbandonato, ma non potevo destare sospetti nei pirati. Mi guardavano come falchi. E poi, tornato a Roma, ero sui carboni ardenti. Avevo paura che tu mandassi tutto a monte per le emozioni che a volte non riesci a controllare. La tua nausea terribile...»

Quante cose sapeva. «Non è successo» dissi, e gli posi la domanda che più mi stava a cuore: «Perché l'hai fatto?»

«Perché tu hai salvato me, hai avuto i riflessi pronti dichiarando che ero la persona adatta a chiedere il riscatto e così mi hai offerto il modo di squagliarmela, e so benissimo che in quel momento pensavi che saresti rimasto solo ad affrontare tutto ed eri terrorizzato. Te lo leggevo in faccia.»

«Non mi chiedi perché io l'ho fatto?» Intendevo dire uccidere Marco, e lui comprese all'istante.

«No. Non serve, ormai è andata. La cosa importante è che sei riuscito a farlo al momento opportuno.»

«Il momento opportuno...» mormorai incredulo. Non si rendeva conto della mia tragedia, parlava di momento opportuno.

«Certo, il momento opportuno» disse, scrutando la mia faccia e mostrandomi per la prima volta un po' di compassione. «Se tu l'avessi fatto a Roma saresti morto tra atroci sofferenze e insieme a te avresti rovinato tutti. Invece così, approfittando del momento opportuno, forse ci hai salvati.»

«Io non ho approfittato.»

«E va bene. Tu no, ma io sì. Tu ci hai liberato di un *dominus* indegno e io ne ho approfittato per aiutarti a prendere il suo posto. Tu salvi tutta la famiglia.»

«Prendo il suo posto! Sei pazzo?» Ero frastornato, ma compresi qual era il progetto di Lusio. Non voleva affatto farmi fuggire e sparire nel nulla. «Ho capito bene? Tu vuoi che io venga a Roma a presentarmi alla famiglia, a Porcia, e ai Romani, come Marco?»

«Sì.»

«Sei pazzo per davvero.»

«No, mai stato più savio. Appena successo il fatto non ci ero arrivato, pensavo a come procedere per riscattarti e poi farti scomparire, facendo credere che Marco Druso fosse morto dopo che i pirati lo avevano liberato.»

«Non hai pensato a consegnarmi alla famiglia, perché si vendicasse?»

«Mai. E poi, dopo aver sborsato cinquanta talenti, Lelio si sarebbe vendicato anche su di me. No, no. Volevo crearti un nuovo nome e una nuova identità da uomo libero in una città italica e farti fuggire.

Ma intanto ci stavo rimettendo la pelle con questa storia, non solo perché ne vedevo tutti i rischi, ma perché senza Marco la famiglia sarebbe finita e non c'era una soluzione a questo. E poi... con che faccia sarei tornato da Lelio a mani vuote? E da Porcia? Soprattutto da Porcia. Questa era una cosa che mi faceva gelare il sangue. Lei mi si affidava completamente, mi aveva sempre trattato bene e aveva permesso che mi arricchissi.

Ma dopo qualche tempo è arrivata la folgorazione. La soluzione era a portata di mano, ma io non avevo avuto il fegato per pensarci da solo. Ho ricevuto un'imbeccata. Non immagineresti mai da chi...»

«Da chi?»

«Da te. Mi trovavo nell'atrio di Lelio, in attesa di entrare nel *tablinum* per parlare della spedizione imminente a Delo, e ho visto il tuo volto. Lelio ha tolto il finto ritratto di Marco dalla stanza di Lelia e lo ha fatto appendere in un posto dove tutti potessero vederlo passando, occupati nelle loro faccende quotidiane, come se Marco fosse presente nella famiglia. Forse anche per fare una gentilezza a Porcia. Ha detto che, appena Marco fosse tornato di persona, avrebbe restituito il ritratto alla figlia come sua legittima proprietà.»

«Il ritratto...»

«Non ti ricordavi più del ritratto e della lettera che hai spedito a Lelia Prima?»

«Sì, ma...»

«Tutti credono che l'uomo del ritratto sia Marco. Non ci hanno restituito il corpo del padrone, che è stato lasciato a imputridire alla vista di tutti, ma un Mariano pagato da Lelio gli ha gettato addosso un pugno di terra. Risolta la faccenda della sepoltura dal punto di vista della religione e dell'onore, si è presentata quella della maschera funebre, perché non si poteva fare un calco. Allora Porcia ha incaricato uno scultore di fare una maschera ispirandosi a un ritratto di Tito Druso. Così è capitato che i due ritratti, il tuo e quello del padrone, sono stati accostati e tutti hanno notato una grandissima somiglianza. Io che vi ho visti cresciuti so che il ritratto di Marco sarebbe stato meno somigliante del tuo. Oltre a ciò Fausto non esiste più, ormai tutti sanno che Fausto è morto nella nave incendiata dai pirati.»

«E... mia madre?»

«Non l'ha presa bene.»

«E tu l'hai consolata...»

«La consolo da parecchi anni.»

«Di chi è figlio il mio fratello minore?»

«Mio, ma lei ha ritenuto opportuno dire che era del padrone.»

«Giusto. E io?»

«Tu sei figlio di Tito Druso, ne sono certo, gli somigli troppo. Ma adesso andiamo incontro a Livio, o penserà che qualcosa è andato storto.»

«Io non sono convinto.»

«Convinto? Preferisci darti alla fuga?»

«È una farsa, devi cercare un'altra soluzione.»

Alzò le spalle. «Tu hai dato inizio alla farsa» disse e si incamminò. «Attento a quello che dirai a Livio.»

«Sei impazzito davvero. Hai messo su questa impostura solo per il timore della punizione, perché non hai saputo proteggere Marco.»

«Anche. E come potevo sapere che tu l'avresti ucciso? Proprio tu?»

«Sai perché è fuggito così in fretta da Rodi? Ha violentato una ragazza libera, forse romana.»

Accusò il colpo, ma si lasciò distrarre solo per un attimo.

«A questo penseremo dopo» stabilì.

«Ma non è possibile imbrogliare Livio. E Porcia, Lelia Prima, mia madre, Lelio e gli schiavi di casa...»

«È possibile, invece, sono passati più di quattro anni, gli anni in cui siete cambiati. Alla partenza per Rodi eravate ragazzi. Oggi per loro Marco è quello del ritratto. E poi nessuno più di te potrebbe avere un'aria da Marco Druso. Tu sei figlio di Tito Druso e di Sabina, che è figlia del fratello di Porcia e di una schiava, che era figlia del padre di Porcia. Io sono nato nella casa di Porcia e queste cose le so bene.»

Avevo sangue di Porcia per parte di padre e di madre. Queste commistioni tra padroni e schiavi mi erano sempre sembrate normali, come a tutti, ci ero nato e cresciuto in mezzo come tutti, ma in quel momento cominciai a pensare, e penso tuttora, che da parte dei padroni il chiudere un occhio sulla promiscuità nelle famiglie, e sulle nascite che seguono, sia perlomeno da definire immorale. Questo esiste quasi in ogni famiglia in cui ci siano dei padroni e delle schiave. La conseguenza è che convivono fianco a fianco figli legittimi considerati figli e figli nati da schiave considerati schiavi. L'ho detto a qualcuno ultimamente e sono stato preso per un eccentrico.

«Allora? A che pensi? Hai capito o no?» continuò Lusio. «E poi con tutte queste guerre di mezzo, e tutti i morti, chi vuoi che guardi al capello?»

In quel momento mi rividi bambino. Il padrone, che era anche mio padre, per salvare Marco, il figlio legittimo nato nel matrimonio, mi prendeva per mano e con me al fianco affrontava i sicari, esponendomi al pericolo di essere assassinato insieme a lui. Perché lui sapeva benissimo che ero stato generato da lui e che sarei stato scambiato per un Druso. Forse sapeva anche che Sabina aveva sangue della *gens Porcia*? Mi si chiarì perfettamente la dinamica dei fatti di quella sera e, se prima non li avevo giudicati, in quel momento ne ebbi orrore.

«Ma in ogni caso, anche se non ci scoprono, non è una cosa giusta da fare...» dissi, ma non sapevo più cos'era giusto o ingiusto.

«Giusto... che cosa è giusto? La giustizia non esiste» mi rispose lui, infatti. «È una fantasia. Esiste la giustizia degli uomini, di cui i padroni si servono per tenerci schiavi.» E poi mormorò: «Eccoli. Attento a quello che fai e che dici. Me lo devi».

Livio era seguito un passo indietro da due giovani uomini dall'atteggiamento dimesso e insieme circospetto, attenti a ogni suo cenno. Rividi nel loro quello che doveva essere il mio atteggiamento solo fino all'autunno precedente.

Avrei voluto correre ad abbracciarlo. Ma fu lui che si affrettò verso di me e si inchinò. Mi prese le mani e me le baciò, poi prese la destra e se la portò alle labbra per baciare l'anello dei Livi Drusi.

«*Domine*, sono felice di rivederti salvo...» Gli si leggeva in faccia che stava per chiedere perché non lo avessi atteso a Rodi, leggerezza che era costata cinquanta talenti e ansia per tutti, ma scambiò la mia paura per severità e non lo fece. «Come sei diverso» disse invece, «grosso e robusto come tuo padre...»

«Anch'io sono felice di rivedere l'uomo che mi ha aiutato a fuggire da Mario» dissi solennemente. «Spero che per l'appresso tu sia per me quello che sei stato per mio padre.»

«Sarò onoratissimo di servirti e di esserti fedele» mi rispose Livio. «Sarà così anche per i miei figli. Ho avuto due figli nel frattempo.»

«Mi felicito con te» dissi. «Sarò lieto di conoscerli presto.»

«Grazie. Anche loro, così piccoli, ti sono molto devoti. La famiglia aveva bisogno di un uomo forte come te. Sei il degno erede di tuo padre» disse e ritenne opportuno mostrare il suo cordoglio per Fausto. «Ho saputo di Fausto» mormorò.

«È stato un grande dolore per me» dissi, non riuscendo a nascondere un certo disagio. Quella era la menzogna più difficile da pronunciare. E forse a lui sembrò che virilmente Marco Druso non volesse ammettere il suo grande affetto per l'amante, così cambiò subito argomento.

Vidi che Lusio era soddisfatto, doveva trovarmi convincente, ma io non avevo messo in conto quanto avrei sofferto nell'ingannare Livio, che mi aveva sempre aiutato e consigliato. E poi come pensare di ingannare mia madre e mostrare indifferenza di fronte a lei? E Porcia?

«Lelio non vuole che tu incappi in altre spiacevoli avventure» disse Livio. «Sei prezioso. Partiremo domani all'alba su una comoda nave granaria di Lelio, dove avrai una cabina di poppa molto confortevole, e saremo scortati da una nave da guerra di Lucullo.»

«Come vanno le cose a Roma?» chiesi.

«Apparentemente bene» rispose Livio, «ma prima di sapere cosa farà Silla, poiché non ha congedato le sue legioni e asserisce di voler vendicare la casa abbattuta, la famiglia in fuga e gli amici uccisi, Lelio ci consiglia di fermarci qualche giorno nella villa di Porcia vicino *Suessa*, e lui ci farà sapere se è il caso di proseguire per l'Urbe. Mi ha detto che, se la situazione si presenta calma, intende venirti incontro insieme a Porcia, Lelia Prima e Livilla.»

Lo schiavo di Lelio ci scrutava per raccontare tutto al padrone.

Ci lasciammo alle spalle le banchine e gli edifici commerciali e ci incamminammo per la Via delle Processioni. Tra le colonne sfregiate dei portici si erano stabiliti di nuovo dei mercanti.

Giungemmo ai propilei d'ingresso al sacro recinto di Apollo. «È giusto andare al tempio di Apollo a ringraziare» disse Livio. «Questo luogo è suo da sempre e qui, nel suo dominio, le cose per noi sono andate bene e lo scambio è avvenuto senza intoppi.»

Io presi dei soldi dalla borsa di Marco, ancora piena come quando l'avevo sottratta al suo cadavere, e li diedi a Livio per il sacrificio, ma non entrai nel recinto. Per quanto io sia convinto che gli dei non si interessino delle faccende umane, da uomo che viveva nella menzogna pensai che fosse meglio non offendere Apollo nel suo luogo più sacro.

Camminando verso il settentrione dell'isoletta giungemmo nei pressi del lago Trocoide, dove Latona partorì Apollo, e poi ci fermammo nell'*agorà* degli Italici, dove Livio voleva prendere contatti con alcuni mercanti e Lusio acquistò dei gioielli di fattura orientale, allo scopo di fare qualche affaruccio rivendendoli a Roma.

Mentre ci dirigevamo alla locanda a passo spedito, Livio mi chiedeva informazioni sui pirati e sulla fortezza di *Coracesium* e ogni tanto mi indicava i monumenti più importanti di Delo, rammaricandosi dei segni lasciati dalla grave devastazione operata dalla guerra.

«Ma che Marco Druso torni a Roma indica che spira un vento nuovo, e molti in città ricominceranno a sperare» disse.

Bene... dovevo diventare addirittura un esempio.

Con tutta la stanchezza avevo gli occhi sbarrati quella notte. Sentii aprirsi la porta ed entrò Lusio con una lucerna. Si avvicinò al letto e mi illuminò la faccia.

«Immaginavo che fossi sveglio» disse, «sei sempre stato un tipo che se la prende per ogni contrarietà.»

«Tu vuoi che io vada a Roma a presentarmi come Marco Druso e vorresti anche che dormissi. Se mi scoprono non crocifiggono solo me, ma anche te e mia madre e forse anche qualcun altro. Forse il povero Livio, che non sa niente.»

«Dopo tutti questi anni chi verrebbe a smascherarti, Marco forse? Le sue ossa bruciate giacciono in fondo al mare...»

«Quello che mi dà maggiore angoscia è ingannare Porcia...» In questo modo gli offrivo il fianco.

«Appunto. Proprio di lei ti volevo parlare. Le hai ammazzato il nipote» mi disse infatti.

Quasi scoppiavo a piangere. «Mi dispiace moltissimo, ma non era degno di lei. Se Porcia sapesse cosa ha fatto...»

«L'hai ammazzato per la ragazza o per quello che ha fatto a te?»

«Ero terrorizzato, non lo so più. Cioè, lo so, l'ho ammazzato per me, per te, per la ragazza... ma che non fosse degno di essere il *dominus* un po' mi giustifica. Lui era il capo e il protettore e invece di tenere al sicuro la famiglia, la esponeva al pericolo per la sua superficialità e i suoi vizi. È stato lui a esporre se stesso e noi all'attacco dei pirati, perché aveva parlato con qualcuno.»

«Ma forse Porcia non lo avrebbe mai saputo, e, col tempo, crescendo, Marco sarebbe cambiato» insinuò Lusio.

Questo era possibile. Io mi sentii un verme, un traditore, un assassino.

E Lusio rincarò la dose. «Con che cuore potresti ora lasciare Porcia senza un Druso? Che fine farebbe per colpa tua la famiglia, che è diventata sua e che lei ha curato nel migliore dei modi, per cui si è prodigata? Come fai a lasciarla senza un erede? Devi ingannare Porcia, io che la venero so che in questo caso deve essere ingannata. I buoni padroni, ogni tanto, per il loro bene devono essere ingannati dagli schiavi che li amano. Senza contare che ingannandola le facciamo un favore: lei col cambio ci guadagna.»

Non sapevo più che dire

«In fin dei conti servi solo per sposare Lelia e farle fare un figlio o due e poi...»

«Un figlio... ti senti il potente dio Lusio? Vuoi guidare il destino degli uomini dall'Olimpo? E poi che fai? Mi colpisci col fulmine?»

«Questo ancora non lo so.»

Stavo per vomitare e Lusio fece appena in tempo ad afferrare il vaso da notte. Per lui fu una risposta affermativa.

«Hai mangiato pesante, padrone» disse, «ti metterò a dieta.»

«Vai a farti fottere.»

Alla luce tremolante della lucerna, che teneva in mano, vidi che mi sorrideva, e compresi che mi voleva più bene di prima e mi compativa. Coprì il vaso da notte e uscì dalla stanza.

Parte terza

L'INGANNO

CAPITOLO VENTESIMO

Le vicende del mio rientro in Italia come Marco Druso si legarono strettamente alla guerra civile, che imperversò dopo il ritorno di Silla.

A Brindisi, città che aveva accolto Silla, al di là di tutte le notizie e di tutte le dicerie che circolavano in ogni porto del Mediterraneo, si poteva immaginare quale guerra si stesse preparando.

Silla recava con sé il responso favorevole dell'oracolo di *Nymphaeum*, dove gli auspici si prendono esaminando i movimenti dell'asfalto bollente. Era stato favorevole anche il responso del primo sacrificio in Italia: il fegato della vittima recava impressa l'immagine di una corona d'alloro. Il generale era giunto nella Penisola con milleseicento navi e quarantamila veterani, che avevano sconfitto gli eserciti guidati dai generali di Mitridate, il che non era poco e li rendeva temibili. I soldati avevano giurato di non abbandonarlo, una volta giunti nella Penisola, e di aiutarlo a punire i suoi nemici, e nemici di Roma, senza alienarsi le popolazioni.

Carbone per quell'anno aveva lasciato il posto a nuovi consoli, Scipione e Norbano, ma nessuno era assolutamente in grado di contrastare Silla.

Molti illustri Romani si erano schierati dalla sua parte e accorrevano a rinforzare il suo esercito. Quinto Cecilio Metello Pio, ancora a capo di legioni che avevano combattuto la guerra marsica, Marco Licinio Lucullo, fratello minore di quel Lucullo che aveva raccolto per Silla una flotta contro Mitridate, Marco Licinio Crasso, che, sfuggito ai Mariani, era stato nascosto per mesi in una grotta in Spagna, Gneo Pompeo, che gli assicurava tutto il Piceno. Questi erano solo i più famosi e a capo dei più grossi contingenti.

Ma la sproporzione numerica tra l'esercito dei *populares* e quello dei Sillani era enorme. Si diceva che i *populares* contassero su più di duecentomila uomini.

Intanto sia gli uni che gli altri si davano da fare a raccogliere consensi e reclute.

Silla aveva promesso che avrebbe protetto chi si fosse rifugiato nel suo campo. Il frastagliato porto naturale di Brindisi era assiepato di navi e i dintorni della città erano tutto un grande accampamento e un brulicare di gente, soldati, affaristi e famiglie di Sillani.

I Mariani cercavano di assicurarsi il sostegno degli Italici, ma anche Silla li avvicinò, facendo sapere che non avrebbe toccato i privilegi concessi loro dai popolari, e che li considerava irrevocabili. Silla non contattò i Sanniti, che erano stati suoi acerrimi nemici personali nella guerra marsica, facendosi odiare profondamente da lui, e non avevano voluto accordarsi con Roma dopo la guerra, come invece avevano fatto altri popoli.

Al nostro arrivo a Brindisi Silla non c'era; con le avanguardie si era diretto sull'Appia verso il settentrione incontro agli avversari. Per fortuna, perché sarebbe stato d'obbligo per me incontrarlo e ricordargli che Tito Druso, *mio padre*, era stato ucciso dai Mariani.

Seppi che erano ancora a Brindisi occupati in operazioni logistiche, per quanto già pronti a partire, alcuni amici di Marco, che si erano nascosti durante le persecuzioni dei Mariani, e che erano venuti a incontrare Silla e a mettersi ai suoi ordini. Questo mi spaventò, così decisi di proseguire subito fino alla villa di campagna di Porcia. Li salutai rapidamente, ma il voler riabbracciare la famiglia dopo il rapimento e il sequestro, e l'impegno del matrimonio tante volte procrastinato furono la scusa perfetta per partire senza indugi ed evitare un banchetto in mio onore.

Incontrai però Lucio Sergio, il quale aveva accompagnato Silla nella sua campagna in Oriente contro Mitridate e mancava da Roma da prima di Marco. Era stato soprannominato Catilina per la sua resistenza alla fatica, la capacità di soffrire e il disprezzo per le necessità del suo corpo. *Catulina*, carne di cane, o almeno così mi dissero. Questo *cognomen* sarebbe diventato molto famoso e molto odiato a Roma.

Fu lui a ritrovarmi mentre stavo sbarcando, quando seppe che la trireme appena entrata nel porto scortava Marco Druso liberato dai pirati. Aveva qualche anno di più, non era un compagno di giochi di Marco.

Mi abbracciò con trasporto. «Ormai sei un uomo, e sei in grado di combattere, Marco Druso» mi disse. «Spero che tu voglia unirti subito a noi. Si è unita a noi un sacco di gente che non vale niente e fa solo confusione. Noi abbiamo bisogno di un Livio Druso, e tu hai la grande responsabilità di vendicare tuo padre, ucciso da Mario nel modo che sappiamo e lasciato insepolto. E come farlo, se non al nostro fianco? Quale occasione migliore?»

Devo ammettere che il suo discorso era più che ragionevole e lui aveva fascino: Marco ne sarebbe stato conquistato. Era alto, asciutto, atletico, il pallore del volto contrastava con i capelli e gli occhi molto scuri. Non era una persona comune. Proprio per questo doveva essere stato incaricato dallo stesso Silla di avvicinare i giovani da attirare alla sua causa.

«Hai ragione» gli dissi. «Sento profondamente questa grande responsabilità. La vendetta è la cosa più importante per me, oggi che sono di nuovo in patria, ma ho anche altre priorità. Devo occuparmi anche dei vivi.»

Mi guardò come uno che non capisce. Come si può essere eredi del nome e dell'identità, senza vendicare i torti che il padre ha subito? Da che mondo è mondo il nome si eredita insieme ai torti subiti. Ma era furbo e molto abile, e non palesò alcun disprezzo nel suo sguardo. Io compresi quanto avrebbe voluto *Marco Druso* in quel momento tra i suoi, per attirare col suo bell'aspetto e il suo nome altri giovani.

«C'è un accordo tra me e i miei familiari per incontrarci dopo tanto tempo e tante vicissitudini» spiegai. «Mia nonna non mi vede da cinque anni quasi e ha perduto il figlio nel modo che sai. Io sono il capo della famiglia, oggi, è mio dovere andare a riabbracciarla. E anch'io ho sofferto molto per essere stato allontanato dalla famiglia proprio mentre mio padre moriva. Io penso che anche un uomo inflessibile e incurante di ogni disagio come Catilina avrebbe sofferto nei miei panni e sentirebbe questo urgente desiderio.»

Indugiai sul suo *cognomen*, facendo capire che sapevo da cosa gli derivava, e che Catilina, per quanto sapesse soffrire, non aveva sofferto quanto Marco Druso.

«Hai ragione» disse lui, come ormai mi aspettavo.

«Debbo anche ringraziare chi mi ha salvato la vita in un momento di disperazione, rischiando la sua di vita, e farmi consigliare da lui sul da farsi, o almeno chiedere la sua approvazione» dissi. «Anche lui non mi vede da quasi cinque anni. L'accordo con la famiglia è di incontrarci nella villa di mia nonna vicino a *Suessa*, non lontano dal luogo dove è diretto Silla. Appena compiuto questo dovere, tornerò presso di voi, e non solo per vendicarmi, ma per avere l'onore di combattere insieme a voi. Se si combatterà.»

«Si combatterà. Non dovrei dirlo, ma si combatterà, perché i Mariani ne hanno fatte troppe, e anche se si tentano le vie diplomatiche, come fidarsi di loro? Bene, sbrigati a fare quello che devi, Marco, e ci rivedremo.»

«Contaci.» Ero stupito di me stesso e delle mie parole.

«Ma attenzione durante il viaggio» aggiunse lui. «I popolari stanno arruolando truppe dovunque e non è consigliabile per te incontrarli.»

«Grazie. Ci rivedremo molto presto.»

Per Silla avevo scritto un messaggio da parte di Marco Livio Druso, spiegando che Marco dopo quasi cinque anni di separazione voleva rivedere la famiglia, ma in seguito sarebbe andato a mettersi ai suoi ordini. Lo affidai a Catilina.

«Probabilmente lo vedrò prima di te, perché parto immediatamente» gli dissi. «Ma se lo vedessi prima tu, daglielo.»
Ci abbracciammo e lui mi assestò anche un'amichevole pacca su una spalla. La mia versione di Marco Druso gli era piaciuta, ma per me quella conversazione era stata una dura prova.
In realtà io volevo solo sparire. Tutto mi sembrava sempre più complicato col tempo. Ero certo che non ce l'avrei fatta a fingere di essere Marco ancora a lungo, prima o poi mi sarei tradito da solo, anche se nessuno mi avesse riconosciuto. Dovevo far comprendere a Lusio che la mia sparizione era inevitabile e speravo ancora di convincerlo a indicarmi lui stesso il modo – lungo il viaggio per *Suessa* – di eclissarmi senza che la colpa fosse addossata a lui.
Lusio per tutto il colloquio con Catilina si era tenuto a una certa distanza, ma mi aveva osservato.
«Sei perfetto» mi disse. «Sei più un Livio Druso tu di Marco.»
«Catilina non lo conosceva.»
«È inutile che pensi sempre alla fuga» ribatté. «Tu hai dato inizio alla storia e devi addossarti le tue responsabilità.»
«Quante responsabilità su uno schiavo...» dissi.
«Ne hai sempre avute. I padroni dicono che gli schiavi sono come bambini, ma di responsabilità gliene danno tante.»
Lusio era deciso a portarmi da Porcia, e solo la fuga da lui mi poteva salvare da questo, perciò meditai come attuarla, ma, quando fummo circondati dalla scorta che Lelio aveva predisposto per accompagnarmi alla villa, compresi che avrei avuto grosse difficoltà. Erano alcuni degli uomini più fidati della sua scorta personale, me li ricordavo bene, li avevo visti tante volte nel suo seguito a Roma. Due liberti e tre schiavi, gladiatori comprati da Lelio, dopo che li aveva visti combattere nell'arena. I loro volti duri, deturpati dalle cicatrici, incutevano spavento nella gente che incontravamo, che si scansava sul ciglio della strada. Con lo sguardo non mi abbandonavano mai, come Lusio, ma per motivi diversi. Gli uomini di Lelio avevano il compito di riportarmi sano e salvo, Lusio non voleva che fuggissi.

Ma che sono io? mi chiedevo. Che sono rispetto a cinquanta talenti? E che sono rispetto a una famiglia antica, che è stata privata del suo erede? Ma facciamola finita, confesso e basta, pensavo ogni tanto, ma l'istinto di sopravvivenza e la paura delle torture ebbero la meglio anche questa volta. Fingevo, ma dentro di me si combatteva un'aspra battaglia. Lelio aveva deciso di non perdermi più di vista? Io lo comprendevo assolutamente, ma dovevo eluderlo.

Silla procedeva sull'Appia, e anche noi ci incamminammo sulla stessa strada, con l'intenzione di arrivare fino a Capua, dove avremmo lasciato l'Appia per proseguire sulla via Latina e poi deviare fino alla villa di Porcia. Almeno questo era il programma ufficiale, ma io la pensavo diversamente. Intanto cercavo di non affrettare troppo il passo per non trovarmi vicino a Silla e speravo poi di riuscire ad architettare una scusa per uscire presto dall'Appia ed evitare l'incontro.

Eravamo un drappello temibile. Io cavalcavo in testa con Livio accanto a me. Fermandoci nelle locande chiedevamo notizie alla gente del luogo e la voce unanime era che Silla non aveva recato offesa né agli uomini, né alle proprietà, e non c'erano stati scontri.

Era una marcia tranquilla la sua, anche se stava attraversando il paese dei suoi nemici, i Sanniti. Intorno al suo esercito tutto era calmo, ma, appena passato Silla, era dovunque un movimento di genti e di armati. Ci spaventava il fatto che i popolari stessero arruolando truppe fra i Sanniti, feroci nemici di Silla, ma soprattutto di Roma.

Eppure, mentre si armavano, ambedue le parti parlavano di voler intavolare trattative.

A Brindisi Livio mi aveva fatto dono di un ottimo gladio e di un pugnale. Il pugnale era un'arma che spesso avevo portato con me negli ultimi anni, anche se non l'avevo utilizzato, ma non avevo mai posseduto una spada e mentre la prendevo in mano mi resi conto che era la prima volta che ne toccavo una.

Il gladio è l'arma del cittadino romano e io ero uno schiavo.

Anche se spesso ero addetto a spolverare oggetti delicati, alle armi appese nel *tablinum* pensava Lusio. Eppure non mi era sconosciuta la spada. Accompagnando Marco, spesso avevo assistito agli allenamenti al Campo Marzio e imparato in teoria tutte le mosse che gli erano state insegnate; a volte Marco in casa si era esercitato con me a eseguirle, con delle spade di legno. Ma il corto, tozzo, scuro gladio di ferro col fodero senza ornamenti, che portavo appeso alla sella, simbolo del cittadino che deve anche essere soldato e del soldato che non può essere tale se non è cittadino, mi dava la sensazione precisa dell'enormità di quello che stavo facendo.

«È l'arma adatta a un Livio Druso» mi disse Livio, «pesante e affilata e senza fronzoli inutili.»

Se avesse saputo che io in realtà non ero ritenuto degno delle armi...

Ogni tanto la sfioravo con timore e poi toccavo il sigillo incastonato nell'anello, che avevo sottratto al cadavere di Marco. Ormai le cose stavano prendendo una piega del tutto indipendente dalla mia volontà e raddrizzarle sarebbe stato complicato. Mentre il tempo passava, mi sentivo risucchiato in un vortice senza ritorno, ma sono caparbio e cercavo ancora una via d'uscita per me, che fosse anche onorevole per Lusio.

Spesso ci imbattevamo in qualche pattuglia, di Silla o dei due consoli scesi da Roma a fronteggiarlo. Superata Benevento, venimmo a sapere che Silla si era già ricongiunto con Metello Pio e Pompeo e le loro truppe e, quando ci trovammo in coda ad alcuni convogli di salmerie, comprendemmo che Silla era vicino.

«Come fare a raggiungere la villa senza incontrare l'esercito?» chiesi a Livio, che mi era sempre al fianco.

Livio mi aiutò. Era impaziente di riportarmi finalmente salvo da Porcia e da Lelio e temeva che Silla mi avrebbe convinto ad arruolarmi subito tra le sue forze, così disse di conoscere un percorso alternativo, che avrebbe evitato l'incrocio tra le strade Appia e Latina, portandoci direttamente alla Latina; avremmo proseguito per un breve tratto e, per giungere alla villa, avremmo imboccato una strada interna all'altezza di *Suessa*.

«L'ho percorsa più di una volta per sbrigarmi» disse. I compiti che gli assegnava Tito Druso erano così numerosi e pressanti, che doveva continuamente cercare scorciatoie per espletarli tutti.

«Può essere rischioso» intervenne Lusio, comunicandomi con lo sguardo che non era proprio il caso. «Stiamo più al sicuro vicino a Silla, anzi, io lo raggiungerei a questo punto.»

Assolutamente no! E invece per i miei scopi di fuga un posto impervio poteva essere opportuno.

«Sono d'accordo con Livio» dissi.

«È una strada poco battuta, perciò l'abbiamo sempre percorsa in gruppo, anche una dozzina di persone» disse Livio. «Stavolta siamo dieci, forti e ben armati, sapremo difenderci.»

«Ma i popolari stanno arruolando reclute tra gli Italici, potremmo incontrarli» insisté Lusio.

«Che ci importa» dissi io. «Una volta usciti dal territorio dei Sanniti ci possiamo ritenere tranquilli.»

Andammo ancora avanti, e finalmente, superate le Forche Caudine e il territorio sannita, ci sentimmo più al sicuro e uscimmo dall'Appia. Livio ci guidò per una strada scomoda, poco battuta, che in alcuni punti era solo uno stretto sentiero tra i boschi e poi tra campi e pascoli. Incontrammo solo un paio di pattuglie, ma tante greggi, che in qualche tratto ci ostacolarono. Era tale la sorveglianza della scorta, e di Lusio soprattutto, che non dormiva mai per non perdermi di vista, che la fuga nemmeno potei pensarla.

Evitammo *Casilinum*; entrati sulla via Latina, la percorremmo per un breve tratto e ne uscimmo prima di Teano. Il percorso alternativo si rivelò ottimo. L'Appia e la Latina erano molto frequentate dalle truppe in quel periodo e noi in questo modo le evitammo tutte. L'esercito di Silla a Capua, in procinto di proseguire, quello del console Norbano, che si trovava a *Casilinum*, dove confluiscono l'Appia e la Latina, schierato sotto il monte Tifata a controllo del guado del Volturno, e quello del console Scipione a Teano.

Silla era molto vicino a Norbano e pronto a muovere verso di lui, ma si diceva che ancora tra i due si stessero intavolando trattative.

La villa di Porcia è vicina a una strada interna di raccordo tra la via Latina e l'Appia, nel territorio ricco e operoso di *Suessa*, che comprende un'ampia zona collinare e la fertile pianura del fiume Liri, in cui si producono olio, vino, ortaggi e manufatti di ogni tipo, che vengono facilmente esportati sulla via Latina, sull'Appia e dal porto fluviale di Minturno.

E infatti ricordo che Porcia parlava sempre con orgoglio di questa sua proprietà e del Falerno che vi si produceva. I giorni in cui arrivavano a casa nostra i carri carichi dalla villa erano giorni di gran festa, Porcia era contenta, l'ambiente era molto rilassato e si mangiava a volontà, liberi e schiavi. A dicembre c'era la cerimonia della degustazione dell'olio. Porcia con solennità ne versava qualche goccia in una ciotola, controllava che non si spandesse troppo rapidamente, il che era spia di cattiva qualità, e ne assaggiava un po' col pane. Il fattore la osservava con apprensione finché non la vedeva soddisfatta, allora faceva un cenno e i facchini portavano l'olio migliore in casa per il nostro consumo, il resto nel negozio della famiglia a fianco del portone.

La villa di Porcia era una delle tante. Non eccelleva per il lusso; infatti gli appartamenti padronali erano appena di poco migliori di quelli del fattore e non c'erano opere d'arte come in altre ville di campagna, in cui i padroni amano anche soggiornare, ma tutto funzionava in maniera che la produzione fosse di alta qualità senza sprechi. Non per nulla Porcia era una discendente del Censore, che aveva scritto un trattato sull'agricoltura.

«Purtroppo la villa non è in buone condizioni» mi disse Livio, «lo vedrai da te. Io sono stato qui l'anno scorso e posso assicurarti che non è un bello spettacolo. Porcia ha ritenuto bene non dirtelo poiché eri costretto all'esilio e le sembrava il caso di lasciarti tranquillo.»

Oh... ma *io* riguardo alla prosperità della villa ero molto tranquillo, i miei problemi erano altri.

«Non preoccuparti» gli dissi, «ormai ne ho viste tante.»

Arrivati al cancello non trovammo un uomo di guardia e chiamammo a lungo prima che qualcuno ci aprisse. C'era un'aria di desolazione da annichilire chiunque e in lontananza si potevano scorgere, neri mozziconi contro il cielo terso, i ruderi della villa. Venne ad aprirci a cavallo Licinio in persona, l'amministratore, armato ed evidentemente ridotto a fare anche il sorvegliante. Aveva mani e braccia devastate dal fuoco.

Ci salutò senza parole, con un gesto di sconforto, e ci guidò fino alle costruzioni. Non ne era rimasto granché, il fuoco aveva distrutto ogni cosa risparmiando stranamente gli alloggi padronali col loro porticato esterno, che prima era occupato da poltrone, tavolini e vasi di fiori e ormai era stipato di attrezzi agricoli e frequentato da oche e galline.

Le macerie delle parti crollate e le mura annerite e pericolanti erano già state aggredite dalla vegetazione, ma non lontano erano stati ricostruiti, più modesti di prima, magazzini, stalle ed ergastoli.

Scendemmo da cavallo e l'amministratore si inchinò nel darmi il benvenuto.

«Tuo padre sarebbe fiero di te, se potesse vederti» mi disse. «Quanto gli somigli...»

«Grazie, fedele amico» risposi. Era un libero. Non sapevo come comportarmi, mi chiesi se dovevo rimproverarlo per le distruzioni. Che avrebbe fatto Marco?

«Porcia, una buona padrona, ci ha accordato il permesso di abitare nei suoi appartamenti, finché, dopo il tuo matrimonio, non avrà i soldi per ricostruire tutto, compresi i nostri alloggi, e poi ingrandire le parti già ricostruite ed eliminare le macerie» disse lui. «Così io e il fattore con le famiglie abbiamo occupato due stanze ciascuno.»

«È stato un brutto incendio» constatai.

«Purtroppo. Ma il grosso della casa padronale è in buone condizioni, è libero e a tua disposizione» spiegò Licinio. «E noi siamo contenti che tu sia tornato finalmente. Potrai riposarti, ma non ci sono schiavi per servirti.»

«Manda le tue figlie a dare una sistemata, se ce n'è bisogno, e poi una volta dentro ce la sbrigheremo da soli. C'è Lusio con me come vedi» dissi, come avrebbe detto un padrone molto accomodante, ma abituato a essere servito. Anche se io non avevo bisogno affatto di quelle cose, ero *Marco Druso*, e così lui avrebbe parlato.

«Non è possibile, *domine*, le mie figlie non possono venire a servirti. Sono morte. Mia moglie è gravemente invalida e io mi occupo di lei. Anche la figlia del fattore è morta. Quei maledetti l'hanno gettata viva in fondo al pozzo.»

Lo guardai sbalordito, e così ero in realtà.

Scambiò uno sguardo d'intesa con Livio che gli fece un cenno negativo.

«Allora, *domine*, tu non sai quello che è successo qui» continuò. «Quando è tornato Mario dall'esilio per riunirsi con Cinna e ha chiamato a raccolta gli schiavi, qui sono passate le truppe popolari a liberarli, così sono fuggiti tutti per andare a combattere per Mario e Cinna. Con la speranza della libertà sono fuggiti anche i pastori e quattro sorveglianti, ma prima hanno saccheggiato e distrutto. Hanno violentato e ucciso le mie figlie e la figlia del fattore e hanno quasi ammazzato di botte mia moglie.»

«Sono addolorato per te» dissi.

«Ti ringrazio. Poi prima di andarsene hanno appiccato l'incendio» continuò. «Io e il fattore eravamo in città e quando siamo tornati abbiamo trovato il fuoco che ardeva ancora. Io ero come impazzito, ma in quel momento il vento si acquietò e mi sono lanciato tra le fiamme per salvare qualcosa e stavo per rimetterci la pelle anche io. Per fortuna ho potuto salvare mia moglie. Siamo rimasti solo io, lei, che non cammina, il fattore, tre sorveglianti e il capo dei mandriani Decio.»

«Ma vedo delle zone coltivate» dissi io.

«Sì, certo. Per non far inselvatichire di nuovo la terra, Porcia indebitandosi ha comprato venti schiavi e ne ha mandati due fidati da Roma come sorveglianti e anche per andare a vendere i prodotti al mercato di *Suessa*. E pensare che qui c'erano tre botteghe. Venti schiavi sono appena sufficienti per coltivare alla meno peggio la metà della proprietà, che comunque, come vedi, non è andata in malora completamente. Appena tu avrai i soldi immagino che vorrai ripristinare tutto.»

«Lo farò.»

«Ma poi abbiamo saputo di quello che è capitato a voi a Roma e della morte di Tito Druso...»

«Sono stati anni terribili per chi non era popolare» dissi.

«Ma io sono convinto che adesso qualcosa cambierà» disse l'amministratore. «Per noi il tuo ritorno è molto importante.»

Livio ordinò allo schiavo di Lelio di rifocillarsi in fretta e di partire per Roma ad avvisare il suo padrone del mio arrivo alla villa.

Visitammo la proprietà a cavallo.

Degli armenti erano rimaste cinque o sei vacche alla cui cura bastava il solo capo dei pastori Decio. I venti schiavi addetti alle vigne e agli uliveti erano esseri macilenti, dallo sguardo spento, senza nemmeno la forza di odiarci.

«Oggi è un buon giorno» dissi, «date doppia razione agli schiavi stasera e anche un'ora in più di riposo.»

«Ma, *domine*, bisogna raggiungere gli obiettivi che ci siamo prefissi insieme a Porcia a Roma.»

Porcia non vedeva quell'orrore.

«Ho fatto un sogno qualche giorno fa, mi è apparso lo schiavo Fausto, a me caro, morto nell'incendio appiccato dai pirati, e questa non mi sembra solo una coincidenza. Fausto mi diceva di trattare bene gli schiavi o avrei avuto guai, e comunque non succederà niente se avranno un'ora a disposizione per mangiare in pace un pasto un po' più nutriente.»

«Va bene, tu sei il padrone.»

Vidi un albero carico di prugne mature.

«Mandateli a cogliere le prugne.»

«Quelle dovevo portarle al mercato.»

«Hai appena detto che il padrone sono io.»

Lusio aveva un sorrisetto soddisfatto stampato in faccia, che mi diede ai nervi.

«Non credere che ci prenda gusto» gli dissi sottovoce appena fu a tiro.

Tornò anche il fattore, Terenzio, uno schiavo nato in casa di Porcia, mi venne incontro a baciarmi la veste e anche lui si lamentò dei lutti e delle rovine.

«Spero che tu voglia comprare una nuova moglie per me» mi disse. «Mia figlia faceva da *vilica*, ma adesso che lei è morta abbiamo bisogno di qualcuno che cucini per tutti questi uomini e conservi le verdure. Adesso lo facciamo a turno io e uno dei sorveglianti; lo facciamo volentieri, te lo assicuro, ma non è lavoro nostro. Potremmo rendere di più, occupati in qualche altra cosa. Non l'ho detto a Porcia perché ho avuto timore che non avesse i soldi necessari e si indebitasse ancora. Con quello che avete passato anche a Roma... Ma se ci sarà una nuova disponibilità di denaro col tuo matrimonio con Lelia Prima...»

«Bene, appena vedrò mia nonna ne parlerò» lo rassicurai e mi rivolsi a Lusio, che mi seguiva nell'ispezione con tavoletta e stilo.«Prendi nota» gli dissi come avrebbe detto il padrone. Mi uscì naturale, come se fossi il *dominus*, come se davvero stessi per sposare Lelia Prima. Era che quei discorsi stranamente cominciavano a interessarmi, mi sarebbe piaciuto che quella bella proprietà tornasse attiva e prospera come una volta.

Lusio prese nota con diligenza di tutti i problemi che mi venivano presentati e di tutte le suppliche e non mi rivolse più quel sorrisetto.

CAPITOLO VENTUNESIMO

Mi sistemai al primo piano nella stanza di Porcia, che aveva una piccola loggia. I saccheggiatori l'avevano svuotata, ma ancora rimanevano le cose non facilmente trasportabili: il letto, semplice, di legno, con qualche intaglio, la cassapanca e una sedia. La loggia, che prima dava sul fresco cortile interno porticato, ora dava su cumuli di macerie e lo sguardo poteva spaziare lontano sulla campagna ondulata, sui vigneti, sugli uliveti e su altre ville. Ma sembrava che le altre proprietà fossero in condizioni ancora peggiori: vedevo meno ordine, più zone inselvatichite.

Sentii bussare. «Entra Livio» dissi. Lusio non avrebbe bussato.

Ma era l'amministratore Licinio.

«Che vuoi?»

Si schiarì la gola, aveva preparato un lungo discorso.

«Volevo parlarti in privato» esordì. «Sono venuto a dirti che non solo tu hai il dovere di vendicare tuo padre. Anche io devo vendicarlo, perché era un buon patrono. E devo vendicare anche le mie figlie. Certo che le mie figliolette erano solo piccoli esseri senza valore rispetto a Tito Druso, pure gli dei vogliono che siano vendicate. E qui intorno anche altri hanno il dovere di vendicare i loro morti. I figli di uomini uccisi dai Mariani, che all'epoca erano bambini come te, ora sono cresciuti e devono farlo. Lo vogliono gli dei, lo vuole la voce del sangue, l'onore della famiglia, ma lo vuole anche l'odio implacabile che sentono dentro di sé. Non è più solo un dovere.

In molti vogliamo vendicare i torti subiti, e chi non ha avuto la morte in famiglia vuole vendicare le violenze, gli stupri, i saccheggi, e la povertà che si è abbattuta su tutti noi dopo i saccheggi. Inoltre molti vogliono farla pagare a chi ha commesso l'azione disonorante di far fuggire gli schiavi, che tanti lutti hanno apportato a noi, e poi si sono riversati su Roma.»

Ne sapevo qualcosa.

«Gli schiavi non devono essere troppo maltrattati» gli risposi. «C'è sempre la possibilità che si liberino dalla sorveglianza e fuggano, e commettano le azioni che tu lamenti. Perché non dargli un po' di frutta?»

Licinio non comprese il mio discorso, anzi si preoccupava del mio strano atteggiamento, le mie parole per lui non avevano senso. «Allora, *domine*?» mi chiese più direttamente. «Che devo dire agli altri? Tu sei tornato, l'esercito di Silla è vicino, gli eserciti dei popolari sono vicini, e dunque quale migliore momento per cercare la vendetta? Succederà qualcosa, e noi tutti siamo in attesa delle tue decisioni.»

«Quanti siete?»

«Circa duecento, *domine*, ma potremmo essere di più, se tu facessi sapere che hai intenzione di guidarci. Clienti dei Drusi e anche della *gens Porcia*, e tanta altra gente, e poi ancora altri che odiano i popolari si unirebbero.»

Tito Druso, come erede di Porcia, aveva abitato a lungo nella villa, creando una vasta rete di clientele, e aveva ereditato anche molti clienti.

«Ma io sono troppo giovane. Come tu sai io ero un ragazzetto alla mia partenza, e a Rodi ho studiato la retorica, non l'arte della guerra. Sicuramente ci sono altri con più esperienza.»

«La zona è rimasta un po' abbandonata a se stessa dopo le lotte tra le fazioni a Roma, la morte e la fuga di tanti fuori dall'Italia.»

«Nessuno dei fuggiaschi da Roma si è rifugiato qui?»

Come mai costui, mi chiedevo, non aveva raccolto un seguito?

«Certo, ma nessun Sillano col tuo nome è arrivato, e altri nobili che hanno proprietà nella zona sono schierati con i popolari. Intanto, sai che si dice? Che Pompeo nel Piceno ha arruolato tre legioni e si è autonominato comandante, e poi è andato a presentarsi da Silla. Noi non possiamo raccogliere tre legioni, ma comunque possiamo riunire molti uomini. Oggi i Sillani sono pronti a riunirsi intorno a te, che devi vendicare tuo padre. Serve il tuo nome per radunare i clienti di tuo padre e tanti altri che vogliono vendicarsi, puoi richiamare molta gente. Così ci andremo a presentare a Silla al tuo seguito e naturalmente lui deciderà come impiegarci. Prego gli dei tutti i giorni di farmi incontrare faccia a faccia qualcuno di quegli schiavi che hanno ucciso le mie figlie.»

«Bene, lo farò, ma dovrei prima vedere Lelio. Abbiamo mandato il suo schiavo a Roma ad avvisarlo del mio arrivo.»

«Ma non ci mettere tanto tempo, *domine*, o perderai i tuoi clienti. Sarà una rovina anche per la villa.»

«Come osi parlarmi così?» dissi, ma mi sentivo il cuore in gola. «Vattene adesso, lasciami riflettere.»

Andato via Licinio, che non la finiva più di scusarsi, considerai che era ora di agire, di stringere i tempi. Licinio e i clienti mi spaventavano, ma, attendendo là, probabilmente sarebbe arrivata Porcia e, se non mi avesse sbugiardato lei, ci avrebbe pensato mia madre, che di sicuro avrebbe fatto parte del suo seguito. In alternativa, se Lelio non avesse condotto con sé Porcia e Lelia Prima, mi avrebbe forse costretto, forte della sua scorta, ad andare a Roma a celebrare il matrimonio.

Mi affacciai dalla loggia: non si vedeva nessuno e non era alto, avrei potuto calarmi scivolando lungo il fusto di una colonna, per poi allontanarmi dalla casa, non visto, fra i cespugli. Se avessi agito di notte, quando gli schiavi sono rinchiusi negli ergastoli e la sorveglianza è minore, avrei potuto darmela a gambe, raggiungere il confine della proprietà, allontanarmi, poi procurarmi un cavallo.

Mentre pianificavo la fuga, il mio pugnale fece un lieve rumore urtando la balaustra, subito dal porticato sotto di me uscì uno dei gladiatori e guardò in alto.

«Lusio ha stabilito dei turni di guardia» mi annunciò. «Dice che non c'è da fidarsi degli schiavi fuggiti, magari qualcuno è ancora qua intorno.»

«Certo, certo. Fai buona guardia.»

Tornai dentro e mi affacciai dalla porta. C'era una sentinella armata di tutto punto anche lì, un altro gladiatore, proprio davanti alla stanza.

Ci misi solo un attimo a decidere fra le varie alternative che mi si prospettavano.

«Manda qualcuno a chiamare Licinio» ordinai al gladiatore.

Licinio arrivò di corsa.

«Riuniscili tutti qui domani» dissi.

Mi guardò felice. «Per la mattina non è possibile» disse, «ma intorno all'ora sesta la maggior parte sarà qui.»

«Prepara qualcosa da offrire, per rifocillare quelli che saranno costretti ad aspettare. Piuttosto, no, questa è l'incombenza giusta per Lusio, sta cominciando a spassarsela troppo quello schiavo. E adesso da' ordine di non disturbarmi.»

Lusio corse su da me, fregandosene delle proteste di Licinio.

«Che ti sei messo in testa?» strepitò, non riuscendo a dominarsi.

«Non lo so nemmeno io» risposi.

Abbassò il tono. «Non credevo che aspirassi a fare il generale.»

«Cerco di procrastinare la resa dei conti.»

«È tutto calcolato, la resa dei conti sarebbe in tuo favore. Livio, che è quel gran figlio di puttana che è, non ti ha riconosciuto. Non ti scordare che anche lui è stato l'amante favorito del padrone ai suoi tempi, e conosce i Drusi forse meglio di noi. Adesso devi solo venire a Roma a farti riconoscere da Porcia e da Lelio e sarai Marco Druso.»

«Ho paura di Porcia e di mia madre.»

«Porcia ci vede meno ultimamente e tua madre nemmeno ti guarderà.»

«Oh sì, mi guarderà. Mia madre scrutava continuamente Marco, per controllare se avesse considerazione per me e per vedere le somiglianze e le differenze tra noi. Mi guarderà, lo so, perché crederà Marco responsabile della morte di suo figlio, e anche per avere un'idea di come sarei diventato, di come le sarei apparso al mio ritorno a Roma.»

Lusio fu colpito dalle mie parole, ma non si arrese. «Al ritorno a Roma mi farai liberare e mi darai un alloggio fuori dalla tua *domus* e anche una moglie, che sarà lei, tua madre.»

«Accidenti, miri in alto! Ma io temo anche me stesso» dissi.

Lusio mi guardò a lungo prima di chiamare in causa gli dei come ultima possibilità. «Ormai le decisioni spettano a te, io ho fatto quello che dovevo, secondo quello che gli dei hanno mostrato come il loro volere. Gli dei non ti avrebbero portato fin qui, se non volessero che tu sia Marco Druso. Perché vai in cerca del pericolo proprio adesso?» Tentava di dominarsi, ma anche lui cominciava a perdere le staffe: tutto quello per cui aveva lavorato avrebbe potuto crollare.

«Guarda le cose sotto una diversa prospettiva» gli dissi io. «Così facendo tra non molto Marco Druso sarà morto o disperso in guerra. Tu di fronte a Porcia avrai fatto il tuo dovere di riportarmi e perciò la tua ascesa sociale sarà comunque garantita. Oppure volevi addirittura essere la mia guida... ma sì, certo, grande cosa diventare il consigliere di *Marco Druso*, la marionetta che deve obbedirti in tutto e per tutto...»

«Mi offendi, in fondo in fondo aspiro anche a qualcosa del genere, è vero, ma quello che voglio maggiormente è il bene comune, di Porcia, tuo, dei Drusi, di Lelio, e alla fine, perché no, anche mio e di tua madre.»

«Questo è un colpo basso» dissi.

«È la verità. Il mio bene, poiché mi occupo di lei, è anche il bene di tua madre, della quale tu non ti occupi.»

«Allora vai a dirlo a Porcia, vai da lei e dille che Marco è morto e il suo assassino, lo schiavo Fausto, lo può sostituire.»

«Questo è troppo anche per me» mormorò. Non disse altro e andò a presiedere alla preparazione dei rinfreschi.

Passai il tempo uscendo poco, in attesa degli eventi, nella stanza di Porcia. Non riuscii a celare il nervosismo, ma tutti lo trovarono normale.

Durante le lunghe ore di attesa, Lusio venne con un vaso da notte pulito celato sotto un mantello e portò via quello sporco di vomito senza parlare. Ma non aveva perso le speranze, ancora pensava di portarmi da Porcia e considerare finalmente assolto il suo incarico.

La villa era piena di gente già all'alba del giorno dopo. Licinio, l'organizzatore, ancora non si vedeva. Io feci servire il rinfresco da Lusio e attesi ancora a mostrarmi.

Livio si affacciò da uno spiraglio della porta. «Sono arrivati adesso altri clienti di tuo padre» annunciò, «sono tanti ormai e sono curiosi di vederti. Dalle chiacchiere mi sembrano preoccupati che tu, senza la guida di tuo padre e vivendo per anni in Oriente, ti sia rammollito. Li vuoi ricevere?»

«Sì, subito. Che dici, che idea si faranno?» chiesi. Ormai dovevo affrontare questa prova difficile. Sempre meglio che affrontare Porcia e Lelio.

«Che idea vuoi che si facciano? Sei Marco Druso» disse Livio.

Avevo abbozzato un discorso. Mi sciacquai la bocca non so quante volte e uscii dalla stanza vestito di una tunica di lana fine portata da Livio e che mi aveva inviato proprio lei, Porcia.

Lo spiazzo di fronte alla casa padronale era pieno di gente, che discuteva mentre si rifocillava. Lusio aveva organizzato un rinfresco decente, con quel poco che si trovava nella villa: vino, frutta, qualche focaccia, formaggi e salami. Si dava da fare, riempiva vassoi e brocche e serviva a testa bassa, piuttosto abbattuto.

Mi guardò in modo significativo, quando arrivai e mi piazzai un po' in alto sui gradini davanti al portone, per essere visto da tutti. Livio mi venne accanto.

I convenuti lasciarono i rinfreschi e corsero per accaparrarsi i posti in prima fila, ancora masticando. C'era gente di ogni tipo, benestanti e non, alcuni molto giovani, altri un po' anziani per combattere. Le guerre civili hanno motivazioni politiche sentite profondamente e fanno venire voglia di menare le mani a molta gente che di solito è pacifica, ma in certi casi il vicino che incendia la nostra siepe risveglia in noi una ferocia senza precedenti, insospettabile.

Mi sentivo la vittima sacrificale di quella numerosa riunione. Le facce mi scrutavano curiose, anche se col rispetto che era dovuto a un Livio Druso, e io diventai lo strumento delle loro aspirazioni di vendetta.

«Cari amici» esordii, «fedeli amici e clienti di mio padre in Campania, io vorrei che in questo momento qui al mio posto ci fosse mio padre, che era un coraggioso soldato.»

«Parla, Marco Druso, ti ascoltiamo, il figlio di Tito Druso è padrone qui» dissero, e intanto mi osservavano e mi giudicavano. Dalle loro espressioni, il giudizio era decisamente positivo.

Evitai il discorso preparato, quella gente non aveva tempo da perdere e voleva cose concrete.

«Come tutti sappiamo» dissi, «voi siete stati fedeli a lui e mio padre è stato fedele a voi, e per quanto mi riguarda sarà la stessa cosa. Ho esperienza di retorica, e credo che un domani sarò un ottimo difensore per voi nei tribunali, perché anch'io come mio padre passerò molto tempo qui tra voi e vi difenderò.» Applaudirono. «Io sono molto giovane e non sono pratico di guerra, non ho mai combattuto se non per esercitarmi nelle palestre, e non ho avuto nemmeno un padre che mi parlasse delle sue esperienze, perché purtroppo mio padre, io e voi, lo abbiamo perduto troppo presto. Eppure, se volete che io vi guidi da Silla, lo farò. Ma giunti da lui che accadrà? Forse dovrete accettare un altro comandante e io dovrò fare lo stesso, mettermi agli ordini di qualcuno. Non saremo liberi di agire come vogliamo.»

«Se ci pensa vuol dire che non è un imprudente» mormorarono. La considerazione per me aumentò.

Si fece avanti un uomo che davvero non ricordavo.

Livio ormai era diventato il mio *nomenclator,* per questo

mi si era messo a fianco. «Quinto Mucio, ricco cavaliere, commerciante di vini, smercia anche il nostro Falerno» mi sussurrò nell'orecchio.

Mucio godeva di una certa stima, fu ascoltato con rispetto.

«Noi abbiamo il dovere di vendicarci, Marco Druso, come te. E questo è il motivo principale per cui siamo qui, poiché chi ci ha violentato i figli e incendiato le proprietà – quando è andata bene e non ci sono stati morti – si trova nell'esercito popolare. Ma sono passati anni e ci sono anche altri motivi. Quello che accade ai vertici si rispecchia nei bassi ceti.

I popolari hanno arruolato molti volontari nelle nostre terre e questi, se vincessero, verrebbero a spadroneggiare direttamente dentro le nostre case. Quindi noi dobbiamo contrastarli. Ma non vogliamo presentarci da Silla alla spicciolata. Desideriamo che sia tu a condurci da Silla perché *Suessa* si è schierata con lui, e da lui riceverà dei benefici, una volta che Silla avrà ripreso il potere.

Noi viviamo nella campagna intorno, ma vorremmo anche noi dei benefici, quando Silla li distribuirà. Ora, siccome le campagne sono sempre trattate peggio delle città, sono certo che i benefici dovremo conquistarceli, così vogliamo andare a combattere, se servirà combattere, se Silla non riuscirà a trovare un accordo con i popolari. E tu potrai rappresentarci di fronte a Silla al momento opportuno: è proprio quello che hai detto di saper fare.»

«Bene» dissi. «Lo farò. Vi condurrò da Silla sotto la mia responsabilità e il mio nome e poi vi darò la mia protezione, perché è giusto che sia così.» Ma anche loro avrebbero dovuto concedere qualcosa. *Do ut des.* «Naturalmente voi mi aiuterete, ognuno secondo le sue possibilità, a ricostruire la villa di mia nonna.» Era esattamente quello che si aspettavano da *Marco Druso.*

Mi applaudirono e poi cominciarono a discutere e per qualche istante distolsero gli occhi da me, io per un attimo guardai oltre le loro facce.

C'era Lelio al margine dall'assembramento. Il popolare non si era mescolato ai Sillani.

Non credevo che sarebbe arrivato così presto. Mi guardava commosso e poi, a un suo cenno, la scorta lo circondò e lo accompagnò dentro casa, aggirando la folla, senza farsi notare.

Anche Lusio si era accorto di lui e aveva ripreso coraggio. Lui era sicuro che Lelio mi avrebbe creduto Marco e con questa ulteriore prova sperava di ricondurmi alla ragione. La sua ragione. Mise da parte i rinfreschi, gli si fece incontro inchinandosi e lo guidò in casa.

Ma era destino che la spuntassi io. In quel momento giunsero uomini a cavallo, li guidava Licinio, si fermarono bruscamente nello spiazzo.

«Silla ha combattuto!» urlarono. E tutti improvvisamente ammutoliti si fecero intorno a loro.

Nel più profondo silenzio parlò Licinio: «Le trattative tra Silla e Norbano sono state interrotte da Norbano. Silla ha combattuto contro Norbano e lo ha sconfitto. Norbano si è rifugiato a Capua e presto Silla continuerà ad avanzare sulla via Latina verso Teano, dove è ancora accampato Scipione».

Il fracasso che seguì fu assordante, tutti inneggiavano a Silla e a Marco Druso. Non persero tempo, col mio assenso decisero di partire per il campo di Silla all'alba del giorno dopo e cominciarono a tornare a casa per equipaggiarsi e sbrigare i loro affari prima della partenza.

Io mi attardai ancora un po' con Licinio, ma infine dovetti affrontare lo sguardo penetrante di Lelio.

Era seduto nell'atrio e, mentre mi attendeva, calcolava i danni subiti dalla proprietà e le spese per rimettere ogni cosa in ordine. Paziente e sempre bello, robusto, vigoroso, non appesantito; aveva ancora i lineamenti delicati, che gli avevano guadagnato una grossa eredità da una vedova. Si alzò e mi venne incontro, mi abbracciò e baciò, e poi mi prese per le spalle e mi tenne un po' discosto da sé per osservarmi da capo a piedi.

«Sei tale e quale tuo padre» disse profondamente commosso, con le lacrime agli occhi. «Gli somigli in modo straordinario. Mi è sembrato di rivedere lui, mentre parlavi di fronte a tutta quella gente.» Come aveva sempre detto Porcia,

Lelio poteva affrontare di tutto, ma non esporsi a parlare in pubblico, e perciò ammirava chi lo faceva senza timore e riusciva anche a essere convincente.

Ognuno ha il suo punto debole, anche Lelio lo aveva.

«Sono felice di rivederti, dopo tanto tempo» dissi. «Mi è mancata la famiglia. Mi siete mancati tutti. La mia fidanzata come sta?»

«Bene, e attende di vederti, come anche Porcia, Livilla, Lelia Seconda, Terenzia, il piccolo Lelio e tutti gli altri, liberi e schiavi. Ormai siamo una sola famiglia. In tutti questi anni non hanno fatto altro che parlare di te e fare congetture sulla tua vita a Rodi. Tu non sei un uomo che ama dedicare molto tempo alla corrispondenza, e io ti capisco, c'è di meglio da fare. E adesso... mi dispiace per loro, ma, a quanto pare, l'incontro dovrà essere rimandato ancora, visto che tu devi recarti da Silla.»

Oggi mi chiedo come facessi a stare là e a rispondergli con naturalezza. Al suo sguardo sagace un certo mio timore non sfuggì, né era possibile che gli sfuggisse. Cercavo qualcosa da dire, ma lui mi prevenne.

«Ti vedo a disagio, figliolo. So che sei un uomo di parola e vorresti venire a Roma a sposarti, per tenere fede alla promessa fatta da tuo padre, e so che sei in ansia perché sei giovane e non vuoi che la tua inesperienza danneggi tutta questa gente che ti si affida» mi disse. «Ma non preoccuparti. Stai facendo la cosa opportuna, se sei tornato devi schierarti. Non puoi più fuggire. E – questo non dovrei dirlo – sono certo che ti stai schierando dalla parte giusta: la parte vincente.»

«Ti ringrazio. Saluta la mia fidanzata amatissima e dille quanto avrei preferito partire per Roma e rivederla, invece che andare ad arruolarmi.»

«Certo lo farò» disse con un sospiro, contento delle mie parole. «Quella figlia mi è cara. Ha la nobiltà nel sangue, riceve tutte le matrone aristocratiche, mi dà lustro. Ma vorrei chiederti una cosa: perché sei tornato? Ancora dovevi stare fuori d'Italia. Secondo il nostro accordo Livio sarebbe venuto da te e ti avrebbe detto che non era ancora il momento di tornare.»

Se avesse mai potuto sapere che il vero Marco era fuggito come un malfattore...

«Ormai non ce la facevo più senza rivedervi» dissi. «E invece devo rassegnarmi a rimandare ancora la mia venuta a Roma.» E poi continuai: «Il dovere prima di tutto». Ero sicuro che questo avrebbe avuto il suo effetto.

Infatti si commosse, e riportò tutto agli affari e alla convenienza, le cose che sapeva controllare meglio. «Per le nostre famiglie sarebbe meglio che tu non rischiassi ancora la vita, ma devi farlo» suggerì, «nessuno è grande senza rischiare. Vai e fatti onore, e fatti rispettare. Ma io, da quello che ti ho sentito dire, so che ce la farai, anche se sei così giovane. E quando tornerai tu mi difenderai da Silla come io ho difeso te da Mario.» Mi abbracciò di nuovo.

Non ti illudere, diceva l'espressione sulla faccia di Lusio, ormai sconfitto, che ci guardava a qualche passo di distanza.

Lelio continuava a pensare che l'essere lui popolare e *Marco Druso* ottimate potesse ancora proteggere al momento del pericolo ambedue le famiglie che si erano unite con il patto matrimoniale, come era stato fino ad allora.

Ma quando ci ritrovammo soli mi sussurrò in un orecchio: «Con le guerre mi sono arricchito moltissimo, anche se il tuo riscatto mi è pesato tanto. I soldi guadagnati questa volta non li ho convertiti in beni immobili, ma in aurei e gioielli, perché non mi fido di quello che può accadere a Roma e nel mondo in futuro. Abbiamo già visto tante espropriazioni... Porcia e Lelia Prima sanno dove è l'oro».

Rimase a cena con me, felicissimo della mia compagnia, orgoglioso di me, e mi raccontò tante cose delle due famiglie ormai riunite in una.

«La casa?» gli chiesi poi, con apprensione vera, perché l'avevo amata, anche se da schiavo.

«La mia grossa vittoria è stata non farla occupare o distruggere all'inizio, quando la città è stata presa, e poi nessuno ci ha più pensato. Ma è parecchio rovinata» disse con rammarico, «perché ho ritenuto opportuno non far vedere che qualcuno se ne interessava, come se gli uomini della tua famiglia fossero ormai spariti e Porcia non fosse fornita di denaro per i restauri. Di questi tempi la prudenza non è mai troppa. Queste guerre servono a tante vendette personali. L'ho ispezionata proprio pochi giorni fa per poterti riferire, e io credo che si possa risistemare senza grosse spese.»

«Ti ringrazio. Sei stato un vero amico e ottimo tutore, mio padre ha scelto bene a chi affidare i suoi beni più preziosi.»

«Ne sono fiero. Ma durante l'inverno non farti prendere dalla nostalgia e non ti arrischiare a tornare a Roma. Roma è in grandi ristrettezze perché gli eserciti popolari hanno requisito le scorte ed è sempre più saldamente nelle loro mani. Tra l'altro io credo che, se i popolari patiranno delle sconfitte, si rifaranno sui pochi ottimati su cui potranno mettere le mani.»

Lelio andò via prima dell'alba, prima che la villa si riempisse di avversari politici e qualcuno lo riconoscesse; alla scorta che mi aveva assegnato diede ordine di tornare presso di lui non appena io fossi stato accompagnato dal mio contingente militare.

CAPITOLO VENTIDUESIMO

Erano quattrocento uomini, di cui circa cento a cavallo, e tutti armati in modo alquanto eterogeneo. Clienti dei Drusi e gente che si era stretta intorno a loro nel desiderio di vendetta, o nella speranza di scrollarsi di dosso il regime odioso di Carbone.

Io non volli cariche e Licinio disse che così andava bene, perché a questo avrebbe pensato Silla. Spontaneamente avevano giurato – giuramento non richiesto da me – e spontaneamente avevano nominato quattro centurioni tra coloro che avevano combattuto in precedenza e avevano ottenuto delle onorificenze. Due erano Mucio e Licinio, che avevano indossato le loro decorazioni.

Mi tenevano sotto controllo più dei gladiatori di Lelio. Ma ormai, per come si erano messe le cose, solo col favore di una battaglia, in cui mi avessero dato per disperso, sarei potuto fuggire, altrimenti, se fossi sparito in circostanze normali, sarei stato considerato un disertore, nuocendo moltissimo alla fama della famiglia e dunque di Porcia. E questo io non l'avrei mai fatto.

Livio e Lusio non erano degni delle armi – cosa a cui il *mio* esercito teneva moltissimo, in quanto uno dei motivi del suo odio contro i popolari derivava dal fatto che avevano armato gli schiavi – eppure non vollero abbandonarmi. Si arrogarono il comando degli *impedimenta* e, già dalla sera prima della partenza, avevano riempito due carri di tutto quello che la villa aveva potuto fornire. All'alba, al momento dell'adunata, riunirono anche tutti i rifornimenti portati dagli altri e li disposero in una colonna pronta per la marcia.

I nostri *impedimenta* erano composti da tre carri cui erano aggiogate tre robuste coppie di buoi e da sei muli carichi di farina, frutta e alimenti poco deperibili. Licinio e Mucio avevano sentenziato che non potevamo presentarci da Silla come straccioni, dovevamo avere di che mantenerci per il poco tempo – pia illusione – che sarebbe durata la campagna. A lato marciavano, oltre al liberto Livio e a Lusio, una dozzina di schiavi, poiché anche Mucio e altri benestanti avevano portato con sé uno schiavo.

Arrivammo sull'Appia. Non eravamo intenzionati a percorrere strade interne o scorciatoie, anche se stavamo allungando parecchio, la nostra doveva essere una marcia trionfale come quella di Pompeo.

Io e Mucio eravamo in testa. Licinio dietro di noi con altri amministratori liberi cittadini, pochi in realtà, perché di solito i fattori delle ville nella zona sono schiavi. Gli altri erano mercanti, piccoli proprietari, pescatori e liberi che offrivano la loro opera a *Suessa*, impresari e lavoratori del porto fluviale di Minturno, artigiani e anche alcuni braccianti agricoli, che i proprietari facevano lavorare, quando non volevano rischiare gli schiavi.

Tendendo le orecchie ai loro discorsi, dopo un'ora di marcia mi fu chiaro che quella gente non voleva solo acquisire privilegi servendo colui che riteneva il vincitore. Quella gente voleva vendicarsi e, guidata da qualche facinoroso – non solo Licinio – che li conosceva tutti e faceva venire a galla gli istinti repressi di ognuno, voleva uccidere, predare, stuprare. Sentirsi grande e potente. Prima che succedesse qualcosa di ignobile e vergognoso, dovevo sbrigarmi a portarli da Silla, e poi che se la vedessero con la disciplina di un compatto esercito di veterani, dove le bastonature li avrebbero riportati alla realtà e all'ordine. Con tre giorni di cammino avremmo raggiunto Silla.

Io mi sentivo meglio del solito, più libero, tranquillo, perché ingenuamente credevo di avere qualche possibilità di decidere del mio destino.

L'Appia era trafficata, c'era gente che fuggiva dal teatro della guerra e gente che vi si dirigeva per cercare di lucrare qualcosa. Poiché Silla non aveva operato requisizioni e piuttosto aveva cercato in tutti i modi di ingraziarsi la popolazione, erano in cammino lunghe teorie di carriaggi di rifornimenti, che i proprietari di fattorie, anche di zone distanti, volevano vendergli.

Ogni tanto si univa alla nostra marcia qualcuno. Spesso erano fermi sulla strada, a volte in gruppo, e attendevano di vederci passare per farsi un'idea su di noi. Ci osservavano arrivare da lontano, contenti del fatto che eravamo numerosi, scrutavano i nostri volti, si sinceravano della presenza dei carri di provviste, e poi, in seguito agli incoraggiamenti dei nostri, prendevano il piccolo bagaglio nascosto ai lati della strada, se lo mettevano in spalla e si incamminavano nelle retrovie.

In questo modo si erano uniti a noi forse altri cento uomini.

Licinio, il fedele amministratore ora centurione, urlava a squarciagola in direzione delle fattorie, che si scorgevano in lontananza, per richiamare l'attenzione sull'*armata*, che andava a unirsi all'esercito già vittorioso di Silla, e spediva uomini a cavallo a informare la maggior parte delle persone e altri a controllare la strada per sapere cosa ci aspettava.

«Sull'Appia, *regina viarum*, puoi incontrare tutti prima o poi» mi disse.

Tornò al galoppo uno degli esploratori.

Si rivolse a Licinio: «Centurione! C'è un gruppo di popolari che ci sta venendo incontro!».

«Quanti sono?»

«Circa settanta, di cui una trentina a cavallo.»

«Pompeo ha dato battaglia molte volte prima di arrivare a unirsi a Silla» disse Mucio. I centurioni si trovarono subito d'accordo: quella parodia di esercito cercava lo scontro.

«Dovremmo arrivare prima da Silla e prendere ordini da lui» dissi io.

«Ma come, tutti sanno che non hai tanti clienti come Pompeo, che ha tutto il Piceno, ma forse vuoi far credere a questa gente che hai meno coraggio?»

«Sono solo settanta» dissi. Che coraggio ci voleva da parte di cinquecento uomini? Otto o nove contro uno...

«Appunto» dissero prontamente lui e Mucio in coro. Sapevano fare i calcoli, era il loro mestiere.

«Ah... bene» dissi. Era la guerra, e il ricordo della testa sanguinante di Tito Druso, un uomo di pace in fondo, infissa su una picca, mi convinse. Che fosse anche la volta buona per scomparire? mi chiesi. No, doveva passare più tempo, e ci voleva una battaglia di grandi proporzioni per eclissarmi senza lasciare tracce e farmi credere morto.

Licinio e Mucio tennero un consiglio di guerra di fronte a me, ed elaborarono una strategia, chiedendo la mia approvazione, che io accordai.

Vicino a quel tratto dell'Appia, al di là dello spazio ai lati disboscato per la sicurezza dei viaggiatori, c'erano alberi folti e cespugli. Divisero l'armata in tre contingenti. Ridussero a una ventina di uomini a cavallo e alle salmerie il convoglio sulla strada, di cui facevamo parte anch'io e loro. A tutti gli altri, i più numerosi, diedero ordine di nascondersi ai due lati della strada, tra le piante, e seguire il convoglio tra la vegetazione.

Noi continuammo ad avanzare sulla strada per attirare i popolari nell'imboscata. Sembravamo uno dei tanti convogli che dovevano raggiungere gli eserciti, ai popolari avrebbero fatto gola i nostri cavalli e le provviste.

Lusio si trovava piuttosto vicino a me e mi guardava preoccupato, di sicuro temeva che avrei provato a tagliare la corda, o che mi sentissi male e facessi disprezzare *Marco Druso* dai suoi clienti.

Io invece, in vista dell'azione, mi sentivo benissimo.

Infine, dopo una curva, comparvero gli avversari e per qualche attimo si fermarono, osservandoci da lontano. Erano dei reclutatori, ma molto agguerriti, a parte i pochi novellini spaesati e male armati. Scrutarono noi, la strada in quel momento vuota, la vegetazione immobile intorno, che non rivelava la presenza dei nostri uomini. Si guardarono anche tra di loro, considerando che eravamo una facile preda e che si sarebbero impadroniti di cavalli e provviste.

Ma prima ci offrirono il modo di unirci a loro, inneggiarono al defunto Mario, a suo figlio Mario il Giovane, a Carbone, e ci invitarono ad andare a combattere per il console Scipione accampato a Teano. Ci assicurarono che la paga era buona e il saccheggio, al momento della resa delle città alleate di Silla, si prospettava allettante.

Dissero che attorno ai Mariani si erano raccolte duecentomila persone ed era quella la parte giusta da scegliere, perché era la più numerosa e avrebbe vinto. Che avrebbe fatto Silla con poco più di quarantamila uomini? Ironia della sorte, al momento quella era proprio la loro situazione. Non sapevano di trovarsi in grande inferiorità numerica, ma io, dopo quello che avevano detto, non sentii più alcuna pietà per loro.

Intanto come risposta ricevettero solo qualche sberleffo osceno indirizzato ai loro capi e dietro le mie spalle qualcuno urlò: «Non combattiamo insieme agli schiavi!».

Mucio fece un gesto per riportare il silenzio tra i nostri e disse: «Ci guida Marco Livio Druso». Quegli uomini sapevano molto bene che Mario aveva fatto uccidere *mio padre*.

Licinio urlò: «Schiavi! tornate alle vostre catene!». Molti alle mie spalle gli fecero eco: «Schiavi! Schiavi! Se combattete insieme agli schiavi siete come loro!».

E pensare che chi li guidava era uno schiavo...

Intanto i popolari, occupati a rispondere agli insulti, non avevano visto i nostri uomini nascosti ai lati che, emergendo in silenzio dalla vegetazione, si stavano avvicinando.

Non erano finite le urla e le ingiurie da una parte e dall'altra, che i popolari ci assalirono con impeto, le facce stravolte dall'odio, e anche noi urlando ci slanciammo con le spade in pugno. Ma, mentre noi cozzavamo con la prima linea, due nutriti gruppi dei nostri erano già arrivati in soccorso sulla strada; attaccarono ai fianchi i popolari e ne ridussero la potenza d'urto.

Mi ritrovai circondato, tutti volevano uccidere *Marco Druso*, e io menavo fendenti e mi difesi gagliardamente.

Un uomo a piedi si lanciò su di me, mi si aggrappò, riuscì a disarcionarmi e a gettarmi a terra. Mi odiava. «Marco Druso» sibilò. «Finalmente!» Era molto forte e pesante, mi piombò addosso e non mi permise di rialzarmi. Io mi vidi finito, ma l'uomo fece passare qualche attimo nel guardarmi negli occhi con ferocia e determinazione, mentre, tenendomi fermo, sollevava il braccio per colpirmi alla gola con un pugnale e compiere la sua vendetta. Quegli attimi mi salvarono. Riuscii a prendere la spada, che era per terra al mio fianco, e a immergergliela nella gola, mentre già il pugnale mi sfiorava il volto. Lo gettai di lato e mi rialzai.

Presto tutti i nostri ci raggiunsero urlando e i settanta Mariani furono assaliti e circondati anche da più di cinquecento uomini.

Io mi tirai indietro e assistetti a una carneficina indegna, ma era la guerra, era quello di cui il drappello appena costituito aveva bisogno per prendere coraggio.

Quando la strada ormai era costellata di cadaveri e i nemici erano tutti morti, Licinio mi venne vicino. Era felice, raggiante. Tutto coperto di sangue da capo a piedi, sembrava uscito da una macelleria.

«Questa battaglia è vinta» dichiarò. «E dei nostri c'è solo un ragazzo con una leggera ferita a un braccio. Lo farò fasciare da uno che se ne intende e tornerà come nuovo.»

Non risposi.

«Vieni a vedere» mi disse. E mi portò vicino a un cadavere fatto letteralmente a pezzi. Questo spiegava la figura insanguinata di Licinio. Il corpo era di un uomo giovane e molto vigoroso. Infine dal volto ancora intatto riconobbi l'uomo che avevo ucciso.

Con la punta della spada Licinio sollevò la tunica sulla spalla del morto. C'era una P marchiata sul braccio. Era uno schiavo proveniente dalla villa di Porcia, ecco perché mi odiava tanto.

«L'ho riconosciuto subito, appena li abbiamo incontrati, prima di combattere, e lui non era nemmeno in prima fila» disse Licinio. «Ma l'avrei riconosciuto tra mille. Questo è uno degli uomini che hanno massacrato le mie figlie. L'ho perso di vista nel momento dell'urto, perché lui voleva te, ma l'ho cercato durante la battaglia e così ho potuto vedere che tu lo uccidevi. Oggi è un grande giorno per me, avrei voluto solo che questa bestia non avesse goduto di una morte così rapida. Però sono sicuro che ne incontreremo altri.»

«Forse non ne incontrerai più» dissi. «Molti sono stati uccisi dai popolari.»

Infatti la maggior parte degli schiavi liberati da Mario, i famigerati Bardiei, dopo che avevano terrorizzato Roma e gli stessi popolari, erano stati circondati nel loro accampamento e uccisi da Sertorio con le frecce.

«Sono certo che qualcuno più furbo è ancora vivo e che si trova ancora tra i Mariani. Ma incontreremo altri popolari, che li hanno liberati e hanno permesso i massacri, e per questo sono peggiori degli schiavi.»

Io sarei stato molto contento di incontrare faccia a faccia Sesto, ora che potevo battermi.

Licinio chiamò gli altri e mostrò il marchio P. «Questa mattina gli dei ci hanno manifestato la loro benevolenza nelle viscere del vitello sacrificato. Adesso gli dei ci hanno riconfermato la loro protezione: Marco Druso ha ucciso il suo primo avversario di questa campagna, senza sapere che era uno schiavo fuggito dalla villa di Porcia. Questo è un ottimo auspicio per l'impresa che dobbiamo portare a termine. La vendetta. Ed è un ottimo auspicio soprattutto per Marco Druso, affinché porti a termine la vendetta contro gli assassini di suo padre, come esigono gli dei. Furono gli schiavi liberati da Mario a uccidere Tito Druso.»

Continuò a martoriare il cadavere, a strappargli gli occhi e a deturparlo in tutte le maniere, affinché, giunto tra le ombre, gli altri morti sapessero che era un infame ucciso in modo infame.

Tutti vollero congratularsi con me e stringermi la mano e venni a sapere che lo schiavo era un ribelle, forte e temuto da tutti. La considerazione per me aumentò: alla fama del nome avevo unito la perizia, la fortuna e il coraggio personale. Ma io mi allontanai da loro e rimasi un po' vicino a Lusio, perché, anche se mi stavo abituando, ogni tanto dovevo smettere la finzione. Livio e Lusio, lo schiavo e l'ex schiavo, sapendo quale odio per gli schiavi agitava le menti di quella gente, se ne stavano sempre in disparte.

«*Marco Druso* si fa onore» disse Lusio. «Che ne diresti se raccontassi qualche piccolo segreto che so di te?»

Mi fece ridere; ormai la presenza di Lusio mi ritemprava e affrontavo la finzione con minor paura, con grande bravura direi, ero stupito di me stesso.

L'imboscata aveva dato i suoi frutti, avremmo portato da Silla altri trenta cavalli e Licinio provvide alla distribuzione degli averi degli sconfitti. Erano proventi dei saccheggi e delle rapine operati a danno dei Sillani. Quando riconobbe due sottili braccialetti di grani d'oro che erano appartenuti alle sue figlie, con una L sul fermaglio, cominciò a piangere e di nuovo a mutilare i cadaveri, finché io non lo presi per un braccio dicendogli che era ora di rimetterci in marcia.

CAPITOLO VENTITREESIMO

Silla era accampato ancora nei pressi del luogo dove aveva sconfitto Norbano. Le sue pattuglie di esploratori ci localizzarono presto e ci sorvegliarono per conoscere le nostre intenzioni e infine ci venne incontro un drappello di cavalleria, che andò poi ad annunciare all'accampamento l'arrivo di Marco Druso con il suo seguito. Cinquecento uomini non sono pochi.

Quando ci presentammo al corpo di guardia della porta pretoria, eravamo già attesi con una certa curiosità e fummo accolti trionfalmente dai veterani di Silla, che abbracciarono i nostri come fratelli.

«Che ti dicevo?» fece Licinio. «Guarda come ci accolgono. Adesso spero che tu riesca a farci dare una buona paga e anche una buona pensione.»

«Vedremo. Io ci proverò.»

Mi venne incontro per primo Catilina, che mi abbracciò con trasporto.

«Sapevo che ti avrei incontrato qui» mi disse. «Hai potuto rivedere i tuoi?»

«Solo il mio futuro suocero, Lelio, che mi ha consigliato di non avvicinarmi a Roma.»

«Ha ragione» disse, «finché non la riconquisteremo, non è il caso che tu ti arrischi. Ti troverai bene con noi. Vedrai, Silla è un piacevolissimo anfitrione, gli piace molto scherzare e apprezza la gente di spirito e con la battuta pronta. Ti accompagno alla sua tenda.»

Strada facendo incontrammo due degli amici più stretti di Marco. Mi si bloccò il respiro. Ricordavo bene come un tempo mi scrutavano da capo a piedi e chiedevano di me a Marco e come mi sfioravano o mi toccavano, quando ne avevano l'opportunità.

Mi trovavo ad affrontare un grande rischio. Loro mi vennero incontro e prima salutarono Catilina, più anziano e superiore per prestigio, e poi mi abbracciarono con calore. Non c'era nemmeno bisogno che mi sforzassi a ricordare i loro nomi.

«Come sei diverso, Marco, e quanto sei cambiato... A parte che sei molto più alto e robusto, ma mi pare di rivedere tuo padre» disse uno.

«Davvero, gli somigli molto più di prima» disse l'altro.

«È il portamento, o forse il modo di atteggiare il volto» disse Catilina.

«Sono passati quasi cinque anni» mi giustificai.

«Ci dispiace per tuo padre» esclamarono quasi contemporaneamente.

«Non pensiamo alle cose tristi ora» dissi io. «Sono appena arrivato.»

«Giusto. Appena avremo tempo ci racconterai dei pirati. A proposito: il tuo bel Fausto è con te?» disse uno.

«È morto purtroppo» dissi «nell'incendio appiccato alla nave proprio dai pirati.»

«Povero Fausto. Brutta morte» commentò sempre lo stesso.

«Non hai più Fausto? In effetti sembri strano senza di lui, che ti stava sempre appiccicato» disse l'altro.

«Mi sono abituato già a non averlo più intorno» dissi io.

«Noi siamo qui nella cavalleria. Vuoi addestrarti con noi domani? Lo abbiamo sempre fatto in Campo Marzio...»

«Vedremo a quale corpo mi assegneranno.»

Catilina si mostrò impaziente e mi congedai.

Nella tenda del generale erano riuniti legati e tribuni militari, e naturalmente Quinto Cecilio Metello Pio, cugino d'acquisto di Silla, che gli aveva portato le legioni di stanza in Liguria, e anche lui non aveva deposto la carica di proconsole. In realtà non c'era nessuno che temessi come i due incontrati poco prima: non era molto probabile che qualcuno di quelli riuniti nella tenda avesse qualcosa da spartire con Marco, di cui non fossi informato.

Ma lui, Silla, attirò la mia attenzione, gli altri scomparvero. Avevo tanto sentito parlare di lui a Rodi; a Roma, quando ero un ragazzino, l'avevo visto solo di sfuggita nel Foro. Le sue erano le imprese di un grande stratega, astuto e imprevedibile. Era in piedi vicino a un tavolo e studiava delle mappe.

Mi venne incontro – grande onore – e mi abbracciò, mi correggo: abbracciò *Marco Druso*. Cominciavo a confondermi, a volte pensavo a me come a Marco Druso, e forse era proprio questo che mi facilitava le cose.

«Sei il benvenuto» mi disse. Aveva una voce bella, affascinante. Avevo sempre sentito dire che la sua voce accattivante giovasse molto alla sua eloquenza e alla possibilità di convincere e trascinare i soldati dalla sua parte. E poi quando aveva dalla sua parte un esercito era un grande generale. In lui – si diceva – convivevano la volpe e il leone.

Era molto lentigginoso e i suoi capelli rossi cominciavano a imbiancarsi, ma gli occhi penetranti erano di un azzurro bellissimo, e notai che rimanevano freddi anche mentre lui rideva. Mi osservò a lungo. Mi guardò negli occhi e mi sembrava che mi scrutasse dentro. Certo voleva cercare di capire se il giovanissimo *Marco Druso,* che solo allora si stava facendo avanti a prendere il suo posto nel mondo, fosse uomo di cui fidarsi.

«Ti ringrazio» dissi. «Sono onorato di essere qui.»

«Questo nostro accampamento è la tua casa. Siamo una grande famiglia e ci vogliamo bene, non ci sono rivalità tra noi. Catilina penserà a farti sistemare nel migliore dei modi. Per quanto... questo è pur sempre un accampamento. Ma la guerra finirà e noi ci prenderemo le comodità che ci spettano di diritto. A Roma.»

Gli altri intorno applaudirono.

«A Roma» urlarono. E mi unii anch'io. Mi risultava facile, anche se temevo molto Roma a causa delle donne della famiglia.

Ero fra Catilina, carne di cane, e Silla, che qualcuno sostiene venisse da *suilla*, carne di porco, per la pelle rossiccia e lentigginosa. Pensai che quei due dovessero andare d'accordo.

Anche Metello Pio mi abbracciò. Mi aveva osservato a lungo, tenendosi un po' in disparte per farlo con agio e il suo fu un giudizio entusiastico.

«Caro figliolo! Marco Druso sano e salvo! Quante volte ho pensato a tuo padre, non mi sembrava giusto essere vivo mentre lui era morto. Che splendida amicizia ci legava. Ma ora che vedo te, mi sembra che lui sia tornato fra noi. Gli somigli in modo straordinario, e non solo nei lineamenti, soprattutto nella dignità dell'aspetto e dell'eloquio...» E continuò a subissarmi con una serie di complimenti, tutti sentiti.

«Ti accompagno al tuo alloggio» disse Catilina. «Abbiamo poche tende perché di continuo a noi si uniscono reclute, così dovrai dividere la tenda con me. Ma è tutto provvisorio, perché stiamo per spostarci, aspettiamo di vedere che deciderà il console Scipione. Stiamo cercando una tregua e anche lui sembra disposto a trattare.»

«Tu che vorresti?» gli chiesi.

«Io vorrei combattere. Me lo hai chiesto perché l'hai già capito. Scommetto che anche tu lo vuoi per vendicarti, mentre una tregua porterebbe all'obbligo per noi di dimenticare i torti. E credo che anche Silla voglia combattere. So che lui è convinto che questa piaga dei popolari non si estinguerebbe con un accordo, perché i popolari non sono gente di parola e non vogliono dividere il potere.»

«Nessuno ha piacere di dividere il potere con altri, una volta che si è abituato a fare come gli pare» dissi io, e lui rise e mi diede una pacca sulla spalla.

«Soprattutto quando si è abituato a eliminare fisicamente chiunque lo ostacoli» rispose. «Bene, allora tra poco ci sarà la cerimonia del giuramento e poi ci vediamo a cena al pretorio.»

L'immenso accampamento di veterani era ordinatissimo, la disciplina era ferrea. Nella tenda trovai Lusio che sistemava il mio lettino militare e mi accolse con un sorriso.

«A quanto pare sembra che si accorderanno e potremo tornare presto a Roma» disse.

«Non ci sperare» risposi. «Il console Scipione vuole trattare, ma non Carbone, e forse nemmeno Silla lo vuole. Ma tu non ti arrendi mai?»

«E tu?» mi rispose. «Quando capirai cosa è meglio per te? Quando capirai che cosa gli dei ti hanno donato e lo afferrerai prima che sfugga?»

Il banchetto offerto da Silla in mio onore non era particolarmente raffinato; infatti i soldati gli erano devoti per tanti motivi, ma uno certamente era che Silla, secondo la tradizione, da buon generale che vuole la fiducia e la stima dei suoi soldati, sopportava le loro stesse dure condizioni e stava sempre in prima fila dove si rischiava. C'erano vino, carne secca in modica quantità, focaccia, zuppa di farro e frutta.

Ero appena arrivato e Silla mi fece accomodare accanto a sé e a Metello Pio per dovere di ospitalità e per chiedermi informazioni. Volle che gli descrivessi la morte di *mio* padre, l'avventura finita male per lui e bene per *me*.

Gli raccontai la fuga da Roma sotto un carico di sandali e l'arrivo degli schiavi liberati, che avevano ucciso *mio* padre alla fattoria. «Non è stato bello vedere la sua testa sgocciolante infissa su una picca» dissi. «Ma mi è stato risparmiato di vedere il suo corpo marcire insepolto, poiché sono fuggito.»

Gli raccontai della *mia* fidanzata Lelia Prima, che mi aspettava a Roma, ma non gli dissi altro sul *mio* rapporto stretto con Lelio per il momento, perché temevo che i popolari potessero venire a sapere che era l'organizzatore della fuga, e per questo avrebbe potuto subire gravi ritorsioni. Silla mi guardò a lungo negli occhi, ma sul *mio* suocero popolare non fece alcun commento, cambiò discorso e mi chiese di Molone e di Rodi, e poi di Delo. Era avido di sapere qualcosa della vita che conducevano a *Coracesium* i pirati e i loro capi, che avevano fornito un'agguerrita flotta a Mitridate contro di lui.

Gli raccontai le cose che mi aveva detto Diotimo sul ruolo dei pirati nel Mediterraneo.

Mi ascoltò con grande interesse. «Finite le guerre intestine Roma dovrà occuparsi definitivamente dei pirati» disse, e Metello fu completamente d'accordo.

«Cosa vuoi che dica ai *miei* clienti? Quale sarà il loro trattamento?» finalmente azzardai.

«Li tratterò come veterani» disse. Nei giorni a seguire mi sarei accorto di quanto fosse importante questa sua decisione, quanto sarebbe servita ad attirare altri soldati dalla sua parte. D'altronde tornava dalla Grecia carico di ricchezze e se lo poteva permettere.

Lo ringraziai.

«Ho saputo che hai già avuto uno scontro con i popolari e anche la tua prima vittoria, e hai ucciso un nemico pericoloso e molto temuto» disse.

In quel momento mi aiutò la mia antica abitudine di tentare di entrare nella testa dei padroni romani per evitare guai. Compresi che Silla, che aveva vinto gli astuti generali di Mitridate, non era tipo da farsi imbrogliare facilmente. Mentre riflettevo pochi istanti sembrava che i suoi occhi azzurri mi perforassero.

«I popolari non erano più di settanta o ottanta, la vittoria per noi era scontata» dissi. «Ma l'uomo che ho ucciso meritava la sua fama.»

Sorrise. «I tuoi hanno detto che i popolari erano molti di più, ma io ho fatto controllare il teatro dello scontro e contare i cadaveri. Sapevo già la verità» disse.

Anche Metello sorrise ed ebbi l'impressione che sia lui che Silla apprezzassero molto la mia sincerità.

«I miei sono brava gente, sono fedeli, forse volevano solo esserti graditi» dissi.

«Certo, lo capisco. Tu intanto guardati intorno e decidi presto cosa vuoi fare al mio servizio» disse Silla.

«Tu sei il comandante» risposi. Lui annuì e mi osservò di nuovo da capo a piedi, pensando a chissà che cosa.

«Lo vorrei anch'io tra i miei, quando ci divideremo» disse Metello.

Io rimasi in silenzio.

«Vuoi rubarmi Marco Druso?» rispose Silla.

A un certo punto mi accorsi di essere un po' brillo. Da schiavo non ero abituato a bere molto, ma per fortuna tutti si congedarono e io li seguii, evitando il rischio di commettere errori. Da quel momento feci sempre grande attenzione a valutare quanto bevevo, perché comunque rifiutare del tutto il vino sarebbe sembrato poco virile.

Le trattative tra Silla e il console Scipione continuarono e le due parti erano in procinto di scambiarsi degli ostaggi in vista di un incontro. Intanto si era stabilita una tregua e spesso capitava che pattuglie dei due eserciti prendessero contatti senza scaramucce, ma fraternizzando – in fin dei conti erano tutti Romani, e a volte anche vecchi amici o persino parenti –, scambiandosi opinioni sui loro generali e sullo *stipendium*. Infine l'incontro fu deciso e Silla volle che io fossi uno degli ostaggi.

Mi chiamò nella sua tenda.

«Lo conosci, no?»

«Certo, era amico di *mio* padre e l'ho incontrato molte volte accompagnando *mio* padre al Foro, o nei banchetti a casa mia» dissi.

Il console Scipione non si era mai schierato, non era un politico intransigente ed era più vicino agli ottimati che ai popolari. Con Tito Druso a suo tempo andava d'accordo, però in quel momento comandavano i popolari che lo avevano fatto console, e lui era un uomo di parola.

«Per questo voglio mandarti dal console» disse Silla. «Sei il figlio di un moderato come lui, che è stato ucciso barbaramente, e questo lo farà riflettere. Anche la tua giovane età e il tuo bell'aspetto mi aiuteranno.» Parlava la volpe che era in lui.

Avevo capito perfettamente a che gli servivo. Agli occhi del console sarei stato un giovane che, reso orfano appena ragazzo, era stato costretto a una fuga pericolosa a Rodi e ora non poteva avvicinarsi alla sua famiglia che era a Roma, ma aveva trovato una nuova famiglia presso Silla.

«Forse vuoi che dica che sono stanco di sangue e vorrei la pace e farei dei sacrifici per questo? Forse che rinuncerei anche alla giusta vendetta verso gli assassini di *mio* padre, che è il primo dovere di ogni uomo verso gli antenati, per riportare la pace a Roma e poter riabbracciare la famiglia?»

«Sì. Solo se il console ne parlerà, naturalmente, non deve essere una cosa forzata. Ma se dirai che rinunceresti alla vendetta, avrai compiuto l'opera» disse Silla.

«Ma non è vero, voglio vendetta» dissi guardandolo negli occhi. Sarebbe stato assurdo agli occhi di Silla che Marco Druso non volesse vendetta.

«Tutti la vogliamo. E l'avremo. Hai scordato che mio genero è stato ucciso nel Foro come un cane? E che io ho dovuto darmela a gambe dal Foro e nascondermi per non fare la stessa fine?» disse lui. «Ma abbiamo bisogno di un esercito più numeroso.»

E allora si sarebbe mostrato il leone, per sbranare chi aveva creduto alla volpe.

«Farò del mio meglio» dissi. E pensai a Licinio, che voleva la pensione e me lo ripeteva tutti i giorni, al quale la volpe che era in Silla avrebbe potuto richiedere cose diverse, più immorali e vili di quelle che poteva richiedere a un Druso.

«Forse avresti bisogno di qualcuno più bravo di me a millantare» aggiunsi. «Qualcuno che dicesse che, arrivato da poco tra i tuoi veterani, usufruirà comunque di una buona ricompensa, poiché tutti sanno che tu hai spogliato le città e i templi dei Greci.»

Forse l'allusione ai templi gli piacque poco, ma comprese perfettamente e si mostrò molto interessato.

«Potrebbe fare al caso nostro» continuai «quell'uomo che ti ha detto che Marco Druso aveva sconfitto un numeroso drappello di popolari prima di giungere da te. Quell'uomo vuole la vittoria di Silla, perché vuole vendetta.»

«Sì, fallo venire qui» concluse.

Ebbero un colloquio, a cui non volli assistere, ritirandomi nella parte anteriore della tenda.

Dopo Licinio mi baciò le mani e mi disse: «Ti ringrazio della buona parola che hai messo per la mia pensione. Sei degno dei tuoi antenati».

«Ho ricambiato la tua fiducia» dissi.

«E io mai verrò meno» replicò lui. «Ti ho capito dal primo momento. Riguardo al mio colloquio col generale... be'... lui mi chiede qualcosa proprio adatto a me. Rimediare un po' di gente o di voti è la mia specialità. Sembra che le truppe del console Scipione siano in preda allo scoraggiamento a causa della sconfitta di Norbano. Le truppe sanno valutare i loro comandanti e molti popolari sono convinti che i migliori siano tra i Sillani. E cos'è un esercito senza un generale astuto e coraggioso? Gente alla deriva. Ma Silla lo è, astuto e coraggioso. Così i popolari disperano di vincere e vedono sfuggire la pensione o l'appezzamento di terreno, che è stato loro promesso al momento del reclutamento.»

Quel giorno stesso Licinio cominciò a uscire di pattuglia con altri veterani con l'intento di sobillare le già scoraggiate truppe popolari, convinte che solo tra i generali di Silla ci fossero uomini in grado di portare un esercito alla vittoria.

L'incontro fra il console Scipione e Silla era in preparazione. *Marco Druso* faceva parte di una nutrita schiera di giovani delle due parti che dovevano fungere da ostaggi. *Marco Druso*, giovanissimo e unico erede della sua illustre famiglia imparentato con tutti i Romani più importanti, era la prova certa della serietà delle intenzioni di Silla.

Ma secondo le mire di Silla tutti gli ostaggi, accuratamente scelti, avrebbero dovuto fare buona impressione sul console Scipione e sui suoi ufficiali, mentre nel frattempo gente come Licinio si lavorava le truppe. Se Silla fosse riuscito a far defezionare anche una parte dell'esercito di Scipione sarebbe stata una vittoria, e Silla non era nuovo a cose di questo genere, era già accaduto in Grecia che le truppe mandate dai popolari contro di lui passassero dalla sua parte.

Fummo accolti con tutti gli onori nell'accampamento dei popolari e Scipione ci intrattenne spesso insieme a suo figlio Lucio. Ebbi modo di fare l'ambasciata concordata con Silla, anche se non furono le mie parole, ma la persona stessa di *Marco Druso* a lavorare per Silla, perché fu il console medesimo a giungere a certe conclusioni, mentre mi esprimeva il suo rammarico – che era sincero – per la sorte di *mio* padre, e mentre la mia faccia gli diceva che *Marco Druso* si stava chiedendo dove fosse lui e dove fossero le altre brave persone proprio quel giorno, in cui la testa di Tito Druso venne esposta ai Rostri.

Si mostrava quasi incredulo per la grande somiglianza tra noi. «È vero, me lo dicono tutti» dissi io, che ormai non temevo più di spacciarmi per Marco di fronte agli amici dei Drusi.

«Mi sembra di rivedere tuo padre, caro ragazzo. Sembri lui da giovane, solo dei gemelli potrebbero somigliarsi tanto. Ti auguro una sorte migliore, poiché sei qui tra noi come sostenitore della pace» disse quasi con le lacrime agli occhi.

Io dentro di me pensavo che mi sentivo solo un sostenitore di me stesso, il bel Fausto, e nello stesso tempo di Porcia, e anche il protettore di mia madre e di Lusio; eppure notai che col tempo stavo cambiando, come se davvero fossi Druso, ed ebbi coscienza del fatto che la mia visione delle cose si era ampliata: non era più solo quella dello schiavo il cui orizzonte è il suo immediato tornaconto e il volere del padrone. Ragionavo come un cittadino, mi interessavo alle sorti di Roma e sinceramente avrei voluto vedere morti, invece che al governo, gli amici del console Scipione, le persone che avevo visto compiere enormi misfatti. Ogni tanto mi davo dello stupido e mi dicevo che avrei dovuto riappoggiare i piedi per terra.

L'incontro tra le due parti avvenne; Scipione prima di stipulare il trattato mandò Quinto Sertorio a sentire l'opinione dello sconfitto Norbano asserragliato a Capua. Ma si vide presto che, come aveva previsto Catilina, e come aveva previsto Silla, i popolari non approvavano il tentativo di pace del loro console. Lo stesso Sertorio, nemico giurato di Silla, non era d'accordo con l'armistizio e non gliene importava niente della parola data da Scipione, così, strada facendo, attaccò e conquistò la città di *Suessa*, che si era dichiarata per Silla.

Questo sgarro portò alla rottura unilaterale della tregua e il console Scipione, uomo di parola, non poté che prenderne atto e riconsegnare gli ostaggi, così fui rimandato indietro tutto intero insieme agli altri, e le ostilità furono riaperte.

Scipione si era comportato in modo degno riconsegnando gli ostaggi, ma il suo esercito non apprezzò il gesto. Gli emissari di Silla, gente come Licinio, avevano sobillato le sue truppe, vantando le splendide ricompense che Silla aveva promesso ai suoi, e intanto si andava sempre più consolidando nella mente dei soldati popolari l'idea che Silla e i suoi generali fossero più furbi ed esperti dei loro inetti comandanti.

Non erano certo gli ideali a guidare quei soldati, e il vedere che si profilava la sconfitta e sfumava la possibilità di un ricco donativo li scoraggiò del tutto: al momento dello scontro, l'esercito di Scipione al completo defezionò passando a Silla. Circa venticinquemila uomini cambiarono schieramento. Silla a quel punto si comportò anche lui degnamente e lasciò andare liberi il console e suo figlio, che erano stati fatti prigionieri nella loro tenda.

Riprendemmo la marcia verso Roma e, quando la campagna fu sospesa per il sopraggiungere dei rigori invernali, ci fermammo a svernare vicino all'Appia, dalle parti di Terracina.

Da Roma le notizie non erano buone. La città soffriva per la mancanza di vettovagliamenti, per la paura della vendetta di Silla e per i dissensi tra gli stessi Mariani. Erano anche avvenuti dei fatti misteriosi che avevano gettato i Romani nello sconforto. Il più grave, l'incendio del Campidoglio avvenuto a luglio, era un chiaro indizio del fatto che gli dei non erano soddisfatti del comportamento dei politici romani e la pace con gli dei era già infranta o in grave pericolo.

Furono eletti consoli per l'anno seguente il solito Carbone e Mario il Giovane, figlio adottivo di Mario, la cui elezione per la giovane età era illegale, ma serviva a richiamare nelle forze popolari i veterani di Mario, i quali accorsero a frotte. Ma i popolari fecero anche una mossa perlomeno spregiudicata: si attirarono i capi della guerra sociale che ancora resistevano con le bande armate sulle loro montagne, il Sannita Ponzio di Telesia, il Campano Gutta, il Lucano Lamponio. Ponzio era un Caudino, addirittura – si diceva – un discendente del generale che aveva fatto passare i Romani sotto il giogo alle Forche Caudine.

Silla intanto, il quale temeva i Sanniti, che mai avevano deposto le armi, faceva diffondere per tutta la Penisola la sua intenzione di non togliere nulla ai diritti conquistati dagli Italici.

Fu un inverno lungo e freddo.

Io ero giunto a sentirmi Marco Druso a tutti gli effetti. Adesso avevo ancora più bisogno di parlare con Lusio e Livio, che mai – per motivi diversi – mi avrebbero abbandonato, ed erano sempre tra gli schiavi addetti agli *impedimenta*. Ne avevo bisogno perché la mia mente rischiava di impazzire, a volte non ricordavo chi ero e ragionavo davvero come un nobile romano. Li facevo venire nella tenda, quando non c'era Catilina, e parlavo con loro della famiglia, di *mia* nonna, di *mio* padre, per ricordare sempre che ero Fausto e quale era il mio posto.

Anche il vedere ogni giorno gli amici di Marco, che un tempo rozzamente mi corteggiavano, mi riportava con i piedi per terra. In effetti il vantaggio più importante che avevo conseguito col cambiamento di stato mi sembrava il fatto che nessuno si permettesse di farmi proposte di tipo erotico. Prima era un dovere per me soddisfare il padrone, ma ormai, come cittadino romano, mi si addiceva in amore solo la parte attiva. Era strano conversare a lungo seduto vicino a tanti uomini diversi e non essere mai corteggiato o oggetto di allusioni e sguardi concupiscenti. Ero ritenuto bello, ma se qualcuno aveva pensato a me in quel senso, non lo aveva dato a vedere. Questa era una cosa a cui non facevo mai l'abitudine e che mi rendeva felice, baldanzoso, e mi ripagava delle tante paure.

Commisi molti errori, durante le lunghe giornate invernali, definii Tito Druso *dominus* invece che *pater*, chiamai *mia* nonna Porcia, parlai di *mia* madre come se ancora fosse in vita, poiché la mia vera madre lo era. Una volta, dopo aver bevuto qualche sorso di troppo, schizzai in piedi per sparecchiare la mensa, presi un vassoio e cominciai a riempirlo di avanzi, ma subito mi resi conto di cosa stavo facendo, lo riappoggiai al suo posto e mi allontanai. Nessuno ci fece caso e nessuno sospettò di me, anzi ero molto ben visto e godevo di grande rispetto, un rispetto che col passare del tempo veniva accordato a me personalmente, non solo al *mio* nome. Di questo ero orgoglioso.

Lusio mi diceva che ormai avevo superato tutti gli esami, ma io temevo sempre Porcia e mia madre, e anche l'occhio acuto e severo di Lelia Prima.

A Silla ero simpatico, per i primi tempi mi aveva voluto sempre accanto, forse anche per vedere come me la cavassi, poi, con l'aumento degli effettivi e la carenza di ufficiali, intendeva darmi un compito di rilievo, ma io dissi che non volevo assolutamente allontanarmi dai miei affezionati clienti e alla maniera antica volevo combattere accanto a loro. Così mi aveva affidato col grado di tribuno militare una coorte formata quasi completamente dai miei clienti, di cui il più elevato in grado dei centurioni era Licinio. Gli piacque la mia decisione di stare con i miei clienti, indice del mio attaccamento alla tradizione e del senso del dovere verso chi si era affidato a me.

Uno schiavo comandava una coorte di cinquecento uomini... se si fosse saputo, non ci sarebbe stata pena sufficiente per me.

CAPITOLO VENTIQUATTRESIMO

Anno 671 ab Urbe condita *(82 a.C.)*

In primavera i nostri Metello Pio e Pompeo erano nella Gallia Cisalpina a combattere contro il console Carbone. Al console Mario il Giovane era stato affidato il difficile compito di fermare l'avanzata di Silla su Roma.

Sulla strada di Silla si trovava la grande fortezza di Preneste, fortificata dallo stesso Mario, padre adottivo del Giovane, che era nelle mani dei popolari ed era giudicata imprendibile.

Silla cominciò la sua campagna con la presa di *Setia* a cui si era avvicinato Mario. Quando seppe che Silla stava procedendo lungo la via Latina, Mario tornò indietro fino a Sacriporto e, avendo la potente fortezza di Preneste alle spalle, ci attese con ottantacinque coorti nel punto strategico in cui la via Latina si unisce alla via Labicana.

All'alba nel nostro accampamento era circolata la voce che Silla aveva visto in sogno Mario, il suo rivale morto da più quattro anni, il quale avvisava il figlio che il giorno seguente avrebbe subito una grave sciagura. Questo presagio aveva indotto Silla a cercare di attaccare battaglia quel giorno stesso e aveva incoraggiato le truppe, che marciavano alacremente sotto un cielo plumbeo, foriero di pioggia, per giungere a combattere prima che finisse il giorno funesto per Mario il Giovane.

Ma trovammo i Mariani ben attestati, e pronti alla battaglia. Il legato Dolabella era accampato poco distante e Silla voleva farlo avvisare perché venisse a combattere, ma i nostri non riuscivano ad aprirsi un varco sulla strada occupata dai nemici. Intanto cominciò a tuonare, all'improvviso il cielo ci scaricò addosso tanta acqua che nemmeno ci si vedeva, e si doveva stare attenti per riconoscere gli amici dai nemici. Era difficile comunicare e dare ordini, si scivolava e non si riusciva a mantenere lo schieramento delle linee.

Quando smise di piovere e si sarebbe potuto combattere, io ero vicino a Silla, che aveva tenuto di riserva la mia coorte. Arrivarono i legati a dire che gli uomini, troppo affaticati dalla rapida marcia, avevano un bisogno disperato di riposo, tanto che molti si erano sdraiati sui loro scudi, e non erano nelle condizioni di scontrarsi con le truppe nemiche più fresche e numerose.

Silla non nascose il suo dispiacere di essere costretto a sprecare una così buona occasione, ma si rassegnò e diede l'ordine di costruire il campo. Disse che il giorno seguente ci avrebbe portato consiglio, e, chissà, forse a lui la notte avrebbe regalato un altro sogno premonitore.

«Ci saranno altre occasioni» concluse.

Rasserenati all'idea di chiudersi nell'accampamento ad asciugarsi e rifocillarsi intorno ai fuochi, gli uomini cominciarono a scavare il fossato e ad alzare la palizzata. Mario, appena lo seppe, comandò di attaccare, convinto di annientarli ora che non erano schierati, e si presentò alla testa dei suoi. Il vecchio Mario evidentemente non gli era apparso in sogno a dirgli che quella per lui era una giornata sfavorevole, lo aveva fatto sapere solo a Silla.

Inferociti per essere stati disturbati mentre agognavano il riposo, i veterani della Grecia piantarono i giavellotti nel fossato, preparandosi a un corpo a corpo, impugnarono i gladi e si scagliarono contro i Mariani. L'ala sinistra di Mario cedette e, prima che la sconfitta che si profilava fosse completa e Silla non li accettasse più, cinque coorti e due torme di cavalieri passarono a Silla.

I Mariani persero molti uomini e, constatata la disfatta, si diedero a una fuga disordinata verso Preneste inseguiti dalla cavalleria sillana. Io tornai dalla mia coorte fresca, ancora di riserva, fremente nell'attesa, con l'ordine di Silla di procedere all'inseguimento dei nemici.

Ci lanciammo sulla strada per Preneste. Licinio e Mucio avevano il doppio dei miei anni, e anche qualcosa in più, eppure mi erano sempre a fianco. Nel frattempo ci eravamo riposati abbastanza ed era facile per noi raggiungere e colpire alle spalle i fuggiaschi terrorizzati, che per la stanchezza o le ferite rimanevano indietro. Crollati a terra solo per lo sfinimento e la disperazione, alcuni ci pregavano di risparmiarli, perché sarebbero passati a Silla.

«Chi lo voleva veramente ci ha pensato prima di essere sconfitto» rispondevano i miei, mentre colpivano.

Eravamo tra i primi inseguitori, avanzavamo rapidamente lasciandoci dietro una scia di morte. Silla, che usava molto accortamente le riserve, aveva visto giusto, i miei uomini erano adatti per quel lavoro di mattanza.

Intanto il grosso dell'esercito nemico, in preda al terrore, ancora non si faceva raggiungere, ma sulla strada, nei campi e nella boscaglia prossimi, erano disseminati i corpi dei Mariani trucidati dalla nostra cavalleria.

Licinio ogni tanto si voltava indietro e urlava: «Avanti! Per il nostro appezzamento di terra!». Oppure: «Questo è il giorno della vendetta!».

Ma la corsa stava sfinendo anche noi, tememmo di non farcela a riprendere il grosso dell'esercito mariano prima che si rinchiudesse nella fortezza. Intanto altre coorti lanciate all'inseguimento ci raggiunsero. Licinio, che conosceva i luoghi, ci fece uscire dalla strada e ci guidò tutti per una scorciatoia in una zona più impervia. Rientrati sulla strada, ci disponemmo in ordine, ma ce ne stemmo fermi pochi istanti a riprendere fiato e qualcuno col respiro corto si sdraiò per terra.

«Mi scoppierà il cuore» disse Mucio, ma era eccitato come tutti e pronto a ricominciare.

Alcuni nemici sbandati ci vennero direttamente tra le braccia. Ho sempre tra i miei ricordi quello di un ragazzo più giovane di me, che aveva gettato le armi arrendendosi e aveva guardato meravigliato il vecchio cliente di Porcia, che alzatosi da terra a fatica, sfinito pure lui, gli immerse la spada nella gola.

Ricominciammo l'inseguimento, ma ci facemmo da parte, lasciando spazio sulla strada, al sopraggiungere degli esploratori di Silla, e poco dopo passò al galoppo Silla stesso con la sua guardia personale, seguito da una torma di cavalleria.

Mentre riprendevamo l'ordine di marcia, un cavaliere che ci aveva appena superati si voltò indietro, mi guardò di sfuggita per un attimo sogghignando, poi distolse lo sguardo e scomparve tra gli altri.

Mi era sembrato Vinicio.

Occhi scuri cattivi e un sorriso beffardo nel volto incorniciato dall'elmo di cuoio.

Rimasi paralizzato, cercando di individuarlo nella torma di cavalieri che si distaccavano velocemente da noi, e che potevo vedere solo di schiena e in lontananza ormai, ma non ci riuscii.

«Che succede?» mi chiese Licinio.

«Niente, solo un crampo improvviso, ma già mi sento meglio.» E ripresi la marcia.

Era possibile? Poteva essere Vinicio? Un fantasma del passato era ricomparso? L'uomo che non era riuscito allora a punirmi era tornato? Poteva essersi arruolato nell'esercito di Silla? Al momento in cui aveva incontrato Marco, Vinicio era arrivato da poco a Rodi, e ricordai che aveva detto che sarebbe rimasto ancora per seguire altre lezioni con Molone. Certo, intanto il tempo era passato... ma... avrebbe potuto trovarsi Vinicio tra i più arditi cavalieri, proprio vicino a Silla? No, no, no. Non lo credevo. Ero un imbecille, un pauroso, ero stato così ossessionato dalla mia paura per lui, che la vista di qualcuno che gli somigliava era riuscita a sconvolgermi.

Era quasi sera. Avevamo guadagnato terreno, ma facevamo fatica a mantenere l'ordine di marcia accalcandoci con le altre coorti nella corsa finale per impedire ai Mariani di rifugiarsi nella fortezza. Infine vedemmo in lontananza lo sperone roccioso e i bastioni di Preneste, che dominano la valle del fiume *Trerus*, e dopo un altro sforzo ci trovammo di fronte alle mura. In quel momento i Mariani si stavano rifugiando nella città, molti erano già entrati, e al nostro arrivo quelli che ancora erano fuori si accalcarono e lottarono furiosamente tra loro per non rimanere alla nostra mercé.

I Prenestini avevano aperto la porta per accogliere i fuggiaschi, ma, al sopraggiungere dei primi reparti dell'armata sillana, che li tallonavano, per timore che entrassero anche i nemici, ricacciarono indietro i fuggitivi con le armi e chiusero la porta. Lo stesso Mario il Giovane, che era stato travolto dalla ressa delle truppe in fuga e non era riuscito a precederle, rimase fuori, davanti alle mura.

I fuggitivi continuavano a urlare, implorando i Prenestini di aprire e di farli entrare prima che fosse troppo tardi, ma i Prenestini sapevano bene che avrebbero rischiato la città, se avessero aperto. Infatti i nostri a quel punto erano arrivati quasi tutti e si erano disposti in un fronte compatto in modo da impedire la fuga dei Mariani, che erano ormai rimasti schiacciati tra la fortezza e il nostro esercito.

Io ero ancora frastornato, incredulo, non riuscivo a distogliere il pensiero da Vinicio, e quasi non connettevo più per l'agitazione, ma i miei uomini mi osservavano e dovevo calmarmi. «Pensaci tu. Disponili in ordine di battaglia» dissi a Licinio.

Silla parlò con i suoi legati e prese il comando dell'ala sinistra, dove eravamo anche noi, la cavalleria era disposta ai lati. Man mano arrivavano altre nostre coorti, le ali si stavano completando e il cerchio intorno ai Mariani si stringeva sempre di più, mentre le loro preghiere inascoltate salivano di tono.

Eravamo pronti per la resa dei conti solo procrastinata dalla fuga.

Le nostre due ali conversero contro i popolari disperati, che comunque decisero di vendere cara la pelle. Forse qualcuno di loro contava ancora di superare il blocco e di fuggire nelle campagne. Avanzarono spade in pugno per non rimanere letteralmente con le spalle al muro e noi attaccammo. Cominciò una terribile carneficina. I Mariani che erano riusciti a entrare in città e i Prenestini guardavano dall'alto delle mura.

Mario il Giovane ottenne di essere tratto in salvo, dai bastioni i Prenestini calarono delle corde e Mario si fece tirare su, mentre i veterani di suo padre gli facevano da scudo.

Il suo esercito, alla vista di questo atto di vigliaccheria del generale, se prima aveva qualche dubbio, decise di arrendersi in massa nella speranza di salvarsi.

Al termine della giornata i popolari lasciarono sul campo circa ventimila uomini e ottomila furono i prigionieri, di cui Silla fece comunque trucidare subito tutti i Sanniti, sempre convinto che di quel popolo non ci fosse da fidarsi.

La strada verso Roma era aperta per l'armata sillana.

«Ma che dici, sei diventato matto? Vinicio?» Lusio mi guardava come se mi avesse dato di volta il cervello, ma c'era un fondo di paura nei suoi occhi, che a me, che lo conoscevo tanto bene, non poteva sfuggire.

Le salmerie ci avevano raggiunti sotto le mura di Preneste. Io e Lusio stavamo parlando vicino a un carro.

«Vinicio» dissi. «Proprio lui.»

«Ma ne sei certo?»

«No. Mi è sembrato solo di vedere la sua faccia per un attimo. Non sono neanche sicuro, a causa dell'elmo che gliene copriva mezza.»

«Allora, finché non lo vedi per bene e non ne sei proprio sicuro, non venire a darmi questa notizia da farmi venire un colpo all'istante. Ricordati che sono diventato io la sola speranza di tua madre, da quando Fausto non c'è più.»

«Ma perché un altro avrebbe dovuto deridermi?» In quel momento parlavo a me stesso.

«Sei certo che ti deridesse?»

Lo guardai imbambolato. «No, per niente affatto. Era in movimento e si stava allontanando a cavallo, forse rideva perché credeva che la nostra coorte fosse rimasta indietro. Forse come comandante mi prendeva per un mollaccione. Forse nel frattempo qualcuno aveva fatto una battuta cattiva su di me.»

«Non è che rideva di qualcun altro?»
«Non credo. Mi è sembrato che si prendesse gioco di me, ma adesso non sono più sicuro di niente. Le cose stanno così: gli occhi di quell'uomo si sono incrociati con i miei mentre rideva e sono quasi certo che ridesse di me, e la prima impressione che ho avuto è stata che si trattasse di Vinicio.»
«Ed era tra i Sillani?»
«Sì.»
«Comunque puoi essere sicuro che se è lui, cosa che mi riesce difficile da credere, si farà vivo.»
«Questa è l'unica cosa di cui sono certo.»
Livio venne a farmi i complimenti per il comportamento della mia coorte in combattimento. Si era accorto che tra me e Lusio c'era un rapporto molto particolare; secondo me ci pensava e ripensava, senza venire a capo di nulla, e a volte era un po' geloso.
«Ho sentito da Licinio che Silla vuole decorarvi» disse.
«Ah, bella notizia. Licinio è davvero l'esempio di quanto può essere utile un buon cliente» dissi io. «E non avrei mai creduto, se non lo avessi visto, che potesse essere anche un combattente così forte e coraggioso.»
«Tu sei stato la sua fortuna» disse Livio. «Ora speriamo solo di tornare sani e salvi alle nostre case.»
«Adesso vai a riposarti» mi disse Lusio. Ma lui, con un fascio di tavolette tra le braccia, che facessero pensare a un'incombenza riguardante le salmerie, cominciò a circolare per l'accampamento in costruzione alla ricerca del fantasma da me evocato. Lo cercò tra i vivi, i morti, i feriti, nostri e nemici. Non lo vide; e da allora cominciò a chiedere di un certo cavaliere proveniente dalla Grecia, che si chiamava Vinicio, ma nessuno ne sapeva niente.
Io cominciai a darmi del matto. Uno che somigliava vagamente a Vinicio, e che forse nel frattempo era pure morto in battaglia sotto le mura di Preneste, mi aveva guardato ridendo. E allora?

CAPITOLO VENTICINQUESIMO

In breve tempo Silla cinse Preneste di formidabili strutture d'assedio, con lo scopo di prenderla per fame quando fosse il momento, e intanto di escludere dalla lotta Mario. Era un grande spettacolo vedere migliaia e migliaia di soldati al lavoro alle prime luci del giorno, che scavavano il profondo fossato, trasportavano pietre, tagliavano legname, innalzavano palizzate, torri e fortini. Completarono l'opera in breve tempo. La mia coorte si alternava tra scavi e compiti di sorveglianza del nemico.

La cinta fortificata bloccava tutte le più facili vie d'accesso alla città, invece gli stretti passaggi sui monti, alle spalle della rocca, si potevano tenere con delle guarnigioni. Per uscire da là gli assediati avrebbero dovuto volare o tentare una sortita per forzare il blocco.

Mario il Giovane era rinchiuso nella fortezza ormai come un prigioniero. A lavoro finito, lasciando il comando dell'assedio a Lucrezio Ofella, Silla proseguì la marcia su Roma, indifesa dopo la dissoluzione dell'esercito di Mario.

A Roma intanto si consumò una terribile tragedia, e Silla non arrivò in tempo per impedirla: al fine di vendicarsi dell'umiliazione patita, il figlio di Mario scrisse al pretore Giunio Bruto Damasippo ordinando di uccidere i senatori che non si erano apertamente schierati con i popolari o che cercavano una possibilità di mediazione. Furono uccisi direttamente nella Curia Hostilia, trascinati con uncini e gettati nel Tevere.

Compiuta la vendetta i popolari abbandonarono l'Urbe per andare a unirsi alle loro armate che combattevano a settentrione. Silla si impadronì di Roma e, lasciata una guarnigione, proseguì anche lui per il settentrione all'inseguimento dei popolari.

La mia coorte fu assegnata a Lucrezio Ofella, che i miei non amavano tanto, perché era stato Mariano. Rimanemmo dunque accampati tra le mura di Preneste e il grande muro da noi costruito per difenderci dalle armate che fossero giunte in aiuto di Mario il Giovane. Insieme a Mario in Preneste c'erano molti Sanniti, tra cui il fratello di Ponzio di Telesia, e questo faceva presagire che saremmo stati attaccati.

Ogni giorno i nostri soldati continuavano a rinforzare il vallo verso l'esterno, ma anche verso la città, per impedire eventuali sortite dei Mariani. Costruirono alcune torri d'assedio nello spazio tra il vallo costruito da noi e le mura della città a ridosso dei bastioni, da cui si potevano colpire coloro che tentavano di uscire dalla porta. Non si trovava più un albero ancora piantato per terra, o un pezzo di legno, o un blocco di tufo per miglia e miglia intorno.

Tra noi e Roma, ormai in potere di Silla, si stabilì una quasi regolare corrispondenza e ricevetti missive da Porcia, Lelio e Lelia Prima. La *mia* fidanzata mi scriveva lettere molto serie e compite, assicurandomi il suo affetto nella speranza di essere ricambiata, ma dietro si intravedeva un animo forte e appassionato. Io le rispondevo che ero ansioso di rivederla.

Anche tra i Mariani nostri prigionieri c'erano vecchi amici di Marco, che, quando venivano a conoscenza del *mio* nome, mi imploravano di fare qualcosa per loro in memoria dei tempi passati. Li riconoscevo subito tutti, mi sembrava di rivederli con stilo e tavoletta vicino a Marco. Mi ricordavano i momenti di incertezza e avvilimento in cui, a testa bassa, sbirciando solo per quello che serviva a prevenire i desideri di Marco, ero oggetto delle loro attenzioni erotiche e delle loro battute salaci.

Come Marco Druso avrei potuto vendicarmi delle tante umiliazioni subite dal bel Fausto, invece facevo quanto era possibile per tutti, non mi piaceva vedere nessuno, amico o no, maltrattato e tenuto in condizioni meno che umane.

Intercedetti presso Ofella per far costruire dei ripari per i prigionieri, dopo che avevano passato due notti all'aperto.

«Era mia intenzione costruirli» disse Ofella, un uomo che non si scomponeva mai. «Ma credevo che un po' di sofferenza per qualche giorno, poiché sono perdenti, la meritassero.» Mi accontentò, però.

Licinio non approvava. «Tu sei buono, e in realtà sei stato buono anche con me, ma io al posto tuo li ammazzerei tutti quei cani» disse, mostrando ai prigionieri il pugnale. Non aveva incontrato altri stupratori delle sue figlie, ma si vendicava con ferocia inaudita in battaglia sull'intera fazione che aveva osato liberare gli schiavi.

Ormai i soldati mi consideravano un filantropo, cosa che di me molti di loro non apprezzavano. Venivo comunque ritenuto di parola, forte e coraggioso, sempre presente dove il combattimento era duro, e questo metteva le cose a posto. Uno dei legati di Silla, Crasso, mi apprezzava molto, diceva che ero un uomo giusto, terribile contro i nemici in armi, misericordioso con i vinti. Un po' come derisione, un po' sul serio, mi chiamava Clemente.

Un giorno passando di fronte ai prigionieri vidi una faccia per me indimenticabile, lo schiavo Sesto, aiutante del cuoco di Porcia, a cui io mi ero opposto mentre assaliva la casa dei Drusi con una banda di schiavi. Lui evitò di guardarmi, nella speranza che *Marco Druso* non lo riconoscesse. Si accorse invece di essere osservato e che vicino a me c'era Licinio, tristemente famoso per la sua ferocia verso gli schiavi liberati da Mario.

Sono certo che Sesto abbia vissuto qualche brutto momento, questo mi bastò e passai oltre: non avrei sopportato di assistere alle macchinazioni di Licinio per riuscire ad averlo in suo potere e poi torturarlo. Così fu salvato proprio da me. Che fine abbia fatto poi, non so.

Ogni tanto ci arrivavano le notizie dal settentrione, le sorti della guerra volgevano a nostro favore, Metello e Pompeo mietevano successi. Silla si era scontrato con Carbone presso Chiusi e lo aveva messo in condizione di non nuocere. Ci fece particolarmente piacere che Pompeo e Crasso tenessero bloccato Carrinate in Umbria, e Silla avesse decimato le truppe spedite a liberarlo. Era un buon passatempo per noi forzati dell'assedio commentare le disfatte dei popolari. Ma una notte tempestosa il pretore Carrinate riuscì a evadere il blocco, e poi venimmo a sapere che Carbone aveva inviato otto legioni a sbloccare Preneste. Eravamo felici di combattere, finalmente, ma presto ci giunse la notizia che le otto legioni erano state intercettate da Pompeo e avevano defezionato.

«Comincio a sentirmi inutile, sono certo che Mario il Giovane non si sente più oppresso di me» mi dicevano i miei prendendomi da parte, ognuno credendo di essere il solo a dirmelo.

Anch'io mi sentivo preda di una strana malinconia a girare in tondo nello spazio tra le mura di Preneste e il nostro vallo. Spesso chiedevo a Ofella di essere mandato di pattuglia, lui mi accontentava anche su questo, ma, da parte sua, non sembrava mai impaziente di uscire da quella situazione.

Ogni tanto riuniva i tribuni e i centurioni. «Non fatevi prendere dalla noia» raccomandava. «Stiamo facendo una cosa importante e siamo al centro dell'attenzione. Ricordatevi che questo è un posto dove potrete farvi notare.»

Verso la metà dell'estate si sparse il terrore fra i nostri alla notizia che stava arrivando in aiuto di Mario il Giovane una numerosa armata di Sanniti e Lucani, guidati da capi leggendari, che mai si erano arresi ai Romani: Ponzio di Telesia, Lamponio e Gutta. I Sanniti sapevano bene che Silla li odiava e, se avesse sconfitto i popolari, era molto probabile che in seguito andasse a stanarli nei loro nascondigli.

Come l'avo di Porcia usava dire la frase che è rimasta celebre: *Delenda Carthago*, Silla diceva che, finché fossero esistiti dei Sanniti, Roma non sarebbe mai stata sicura. La lotta dei Sanniti era una lotta senza quartiere per la vita, nella speranza di annientare Roma, la grande nemica, nel momento in cui era gravemente indebolita dalla guerra civile.

Quello che faceva inorridire tutti noi era il cinismo con cui i Mariani li accoglievano nelle loro file, ed eravamo coscienti del fatto che, se Silla non si era aspramente vendicato per altri misfatti dei Mariani, si sarebbe vendicato in modo terribile per quest'ultimo, perché come pazzi incoscienti avevano portato i Sanniti vicino a Roma, indifesa mentre i suoi generali si ammazzavano a vicenda.

I popolari avrebbero pagata cara l'alleanza con i Sanniti, un gesto perlomeno imprudente. E, allo stesso tempo, ci domandavamo: se Silla avesse perduto a Preneste, chi, dopo, avrebbe difeso l'Urbe dai Sanniti? I popolari che avevano mostrato di valere poco e di non amare Roma, tanto da richiedere l'aiuto dei suoi nemici atavici?

Era un momento critico, e io ragionavo davvero come un nobile romano, i cui antenati hanno contribuito a fare grande Roma, e temevo per Lei, la città che oggi, da vecchio, vedo diventare sempre più importante, e veicolo di civiltà, pur servendosi spesso di metodi crudeli.

Silla, che aveva ottimi informatori, giunse prima dei Sanniti, si attestò sulle gole che portano a Preneste e fermò la temibile armata.

Mentre Silla combatteva per difendere le vie di accesso a Preneste sulle montagne, noi vivevamo in continua allerta, ma non eravamo certo numerosi a difendere la fortificazione molto estesa, anche se agguerrita.

Ofella ci lesse un dispaccio di Silla, che ci esortava a difendere la posizione a tutti i costi: la nostra responsabilità era grande in quanto il pericolo per Roma non era inferiore a quello che corse quando Annibale scorrazzava nella Penisola. Riunì poi tutti i centurioni e disse che il fratello di Ponzio di Telesia, rinchiuso in Preneste insieme a Mario, avrebbe di sicuro tentato di forzare il nostro blocco mentre l'esercito sannita ci attaccava dall'esterno.

Spesso salivo sul vallo e osservavo le pattuglie di quegli ostinati nemici di Roma, che si spingevano fin sotto le fortificazioni. I Sanniti sono stati sempre uomini rudi, isolati tra le loro montagne, non molto amanti del lusso, e vicini scomodi per tutti, sempre pronti ad aggredire i confinanti nel momento in cui il loro territorio, che offre magre risorse, non li sfamava più. Erano coraggiosi, orgogliosi e agguerriti; anche temendoli, li ammiravo. Oggi si può parlare di loro al passato, poiché sono stati praticamente distrutti da Silla, ma allora incutevano terrore.

Da qualche giorno i Sanniti impegnavano Silla nei contrafforti montagnosi intorno a Preneste e sferravano numerosi attacchi contro le fortificazioni tenute da Ofella, ma non riuscivano a sfondare.

Una mattina non si vedeva nulla di nuovo, né all'esterno del vallo, né sui bastioni della città. Sembrava tutto tranquillo, ma ci aspettavamo un attacco più duro. All'improvviso ci giunse il clamore di una battaglia: i Sanniti avevano attaccato di nuovo le postazioni di Silla.

I turni di guardia erano massacranti e i soldati all'interno del vallo tendevano a essere meno vigili del solito, prestando l'orecchio ai rumori lontani, nel timore che i Sanniti stavolta avessero successo. Io, per ordine di Ofella, mi aggiravo tra i punti più deboli delle fortificazioni a ricordare alle sentinelle di fare buona guardia e ai soldati di essere pronti.

Mi abbordò Licinio mentre compivo il mio giro. «Gli informatori hanno fatto sapere che Carbone e Norbano, vedendo le brutte, sono fuggiti uno in Africa e l'altro a Rodi. L'ultima novità è che sono arrivate a unirsi ai Sanniti le forze residue di Damasippo, Censorino e Carrinate, che giungono a marce forzate da settentrione» annunciò.

«È assurdo» dissi. «Che fanno, vengono a mettersi ai loro ordini? Forse credono di poter tenere a bada i Sanniti, una volta che li hanno scatenati?»

«Quei bastardi non hanno vergogna di unirsi a chi vuole distruggere Roma» disse Licinio.

«Oppure non si rendono conto di cosa stanno facendo» riflettei.

Si era avvicinato Mucio. «Non temono i Sanniti come li teme Silla, che li conosce» disse. «I popolari non capiscono che quel popolo è fiero e coraggioso, ma sa anche mentire, così hanno creduto, o hanno finto di credere, a ciò che i Sanniti gli hanno raccontato: che vogliono la cittadinanza e vogliono fare parte di Roma.»

«Che i Sanniti vogliano diventare come noi» dissi io «è la più grossa panzana che è stata detta da quando è iniziata la guerra tra Mario e Silla. E ne sono state dette tante. Se studiassero la storia...»

Ci eravamo fermati a parlare nei pressi delle nostre torri d'assedio, a ridosso delle mura, dalle quali si poteva tenere sotto tiro la porta di Preneste. Le due torri erano gremite di soldati.

All'improvviso la grande armata sannita attaccò il vallo, mentre dalle mura di Preneste gli assediati cominciarono a urlare e a lanciare pietre, frecce, proiettili di ogni tipo e immondizia. Era una manovra per distrarci, per non farci sentire i rumori e i cigolii, che denunciavano l'apertura della porta della città. Per quanto enorme la porta di quercia si aprì rapidamente. Mariani e Sanniti tentarono una sortita.

Coprendosi sotto *vineae* piuttosto rudimentali, di legno e cuoio, che loro stessi sorreggevano, uscirono dalla porta, spinti violentemente dagli altri pronti a uscire, e si ritrovarono sotto le nostre torri d'assedio, da cui cominciò il lancio di pietre e frecce. Sotto una delle *vineae* insieme con i veterani del vecchio Mario, si riparavano Mario il Giovane, che aveva perduto la faccia di fronte ai suoi ed era in testa alla truppa per tentare di riacquistarla, e il Sannita, il fratello di Ponzio di Telesia.

Le frecce scagliate dall'alto delle nostre torri colpirono alcuni nemici più esposti, che caddero, ma le *vineae* continuarono a procedere. Intanto altri Mariani uscirono dalla porta, avanzando con una formazione a testuggine, e poi tanti altri ancora riparandosi ognuno sotto il proprio scudo.

Superato il pericolo rappresentato dalle due torri, si stavano dirigendo verso il vallo dove erano in azione i Sanniti.

Eravamo solo tre, ma ormai la nostra rabbia contro i Sanniti e chi li aveva portati a poche miglia da Roma era senza controllo. In un gesto stupidamente coraggioso io, Licinio e Mucio ci lanciammo con il gladio in pugno a ostacolarli, senza nemmeno guardare se avevamo le spalle coperte, urlando per attirare l'attenzione, e presto fu lo stesso *cornicen* a richiamare un gran numero di soldati dalla nostra parte, ma per qualche attimo fummo soli di fronte alla marea che usciva dalla porta. Vidi Mucio, che mi precedeva, cadere davanti a me, trafitto da una lancia. Fortunatamente i Mariani dovevano ripararsi dalle frecce lanciate dai nostri, altrimenti saremmo morti tutti. Intanto si stavano avvicinando rapidamente.

Il primo gruppo, tra cui era Mario il Giovane, ormai meno a tiro delle torri, gettò da parte la *vinea* e ci assalì. Una lancia sibilò vicino al mio orecchio. Erano tanti per noi, forse una dozzina. Licinio mi contagiò con il suo furore. Io e lui ci battemmo disperatamente, ma ci saremmo potuti considerare morti se non ci avesse salvato il fatto che i legionari badavano molto a difendere la vita di Mario. Ma dov'erano i Sillani? mi chiedevo. Finalmente le urla di guerra dietro le mie spalle mi annunciarono che erano giunti i rinforzi e piombarono nel fitto della battaglia. Ma anche gli altri Mariani, superato l'ostacolo costituito dalle due torri, ci raggiunsero.

Fu uno scontro duro, ma la sortita fu respinta e i Mariani che ancora potevano farlo si ritirarono nella città, accompagnati dalle urla di scherno e dai gesti osceni dei nostri. La porta fu chiusa subito, rimasero fuori dalle mura i feriti e coloro che si erano attardati nella foga del combattimento, o si erano allontanati troppo nell'inseguire l'avversario. Qualcuno si uccise prima, ma gli altri furono presto circondati e catturati.

Languiva ormai anche l'attacco dei Sanniti dall'esterno, dopo i segnali che indicavano la sconfitta, inviati dalle mura della città, e dopo che i loro numerosi assalti erano stati respinti con pesanti perdite.

Ancora una volta dall'alto delle mura di Preneste una folla di nemici che urlava minacce e maledizioni rimase ad assistere alla morte di amici e commilitoni. Il mio furore si spense quando cominciarono le vendette verso quei malcapitati, non volevo assistere al macello e mi allontanai. Dopo qualche ora i Prenestini poterono vedere le teste di quegli sventurati appese alle due torri a fianco della porta della città.

I Sanniti, per quanto numerosi, erano in difficoltà ed era chiara ormai per tutti l'importanza strategica della fortificazione d'assedio voluta da Silla intorno a Preneste.

Ofella decorò me, Licinio e Mucio, che purtroppo non poté saperlo, e anche la nostra coorte, che si era distinta. Stavamo collezionando premi e decorazioni, ma nel corso della guerra avevamo perso tanti amici, e questo ci addolorava. Mandare comunicazioni alle famiglie era un compito ingrato e spesso toccava a me.

CAPITOLO VENTISEIESIMO

Fui destato in piena notte dai richiami e dal suono dei corni, ma ero talmente stanco che non riuscivo a tenere gli occhi aperti e mi riappisolai. Mi svegliò definitivamente Lusio, che mi scuoteva vigorosamente. La tenda in cui dormivo solo con Licinio – la branda di Mucio era vuota – era illuminata da una torcia. Anche Licinio era sparito.

«Sveglia, sbrigati» disse Lusio. «Ti sto preparando l'equipaggiamento.» E si dava da fare con la mia armatura, sistemando e lucidando quello che poteva.

Nell'apertura della tenda si affacciò un portaordini.

«Silla si congratula con te per l'azione di ieri. Preparati subito: il generale ti vuole con sé nel suo *consilium castrense*» disse.

«Adesso? Ma che succede?» chiesi con voce chiara, ormai del tutto sveglio.

«I Sanniti hanno capito che non avrebbero combinato niente a Preneste e hanno deciso di attaccare Roma. Sono partiti stanotte. Roma è in pericolo e Silla vuole mettersi in marcia subito per salvarla.» Salutò e richiuse la tenda.

La notizia mi lasciò sgomento, e intanto mi era stato ordinato di abbandonare i miei uomini. Scoprii che lo desideravo. Dopo tante avventure non avevo più paura di misurarmi proprio con quella gente che un tempo era amica di Marco e mi aveva inflitto tante umiliazioni. Ma non solo, volevo andare a combattere per difendere Porcia e la casa dei Drusi, e la vita decente che mia madre vi conduceva.

«Livio si sta occupando del tuo cavallo. È quello stesso con cui venimmo a prenderti a Brindisi» disse Lusio.

«È giusto che tu ti metta in luce» disse Licinio. «Anche per noi è una buona cosa. Avrai maggiore autorità per trattare e farci ricompensare bene.»

Tutti gli uomini della coorte, nemici irriducibili di quegli schiavi che cercavano di usurpare la condizione dei liberi, vennero a salutarmi con grande affetto.

Lusio mi osservava ed era contento di come via via mi impadronivo del mio ruolo.

«Adesso spera di sopravvivere» disse. «Livio ha nascosto e tenuto da parte un colombo da sacrificare per assicurarti il favore degli dei e aspetta qui fuori. Vado a dirgli che proceda.»

Appena pronto scoprii di essere parte di un nutrito gruppo di ufficiali e legionari, più di mille, che Silla avrebbe portato con sé a combattere contro i Sanniti. In parte eravamo a cavallo. Ofella ci salutò augurandoci di farci onore e dicendo che le sue postazioni sarebbero rimaste inviolate anche con forze più esigue.

Ero già a cavallo e mi sentii afferrare una gamba. Era Livio. «Gli auspici sono favorevoli» mi disse, e mi accarezzò la gamba, in un saluto affettuoso.

Intorno al vallo potevamo muoverci a nostro piacimento, non c'era più traccia degli assedianti. Era ancora notte, ma scorgemmo molte mani che ci salutavano, illuminate dalle torce sulle fortificazioni.

Il grosso dell'esercito di Silla si era già mosso, la cavalleria lo aveva preceduto per compiere azioni di disturbo sulle truppe popolari in marcia.

Col nostro numeroso drappello Silla fece rimpolpare alcuni reparti che erano rimasti sguarniti. Come mi era stato ordinato, io mi presentai a lui, che mi salutò con un breve cenno del capo. Era preoccupato e stava parlando delle prossime azioni con i legati Crasso, Dolabella, Manlio Torquato e i tribuni, tra cui Catilina, che mi accolse con una pacca su una spalla.

«Ti sei deciso a prendere il posto che ti spetta» mi disse.

Silla ci condusse a Roma a marce forzate all'inseguimento dei Sanniti. Il giorno dopo sarebbe stata combattuta una battaglia che avrebbe cambiato la storia. È passato tanto tempo, e si tratta di avvenimenti così distanti, ma a me basta chiudere gli occhi e tutto mi scorre davanti come se fosse oggi. Almeno tutto quello che ho potuto vedere finché sono stato cosciente.

Alle Calende di novembre i Sanniti erano accampati davanti alla Porta Collina, a dieci stadi da Roma. Poco mancò che l'assalissero incustodita. I Mariani dissero in seguito, per discolparsi, che i Sanniti erano andati fino a Roma solo per far uscire Silla dalle strettoie intorno a Preneste e indurlo a combattere in campo aperto. Ma questo non mi sembra logico, tanto più che dagli informatori si seppe già prima della battaglia che il grande comandante Ponzio di Telesia aveva tenuto ai suoi un discorso di un tenore ben diverso, proclamando che l'ultimo giorno di Roma era giunto e il compito assegnato dagli dei ai Sanniti era distruggere la selva dove si rifugiavano i lupi, che avevano divorato la libertà della Penisola.

Se avessero preso Roma... Non pensavo solo alle persone care e ai luoghi in cui ero cresciuto, insieme all'Urbe rischiava di scomparire il mondo grandioso che Roma stava costruendo.

Arrivati nei pressi della Porta Collina a mezzogiorno con le truppe stanche, ci accampammo vicino al tempio di Venere Ericina. Le mura possenti incombevano su di noi, intorno si stendeva l'ondulata campagna romana nella sua veste autunnale, con tante macchie di colore cangianti dal giallo al rosso cupo.

Silla concesse un poco di tempo ai legionari trafelati per riposare dalle fatiche della marcia e per fare colazione.

Io ora stavo sempre vicino a Silla, che mi aveva detto: «Marco, è ora che tu prenda il posto che ti spetta, al mio fianco, o la guerra finirà prima che tu lo abbia fatto».

Dopo un giro nei dintorni per studiare il terreno e decidere come disporre le truppe per la battaglia, il *consi-*

lium castrense di Silla si riunì in una tenda improvvisata e anch'io vi presi parte, un po' defilato. Erano tutti provati dalla marcia forzata e dalle grandi responsabilità che incombevano su di loro.

«Comandante, non vorrai combattere oggi» disse Dolabella esprimendo la preoccupazione di tutti gli ufficiali.

«E altrimenti quando?» rispose Silla. «Oggi il nostro avversario è a portata di mano.»

«Dopo tanto tempo, tante battaglie, e un inverno passato in attesa negli accampamenti, vuoi giocarti il risultato di questa guerra logorante portando a combattere delle truppe stremate?» disse Torquato.

«Sono d'accordo con lui» disse Dolabella.

«Ma non avete visto che i Sanniti ci sono scappati di notte e abbiamo dovuto inseguirli?» disse Silla. Si innervosì. Gli sembrava assurdo che gli altri non comprendessero certe cose. «E se fuggissero un'altra volta? E se se ne tornassero nei loro covi? Potremmo avere poi un'occasione come questa? Oggi abbiamo a portata di mano la possibilità di distruggerli per sempre. Se non lo facessimo, ricomparirebbero da un'altra parte, in un altro momento critico. O vi illudete come i popolari che vogliano diventare Romani? Sappiamo quali sono i popoli che hanno deposto le armi e hanno deciso di acquisire i privilegi della cittadinanza. I Sanniti non sono tra questi.

Dovete mettervi in testa che i Sanniti non vogliono la cittadinanza, non vogliono niente da noi, sono irriducibili, e non deporranno mai le armi. Non vogliono niente che puzzi vagamente di Romano. La battaglia che combatteremo oggi è una battaglia per il potere su tutta l'Italia, e i popolari, se vinceranno, non saranno in grado poi di imporsi sui Sanniti. Perciò o noi o loro. E non voglio dilungarmi a descrivere quello che accadrebbe alle nostre città, ma soprattutto a Roma. E giuro qui, davanti a tutti gli dei, che i popolari pagheranno per questa criminale alleanza che hanno stipulato.»

Dolabella e Torquato ammisero che Silla aveva ragione e Crasso disse che lui non aveva avuto mai niente da eccepire.

«Marco Druso, che pensi?» mi chiese Silla direttamente, facendomi un grande onore.

«Penso che, se entreranno i Sanniti in casa *mia*, vedranno le maschere dei *miei* antenati, che li hanno combattuti, e nel *tablinum* vedranno le spoglie di guerra, scudi, spade e corazze sannite, e un pettorale ricoperto d'argento, che è appartenuto a un guerriero della celebre *Legio Linteata*, e perciò temo per tutti gli abitanti della casa, ma soprattutto per le fanciulle, la *mia* fidanzata Lelia Prima e *mia* sorella Livilla. Temo anche che *mia* nonna col suo ben noto carattere li provochi. Insomma, sarebbe bene per i Drusi non ricevere una visita dei Sanniti.»

Qualcuno sorrise nonostante la tensione, perché Porcia la conoscevano tutti.

Poi seguii Silla, che passò personalmente fra i legionari stanchi, intenti a riposarsi e a rifocillarsi, i più con una scodella di zuppa tra le mani, per spiegare anche a loro che quella che si sarebbe combattuta non era solo una battaglia contro i popolari, ma soprattutto una battaglia contro i Sanniti per il predominio sull'Italia, in cui uno dei due contendenti avrebbe cessato di esistere. Nessuno dei due in caso di vittoria avrebbe perdonato l'altro, e in caso di vittoria dei popolari, il nerbo del cui esercito erano i Sanniti, Giunio Bruto Damasippo o Carrinate non sarebbero stati in grado di opporsi a Ponzio di Telesia, il quale non se ne sarebbe tornato sulle sue montagne senza distruggere Roma, e forse quella sera stessa l'Urbe sarebbe stata data alle fiamme.

I legionari gli giurarono che avrebbero dato il massimo.

Dalla Porta Collina, che si era aperta al nostro arrivo, uscirono i senatori per assistere alla battaglia insieme a una folta scorta dei veterani, che Silla aveva lasciato di presidio, e sulle mura si assiepavano i cittadini per vedere gli eserciti e assistere alla lotta. Alcuni messaggeri del Senato vennero all'accampamento a salutare Silla come salvatore della patria e descrissero il panico della città quando si era appressata l'armata dei Sanniti.

Silla schierò l'esercito davanti alla Porta Collina. Tra Roma e i nemici.

Mise a capo dell'ala destra Crasso, che aveva sempre dato prova di essere affidabile. Crasso avrebbe fronteggiato quanto rimaneva degli eserciti popolari, mentre l'ala sinistra con i legati Torquato e Dolabella avrebbe combattuto contro il grosso delle forze sannite. Passate le ore di riposo concesse ai soldati, Silla ordinò che le trombe suonassero il segnale dell'attacco, anche se era pomeriggio inoltrato ed era molto tardi per cominciare a combattere. Il generale, che montava uno splendido cavallo bianco, osservava da un posto leggermente rialzato e mi aveva voluto vicino, nella sua guardia personale, anche se io avevo espresso il desiderio di combattere.

«Combatterai, figliolo» mi aveva risposto. «Oggi è in gioco tutta la tua vita.»

Lo scontro fu terribile, ma mentre le legioni agli ordini di Crasso vincevano, l'ala sinistra, che si misurava con i Sanniti, aveva problemi. Silla vide i suoi indietreggiare verso la porta aperta della città e decise di intervenire.

Partì al galoppo e io lo seguii con la guardia. Fu costretto a rallentare nella mischia, mentre tentava di raggiungere le mura; fu allora che due nemici lo riconobbero a causa del cavallo bianco e gli scagliarono addosso i loro corti giavellotti. Silla non li vide, lo salvò la prontezza dello scudiero, che frustò il cavallo; le punte dei giavellotti ne sfiorarono la coda e andarono a conficcarsi oltre.

Quando si accorse di quello che era accaduto, prese la statuetta di Apollo di Delfi, che in battaglia portava sempre sul petto, e la baciò. Se la strinse sul corpo e le rivolse una preghiera: «Oh Apollo Pizio, che in tante lotte hai innalzato a gloria e grandezza il Fortunato Cornelio Silla, lo abbandonerai proprio ora che lo hai fatto giungere alle porte della Patria?».

Silla non trascurava niente che potesse accordargli la fiducia e la devozione dei suoi uomini e potesse rassicurarli. La conferma che *Felicitas* prediligeva il loro generale, sfiorato dai giavellotti sanniti, diede infatti nuovo slancio e vigore ai legionari presenti, che si affrettarono a diffondere la notizia del prodigio. Ma intanto la nostra ala sinistra continuava a ripiegare disordinatamente verso le mura e a rifugiarsi dentro la Porta Collina. Né la riconfermata predilezione degli dei per il loro comandante, né le minacce e le preghiere, che Silla rivolse ai soldati percorrendo il campo di battaglia, servirono a fermarli di fronte al furore dei Sanniti, che si battevano come belve.

Risolsero la questione i veterani lasciati di presidio da Silla in città, che osservavano la battaglia dall'alto delle mura. Calarono all'improvviso la saracinesca della porta su chi stava entrando, schiacciando anche alcuni senatori e altra gente che era uscita a guardare la battaglia, così i Sillani furono ricacciati indietro e costretti a continuare a combattere.

Seguivo Silla nei suoi spostamenti per rincuorare le truppe. Non si curava affatto della sua incolumità e spesso i nemici tentarono di colpirlo. Era notte ormai e non vedevamo più cosa stesse combinando Crasso. La battaglia era divisa in due parti distinte ma continuava; anche i Sanniti, che di solito al tramonto smettono di battersi e ricominciano all'alba, combattevano ancora.

Silla si fermò su un piccolo rialzo del terreno per vedere qualcosa, ma si poteva scorgere solo lo scontro che ancora avveniva sotto le mura illuminate dalle miriadi di torce dei Romani, che aspettavano sui camminamenti l'esito della battaglia.

«Per noi va male, sembra» disse Silla, cercando comunque di non mostrarsi abbattuto.

«Forse che gli dei ti hanno abbandonato proprio adesso?» dissero quelli della scorta. Sembrava incredibile.

«Il volere degli dei è imperscrutabile» disse Silla. «Ma molte volte mi hanno favorito quando tutto sembrava perduto. Il problema è che così al buio non si può avere un'idea chiara della situazione tattica. Vorrei sapere che fa Crasso.»

Gli esploratori mandati a prendere notizie non erano tornati. Dovevano essere stati catturati o uccisi dai Sanniti.

Mi feci avanti. «Se vuoi, comandante... io...»

Fece un gesto d'approvazione. «Da solo?» disse poi, quasi

parlando a se stesso. «Ma sì, vai da solo, Marco Druso, sei sveglio, mi fido di te, ma passa fuori dal campo di battaglia. Prendi per i vigneti, e forse non ti vedranno. Non farti catturare. Se non sarai in grado di individuarmi subito al tuo ritorno, porterai le notizie al presidio nell'accampamento.»

Mentre partivo lo sentii urlare contro i legionari sfiniti che indietreggiavano, fronteggiandoli sul suo cavallo bianco, brandendo il gladio.

«Avanti! Apollo mi è propizio! Me lo ha dimostrato! La mia fortuna non è finita. Non indietreggiate. Pensate alla vostra fattoria che vi sfugge di mano... *Foeminae! Mulierculae!* Vi farò impiccare! Vi farò crocifiggere! Vi darò in pasto ai porci...»

Mi era stata affidata una grossa responsabilità. Partii al galoppo dove il percorso era più visibile e non rischiavo di catapultarmi in qualche fosso, uscii dalle zone dove proseguiva la battaglia, le aggirai passando tra i vigneti e giunsi dove prima era stata schierata l'ala destra agli ordini di Crasso. Il terreno era coperto di morti e di feriti che si lamentavano e chiedevano soccorso, ma erano pochi quelli che si aggiravano tra loro a soccorrerli.

Vidi che due uomini, conducendo i cavalli per le redini, cercavano tra i corpi, prendevano qualcosa da un cadavere, lo esaminavano e lo sistemavano nelle bisacce di uno dei due. Dovevano essere *immunes*, soldati scelti appartenenti a un reparto speciale con paga più alta e mansioni segrete, o pericolose, agli ordini diretti di Silla.

Uno dei due, che mi dava le spalle, mi sembrò di conoscerlo, era grosso e robusto, ma anche agile; mi era familiare il suo modo di muovere lesto le mani e di atteggiare il capo. Ma non ebbi modo di interpellarlo, perché, quando con la coda dell'occhio mi vide, balzò agile sul cavallo e si allontanò. Il suo compagno lo imitò con più calma. Mi rimase la vaga impressione che l'avermi veduto avesse accelerato la partenza dell'*immunis*, ma non stetti a chiedermi il motivo, non ne avevo il tempo.

Mi avvicinai a un centurione, che era ferito a un braccio

e lo teneva appeso al collo con un laccio di tela, ma metodicamente cercava i corpi dei Sanniti ancora vivi – quei pochi che avevano fatto parte dello schieramento sconfitto da Crasso – e col braccio sano immergeva il gladio nella loro gola. Era un ordine di Silla

«Marco Druso!» esclamò, contento di vedermi vivo.

Io non lo ricordavo. «Dove sono tutti? Che succede?» chiesi.

«Che succede?! Abbiamo vinto. Abbiamo sfondato lo schieramento popolare e lo abbiamo fatto a pezzi. I nemici si sono dati alla fuga e Crasso con le legioni li sta inseguendo. Crasso ha già mandato dei messaggeri a Silla, di sicuro adesso sono giunti da lui. Gli ultimi dei nostri erano qui un attimo fa, se vuoi fai in tempo a raggiungerli. Io aspetto i chirurghi, stanno arrivando.» Si chinò accanto a un compagno ferito rassicurandolo del fatto che i chirurghi e i *capsarii* erano stati chiamati, e infatti stavano cominciando ad arrivare i carri dei soccorsi e allo stesso tempo le grida dei feriti che volevano attirare l'attenzione si fecero più forti e insistenti.

Non tutto era perduto; probabilmente i messaggeri che portavano la notizia a Silla erano giunti presso di lui dopo la mia partenza, ma esisteva la possibilità che fossero stati intercettati. Dovevo comunque sbrigarmi a tornare da Silla, perché non commettesse errori dovuti alla mancanza di queste cruciali informazioni.

Tornai indietro per la stessa strada. «Crasso ha vinto!» ripetevo tra me ancora incredulo.

Mi tenni lontano dai luoghi più trafficati, passando per campi e vigneti, dove si aggirava solo qualche civile romano, eppure appena mi calmai e mi feci più attento, ebbi l'impressione che qualcuno a cavallo mi seguisse, tenendosi sempre alla stessa prudente distanza. Quando mi girai un paio di volte non vidi nessuno, ma c'erano alberi, cespugli e siepi di confine. Forse era uno che andava per i fatti suoi, o forse un disertore che non voleva essere identificato, conclusi.

Mi sentii più tranquillo, e si fece strada in me un'idea che da tempo non avevo più preso in considerazione. La guerra volgeva al termine e Porcia non doveva temere niente da Silla. Dissi a me stesso che finalmente quella era l'occasione che avevo atteso: una grande battaglia, con tanti morti e feriti, in cui sparire senza lasciare traccia. Il mio comportamento esemplare fino ad allora non avrebbe fatto prendere nemmeno in considerazione l'idea che fossi fuggito, decisi così di consegnare il messaggio e dileguarmi.

Compiendo un lungo giro arrivai in corrispondenza della zona dove avevo lasciato Silla. Un sentiero stretto e cupo tra gli alberi di un boschetto sacro mi avrebbe portato direttamente in vista del campo di battaglia. Mentre rallentavo per imboccarlo, sentii un sibilo rabbioso e la punta di un giavellotto entrarmi nella spalla. Il dolore provocato dall'arma che ondeggiava fu terribile e io persi il controllo della cavalcatura. Due uomini mi si pararono davanti. Riuscii a dominarmi e incitai il cavallo, ma quelli erano determinati ad avermi. Mi balzarono addosso, afferrarono le redini e si aggrapparono alla bestia, finché non rallentò. Mi disarcionarono e, mentre uno si occupava della cavalcatura, l'altro divelse finalmente il giavellotto che mi martoriava la spalla e mi appuntò a terra. Sentii un fiotto di sangue caldo riempirmi la corazza.

Disteso sul sentiero, vidi sopra di me un volto trionfante, gli occhi fiammeggianti di odio. Tentai di divincolarmi, ma lui mi stava addosso, era forte e io debole per il dolore e la ferita. Con un orecchio a terra sentii i leggeri tonfi degli zoccoli del cavallo che da prima mi seguiva. Il Sannita estrasse il pugnale per finirmi, ma vide la borsa attaccata alla mia cintura e ne fu subito attirato; aveva ancora tempo per uccidermi: col pugnale ne tagliò i lacci e la stava soppesando quando un cavaliere all'improvviso giunse al galoppo.

Il Sannita mi lasciò e si mise in guardia puntando il giavellotto.

Il cavaliere passando al galoppo evitò la lancia, che lo sfiorò, e abbatté la spada sul Sannita, spaccandogli in due la testa, poi avanzò fino all'altro mio aggressore, che tentò di afferrarlo per gettarlo a terra. Dalla mia posizione non vidi cosa accadeva dopo, ma sentii un rantolo, un tonfo pesante e poi silenzio, non succedeva più niente. Tentai di girarmi per quello che potevo e vidi che l'uomo ancora in piedi era il cavaliere, ed era un Romano. Pensai che fosse l'uomo che mi aveva seguito.

«Va' da Silla a portargli la notizia che Crasso ha vinto...» dissi, ma mi uscì solo un mormorio. Tentai di attirare la sua attenzione, chiamai molte volte, ma il cavaliere non mi rispondeva e non si avvicinava. Perché non mi si mostrava? Mi preoccupai. Non sentivo il più piccolo rumore da parte sua, mi arrivava solo l'eco della battaglia non lontana. Infine lo sentii muoversi, bere dalla borraccia e inoltrarsi per qualche passo tra le piante, poi tornare indietro e avvicinarsi.

Ma ancora non si mostrava. Che intenzioni aveva? Se avesse voluto uccidermi avrebbe già potuto farlo.

«Va' da Silla e digli che Crasso è vincitore. Silla sta aspettando» dissi di nuovo e di nuovo lui non diede segno di avermi sentito.

«Chi sei?» chiesi sforzandomi di parlare a voce alta, ma mi sentivo sempre più debole.

Mentre cercavo di sollevarmi per guardarlo avvertii un forte dolore e un altro fiotto di sangue sgorgare dalla ferita. Poi più nulla. Svenni.

Mi svegliai, e come prima cosa mi venne in mente che non ero riuscito a portare a termine il compito che Silla aveva assegnato a *Marco Druso*. Poi sentii un dolore lancinante alla spalla. Ero ancora sul sentiero nel bosco sacro? Ero abbandonato là e stavo per morire? Avevo paura ad aprire gli occhi.

Mi sentii toccare: qualcuno mi era vicino e si era accorto che ero tornato in me. «Ehi, apri gli occhi, sei salvo.» Era la voce di Lusio.

Fu una grande gioia vedere il suo volto rassicurante. Anche lui era commosso come me e si asciugava qualche lacrima. Volevo abbracciarlo, ma mi accorsi che non ce la facevo e le braccia mi ricaddero giù.

«Ascoltami bene, abbiamo poco tempo» mormorò. «Sei in casa di Lelio.»

Mi guardai intorno. Ero davvero in casa di Lelio, nella stanza piccola e squisitamente affrescata, che avevo occupato con Marco. Dunque Porcia era vicina, cominciai ad agitarmi...

«Ho convinto Porcia a sedersi qua fuori su una sedia comoda, ma lei ha ordinato di essere chiamata non appena ti fossi svegliato» disse infatti Lusio.

«Portami via, se mi vuoi un po' di bene. Fammi sparire» mormorai, con grande fatica perché parlare mi acuiva il dolore.

«Lei ti ha riconosciuto subito come Marco Druso, ti è stata seduta vicino a lungo e ti ha toccato, non la sfiora il minimo dubbio» mi bisbigliò nell'orecchio.

«Allora hai vinto? Sei riuscito a incastrarmi?» Dovette avvicinare l'orecchio alla mia bocca per sentirmi.

Mi sorrise ironico. «Così pare. Ma lo volevi pure tu, o te la saresti squagliata prima, senza stare sempre là a pensare se il tuo comportamento poteva essere disonorante o no per Porcia.»

Invece, ironia della sorte, finalmente questa volta mi ero deciso a sparire, ma l'incontro con i Sanniti aveva cambiato le cose. Ripensai al cavaliere misterioso. «Come sono arrivato qui?»

«Ti hanno ritrovato vicino all'accampamento. La cosa strana è che qualcuno ti aveva già tolto la corazza e fasciato fermando l'emorragia, o saresti morto.»

«Chi è stato?»

«Non sono riuscito a saperlo. Prima che tu venissi portato all'accampamento qualcuno ha riferito il tuo messaggio, che comunque era già stato portato dai cavalieri di Crasso. È probabile che l'uomo che ti ha salvato abbia avuto altro da fare nel frattempo, ma prima o poi si farà vivo.»

«È tutto inspiegabile» mormorai.

«Che c'è di strano?» riprese a bisbigliare. «Adesso smettila con questa storia. Ti sono stato vicino mentre i chirurghi di Silla ti visitavano, ma sono arrivati gli schiavi mandati da Porcia a informarsi se eri sopravvissuto alla battaglia e avevano l'ordine di portarti qui, perciò io non ho potuto oppormi. Non ti ho lasciato mai per evitare che dicessi qualche stupidaggine. Un po' hai vaneggiato, ma non hai detto niente di compromettente.»

«La battaglia?»

«Vinta. Sembrava tutto perduto, ma Crasso ha sfondato sull'ala destra e ha inseguito i nemici fino ad *Antemnae*. Poi è tornato indietro e ha combattuto insieme a Silla. Silla ha corso un grave pericolo quando dei fuggiaschi sono arrivati a Preneste ad annunciare a Ofella che Silla era in rotta.»

«E allora?»

«Ofella si è dimostrato molto freddo e ha atteso conferme. Pensa se fosse stato preso dal panico e avesse tolto l'assedio e lasciato la strada aperta a Mario il Giovane e alle sue truppe... La strage è durata tutta la notte, si parla di cinquantamila morti. Silla è il padrone di Roma, sta per entrare in città.»

La mia inadempienza non aveva comunque creato problemi a Silla.

«Guarda la tua mano» mi disse, aiutandomi a sollevarla, «il sigillo è sparito.»

Era vero. «Ma se è per questo anche la borsa» dissi.

«No, la borsa c'era.»

«Forse l'anello mi è scivolato mentre venivo trasportato all'accampamento» dissi, ma non ci credevo poi tanto. Il mio salvatore mi aveva lasciato la borsa e tolto il sigillo dei Drusi? Non valeva poi tanto come gioiello. Valeva solo per i Drusi. Era un messaggio? Forse chi mi aveva salvato lo aveva tenuto per venire poi a chiedermi la giusta ricompensa. O voleva commettere una truffa?

«Bisogna stare attenti a non cedere niente, a non vendere, e informare subito Livio e Lelio della sparizione del sigillo» dissi. «Da quanto tempo sono qui?»

«In questa casa da due ore, ma io sono costretto a farti da balia da molte ore. E, se sei tornato in te, se sei in grado insomma di stare un poco da solo, senza fare troppe corbellerie, avrei bisogno di dare sfogo alle necessità del mio corpo.»

A giudicare dalla luce che filtrava dalla porta era mezzogiorno.

«Mia madre?»

«Ti ha già visto. È qua fuori con Porcia e Lelia Prima.»

In quel momento si aprì la porta e si affacciò proprio lei, mia madre. Era triste, sconfitta. Sorrise a Lusio e il suo bel volto si illuminò nel vederlo, poi guardò *Marco Druso* di sfuggita, ma con risentimento. In un solo istante, in cui si affacciò nella stanza, compresi tutto il suo pensiero. Il figlio tanto amato, bello e intelligente, che molto poteva fare per il suo proprio riscatto e il riscatto della madre e del fratellino, era morto. Vide che *Marco Druso* era sveglio e andò ad avvisare Porcia. Fu una pugnalata nel petto constatare che mia madre mi considerava un lavoro, anzi un lavoro spiacevole: per lei ero il padrone su cui aveva fatto tanto affidamento ma che non le aveva riportato a casa il figlio. In quel momento avrei voluto abbracciarla, consolarla...

Lusio mi scrutava. «Ricordati che, se ti scoprono, anche tua madre è finita» bisbigliò, e sparì per le sue urgenti necessità, lasciandomi solo ad affrontare Porcia, Lelia Prima e mia madre.

Parte quarta

IL PROCESSO

CAPITOLO VENTISETTESIMO

Con l'ansia di un condannato a morte sentii un bastone battere ritmicamente sul pavimento del corridoio, poi nel vano della porta comparve lei, Porcia. Zoppicava parecchio, ma non per questo aveva perduto la sua aria maestosa. Quella le veniva da dentro. Avanzò lentamente, sorridendomi: gli anni avevano lasciato il segno sul suo corpo, ma non sul volto imperioso sempre bello e liscio. La vidi curvarsi su di me e poi fu un'emozione incredibile provare le sue carezze e i suoi baci. Mai come in quel momento, da quando fingevo di essere Marco, mi ero sentito un ladro e un impostore, ma la gratificazione superava di molto il rimorso e la paura di essere scoperto.

«Caro nipote» mormorò. «Quanto sono stata in pena per te in tutti questi anni. Ma adesso basta. Ora sei qui e sei così diverso, così cresciuto. Un uomo.»

Non riuscivo a parlare, temevo che attraverso la voce si accorgesse dell'inganno, le parole mi si strozzarono in gola.

«Non sforzarti di parlare, sei debole. Lo devo riconoscere: pensavo che la lontananza da noi ti avrebbe danneggiato e anche le notizie che avevo per lettera da Rodi mi preoccupavano. Invece questi anni e le terribili esperienze fatte ti hanno formato meglio di quanto avessi mai sperato. Basta uno sguardo per capirlo. E somigli così tanto a mio figlio che mi pare di rivedere lui.»

Mi tranquillizzai e dissi qualche parola stentata.

Si vedeva che avrebbe voluto continuare a starmi vicina e non era sazia di accarezzarmi il volto e le mani, ma lasciò il posto a Lelia Prima. La *mia* fidanzata aveva sedici anni ormai, era pronta per le nozze.

Anche lei si curvò su di me. Composta, educatissima. Indossava una tunica di cotone di pregio, ma poco appariscente, e gioielli semplici; aveva i capelli acconciati in uno stretto nodo sulla nuca, dal quale non sfuggiva un ricciolo. Era molto carina anche senza trucco, neppure un filo di nero con cui le donne accentuano la profondità dello sguardo, ma lei non ne aveva bisogno, i suoi occhi scuri erano grandi e profondi, gli occhi belli di Lelio, e come quando lei aveva otto anni notavano tutto.

Una volta Porcia aveva scritto a Marco che, quando le era stata affidata, Lelia era interessata solo ad atteggiarsi a fidanzata per darsi importanza con le altre ragazzine, poi, crescendo, mentre Marco soggiornava a Rodi, aveva compreso la sua fortuna e, con impegno e intelligenza, aveva imparato tutto quanto le serviva per entrare in una famiglia illustre.

Lelia era la moglie perfetta che Porcia aveva promesso a Marco, eppure io scorgevo qualcosa di indomabile nei suoi occhi, e un fondo di ironia. Era furba e lungimirante, e pronta a cogliere ogni occasione come il padre: quale migliore occasione a Roma per la figlia di un *homo novus*, che essere la pupilla di Porcia?

Ero certo di non sbagliarmi, Lelia era consapevole di sé, non era molle creta nelle mani di Porcia. In perfetto accordo con il padre, come lui si era servito di una ricca amante per la sua scalata finanziaria, Lelia aveva utilizzato una nobile matrona molto rispettata, venerata quasi, per la sua scalata sociale.

Essere stato schiavo e aver conosciuto le cose meno nobili degli individui, quelle cose che nascondono ai loro pari, mi portava a comprendere molto di quelle persone, certo più di quanto fosse possibile ai loro pari. Io ricordavo il suo scorno e le sue minacce quando Marco la offendeva, tanto piccola, perché Lelia li lasciava vedere a me, lo schiavo di cui non contavano i pareri, non al fidanzato. La stessa cosa che mi succedeva con Lelia mi era successa con gli amici di Marco che avevo incontrato: qualche anno prima avevo conosciuto le persone come Fausto e ora le conoscevo come Marco. Le prospettive erano assai diverse e io di loro potevo capire molto. Con queste considerazioni ripresi il controllo di me stesso e mi avventurai nella prova più ardua.

Lelia rivolse uno sguardo, di cui non compresi il significato, a Porcia, che annuì. Si intendevano perfettamente. Si vedeva che per compiacere Porcia Lelia avrebbe fatto qualunque cosa, e io riguardo alla sua venerazione per Porcia la capivo benissimo.

Aveva avuto il permesso di baciarmi sulle labbra. Porcia non voleva darlo a vedere, ma osservava un po' in ansia la mia reazione. Per lei ero il nipote che era sempre stato terrorizzato all'idea di accollarsi tutta una vita in comune e i doveri coniugali con una persona antipatica, fastidiosa e invadente. Io non diedi cenno di essere infastidito. Porcia, soddisfatta, decise di lasciarci un po' soli e uscì dalla stanza.

«Sei contento di vedermi?» mi chiese Lelia.

«Sì, molto, e non mi pare vero di essere vivo e di stare qui con la famiglia.»

«Allora non ti perderai nella Suburra per evitarmi?»

Certi particolari non le erano sfuggiti né li aveva dimenticati, e anche lei era un po' timorosa, come Porcia. Era molto più intelligente di quello che avevo creduto allora, era la figlia di Lelio.

«Ah, no. Stavolta no» dissi. «Non ti eviterò più. Siamo cresciuti.»

«È vero, ormai siamo consci dei nostri doveri» disse lei.

«Certo, siamo *consci*» ripetei, senza poter evitare un lampo d'ironia. «E comunque non mi perderei, sono cresciuto da allora.» Ormai mi veniva tutto naturale, non recitavo affatto, mi ero sdoppiato. L'*alter ego* aveva preso il sopravvento, ma sapeva come agire, l'*alter ego* sapeva come Marco avrebbe dovuto comportarsi, se fosse vissuto.

Lei si adattò subito alla situazione. Sorrise. Un sorriso aperto come quello di Lelio: crescendo aveva anche smesso l'aria severa con cui da bambina scimmiottava Porcia.

«Come mi trovi? Mi avresti voluta più bella?»

«No, ti trovo molto bella e spero che tra noi non esistano solo doveri.»

Comunque non sembrava del tutto insensibile al mio fascino. «Oh no, non solo doveri» disse infatti, «sono molto contenta di stare insieme a te.» Mi baciò di nuovo, con un bacio meno casto del precedente.

Fuori dalla stanza si udirono tante voci e quella di Lelio le sovrastava tutte.

«Allora ci è permesso?» strepitò e aprì la porta. Dietro di lui c'erano tutti gli altri: Livilla, Publio, Terenzia, Lelia Seconda. Lelio mise una mano protettiva sulla spalla di *mia* sorella Livilla ed entrarono per primi. Livilla per baciarmi mi si appoggiò: Lusio si precipitò nella stanza a togliermela di dosso e a smistare il traffico.

«Marco Druso è molto stanco e la ferita gli dà un forte dolore» disse con decisione. «I medici raccomandano il riposo, vi prego di salutarlo rapidamente.»

Livilla era carina e tanto dolce. Scrollandosi di dosso Lusio mi disse: «Marco, quanto somigli a nostro padre!».

Poi fecero a turno per salutarmi e baciarmi, e dirmi quanto somigliavo a Tito Druso.

«Adesso basta» disse Lelio. «Publio, non lo soffocare. Fuori tutti. Dobbiamo parlare io e lui tra uomini.»

Gli altri uscirono e dalla porta che stava per chiudersi Porcia mi lanciò uno sguardo significativo, uno di quelli che lanciava anni prima a Tito Druso. Uno sguardo che voleva dire di darmi da fare senza indugi, perché c'erano in ballo cose grosse.

«Esci» disse Lelio a Lusio, ma Lusio fece finta di niente.

«Vai» dissi io. «Mi sento perfettamente bene e in grado di affrontare qualunque cosa.»

Uscito lo schiavo, Lelio mi rivolse uno sguardo ben diverso, preoccupato, allarmato.

«Non pensavo di vederti qui» gli dissi. «Credevo che fossi già fuggito.»

«Che farà Silla?» mi chiese.

«È intenzionato a vendicarsi in modo terribilmente spietato» dissi io. «E ad assumere il titolo di *Ultor*. Non era così inferocito qualche tempo fa. È stato il pericolo che ha corso Roma per l'arrivo dell'esercito sannita a fargli pensare che i popolari devono essere spazzati via dalla faccia della terra.»

Lui non commentò l'aspetto politico, in quel momento guardava solo agli aspetti pratici. «Tanti popolari che erano in città sono fuggiti appena dalle mura hanno visto la disfatta» disse. «Io ho atteso. Sono o non sono il suocero di Marco Druso, che in battaglia era vicino a Silla? Marco Druso, che è stato ferito in combattimento e ora si trova in casa mia? E poi Silla si è mostrato sempre molto moderato in precedenza.»

Si aspettava da me una protezione ancora più grande di quella che lui mi aveva dato, una protezione politica, perché *io* ero Marco Druso. «Sbagli, non sai quanto sbagli» dissi, ed ero convinto di quello che dicevo. «Oggi lui considera i popolari non solo nemici di Silla, ma traditori di Roma. È diverso, cerca di capire. Mi dispiace di essere confinato su un letto: vorrei fare di più per te, anche se non riuscirei mai a sdebitarmi del tutto. Secondo me adesso faresti bene ad allontanarti da Roma. Nasconditi in campagna.»

«Abbandonare tutto proprio adesso che c'è da far soldi? Chissà che progetti avrà Silla per abbellire Roma, adesso che ha tolto di mezzo tutti i rivali.» Diceva queste cose come trasognato.

«Ho già provato a parlargli di te: si è mostrato molto infastidito e non mi ha risposto. E questo prima dell'arrivo dei Sanniti. Ti consiglio di metterti in salvo per qualsiasi evenienza. E da qui a qualche tempo si vedrà. Confido che Silla si ammorbidisca nel frattempo. Ha i suoi anni e le cose cambiano. Intanto io intercederò presso di lui per farti tornare senza rischi, gli parlerò di tutto quello che hai fatto per mio padre e di quello che hai fatto per i Drusi dopo la morte di mio padre, ma ci vorranno tempo e abilità diplomatica.»

«Ero intenzionato a nascondermi qui in casa per qualche mese, ma, se tu che sei stato al fianco di Silla la pensi diversamente, non posso che prenderne atto» disse avvilito. «È che non sono pronto a lasciare i miei affetti e tutto quello per cui ho lavorato e rischiato. L'esilio è triste, non è per me.»

Di sicuro avrebbe voluto vedere la figlia sposata a un nobile, cosa per cui aveva davvero lavorato.

«Comunque» continuò, «poiché sono sempre stato dell'idea di diversificare gli investimenti, e i rischi, ho sistemato alcune faccende economiche. Ho venduto proprietà e magazzini, e parte delle navi, e oggi ho grosse somme liquide, in aurei e gioielli, pronte per me per la fuga, ma anche per te, per farti sostenere la famiglia se io non ci fossi più.»

«Non so se sono in grado di prendere il tuo posto alla guida di questa grande famiglia di Leli e Drusi riuniti, ma ci proverò. Ne sono onorato e spero di saperlo fare come te, ma spero anche che si tratti di una cosa temporanea.»

Fu contento di queste parole, mi stava abbracciando, ma si ricordò che ero ferito e si chinò leggermente per baciarmi sulle guance.

«Sbrigati, fuggi» dissi. «Ricordati di Tito Druso, che ha voluto aspettare il figlio per portarlo a Rodi, e non l'ha più visto. Oggi lui sarebbe potuto rientrare a Roma al seguito di Silla, se non avesse indugiato allora.»

«Hai ragione» convenne, ma si attardò ancora. «Ti ho nominato tutore di mia moglie e dei miei figli. Porcia e Lelia Prima sanno dove sono i soldi. Solo loro, perché sono affidabili come uomini, anzi più della maggior parte degli uomini che ho conosciuto, se devo essere giusto. Terenzia, Lelia Seconda e Publio non ne sanno niente, non potrebbero mai sostenere un interrogatorio, ma so che tu sarai giusto e avranno la loro parte.»

«Parli come se non dovessi tornare più.»

«Da accorto uomo d'affari considero tutte le possibilità. Avrei voluto stare ancora con mio figlio in questo periodo, è così giovane... bisognoso di guida... ma preferisco che stia a Roma e lo affido a te, so che quando tornerò troverò un uomo.»

«Ci proverò. Ma se morissi? Se si infettasse la ferita? Non sarebbe la prima volta, anzi è quasi la regola. Sapessi quante ferite infettate ho visto in due campagne di guerra. Ci hai pensato?»

«Certo. Sarebbe la fine per tutti noi. Ma il mio medico, che non è un comune ciarlatano, è convinto che ce la farai. Ha detto che l'uomo che ti ha soccorso ha fatto un buon lavoro: ha lavato bene la ferita prima di fasciarti per fermare il sangue. Questo ti salverà. Quando quell'uomo si farà vivo per avere la giusta ricompensa, sii generoso, se lo merita.»

Mi accarezzò leggermente il braccio sano, mormorò un addio e uscì.

Dalla porta aperta scorsi tante facce preoccupate: la gioia per il mio ritorno era già funestata dalla paura per la sorte di Lelio. Appena uscì dalla stanza, Terenzia gli andò incontro a chiedergli cosa gli avevo detto. Lelio mentì, dicendo che io ero in grado di proteggerlo, intanto lui andava al Foro a informarsi sulle ultime novità, ma la moglie non gli credette e cominciò a singhiozzare. Rimasero tutti davanti alla mia porta. Non lo dissero, ma sono certo che stessero ricordando il giorno in cui fu appesa ai Rostri la testa di Tito Druso. Si aspettavano di vedere appesa anche la testa mozzata del senatore Lelio.

Lusio si infilò lesto nella camera e chiuse.

«Annuncia che il dolore si è calmato e voglio dormire» gli dissi. «La situazione è più difficile di quanto avessimo immaginato, c'è di mezzo anche la vendetta di Silla, e io ho bisogno di riacquistare le forze. Ma se dovesse farsi vivo l'uomo che mi ha salvato, svegliami, voglio guardarlo in faccia.»

Lusio si affrettò a eseguire l'ordine e io finsi di dormire un po', ma, per quanto stanco e provato, anche se la ferita me lo avesse permesso, non avrei dormito. In effetti volevo riflettere.

Avevo superato la prova più ardua. Porcia e mia madre non avevano dubbi sulla mia identità. Come mi diceva Lusio avevo più un'aria da Marco Druso io che il vero Marco Druso, avevo più sangue di Porcia io nelle vene che lui. Mi mancava l'eredità della madre di Marco, donna del tutto insignificante, che io ricordavo poco e di cui nessuno parlava mai.

In quel momento mi sentii Marco Druso a tutti gli effetti e decisi di lottare per quell'identità che mi ero conquistato con un assassinio. Certo ero, e sono convinto tuttora, che prima o poi la violenza commessa ci perseguita. Ma avrei pagato al momento opportuno, quando e se qualcuno fosse venuto a esigerlo; intanto ero Marco Druso, rispettato, temuto, vezzeggiato, ma non ero animato dalle cattive intenzioni di Marco, che avrebbero portato alla rovina Lelia Prima e i suoi. Questo mi scaricava la coscienza e in quel momento non mi spaventava nemmeno la tortura.

Aprii gli occhi, Lusio era là e osservava le mutevoli espressioni del mio volto, ma non commentò.

«Domani mattina chiederò a Porcia di liberarti per i servigi che hai reso e farò liberare anche la tua famiglia, mia madre, che sarà tua moglie, e anche il mio fratellino.»

In questo modo mia madre sarebbe stata una donna libera, suo figlio anche, e io avrei fatto comunque qualcosa per lei, per darle una vita dignitosa e una famiglia, che in qualche modo potesse compensare la perdita del primo figlio.

«Non potrai mai compensarla della morte di Fausto» disse Lusio.

«Lo so. Sarebbe bello che un giorno potessi dirle tutto.»

«Sei pazzo. Lei non sarebbe in grado, poi, di non farti scoprire.»

«Non hai mai pensato che gli studenti di Rodi potrebbero riconoscermi?» gli chiesi all'improvviso.

Aveva già considerato anche questo. «No, la possibilità è molto remota» disse. «Sono passati due anni, in pochi ti hanno visto senza i capelli lunghi e oggi, che non sei più costretto a depilarti e anche tu ti sei lasciato crescere la barba, la somiglianza tra te e Marco è davvero incredibile.»

«Hai sempre la risposta pronta» dissi.

«Non ho fatto che pensare a questo da quando hai eliminato Marco e ti sei presentato ai pirati come Marco Druso.»

Ormai era così, quando non sapeva che dire, mi ricordava che io avevo dato inizio alla storia e dovevo addossarmi le mie responsabilità.

«Adesso ti cerchi una casa e te ne vai da qui con mia madre, o lei e il mio fratellino saranno in pericolo» dissi. E a quel punto pensai al fatto che, se fossi stato scoperto, i padroni avrebbero condannato non solo me, ma anche i possibili complici. Per condannare gli schiavi basta un sospetto. «Sarà bene che ti sbrighi a portare via mia madre.»

«C'è la casa dei Drusi che ha bisogno di cure. I pochi schiavi rimasti sono insufficienti» propose lui.

«Lei dovrebbe starmi più lontana.»

«È assurdo, lei non lascerà mai Porcia e Porcia non vorrebbe mai lasciarla andare.»

«Mi aspetto che da un momento all'altro lei veda qualcosa in me... qualcosa che le faccia capire tutto.»

«È già successo. Appena ti ha visto, mentre eri svenuto e indifeso. Me lo ha detto subito. Ha notato in te addormentato, nel tuo volto rilassato, qualcosa di familiare per lei, e non solo la somiglianza dei tratti, ma qualcosa della tua espressione. Poi ci ha ragionato su e ha pensato che il suo defunto figlio era il fratellastro di Marco Druso e parente di Porcia più di Marco Druso e così ha trovato da sola la spiegazione. Le succederà altre volte, ma tra poco ci avrà fatto l'abitudine.»

«Non hai avuto paura?»

«Certo» ammise. «Ma le ho detto che il suo dolore è così grande che le fa vedere il figlio dappertutto, e lei mi ha dato ragione.»

Povera madre... «Comunque, anche se non dà retta alle idee che le vengono guardandomi, io non sopporto che lei mi osservi per scorgere in *Marco Druso* quello che avrebbe potuto rivedere in suo figlio, se fosse tornato. Non sopporto che lei *mi* odi perché non le ho riportato Fausto.»

«Basta, Fausto è morto, devi convincertene. Comunque, guardiamo la cosa serenamente: lei non fa parte della servitù che si occupa di te, e non ha modo di avvicinarti spesso. La casa è grande e tu avrai i tuoi locali insieme a tua moglie e alla vostra servitù.»

«Io penso invece che, data la grande somiglianza tra me e Marco, lei mi osserverà sempre in quel modo e soffrirà, e io starò sempre lì ad aspettare che mi guardi in quel modo. Saremo una fonte di dolore l'uno per l'altra. Me lo immaginavo, ma non credevo che ne avrei sofferto tanto. Questa ambiguità è pazzesca.»

«È così per tutti, solo che non ci pensano. Di solito non ci ragioniamo su perché ci siamo abituati, ma nelle famiglie di chi possiede schiavi l'ambiguità è la regola. Certo molti schiavi sono figli di senatori, ma chissà quanti senatori sono figli di schiavi...»

«Uno schiavo figlio del padrone ispira maggiore fiducia» completai. Ma questa verità non mi consolava. «Voi intanto trasferitevi nell'altra casa e createvi un quartierino decente sul retro, dalla parte dell'orto. Prendi tutto quello che serve senza problemi.»

«Grazie per la concessione.»

Era finita quella effimera sicurezza che avevo provato poco prima, ma ormai mi trovavo là, i miei tentativi di fuggire erano andati tutti a vuoto, e mi scoprii intenzionato a battermi per quello che avevo conquistato. Era quello che mia madre avrebbe voluto, se avesse potuto sopportare di saperlo.

«Dov'è Livio?»

«Dalla sua famiglia.»

«Digli di andare a cercare Catilina per me e di portarlo qui.»

«Si dice che Catilina sia in città, a capo di una banda di Galli, alla ricerca di importanti personaggi popolari per massacrarli. Su ordine di Silla, naturalmente, ma lui ci mette del suo. Presto vedremo di nuovo i cadaveri galleggiare nel Tevere» disse Lusio.

Non mi aveva dato una buona notizia, ma volli che Livio andasse comunque.

Presa la decisione mi ero leggermente appisolato. Catilina non ci mise molto ad arrivare, mi svegliò la sua voce mentre salutava con cordiale rispetto Porcia e Livilla. Dalla mia stanza mi accorsi che non rivolgeva neppure un cenno ai Leli riuniti accanto a Porcia. Lusio lo introdusse. Doveva essersi sciacquato le mani e la faccia per presentarsi a Porcia, ma la tunica era sporca di sangue fresco.

«Marco!»

«Lucio!»

«Sono contento di vederti vivo» mi disse Catilina.

«Anch'io sono contento di vederti vivo, anche perché so bene che combatti con coraggio e non ti risparmi.»

«Abbiamo avuto tanti morti nelle nostre file, ma ci stiamo vendicando. Silla ha assunto il titolo di *Ultor*, per punire i colpevoli le cui vittime ormai non possono più vendicarsi. L'onore di molte famiglie è nelle sue mani. Comunque, per evitare massacri e vendette personali indiscriminate, ha intenzione di stilare elenchi delle persone da punire e di affiggerli nel Foro, alla vista di tutti. Così i colpevoli avranno più difficoltà a sfuggire e gli innocenti potranno stare tranquilli.»

«Sai che ti stimo molto e ritengo importante la tua amicizia non solo per il tuo grande nome, ma per i tuoi meriti personali. Ti ho chiamato per chiederti un grande favore: andare a pregare Silla di risparmiare mio suocero. Come vedi io sono bloccato qui e Silla non può entrare a Roma finché non licenzia l'esercito, e allora come messaggero ho pensato a te, che ti sei sempre dimostrato un amico.»

«Infatti mi chiedevo perché ti trovassi qui, nella casa di uno dei nostri peggiori nemici, Gaio Lelio, un senatore popolare» fece una faccia schifata. «Sapevo che eri fidanzato con la figlia, ma credevo che l'avessi lasciata. Adesso bisogna cambiare, Silla non vuole assolutamente rapporti tra noi e loro, e su questo è stato molto chiaro.»

«Ho dei motivi per chiedere che Lelio sia risparmiato: Lelio mi ha salvato la vita, mi ha fatto fuggire a Rodi e ha protetto Porcia in questi anni di mia assenza. Altrimenti, la nipote del Censore avrebbe dovuto chiedere l'elemosina.»

«E dove si trovava Lelio quando è stato assassinato Scevola il Pontefice? Marco... ma tu pensi di essere l'unico? Ho già ricevuto decine di richieste di questo tipo, di Sillani che vogliono proteggere parenti o amici mariani. Mi dispiace, ma non si può, non si possono fare due pesi e due misure. Che direbbero gli altri, quelli che in mezzo a tante pressioni e intimidazioni ci sono rimasti fedeli, se vedessero che viene favorito il tuo futuro suocero?»

«Ma io credo di aver acquisito qualche merito presso Silla. Gli ho portato più di cinquecento reclute in un momento in cui era in forte inferiorità numerica.»

«E vedrai quanto sarà generoso. Silla non dimentica. Quanto a Lelio, però...» Storse la bocca.

«Ma è di questo che ho bisogno. Tu parla a Silla per me. Vorrei scrivergli, ma sono materialmente impedito, e a questo punto risulteranno di sicuro più convincenti le parole di un appassionato oratore quale sei tu, piuttosto che quelle dettate a un segretario. Digli che, anche se dovesse catturarlo, aspetti a giustiziarlo, perché io, appena sarò in grado di andare da lui, gli dimostrerò che Lelio merita di essere salvato. Ho già perduto mio padre, e Lelio è stato un padre per me in questi anni.»

«Lo farò, ma tu intanto gli devi consigliare la fuga. I miei Galli sono in gamba a rintracciare i fuggiaschi, ma Lelio potrebbe farcela; pensa anche alla moglie di Silla coi bambini, pensa a te stesso, lei ce l'ha fatta e anche tu...»

«Ma Tito Druso no.» Parlai seccamente, fu una reazione spontanea la mia.

Mi guardò sinceramente dispiaciuto. «Il tempo stringe, andare da Silla sarà la prima cosa che farò adesso. Solo per te. Ma in quanto a Lelio sarei contento di esporre io stesso la sua testa ai Rostri.»

Tornò presto, non aveva preso sottogamba la mia richiesta, e portava un messaggio vergato personalmente da Silla.

Non avresti potuto trovare un migliore difensore di Lucio Sergio, che ha perorato la tua causa a lungo. Come se io non conoscessi i tuoi meriti! Puoi chiedermi qualunque altra cosa, ma quello che mi chiedi esula dalle mie possibilità, perché io mi sono assunto un compito di fronte ai nostri dei e non posso rinnegare il giuramento.

A fianco c'era il suo sigillo.

«Nessuno si permetterà di avvicinarsi a questa casa» disse Catilina, «finché tu sei convalescente e abiti qui, e nessuna azione sarà intrapresa contro le persone che si stanno occupando di te.»

«Grazie» dissi. L'ironia non fu rilevata da Catilina.

«Ora io spero che Lelio non si trovi nascosto in questa casa protetto da te, perché saresti equiparato a lui» continuò. «Silla per rispetto di Porcia non ha ordinato una perquisizione, ma queste cose si vengono a sapere. Lelio lo puoi considerare morto, ma, per quanto riguarda il resto dei provvedimenti a carico della sua famiglia, si vedrà appena Silla avrà parlato alla riunione del Senato, che ha indetto domani al tempio di Bellona. E poi, come avrai capito, Silla ti sta lasciando il tempo di convertire dei beni, se vuoi, nessuno te lo impedirà.»

«Dovrei svendere i beni della famiglia della mia fidanzata?»

Terenzia, che aveva origliato, scoppiò a piangere. Si unirono a lei anche gli altri.

Catilina alzò le spalle. «Mi dispiace per questi innocenti, ma la violenza genera violenza. Che si aspettava Lelio?»

CAPITOLO VENTOTTESIMO

Silla, il vincitore, non poteva oltrepassare il *pomerium*, la cinta sacra dell'Urbe, senza aver riconsegnato il potere militare – ancora resisteva Preneste e Silla voleva offrire ai Romani un'immagine di sé come di un uomo attento alla legalità –, ma i suoi veterani lo stesso giorno della vittoria erano stati sguinzagliati a cercare i capi popolari che ancora si trovavano in città, o quelli già in fuga che attraversavano le campagne.

Le teste degli sconfitti Ponzio di Telesia, Carrinate e Censorino furono inviate a Ofella, perché le esponesse alla vista di Mario il Giovane e degli assediati di Preneste.

Nessuno a Roma credeva che gli ottimati e Silla potessero dimenticare le violenze di Mario, e nemmeno noi. Come anni prima, quando Mario aveva preso possesso della città, bande di giustizieri percorrevano le strade e, dopo aver sperimentato la ferocia di Mario, Roma sperimentava quella di Silla.

Io ero confinato a letto, ma l'ansia che divorava gli abitanti della casa di Lelio, passata la breve euforia per il mio ritorno, divorava anche me.

Non sapevamo se Lelio era riuscito ad allontanarsi abbastanza, se i suoi gli erano rimasti fedeli, se sarebbe riuscito a imbarcarsi su una nave. Sapevamo però che le spie al lavoro erano tante e la sorveglianza stretta.

La notte fu terribile. Nessuno andò a letto, tranne me

che non potevo lasciarlo e che avevo certo bisogno di sonno per affrontare i guai che ci piovevano addosso, ma non riuscivo a chiudere occhio. Ci giungevano le urla e i lamenti dalle case vicine, da cui venivano prelevati i condannati e scacciate e gettate per strada le famiglie. Nessuna donna in casa nostra, vecchia o giovane, si illudeva sul significato delle urla di donne nelle case perquisite.

Il giorno seguente ci trovò prostrati. Ormai intorno a me tutti sapevano che la mia presenza proteggeva la *domus* di Lelio. Chiamavano continuamente il medico a visitarmi per rassicurarsi sul mio stato, e ogni tanto qualcuno si affacciava nella stanza a sincerarsi personalmente delle mie buone condizioni di salute, soprattutto Livilla, che dall'avvento di Silla aveva tutto da guadagnare e invece si preoccupava dei suoi fratelli acquisiti Leli. Mi diventava sempre più cara.

I rumori della città che si svegliava coprirono i lamenti. C'erano comunque molte persone soddisfatte, coloro che come Porcia avevano visto i figli morire ed erano stati privati di tutte le loro sostanze dai Mariani. Avevo spedito Livio e Lusio al Campo di Marte, per sapere cosa succedeva durante la riunione del Senato indetta da Silla al tempio di Bellona fuori del *pomerium*. E loro tornavano a turno per riferirmi. Da quello che avrebbe detto Silla dipendevano le persone che mi si erano affidate.

Porcia entrò nella stanza e mi aiutò a bere una tazza di brodo caldo.

«Tu hai fatto il possibile per Lelio, rassegnati, non puoi fare altro. Adesso devi guarire per continuare la tua stirpe e per aiutare quelli che Lelio ha posto sotto la tua potestà e che non hanno altri che te. Bevi un po' di brodo e cerca di dormire.»

Le parole di Porcia furono come un potente calmante e mi appisolai, ma Lusio ritenne opportuno svegliarmi poco dopo.

«Brutte notizie» disse. «Tra i soldati che si sono arresi, i Sanniti sono stati separati dai Romani e sono stati ammassati tutti nel Campo di Marte nella Villa Pubblica. I veterani di Silla stanno cominciando a sterminarli. Li sgozzano o li decapitano. È un orrore. Qualcuno dice che sono tremila, qualcuno seimila. Le urla arrivano fino al tempio di Bellona e i senatori convocati da Silla sono inorriditi. Silla in mezzo a tutto questo delirio non ha interrotto il suo discorso dicendo ai senatori di non badare a quello che accade fuori, perché i soldati stanno castigando per suo ordine dei malfattori. In giro sono tutti spaventati e nessuno ha intenzione di aiutare i fuggitivi perché il rischio è troppo grande.» Per Lelio si metteva male.

Tornò Livio e riferì che Silla nel suo discorso davanti al Senato aveva assicurato che nessuna misura sarebbe stata presa contro i semplici cittadini, ma i magistrati, i senatori e i cavalieri coinvolti nel regime mariano sarebbero stati giustiziati. I beni degli uccisi sarebbero stati confiscati e i discendenti esclusi per sempre dalla carriera politica, ma, poiché Silla voleva essere compassionevole, ai familiari sarebbe stata lasciata una piccola parte dei beni del condannato per sostentarsi.

Cominciò il regno del terrore. Sono passati tanti anni e io, che sono molto vecchio e ho visto altre guerre civili e le vendette atroci di Antonio e di Ottaviano, penso che questo sia stato uno dei momenti peggiori vissuti da Roma. Ancora i Romani ne parlano ai figli e di quel terrore rimane intatta la memoria nell'Urbe.

Anche Lelia aveva mandato un suo schiavo di fiducia, che riferì di molti amici di Lelio già morti. Davanti alla mia stanza cominciarono tutti a piangere, Porcia non riusciva a calmarli. Era una grossa responsabilità quella che mi ero cercata, e ormai non pensavo più all'eventualità di essere scoperto, pensavo solo alle cose che poteva fare *Marco Druso* per fronteggiare la situazione d'emergenza.

«Invitate i parenti» ordinai. «Io e Lelia ci sposiamo domani. Abbiamo aspettato anche troppo» e aggiunsi, a beneficio di Lelia Seconda e Livilla che apparivano confuse e frastornate, «ora che siamo adulti non è bene per le malelingue che noi stiamo nella stessa casa senza essere sposati.»

La notizia li distrasse e li rallegrò quasi tutti, tranne naturalmente Porcia e Lelia Prima che, invece di chiacchierare e di fare progetti come gli altri, si chiusero in camera con me.

«Sarà bene farlo subito» dissi. «Altrimenti, appena Silla sarà entrato in città, verrà a proibirmelo.» Non dissi che era il caso di farlo subito anche per precedere il lutto che incombeva, ma le due donne lo capirono benissimo. «E fate in modo di farlo sapere solo alle persone strettamente necessarie. Meno gente lo sa e meglio è.»

Lelia non ebbe il matrimonio sfarzoso che sognava mentre attendeva che Marco Druso tornasse da Rodi e poi dalla guerra. La sera si preparò secondo la tradizione, mostrando un volto sorridente ai fratelli e alla madre. Consacrò alla Bona Dea i suoi giocattoli, smise la tunica da fanciulla, vestì l'abito nuziale e la cuffia arancione, con cui si sarebbe coricata per l'ultima notte da nubile. Attraverso i loro schiavi di fiducia Terenzia e Porcia diramarono i pochi inviti necessari ad avere almeno i dieci testimoni e si procurarono un maialino da sacrificare.

Il giorno dopo era ancora buio e la casa risuonava già dei richiami e delle chiacchiere concitate delle donne e degli schiavi intenti a ornare la sposa e ad addobbare la casa con lauro e mirto. La *pronuba* che assisteva Lelia non poteva essere che Porcia, la *matrona* di specchiata moralità che aveva conosciuto un solo uomo.

Lusio riuscì a farmi alzare dal letto per condurmi dalla sposa. Era da poco sorto il sole e forse era un po' presto, ma noi nel compiere i riti all'aperto volevamo evitare le bande armate che giravano per la città. Per rispettare almeno un minimo delle tradizioni, mi fecero uscire di casa per qualche istante, sorreggendomi in tre, e poi mi fecero rientrare come lo sposo che va a casa della sposa. Dagli stipiti della porta pendevano rami di lauro e mirto, e bende colorate, nell'atrio erano appesi drappi sfarzosi.

La sposa mi aspettava nell'atrio, circondata dai pochi parenti reclutati quasi a forza come testimoni. Indossava la tunica bianca stretta in vita dalla cintura col *nodus herculeus*; l'avevano pettinata secondo la tradizione con i capelli divisi in ciuffi e ornati con bende, e sopra tutto avevano posto il *flammeum*, che le copriva la testa e quasi del tutto il volto.

I testimoni procedettero con il sacrificio, gli auspici erano favorevoli – non poteva essere altrimenti – e la cerimonia ebbe luogo. Come tutore e come futuro marito firmai due volte il contratto di matrimonio in presenza dei dieci testimoni.

Porcia prese le nostre destre e le unì; questo gesto rappresentava la promessa mia e di Lelia Prima di voler vivere insieme. Credo che a Roma non si sia mai visto un matrimonio tra ricchi tanto frettoloso. Mentre si celebrava eravamo presi dall'ansia di precedere la temuta morte di Lelio e l'arrivo dei vendicatori.

Presi parte al banchetto solo per poco tempo, perché a un certo punto, anche se ero steso comodamente su un triclinio, Porcia mi vide impallidire, se questo era ancora possibile, e fece segno a Lusio di portarmi a letto. L'altra cerimonia tradizionale, quella di simulare il ratto strappando la sposa dalle braccia della madre, non ero certo in grado di espletarla, ma tutti sapevano che già un'altra volta la sposa era stata condotta da *me*, e dunque non era strettamente necessaria.

Intanto i testimoni impauriti mettevano fretta, volevano solo andarsene a casa, nella speranza che Silla non li prendesse di mira per la parte che avevano avuto nel matrimonio, che purtroppo, per i doveri della parentela, non avevano potuto evitare. Porcia li congedò presto, disse che la loro paura poteva risultare di cattivo auspicio.

La fatica mi aveva prostrato, rimasi inerte fino alla sera, cercando di mangiare qualcosa a piccoli bocconi per rimettermi in sesto. Porcia era molto più serena per quanto riguardava i sentimenti di *Marco* verso Lelia, ma volle farmi comunque un discorsetto per ricordarmi i *miei* doveri.

«Spero che tu sia cambiato» mi disse un attimo in cui eravamo soli, «prima di partire per Rodi non sopportavi nemmeno la vista di Lelia...»

«Sì, la consideravo mossa solo dall'interesse e dall'ambizione. Non puoi sapere quanto sono cambiato, soprattutto nei riguardi di Lelia, non solo perché oggi sono un uomo, ma perché ho sofferto molto e fra le cose che temevo di non poter avere mai, se Lelio non avesse pagato il riscatto, c'era anche una mia famiglia.»

Lelia Prima non ebbe nemmeno la notte di nozze che aveva immaginato, ma io volli che facesse portare un letto vicino al mio e dormisse con me. Rimasti soli le feci cenno di venirmi vicino; sollevai il velo da sposa e gli occhi bassi che infine si alzarono a guardarmi si fecero indagatori e si riabbassarono.

Sapeva che da me dipendeva la sua vita e quella dei suoi. Ancora credeva che *Marco* potesse non amarla, trovarla fastidiosa ed evitarla, o forse lasciarla al primo accenno di difficoltà economica, e intanto suo padre era disperso chissà dove e forse era morto. Non sapeva che comportamento assumere con me, il suo orgoglio di giovane donna ricca in tre giorni era stato spezzato. Quante responsabilità per una ragazza di nemmeno sedici anni, che col suo matrimonio doveva salvare la famiglia...

E pensare che, se il sopravvissuto fosse stato Marco, lei non avrebbe avuto nessuna notte di nozze. Per Marco una situazione come quella che si era instaurata a Roma sarebbe stata una grande opportunità per liberarsi dei Leli. Sono certo che non gli sarebbe importato niente di gettare Lelia in mezzo alla strada. Per lui non aveva senso la parola *fides*.

«Fidati di me. Io farò tutto quello che posso per rispettare il patto stipulato dai nostri genitori. Ti proteggerò e ti rispetterò sempre. Non ti lascerei nemmeno se Silla mi minacciasse di qualcosa di terribile» dissi sollevandole il mento e costringendola a guardarmi. Così ero il Marco Druso che quello vero avrebbe dovuto essere.

«Anche tu fidati di me» disse lei. «Non verrò meno alla promessa che ti ha fatto mio padre. Sarò una buona moglie e riuscirò comunque a portarti le ricchezze di cui hai bisogno.»

«Ne sono certo.»

Non potevo stringerla a me. La baciai a lungo e con quel

bacio le feci capire che ormai eravamo uniti nel corpo e nello spirito. Lasciammo la porta aperta per Lusio, che ogni tanto entrava a vedere come stavo, e io dormii a intervalli. Quando ero sveglio, nella poca luce che proveniva dal corridoio vedevo brillare i suoi occhi spalancati.

Il giorno dopo, in seguito alla spiata di un contadino, i cavalieri galli di Catilina scovarono proprio suo cognato, l'ex pretore Mario Gratidiano, nascosto tra le zampe delle pecore in un ovile. Gratidiano, figlio della sorella di Mario, era anche stato adottato da un fratello di Mario. A parte i delitti commessi, quel nome esecrato non gli portò bene. Fu trascinato con una corda al collo fino al luogo dell'esecuzione, la tomba dei Lutazi Catuli, dove fu torturato e fatto a pezzi ancora vivo, offerto in sacrificio ai Mani di Catulo, che era stato costretto al suicidio proprio da Gratidiano con un'accusa di tradimento. Catilina portò poi la testa di suo cognato a Silla.

Gratidiano era un amico di Lelio. L'efferatezza della sua uccisione aveva prostrato Lelia Prima e Porcia. Agli altri cercavo di far conoscere il meno possibile di quello che stava succedendo e avevo negato a tutti il permesso di uscire per le strade, ma anche se fingevamo di credere che Lelio fosse ormai in salvo, la paura serpeggiava in casa e avvelenava ogni cosa, soprattutto per me che ero il *dominus*, colui che ha potere di vita e di morte sulla famiglia, ma è anche il responsabile del benessere dei suoi. Compresi in quei giorni quanto sia dura la vita di chi è responsabile degli altri.

CAPITOLO VENTINOVESIMO

La sera del giorno seguente il matrimonio e due giorni dopo il discorso di Silla al tempio di Bellona, arrivò la notizia tanto temuta. Me la sussurrò Livio all'orecchio: la testa di Lelio era appesa ai Rostri e in quel momento il corpo, insieme a quelli di altri senatori mariani, veniva trascinato con un uncino per le strade per essere poi gettato nel Tevere.

Venne il suo liberto Antistio, distrutto dalle fatiche e dalla paura, a raccontare come erano andate le cose. Antistio entrò nella mia stanza, per parlare solo con me, ma la porta si spalancò e comparve Lelia Prima.

«Voglio sapere nei minimi particolari cosa è successo a mio padre» disse senza battere ciglio, con la faccia dura.

Antistio conosceva la sua fermezza e non ebbe niente in contrario. «Bene» dissi io, «è giusto che Lelia Prima sappia come è morto il padre.»

Ma entrò anche Porcia, e poi tutti gli altri, non fu possibile tenerli fuori, e nel corridoio si affollarono gli schiavi. I Leli erano ammutoliti.

«Non è stato molto difficile uscire dalle mura, pagando una grande somma. Cinquantamila sesterzi» disse Antistio al folto pubblico. «Ma abbiamo scoperto dopo che lo stesso uomo, che ha preso quella somma, ci ha seguito e spiato per prendere anche la ricompensa e la nota di merito per quel soldato che favorisce la cattura di un uomo importante. Eravamo solo Lelio e io, perché non si fidava di altri e pensava che i gladiatori fossero troppo conosciuti. Abbiamo usato tutti gli accorgimenti, ci siamo nascosti mezza giornata in un pantano, e pensare che anche in quel momento mentre stavamo a mollo eravamo spiati... Eravamo sempre spiati. Giunti dalle parti di Ostia, abbiamo avvistato una pattuglia di Galli, di quelli agli ordini di Catilina. Li stavamo evitando, ce l'avevamo quasi fatta, quando abbiamo sentito urlare, la spia che ci seguiva è comparsa e ci ha consegnato direttamente nelle loro mani.»

Lo interruppi. «Catilina c'era?»

«No, era impegnato in città in analoghe operazioni. I Galli ci hanno condotti al Campo di Marte e là Lelio è stato spogliato e frustato con le verghe e poi decapitato. Silla stesso era presente e ha dato l'ordine di eseguire la sentenza.»

«E tu come mai sei vivo?»

«Per quello che posso capire, Silla mi ha graziato per mandarmi da te a raccontare quello che è successo. Mi ha chiesto chi ero e perché aiutavo Lelio. Io gli ho risposto che lo aiutavo perché non potevo sottrarmi, o sarei venuto meno agli obblighi del liberto verso il suo patrono, sanciti dalle consuetudini dei padri. Fino a qualche anno prima ero il suo schiavo, ho detto. Allora lui mi ha chiesto se condividevo le sue idee e io gli ho risposto che non avevo idee mie, non ero mai stato abituato ad averne. Io sono un esecutore di ordini, gli ho detto. Lui ha sorriso della mia risposta, l'ha presa per buona, e mi ha ordinato di venire da te a dirti che Silla è compassionevole, quando può.

Poi mi ha raccomandato di continuare a proteggere la famiglia di Lelio, per tutto ciò che il liberto deve al suo patrono secondo la consuetudine, e ha detto al segretario di prendere nota del mio nome per controllare in seguito il mio comportamento. Ha detto che per punirmi si può trovare sempre l'occasione.»

Tipico di Silla: mi aveva mandato un messaggero a dirmi di non esagerare, di rassegnarmi all'inevitabile e prendere senza esitazione alcuna quello che mi concedeva.

Dopo i primi momenti di sbigottimento cominciarono tutti a piangere. Io decisi di andare da Silla prima possibile per appurare cosa era intenzionato a concedere e salvare il salvabile, prima che qualcuno mettesse in atto dei piani per appropriarsi dei beni di Lelio, e a quel punto la sua famiglia, che mi aveva affidato, sarebbe stata sul lastrico.

La bella notizia, per me che avevo partecipato all'assedio ed ero stato decorato, che Preneste era caduta e Mario il Giovane catturato e ucciso, non mi portò quell'esultanza che credevo. Intanto il Vendicatore, come aveva annunciato, aveva fatto affiggere le liste dei proscritti, che ogni tanto venivano aggiornate.

Mi sentivo debole per affrontare il colloquio con Silla, che si presentava molto difficile, forse drammatico. Feci di tutto per recuperare le forze col cibo e il sonno, e nel frattempo mi preparavo, componendo a mente il discorso adatto.

Dopo una settimana mi feci portare da lui alla Villa Pubblica con la lettiga di Terenzia. Era pieno di gente che doveva vederlo. Di giorno si trasferivano tutti là, poiché Silla non poteva andare al Foro e negli altri edifici pubblici dentro la cinta sacra, pena l'obbligo di deporre l'*imperium* militare, che gli serviva non solo per ottenere e celebrare il trionfo, ma anche per attuare legittimamente la sua vendetta.

Avevo mandato avanti Livio ad annunciarmi e Silla mi venne incontro. Indossava il *paludamentum* rosso del generale. «Non scendere dalla lettiga» mi disse. «Non serve.» Mi abbracciò e baciò, e pretese che restassi sdraiato, era contentissimo di vedermi.

Poiché avevo sempre fatto in modo di non offendere mai nessuno, mi salutò con simpatia anche tutto il gruppo di persone che gli stavano intorno a discutere dei futuri provvedimenti per l'Urbe e ad adularlo.

Silla li licenziò, eravamo soli, a parte il segretario con tavolette e stilo. «Sono lieto di vedere che stai meglio» mi disse.

«Non sto ancora molto bene in realtà. Non posso cavalcare e di stare in piedi mi stanco prestissimo, ma sono venuto a parlarti di una cosa urgente, che è molto importante per me: del mio matrimonio.» Con lui non si sapeva mai quale fosse l'atteggiamento migliore, così spiattellai subito l'argomento.

«Ho saputo delle tue nozze un po' affrettate» disse divertito, «le voci corrono.» Avevo fatto bene a parlarne per primo.

Rimase un po' in silenzio a guardarmi con aria ironica, sembrava un grosso gatto che gioca con un topolino.

«E dunque, che sei venuto a chiedermi? Il mio consenso differito? Avresti dovuto chiedere il mio parere su una questione tanto delicata, ma non lo hai fatto. Il contratto lo hai già firmato» disse, ben sapendo che invece volevo parlargli dei soldi di Lelio. Era fatto così. Mi stava osservando mentre mi dibattevo tra il timore di lui e la paura per la sorte di chi mi stava a cuore.

Mi ero preparato i concetti da esporre in due modi diversi, scelsi il più diretto.

«Mi hai fatto sapere tramite Catilina che, finché avessi avuto bisogno di cure, sarei potuto rimanere tranquillo in casa di Lelio. Ma io non sono tranquillo.»

Mi interruppe: «Oh... non sei tranquillo. Questo rallenterà la guarigione».

«Ma che accadrà quando sarò guarito?»

«Che l'amena residenza di Lelio, con i suoi raffinati affreschi e tutte le sue splendide opere d'arte, sarà confiscata.»

«La casa è parte della dote di mia moglie.»

«Ah...» disse soltanto.

«Vuoi privarmi della dote?» domandai, e poi non riuscii più a fermarmi e gli rovesciai addosso un fiume di parole. «Già sono stato privato di tutto dai Mariani al tempo in cui hanno assassinato mio padre, e se mi rimane ancora la casa dei Livi Drusi è solo perché è stata protetta da Lelio, ma necessita di lavori costosi per essere riattata. Anche la villa di mia nonna è stata devastata dai Mariani. Non posso subire la confisca di tutto due volte nel giro di cinque anni. Allora rendimi le altre mie proprietà.» Mi ero infervorato perché su queste cose avevo ragione da vendere e non pensavo al rischio che correvo.

Il segretario mi guardava a bocca aperta: mi aveva conosciuto come un uomo prudente, ma in quel momento gli dovevo sembrare un pazzo.

«Non è semplice recuperare le tue proprietà» disse Silla, meno divertito. «Qualcuno le ha acquistate regolarmente dopo la confisca da parte dei Mariani.»

«Allora lasciami quelle di Lelio. Ti prego. Io sono il tutore di sua moglie Terenzia e dei figli, e Lelia Prima è mia moglie.»

«Uhm...» Ricominciò a guardarmi come un grosso gatto guarda il topolino. «Saranno messe all'asta.»

«Adesso tu permetteresti che qualcuno dei nostri amici partecipi a un'asta per togliermi anche le proprietà di Lelio?»

«Certo, ma sarai tu a vincere l'asta.»

Per un attimo rimasi senza parole, poi lo ringraziai e gli baciai le mani.

«Mi piace sdebitarmi, lo sai» disse lui. «Per quanto riguarda la casa, che è notevole, molti attendono di partecipare all'asta, se ne parla da tempo, ma io parteggio per te. È un po' già tua quella casa, poiché ci abiti. Sarai favorito: diciamo che pagherai una cifra simbolica e poi potrai rivenderla a un prezzo più alto. Ho pensato a questo modo per ricompensarti e restituirti la ricchezza che ti hanno tolto i Mariani. Così ti liberi di Lelia e ti prendi la dote.»

«Questo no. Se è così non parteciperò a quell'asta. Non è giusto...»

«Non è giusto? Sei impazzito? È più che giusto nei confronti di una Mariana.»

«È mia moglie. Come posso fare questo a mia moglie? Appropriarmi della sua dote?»

Il segretario cominciava a temere che Silla si arrabbiasse sul serio e stando alle sue spalle mi lanciava occhiate eloquenti.

«Questa tua moglie è davvero un punto dolente» disse Silla, «ne parli come se si trattasse del tuo migliore amico.»

Io ormai avevo preso l'avvio ed ero intenzionato a dire le mie ragioni, ma moderai i toni.

«Lei è stata il mio salvacondotto per cinque anni. Lei ha protetto me, la mia famiglia e la mia casa dai Mariani, e questo perché Lelio ha fatto di tutto per proteggere il fidanzato nobile che era riuscito a procurare alla figlia, ma anche per vera amicizia, che mi ha dimostrato in tutti i modi. Se oggi sono qui lo devo a lui.»

«Figliolo, comunque la sostanza non cambia: è lei che fa l'affare, non tu.»

«È una storia lunga» dissi e gli raccontai come era nata l'amicizia fra Tito Druso e Lelio in quella notte terribile in cui fu ucciso il tribuno e come era stata consolidata dal patto matrimoniale. «Gaio Lelio» conclusi «ha protetto Tito Druso e per farlo ha rischiato tutto. L'unica cosa che poteva offrirgli in cambio *mio* padre per la sua protezione era il fidanzamento tra *me* e Lelia.»

«Ma ne è passata di acqua sotto i ponti.»

«Ma Lelio ha mantenuto la sua parola fino alla morte. E che mangio io oggi? Il pane di Lelio. Lelio mi ha protetto dai Mariani, mi ha salvato la vita e mi ha fatto portare a Rodi, e poi ha pagato cinquanta talenti ai pirati per il mio riscatto. Credi che li abbia pagati Porcia? Li ha pagati chi poteva farlo: Lelio. La mia famiglia sarebbe finita da tempo senza Lelio.»

A quel punto Silla mi parve di nuovo parecchio divertito e, data la sua notoria imprevedibilità, non sapevo se fosse un bene o un male. «Insomma» disse, «lei ti ha protetto da Mario e tu la devi proteggere da Silla...»

Io non riuscii a sorridere come lui si aspettava. «Sì, è così, è inutile mentirti. Tu sai che sono di parola e allora non posso mancare alla parola data a Lelio. Come posso scacciare Lelia che vive nella mia casa da otto anni ed è la migliore delle mogli?»

«Se lo fanno gli altri ed è per il bene della repubblica, lo devi fare anche tu.»

«Non posso. Fuggirò insieme a lei. Vuoi farmi fuggire da Roma un'altra volta? Dove andrei questa volta?»

«Fuggire, figliolo?» disse. «Ma se solo adesso sei potuto rientrare. Questa moglie ti interessa proprio, non ti ho mai visto tanto infervorato. Ne sei innamorato?»

«Sì. Lo so che non sarebbe dovuto succedere e forse è anche un po' ridicolo, ma è successo...» Silla si mise a ridere. Aveva capito che non sapevo più dove andare a parare e in quel caso stavo mentendo.

«Ma ormai loro non contano più niente per te. Lelio è morto ormai e Lelia è solo una donna, il figlio Publio ancora è un ragazzetto...» continuai.

Non ebbi mai per tutto il nostro lungo colloquio, per me altamente drammatico, la faccia tosta di ricordargli che gli avevo portato più di cinquecento uomini, che avevano partecipato con successo alle sue imprese, cosa che lui non dimenticava mai. Attendevo le sue decisioni umilmente, come se lui non mi dovesse niente. Forse fu questo ad aiutarmi, forse il fatto che volessi tenere fede alla parola data da *mio* padre, cosa per cui di certo lui mi apprezzava.

«Bene» disse. «Speravo proprio di indurti a divorziare, appena ti ho visto, ma non ci sono riuscito. Ne prendo atto. Avrai la moglie e come dote la casa con tutti gli arredi e le opere d'arte e anche le altre proprietà che Lelio non ha venduto. Perché so che alcune le ha vendute e ha grosse somme in contanti. È inteso che tu diventi il proprietario di tutto e per farlo parteciperai alle aste, dopo che tutto sarà stato confiscato, ma sarà solo una formalità, perché non ti caccio di casa, e con qualche modesta somma versata alle aste mi aiuterai a pagare i veterani. Gli altri figli di Lelio avranno la legittima, come io ho già predisposto per tutti i figli dei Mariani condannati, e avranno anche quello che tu vorrai concedere. In questo modo le ricchezze di Lelio passeranno comunque nelle mani di un uomo a me fedele. A proposito, dimenticavo, tua moglie non sarà considerata infame, perché, dirò, era già sposata con te prima che io stabilissi per legge che i figli dei proscritti sono da considerare infami, ma gli altri figli di Lelio sono infami.»

Publio non avrebbe mai potuto intraprendere una carriera politica e nemmeno i suoi figli e quelli di Lelia Seconda. Stavo pensando di perorare la causa di Publio e di Lelia Seconda, ma la faccia di Silla mi dissuase.

«Adesso vattene, o cambierò idea» disse.

Dalla lettiga arrivavo facilmente alla sua mano, la baciai e lo chiamai padre.

Lui si rivolse al segretario che si affrettava a prendere appunti. «Non ti dimenticare di predisporre la faccenda per non incorrere in lamentele da parte di chi aveva messo gli occhi addosso alla roba di Lelio. E ricordati che la casa deve andare all'asta in blocco, senza elencare i pezzi della collezione d'arte, altrimenti ci ritroviamo nei guai.»

A me rivolse un breve cenno di saluto e si allontanò, molta gente lo reclamava ed erano stati portati dei fuggiaschi riacciuffati nelle campagne, per essere fustigati e decapitati davanti a lui.

Ero esausto, ordinai ai lettighieri di Terenzia di andare e feci ricadere la tendina, ma inaspettatamente si affacciò Licinio. Sembrava nel suo elemento in mezzo alla folla romana. Mi baciò la mano.

«Sono contento di vedere che ti sei ripreso» mi disse. «Mi sono informato e sarei venuto a fare il mio omaggio, ma sono stato molto occupato con le catture e le perquisizioni. Stavo pensando che, se tu volessi, io potrei rimanere qui a Roma, c'è posto per uno come me, qui, con tutti i morti...»

«La vendetta è compiuta, allora.»

«No. I popolari ne avevano fatte troppe, un odio così profondo non si estingue presto. Devo scovare altri schiavi che si nascondono tra le file dei Mariani, e altri che si nascondono nei quartieri poveri di Roma. Ho messo su una bella squadra. Gli schiavi che si spacciano per liberi hanno un nemico inesorabile: Licinio.»

«Bene, buon lavoro» gli dissi, e devo confessare che mi sentii un po' a disagio.

«Se tu volessi, sarei intenzionato a riorganizzarti la tua clientela» disse lui, «qualcuno dice che sono tagliato per questo lavoro.»

«Sì. È un'ottima idea, e appena starò meglio ne parleremo più a lungo.»

Feci avviare la lettiga e arrivammo nei dintorni del Foro, dove non c'era la calca solita. Volli sostare davanti ai Rostri per un omaggio a Lelio, alla sua testa appesa. La riconobbi con difficoltà, era gonfia, si stava decomponendo. Gente soddisfatta guardava i resti dei nemici. Si aveva la netta sensazione che l'odio non si sarebbe spento tanto presto e si diceva – cosa prevedibile – che molti stessero approfittando della vendetta di Silla in nome del popolo romano per le loro vendette private o per appropriarsi dei patrimoni dei popolari.

Vicino a me si fermò un'altra lettiga, e si sporse una mano di donna dalle dita affusolate cariche di anelli ad aprirne la tenda. Comparve il suo volto, e mi accorsi che anche lei stava guardando Lelio, con rimpianto e preoccupazione.

Frine. La riconobbi dopo qualche istante. Ecco finalmente la donna che lei da bambina sperava di diventare. Era molto cambiata, aveva perso quel che di spigoloso, e anche di sfrontato e di petulante che le veniva dalla sua adolescenza miserabile, ed era una donna bellissima, di grande fascino, sicura di sé e della sua bellezza; il prodotto della sua intelligenza e del suo talento, della perspicacia di Livio e di Antistio e degli investimenti di Lelio.

E pareva proprio che lei di questo fosse consapevole, e nel guardare la testa verminosa, con la lingua di fuori, pensasse al fatto che la sua vita era a una svolta pericolosa, ora che le era venuto a mancare il suo lungimirante protettore.

I suoi riccioli morbidi erano tenuti in ordine da pettini d'argento, portava un monile pesante di grani d'oro, bracciali e anelli, ma era vestita di colori tenui, come una matrona, e teneva un atteggiamento composto, da cui si poteva dedurre che frequentasse ambienti raffinati e uomini importanti. Con la coda dell'occhio vide un uomo giovane sulla lettiga – che conosceva certamente – di Terenzia e fece qualche rapida deduzione, richiuse immediatamente la tenda fingendo di non aver*mi* riconosciuto e diede ordine ai lettighieri di allontanarsi.

Avevo ricevuto un colpo al cuore. Una volta che avevo preso atto del risentimento di mia madre, scoprii che tra le tante piacevoli sensazioni ci poteva essere qualcosa di molto sgradevole nell'incarnare Marco Druso, e quella cosa era il disprezzo di Frine. Io invece avrei voluto proteggerla in quel mondo romano pieno di furfanti.

CAPITOLO TRENTESIMO

Quando le riferii della decisione di Silla, Lelia si adombrò.

«Vuoi dire che adesso devo ringraziarti se man...» Se mangio un tozzo di pane, probabilmente voleva dire, ma s'interruppe in tempo, pensando che ormai dipendeva da me in tutto e per tutto e che avrei potuto sbatterla fuori di casa.

Se mi ero fatto un'idea giusta di lei, non si frenò per sé, perché era molto orgogliosa, ma piuttosto per la responsabilità che sentiva verso i deboli, Terenzia, Lelia Seconda e Publio, il quale era proteso solo a soddisfare i suoi desideri e non si annunciava un grand'uomo. L'erede di Lelio era mia moglie, trovò addirittura la forza di abbassare lo sguardo. Marco non avrebbe capito mai che donna era.

Le sollevai il mento per guardarla negli occhi e parlai pacatamente: «Non ho intenzione di derubarvi, né di appropriarmi di nulla, se non per proteggervi. Sarà tutto a vostra disposizione, stilerò un testamento prima possibile, appena sarò entrato in possesso dei beni. Credi che io non abbia provato a chiedere a Silla, con tutti gli argomenti possibili, di lasciare le cose come stavano? Dovete sperare che nel frattempo io non muoia: sono io l'unica protezione per voi».

Non sapeva che rischio avrebbe corso, se a Roma fosse tornato il vero Marco Druso.

Lelio aveva nascosto una gran parte dei soldi e dei gioielli nella casa dei Drusi, pensando che la sua sarebbe stata in grave pericolo con la vittoria di Silla.

Tornai insieme a Porcia e Lelia, dopo tanti anni, nella casa dove ero cresciuto schiavo e da cui me ne ero andato schiavo. Nell'atrio incontrai mia madre, che ultimamente, come aveva promesso Lusio, non avevo più visto. Ogni giorno soprintendeva alla toletta di Porcia e poi tornava nelle stanze dei Drusi che abitava con Lusio. Mi salutò con rispetto esagerato, ma sempre a testa china, senza guardarmi, e poi mi scoccò una di quelle sue occhiate in tralice, mentre credeva che non facessi attenzione a lei, per vedere che aspetto avrebbe avuto il suo Fausto se *Marco* glielo avesse riportato.

Teneva per mano un ragazzino. «Posso?» chiese a Porcia.

«Certo» disse lei.

Così mi si avvicinò a testa bassa, senza mai guardarmi direttamente negli occhi, e si inchinò nel presentarmi il mio giovanissimo fratello.

«*Domine*, tu hai tanti impegni e non stai ancora bene, perciò scusami se mi intrometto, ma questo è il fratello di Fausto. Si chiama Fortunato. Anche lui è molto bello e intelligente, spero che tu voglia tenerlo in considerazione come persona di fiducia della famiglia.»

Anche lui è molto bello... forse voleva che me lo prendessi per amante? Meglio fingere di non capire. Pareva che anche mio fratello dovesse fare i conti con la sua ansia di riscatto.

In effetti Fortunato era bello e sveglio e mi guardò circospetto, con liquidi occhi scuri, come quelli del ritratto che avevo spedito da Rodi, per capire che tipo io fossi, pure se con un profondo rispetto. Era stato affrancato solo da qualche giorno e non era abituato alla nuova condizione, per questo, credo, mi guardò esprimendo grande speranza, grandi aspettative, come uno schiavo che ci tiene al suo avvenire e si mostra disposto a tutto, capace di tutto, e cerca uno spiraglio aperto per introdursi nelle grazie del padrone. Ma lui aveva già ottenuto quelle cose che Marco mi prometteva e per cui teneva sottomessa la mia mente, oltre al mio corpo. Io finsi indifferenza, noia, fretta, mentre spasmodicamente cercavo le somiglianze tra lui e me.

«Bene, Sabina» dissi. «Intanto mandalo in una buona

scuola. Mi sembra abbastanza sveglio, e, se sarà ancora così, tra un paio d'anni, in memoria di Fausto, a cui ero molto affezionato, potrebbe studiare il greco, e poi io lo prenderei come segretario.»

Mia madre mi ascoltava sempre senza guardarmi.

«Oppure» continuai, «se è portato farà il banchiere. E speriamo che Fortunato sia più fortunato di Fausto. Tu, Sabina, ricorda a Lusio di condurlo ogni tanto alla mia presenza e di mostrarmi i suoi progressi, così potrò vederlo e valutarlo.»

Credo che queste parole *mi* abbiano riconciliato con mia madre per tutti gli anni a venire, in cui lei doveva ancora vivere vicino a me. Sentii un grande desiderio di toccarla e le appoggiai per qualche istante mentre parlavo una mano sulla testa, come avrebbe potuto fare un padrone molto condiscendente con una serva che lo ha tenuto in braccio. Mi baciò un lembo della tunica e si ritirò tenendo per mano Fortunato.

Da allora si diede da fare alacremente per fargli avere una buona educazione, e il concetto che io non lo volessi come amante mai, nemmeno una volta, fu Lusio a farglielo entrare in testa. Le disse che io avevo sofferto un grande dolore alla morte di Fausto, e un'intimità troppo stretta con suo fratello mi avrebbe ricordato quel dolore.

Lo splendore del tesoro che Porcia e Lelia mi mostrarono mi tolse il respiro. Lelio era stato previdente: se pure gli fossero state confiscate le proprietà, i suoi avrebbero avuto di che vivere da signori per sempre.

Il nascondiglio era in una cameretta che dava sull'atrio. Porcia accese una lampada e illuminò la parte inferiore sempre in ombra di un'edicola dedicata ai Lari della famiglia, fece scorrere un pannello rivestito di stucco dipinto, che andò a incastrarsi in alto dentro l'edicola, e da una stretta apertura illuminò un andito che conteneva dei sacchetti. Lei non poteva curvarsi, lo fece Lelia. Li estrasse a uno a uno per mostrarmi il rilucente contenuto.

«Questo posto è sicuro» disse Porcia. «Il capomastro che ha costruito questo nascondiglio era un liberto di mio marito, che è morto da tempo. Io non l'ho adoperato al ritorno di Mario perché ero troppo osservata dagli schiavi e allora pensai: perché giocarmi una tale opera d'ingegno per pochi soldi? Seppellii come molti altri una parte dei miei gioielli nell'orto, dove sono stati trovati dai saccheggiatori, e ciò mi ha dimostrato che ero seguita e osservata. L'ho usato stavolta perché ne valeva la pena e la casa è semivuota, anzi in alcune ore si svuota del tutto, in quanto gli schiavi rimasti passano molto tempo fuori. Anche Lelio quando l'ha visto ha deciso subito di utilizzarlo. Si potrebbe scoprire solo se la casa venisse demolita.»

Lelia sembrava contenta di avere qualcuno che la proteggesse e nello stesso tempo di sentirsi ancora molto importante, perché gli offriva in cambio tanto denaro.

«Ma adesso non dobbiamo farci vedere troppo spesso da queste parti» dissi io.

Visitai tutta la casa, e ogni angolo mi ricordava episodi della mia vita al servizio di Marco. Nel giardino scoprii molto rigoglioso il cespuglio in cui nascondevo i miei compiti fatti di nascosto; nell'atrio aprii la porta del cubicolo di Marco, in un angolo c'era ancora arrotolata la stuoia su cui mi stendevo ai piedi del suo letto. La casa aveva bisogno di restauri.

Porcia mi osservava, sembrava molto soddisfatta del nipote che era ritornato dall'esilio maturo e responsabile. Poi arrivarono gli schiavi che erano rimasti nonostante la fortuna avversa; tra loro il grosso portiere Demofilo e il cuoco Muzio, che, per non gravare su Porcia, avevano trovato dei lavoretti in altre case. Mi accolsero piangendo di gioia e mi si gettarono ai piedi.

«Mi sembra di rivedere qui davanti a me Tito Druso, *domine*. Quando potrò cucinare per te?» disse il cuoco.

«Presto queste due donne, Porcia e Lelia, che hanno tenuto in vita la casa nonostante la sventura, così che io ho potuto farvi ritorno, faranno anche in modo che le cose riprendano il loro corso» dissi in tono ufficiale.

Appoggiai una mano sulla testa china del nerboruto Demofilo.

«Allora» dissi «ti avevo promesso che ti avrei fatto frustare, quando fossi stato il *dominus*.»

Mi guardò preoccupato. «*Domine*, io non volevo impedirti di uscire, io eseguivo gli ordini. Tu eri un ragazzo che voleva mettersi in pericolo...»

«Tranquillo» gli dissi. «Sarai ricompensato per la tua fedeltà.»

Quella sera io e Lelia diventammo di fatto marito e moglie. La mia tenerezza appassionata la convinse di essere al sicuro, che non l'avrei tradita.

Divenuto ormai Marco Druso, cominciai a promettere a destra e a manca rappacificazione e fedeltà. Concluso il patto con Lelia Prima, coi clienti e con gli amici, prendevo saldamente in mano il potere sulla famiglia *mia* e di Lelio e sui liberti e sugli schiavi dei Drusi e dei Leli. Ero il centro di una fitta rete di relazioni sociali, personali e familiari. Tutti intorno a me erano soddisfatti: per fortuna in un momento difficile era arrivato un uomo forte e affidabile che li avrebbe protetti e rappresentati. Era facile per me, che avevo osservato tutte quelle persone da schiavo e ne conoscevo tanti segreti, prenderle per il loro verso e dominarle. Licinio non faticava a reclutare nuovi clienti e presto avrei cominciato il *cursus honorum*. Quello che mi dava grande soddisfazione in tutto ciò era l'approvazione di Porcia.

Ormai ero convinto di averla fatta franca, e non pensavo nemmeno lontanamente che invece ero sull'orlo di un baratro.

Anche Frine fu costretta a farsi viva. Stavo entrando in possesso di tutti i beni di Lelio, e questa per lei doveva essere una tremenda iattura. Livio mi portò un suo messaggio.

Sono felice di sapere che Marco Druso sta bene e ha ripreso il posto che gli spetta tra i grandi di Roma. Mi chiedo, però, perché non ha più un pensiero per la sua piccola Frine. Ci sono attrici più belle e più brave di Frine a Roma? La gente dice di no. La gente dice che la più bella e la più brava è Frine. Io ogni giorno guardo tra il pubblico, ma non vedo mai Druso. A questo punto devo pensare che non ami il teatro. Posso dunque invitarlo a casa mia per una cenetta intima in ricordo dei vecchi tempi?

In qualità di attrice affermata e molto ben pagata, Frine mi si poteva rivolgere così, ma a me quel non parlarmi mai direttamente la diceva lunga.

«Ho sentito molte chiacchiere su di lei in giro» dissi a Livio.

«Lei fa sempre notizia. Tiene desto l'interesse. Cambia gli amanti come i vestiti, ma ora che è morto Lelio non so che cosa le accadrà. Immagino che i contratti stipulati per lei da Lelio o da Antistio stiano per finire. Credo che per Lelio lei fosse molto importante, per venire a conoscere i fatti degli altri e gestire i suoi affari. Ora che ci siete tu e Lelia, non so quale sarà il suo ruolo...»

«Giusto» dissi, «forse Frine teneva sotto controllo anche me...»

«Ah... non ci avevo pensato» disse Livio. «Può darsi. Vuoi che mi informi da Antistio?»

«Bravo, ottima idea. Ma... discrezione.»

Frine sarebbe stata libera da impegni dopo due giorni e io accettai, Livio le portò la mia risposta e andò in cerca di Antistio.

Tornò presto.

«Che sorvegliasse te non sono riuscito ad appurarlo. Da quello che sono riuscito a estorcergli grazie al fatto che quando vedo qualche buon affare – come a suo tempo Frine, infatti – lo avviso sempre per primo, ho dedotto che Frine era molto importante per Lelio, che se ne serviva per capire lo stato patrimoniale e le alleanze di tanta gente e procedere poi con le sue speculazioni, e naturalmente Frine prendeva la sua percentuale e così si spiega anche la voce che la vuole ricca. Oggi è molto in ribasso perché le teste dei suoi abituali frequentatori sono quasi tutte appese ai Rostri, così lei cerca il modo di arrivare agli amici di Silla. Ma Silla ha già una sua cerchia di mimi e ballerine.»

«E dunque io le devo servire a introdursi presso Silla» riflettei.

«Questo si potrebbe dedurre. Ah... dimenticavo la cosa più importante. Lelio l'ha affrancata. Qualche volta si faceva chiamare Lelia Frine, ma oggi non ci prova nemmeno.»

Questa non me l'aspettavo.

«Così presto?»

«L'ha liberata per farne una cortigiana di lusso, per farla partecipare ai suoi banchetti e frequentare più agevolmente dei personaggi importanti, che non si sarebbero fatti vedere in pubblico con una schiava. Così lei poteva prestare al suo patrono Lelio dei servizi che potrei definire delicati, in cui occorreva la diplomazia.»

L'attività in teatro si prestava benissimo a tutto ciò. Se si servono del mondo dello spettacolo i politici, per farsi conoscere, attirarsi voti e guidare le masse orientandone il pensiero, perché non avrebbe dovuto servirsene un affarista per farsi amicizie e concludere le sue speculazioni?

«Alla fine» concluse Livio «il teatro le serve per farsi nuovi amici e gli amici le servono per portare gente a teatro... e così via. Le due cose sono interdipendenti. E poi, la gente vuole divertirsi, e nelle mani di uno come Lelio tutto serviva a controllare la gente.»

«Così pensi che questa predisposizione andrà sprecata?»

«Tu sai se te ne vorrai servire, oggi sei tu il padrone.»

Frine aveva cambiato casa. Non viveva più nel caseggiato di proprietà di Antistio, ma sempre sull'Aventino, in una casa sua, non grande, ma raffinata. Certo che aveva fatto carriera. Arrivai con la lettiga di Terenzia; il portone d'ingresso era aperto, e quando giunsi sulla soglia il portiere si inchinò e si fece da parte. Lusio, che aveva seguito a piedi la lettiga, mi accompagnò all'interno e si dispose ad attendere nell'atrio coperto.

Uno schiavo mi fece attraversare una stanza di collegamento tra l'atrio e un giardinetto circondato da colonne solo su due lati, in cui gorgogliava una fontana molto graziosa, e poi un corridoio stretto fino a un triclinio invernale, piccolo e appartato, squisitamente affrescato con scene di famose commedie.

Contro la parete di fronte alla porta c'era una pregevole statua in bronzo di giovinetto, che faceva da sostegno a un grande specchio d'argento, altre statue reggevano delle lampade. Su alcuni treppiedi disposti negli angoli erano appoggiate maschere del teatro greco; ciò doveva far ricordare all'ospite che il lavoro principale di Frine era sulle scene, dove riscuoteva grandi applausi, non nelle camere da letto, e quindi che la sua attività galante non era un vero e proprio meretricio, era di contorno, solo per qualche personaggio molto influente, che le piaceva anche.

L'ospite di turno doveva sentirsi un prescelto, molto fortunato. L'ambiente era caldo e intimo e nulla faceva pensare a un'attività da cortigiana della padrona, non c'erano nemmeno sculture o dipinti erotici, che si trovano anche nelle case più onorate. Sulla mensa erano già disposti gli antipasti e i letti preparati erano solo due, eleganti, in legno intarsiato d'avorio, su un tavolino tra i due letti era poggiata una cetra.

Mi diressi allo specchio, che rifletteva le immagini con una nitidezza eccezionale, e contemplai gli occhi scuri attenti di Fausto nel volto di un giovane aristocratico romano con i capelli corti dal taglio severo, una barbetta appena accennata e un ricco mantello gettato sulle spalle.

Frine non mi fece attendere molto. Avevo appena cominciato a girare intorno alle pareti per guardare gli affreschi, che sentii un leggero colpo di tosse dietro di me. Era lei.

Per i pochi passi che ci separavano mi venne incontro incedendo come una regina. Elegantissima, carica di gioielli, con una tunica scollata di porpora violacea molto aderente e i lucidi ricci neri composti in un'acconciatura complicata. Che fare con lei? mi chiedevo. Aveva conosciuto intimamente Marco e forse sapeva di lui qualcosa che io non sapevo, ma anch'io lo avevo conosciuto molto bene e poi erano passati più di cinque anni.

Il suo sorriso era falso. Il vero Marco non se ne sarebbe accorto, ma io, che sapevo quanto lei lo considerasse un vigliacco, potevo coglierne le sfumature.

«Da quanto tempo non ti vedo...» Anche questa affermazione era falsa – mi aveva visto nel Foro. E falsa era la gioia nella sua voce. «Mi sei mancato molto.»

«Anche tu» le dissi. «Per quante donne belle io abbia avuto, non ti ho mai dimenticata. E nel confronto con te perdevano tutte.»

«Sei molto cambiato.» Questo lo pensava.

«Tu più di me» replicai. «Anche se si prevedeva che saresti stata bella, chi avrebbe potuto immaginare un tale splendore? Ma del tuo fascino è parte integrante il talento.»

«Questo sembra il più bel complimento che mi sia mai stato fatto» disse fingendosi soddisfatta. Ma poi mostrò di ripensarci: «O forse non è un complimento? Vuoi dire che recito sempre?».

«Oh no, perché, se in questo momento tu stessi recitando, ti dovrebbero dare la palma della più grande attrice di tutti i tempi. La tua gioia di rivedermi è sincera e si intuisce. Dico che la tua grande fama è parte integrante del tuo fascino, e la vicinanza non smentisce la fama, anzi da vicino sei ancora più affascinante. E poi, se vogliamo puntualizzare, parte integrante è anche il tuo spirito, che anima la tua bellezza.»

«Grazie» disse a voce bassa, falsamente arrochita dalla passione. Quanto era brava... intanto mi si stava sempre più avvicinando.

Vidi i nostri volti e le labbra che si accostavano nello specchio, il mio viso attento, tirato, ora che lei non poteva accorgersene, e, quando pensava che ormai non la vedessi, lo sguardo suo duro e determinato, di chi è pronto a soffrire per ottenere qualcosa.

Uno schiavo fece cadere un mestolo proprio vicino a noi e lei sobbalzò. Il *bel* momento era terminato. Lo schiavo aveva di certo eseguito un ordine della sua padrona e accettò di buon grado anche il rabbuffo.

«Allora fai servire» dissi io.

La cena era raffinata, ma la mia vista le rovinava anche il pasto, io invece non mi feci guastare il piacere del cibo che le mostrai di gradire.

«Hai un ottimo cuoco. Mi sembra che la sua cucina somigli a quella del cuoco di Lelio, anzi ieri ho mangiato qualcosa di molto simile.»

«Hai ragione: il mio cuoco era un aiutante del cuoco di Lelio.»

L'allusione al fatto che io avevo un potere su di lei tramite Lelia non le fece piacere. Sorrise e sulla punta delle dita mi mandò un bacio, che io ricambiai.

Lelio a suo tempo l'aveva incaricata di sorvegliare Marco, e fino a questo c'era arrivata, ma dipendere da Marco le era odioso. Tanta importanza aveva attribuito al fatto che Marco era fuggito lasciando Fausto solo nel pericolo. Odiava talmente tanto i vigliacchi! Strano che lei, schiava, non considerasse che Fausto era solo uno schiavo, e tutto era andato secondo le regole: sia Fausto sia Marco avevano svolto il proprio ruolo. Marco era tenuto a mettersi in salvo e Fausto a dargliene il modo.

Era il momento di bere e un piccolo valletto elegante era pronto a mescere il vino. Io bevvi pochissimo. Con un dolce di noci, miele e pepe – notevole invenzione che già conoscevo, del cuoco di Lelio – finì il pasto e io ero perfettamente in me.

Mentre Frine chiacchierava amabilmente pensai di andarmene; la durezza in fondo al suo sguardo e la triste rassegnazione a sopportare il *vigliacco* mi intristivano, ma mi resi conto che mai me ne sarei andato, se lei non mi avesse congedato. Nel tempo di una breve cena ero diventato completamente dipendente da lei. Ero confuso, preda di sentimenti complessi. In me si combattevano il dolore per la ripulsa e la gioia di esserle vicino e di vedere quanto fosse bella e brava la ragazzina, che una volta aveva danzato per Fausto tra il fango e i rifiuti di un sordido vicolo. E intanto mi chiedevo: Se detesta Marco, è perché voleva un po' di bene a Fausto?

Poiché *mi* disprezzava, sperai che non intuisse che poteva fare di me quello che voleva, e aspettai la sua mossa successiva.

«Mi è dispiaciuto che tu abbia perduto il tuo schiavo Fausto» disse. E compresi infine perché continuava a detestare e a disprezzare Marco dopo tanto tempo. Dato il precedente, lo considerava responsabile della morte del suo schiavo, pensava che anche stavolta Fausto fosse stato sacrificato per salvare Marco.

«Ma raccontami qualcosa dei pirati, che fanno tanta paura a tutti e che tu conosci. Come è avvenuta la tua cattura?»

Le raccontai una versione della morte di Fausto in cui Marco non c'entrava nulla, perché era già stato immobilizzato dai pirati, e faceva una discreta figura tentando di riscattare Fausto con una somma di denaro; ma Fausto, intrappolato nella nave, che stava prendendo fuoco, non era uscito al richiamo dei pirati. La versione era abbastanza plausibile e già divulgata a destra e a manca da Lusio, ma lei non credeva alla versione ufficiale controllata da *Marco Druso*, e per me il suo scetticismo era palpabile.

Prese la cetra e cantò sdraiata sul letto, ma, come se avesse avuto proprio in quel momento un'idea geniale, le brillarono gli occhi mentre cantava. Batté le mani. Entrò il valletto, che già sapeva cosa fare in queste occasioni, prese la cetra dalle sue mani e cominciò a suonare. Lei si alzò e andò verso la porta, poi danzando venne verso il mio letto e le sue movenze sinuose diventarono sempre più provocanti, finché non arrivò a un passo da me. Potevo scorgere ogni particolare del suo corpo attraverso il vestito sottile. Questa tecnica di seduzione per allocchi provinciali mi confermava che lei non aveva un'alta opinione di *me*, ma ormai se la volevo non dovevo fare altro che prenderla, e lo feci.

La afferrai per un polso e la feci sdraiare a fianco a me sul letto, le sciolsi i capelli e la spogliai lentamente. La accarezzai a lungo, ben sapendo che il suo volto, quando non era girato verso di me simulando piacere e allegria, mostrava un'espressione schifata. Ricordo perfettamente quei momenti per me di profonda sofferenza, e come non potevo rinunciare a tenerla stretta e toccarla, pure soffrendo.

Ma non soffrivo solo io, e mi dispiaceva di procurarle tanto fastidio, avrei potuto dirle che mi faceva male la ferita e andarmene, ma non lo feci, tanta era l'attrazione che sentivo per lei.

In un barlume residuo di razionalità, mi maledissi per avere accettato il suo invito, ma infine il desiderio fu più forte di qualunque remora e feci l'amore con lei. Esisteva solo lei, che mi stringeva tenacemente i fianchi con le gambe lisce e forti da danzatrice.

Poi mi rimase stesa a fianco affannata, mentre le accarezzavo le gambe molli e rilassate, e sembrava interdetta. Credevo di capire: nonostante l'odio, lei era attratta da *me* e non approvava questa attrazione per il *vigliacco*. Eppure questo era già qualcosa per me, significava che forse un giorno lei avrebbe potuto cambiare opinione su *Marco Druso*. Valeva la pena aspettare quel giorno e lavorare perché arrivasse.

Così fui io stesso a portare l'argomento sui favori che voleva chiedermi, per risparmiarle un'altra umiliazione. «Tu sei stata la mia prima amante, ero un ragazzetto e mi sei rimasta impressa per la grazia e lo spirito. C'è niente che posso fare per te?» le chiesi continuando ad accarezzarla. «Questo è un momento brutto per chi ha appoggiato i Mariani.»

«Sì, infatti il mio lavoro è in calo, perché le mie relazioni sociali hanno sofferto della sconfitta.»

«Lo credo.»

«Tu sei un uomo potente e...»

«Meno potente di quello che credi, e già in debito verso Silla, però potrei presentarti qualcuno. Silla e gli uomini della sua cerchia amano molto gli attori. Ma non sarà semplice: tutti sanno che lavoravi per Lelio» dissi, e poi pensai a un'altra cosa che sarebbe stata un ostacolo insormontabile. «Forse con gli spettacoli hai messo in ridicolo Silla? È un uomo con un gran senso dell'umorismo, ma è pure imprevedibile.»

«No, per fortuna non ho avuto modo di prendermela con Silla in teatro. Negli ultimi anni ho lavorato sempre con un repertorio classico, non nel mimo, perché Lelio mi portava ai suoi banchetti e a volte mi faceva recitare nelle case dei suoi amici, così preferiva che non mi denudassi sulle scene.»

«È già tanto.»

«Ho un'idea» strillò all'improvviso. Gli occhi le brillavano. Pareva davvero che l'idea che covava da tempo le fosse balenata proprio in quel momento. «Potrei recitare in una festa privata organizzata da te, e poi, una volta che ce l'ho a portata di mano, nessun uomo mi sfugge più.» E si poteva crederle, sembrava di nuovo la Frine ragazzina piena di progetti.

Così quella parte che di lei preferivo veniva a galla ogni tanto... valeva la pena sopportare qualunque sofferenza per qualche momento come quello.

«Non credo, però, che sia bene invitarli in casa del nemico Lelio» considerai.

Frine aveva già la risposta pronta, come sbagliarsi? «Qui ho una sala molto carina in cui posso disporre il palco e i triclini» disse entusiasta.

Volle fare ancora l'amore.

Quando me ne andai era notte fonda. Lusio dormiva su una panca nell'atrio, avvolto nel mantello, come tante volte avevo fatto io in casa di Lamia.

Lo scossi rudemente. «Spero che ti abbiano servito la cena.»

«Non mi lamento.»

«Ma non sono mansioni adatte a te queste, adesso che sei liberto.»

«Sarà, ma io preferisco starti appiccicato.»

CAPITOLO TRENTUNESIMO

Ormai stavo molto meglio. Una mattina mi feci portare al Campo Marzio in lettiga e mi mossi poi a piedi. Lusio mi seguiva con uno sgabello pieghevole, pronto a piazzarlo da qualche parte per farmi riposare, e Livio si dedicava per me al suo ufficio di *nomenclator*. C'era un gran movimento, ancora continuavano le esecuzioni dei fuggiaschi rintracciati dovunque, si discuteva l'elezione dei magistrati e si preparava il trionfo di Silla per l'anno successivo.

Ero tranquillo, ormai del tutto nel mio elemento, del tutto integrato tra i nobili romani, *miei pari*, tra le toghe candide bordate di porpora. Qualcuno mi faceva anche i complimenti – perché poi le voci girano – per come avevo risolto la questione economica con Silla. Con un netto guadagno, dicevano tutti. La mia abilità era indiscussa, poiché tutti consideravano che Silla non era uomo che facesse poi molti favori e portavano l'esempio di Lucrezio Ofella, il vincitore di Preneste. Nonostante il parere contrario di Silla, in quanto non aveva compiuto il *cursus honorum*, Ofella si era voluto candidare a console. Silla lo aveva fatto giustiziare sul posto da un centurione.

Passeggiavo tra chiacchiere e saluti amichevoli seguito da Livio e Lusio, quando qualcuno mi strattonò. Due occhi scuri brillanti erano levati a osservarmi, ad attendere il momento giusto per consegnarmi un messaggio. Il ragazzino era cencioso, ma agile e sveglio.

«Se vuoi leggere questa lettera molto importante mi devi dare un denario» mi disse, tenendo fuori dalla mia portata la lettera, un papiro sudicio, già adoperato molte volte, che quasi cadeva a pezzi.

Mi misi a ridere e gli stavo mollando uno scapaccione. «Non sapete più che inventarvi, ti dovrebbe pagare chi spedisce la lettera, non chi la riceve. Va bene, ti darò il denario per premiare la tua sfacciataggine.» Ma lui mi mostrò il sigillo impresso sul messaggio. Inconfondibile. Il sigillo dei Drusi.

Lusio aveva la vista acuta e i riflessi pronti e, mentre io ero stupefatto perché finalmente si faceva vivo il mio salvatore e speravo di incontrarlo, lui porse la moneta al ragazzino, che mi piazzò in mano la lettera. Poi Lusio stava ancora a bocca aperta per chiedere qualcosa, quando il ragazzino scappò via. Sparirono entrambi, l'uno in fuga e l'altro all'inseguimento.

Io rimasi con la lettera in mano, tenendola lontano da me, come se potesse mordermi, realizzando finalmente che, se il tizio che mi aveva salvato mi inviava delle lettere col mio sigillo senza mostrarsi, c'era qualcosa di molto strano. Ma tutto il suo comportamento era stato a dir poco strano. Mi guardai intorno, in cerca del cavaliere forte, agile, robusto, che avevo potuto intravvedere solo di spalle: forse stavolta mi stava osservando in modo palese, ma tutti erano intenti ai loro affari e nessuno si interessava particolarmente a me.

Infine riuscii ad appartarmi dietro un palco in legno e ad aprire la lettera, che quasi cadeva a pezzi. I caratteri erano confusi tra lo scritto precedente, ma a me sembrarono lettere di fuoco.

*Sorpreso? Anch'io sono rimasto molto sorpreso quando ti ho visto. Devo riconoscere che ti sei sistemato proprio bene. Se non vuoi che riveli il tuo segreto, domani mattina affida una borsa con quaranta aurei a Lusio e fallo camminare da solo tra le botteghe dell'*Argiletum. *Evita di seguirlo o di farlo seguire. Consegnerà la borsa a un uomo che gli andrà alle spalle. Non cerchi* *di vedere chi è, o tu e lui finirete sulla croce e io perderò un prezioso mezzo di sostentamento. Di fuggire non è il caso: se io parlassi, ti inseguirebbe tutta Roma.*

Chi scriveva sapeva che ero uno schiavo, o non avrebbe accennato alla crocifissione, e sapeva molto di me, per commentare ironicamente che mi ero ben sistemato. Mi aveva salvato per ricattarmi, e io ero diventato il suo sostentamento.

Due senatori che stavano confabulando dietro il palco si zittirono a vedere la mia faccia; io salutai e sorrisi, tentando di calmarmi e di non mostrare più la mia disperazione.

Lusio tornò presto. «Il ragazzetto non sa niente» annunciò, «tranne il fatto che il tizio non aveva soldi per pagarlo, ma gli ha detto che tu, vedendo il sigillo, avresti pagato. Del fatto che non avesse soldi il ragazzo è certo, perché il tizio avrebbe fatto prima a dargli un paio d'assi, che a chiacchierare tanto per convincerlo che tu avresti pagato.»

Che il tizio che mi aveva salvato, forte e determinato, e sicuramente un legionario con un addestramento speciale, non avesse soldi era molto strano, ma non più strano di tutto il resto.

Lusio mi aveva letto nel pensiero. «Avrà perso al gioco, lo sai come fanno i soldati quando capitano nelle grinfie dei truffatori romani. O forse non vuole farsi vedere da te perché aveva ricevuto un ordine e non lo aveva eseguito, e dunque nel momento in cui ti ha salvato avrebbe dovuto trovarsi da un'altra parte. Così, se si sapesse...» Poi ebbe un lampo di genio: «Forse è un disertore».

«Perché il ragazzo è fuggito?»

«E te lo domandi? Perché si è spaventato a vedere la faccia che hai fatto.» Su questo aveva ragione. «E poi» aggiunse, «se l'uomo che ti ha salvato vuole sfruttarti un po', che problema c'è? È del tutto normale al giorno d'oggi con i vizi che ha la gente.»

Infine gli diedi la lettera e osservai la sua faccia mentre si rendeva conto del vero problema. Accusò il colpo, per qualche istante rimase immobile come una statua, poi lesse una seconda volta per essere certo di aver capito. Io mi avviai alla lettiga per tornare a casa e preparare i soldi.

Avevamo passato ore a discutere su chi potesse essere il ricattatore, ma né io né Lusio riuscivamo a capirci niente. Le ipotesi erano molte. Pensammo prima di tutto a uno schiavo di casa, ma uno schiavo sarebbe stato uno dell'esercito mariano.

«Che sia una persona proveniente da Rodi è la cosa più probabile» disse Lusio, tenendo vicina alla faccia la lettera, che aveva letto mille volte, come se infine là sopra potesse comparire il volto del ricattatore. «Infatti dal tono non sembra che ti abbia perso di vista da molto tempo e sembra uno che conosce bene anche me, e questa possibilità l'ha avuta a Rodi, dove eravamo pochi a servizio di Marco. E poi sembra che con te abbia una confidenza particolare.»

«Un agente di Lelio a Rodi?»

«No, secondo me quelli non ti hanno mai guardato bene in faccia.»

«Hanno scritto a Lelio.»

«Lo so, ma è passato tempo e la somiglianza tra te e Marco è grande.»

Poi io trovai il coraggio di evocare un fantasma che avevo rimosso da tempo: Vinicio.

«Ma come è possibile che non lo abbiamo trovato?» rifletteva Lusio. «L'ho cercato a lungo. Se era un legionario, dovevo vederlo, prima o poi.»

Ripensai ai due soldati che indugiavano ancora sul campo di battaglia mentre tutti gli altri incolumi guidati da Crasso erano partiti all'inseguimento dei Mariani.

«Credo di aver capito» dissi infine, «era un *immunis*, un soldato scelto che aveva incarichi speciali e poteva agire a sua discrezione, poteva stare fuori dai ranghi ed essere impegnato in missioni di ricognizione, o di spionaggio. Gli *immunes* tornavano poco all'accampamento.»

«Ma ci vogliono credenziali e anni di addestramento per fare parte di questi corpi» disse Lusio.

«Mi ricordo che Vinicio mi ha detto a mezzi termini che il padre combatteva per Silla; io adesso intuisco che forse era un veterano con compiti speciali. Vinicio aveva le credenziali, l'aspetto, la furberia e l'eloquenza. E quanto al vigore fisico... preferisco non ripensare ai suoi pugni. Forse anche lui ha deciso di tornare dall'Oriente insieme al seguito di Silla.»

«Non mi sembra probabile.»

«È solo un'ipotesi. E ne faccio subito un'altra: Livio.» La facevo solo perché era l'uomo che a parte Lusio era stato meno tempo lontano da me e avrebbe potuto accorgersi dello scambio, ma Lusio non la prese in considerazione.

«Frine» dissi. Ma Lusio alzò le spalle: erano passati quasi sei anni senza che la vedessi.

Non ci veniva in mente altro.

«Ormai non posso più fuggire» mi lamentai. «Se tu non mi avessi costretto a restare, seguendo il mio istinto sarei sparito appena giunto nella Penisola, e oggi non rischierei di gettare nel fango Porcia e tutti quelli che si sono affidati a me.»

«Adesso dimmi che è colpa mia» fece lui.

«No» risposi. «È tutta mia la colpa, io ho ucciso l'erede dei Drusi.»

La mia caduta avrebbe coinvolto i Drusi e i Leli, con i liberti e gli schiavi. Molta gente. E avrebbe consegnato il grande patrimonio di Lelio agli accoliti di Silla che non stavano aspettando altro. Alla fine di mia madre e di mio fratello non osavo pensare, e a quella di Lusio e alla mia, che sarebbe stata terribile, non pensavo, era piccola cosa di fronte alla sofferenza di tanti.

«Prima o poi il ricattatore farà un passo falso» disse Lusio. «Intanto domani io andrò all'*Argiletum*. Andrò armato: anche se è un *immunis* non mi fa paura.»

«No» risposi. «Cerchiamo prima di capirci qualcosa. Diamogli i soldi e temporeggiamo. Se non aveva una moneta per il ragazzo è uno che ha problemi di denaro e cercherà di spremermi bene prima di denunciarmi. Forse è un giocatore: chi si può trovare senza una moneta per il latore di una lettera?»

«E se, per ipotesi, ti denunciasse a Silla?»

«Il premio sarebbe una somma nemmeno lontanamente paragonabile a quelle che può chiedere a me. Però, per ipotesi, potrebbe anche mettersi d'accordo con qualcuno per denunciarmi e spartirsi le ricchezze di Lelio, ma lui sa che, non avendo somme da investire, i soci alla fine lo sfrutterebbero soltanto per poi escluderlo dall'affare e lo lascerebbero a bocca asciutta.»

«E allora se ha bisogno di denaro per i suoi vizi non ti denuncerà mai» concluse Lusio. «La cosa più comoda e sempre a portata di mano per lui è proprio il tuo contante.»

«Ma non possiamo vivere nella paura che mi denunci. Non è vita.»

«Non siamo mai stati sicuri di nulla, siamo schiavi, siamo stati sempre in balia dei padroni.»

«Ci sono vari gradi di insicurezza. Comunque io dico che i quaranta aurei non gli dureranno tanto e avremo presto sue notizie.»

«Però» mormorò Lusio, «che sia un giocatore...»

«Sì, la possibilità che sia un giocatore mi porta a pensare ancora a Vinicio» dissi. Giocatore, truffatore e baro. «E pensare che certamente mentre il ragazzino mi dava la lettera lui era là, a controllare che io la ricevessi.»

«E a guardare la faccia che facevi.»

«Questa cosa mi dà i brividi» mormorai. E la notte della battaglia mi trovavo ferito, incosciente, tra le sue braccia. Era da lui. Chissà come si divertiva. «Comunque non corriamo troppo presto alle conclusioni. Chiunque sia, tornerà alla carica, e mi farò trovare pronto.»

Se l'*immunis* era Vinicio e se Vinicio era un *immunis*, io non ero da buttare, mi ero irrobustito molto durante le campagne di guerra e l'inverno tra le due campagne passato allenandomi all'accampamento. Ero davvero grosso e forte come Tito Druso. Ma per prendere uno come Vinicio dovevo fargli pensare di non essere guarito bene, così mi si sarebbe avvicinato senza precauzioni.

Avevo deciso di non farmi portare in lettiga il giorno dopo, ma cambiai i programmi e confermai la lettiga, che Terenzia comunque era orgogliosa di prestarmi.

Per quanto i miei amici sillani mi volessero bene, non fu facile organizzare una serata con loro da Frine, la più famosa attrice della scuderia di Lelio.

Cominciai l'opera di convincimento parlando della mia splendida amante, attrice, danzatrice e cortigiana di lusso, da cui non era facile staccarsi la mattina. Nicchiarono a lungo e poi un giorno Catilina espresse il desiderio di conoscerla.

«Ne ho sentito parlare in Grecia» ammise. «Ad Atene si facevano dei confronti tra lei e alcune Ateniesi.»

Questo li portò a discutere delle etere e delle differenze tra cortigiane romane e ateniesi, finché tutti furono d'accordo sul fatto che era il caso di andare a vederla a teatro.

Mi feci venire *all'improvviso* un'ottima idea. «Siete i miei amici...» dissi. «A teatro vedrete una grande mima, ma a casa sua potreste vedere anche la donna nel suo elemento, quella che piace a me, quella per pochi. Potrei dirle di organizzare una serata per voi. Ripensandoci, ha un cuoco niente male.»

Catilina mi batté su una spalla. «Ho capito, la mima appartiene a te e vuoi servirti di noi per riportarla in auge» insinuò. «Speri che ne parliamo anche ai capi e che facciamo arrivare la voce a Silla.»

«È libera, non appartiene a me» risposi. «Ti inviterei da una schiava? Però è vero che voglio servirmi di voi per far giungere sue notizie a Silla, perché secondo me lo merita. E poiché non c'è miglior estimatore del teatro di Silla, e anche voi sotto questo aspetto non siete da buttare...»

«Ti si è proprio appiccicata bene...» Cominciarono a sfottermi.

«È vero e io non la vorrei dividere con nessuno» ridendo dissi la verità. «Ma spero che si appiccichi anche a qualcuno di voi, così io avrò un po' di respiro.» Non era vero, non era vero affatto, desideravo Frine tutta per me, ma, anche se

mi avesse voluto un po' di bene, questo non era comunque compatibile col suo lavoro, e forse non era nella sua natura.
Promisero comunque di venire.

Frine per l'evento aveva riunito altre graziose ragazze, e anche ragazzi, della scuola sull'Aventino, che era diretta dal liberto Antistio. Di sicuro la migliore scuola di Roma, in cui insegnavano grandi attori.

Arrivai per primo. La sala era illuminata sfarzosamente, con le mense di marmo scolpito e dorato e i triclini coperti da drappi lussuosi, disposti in modo che gli occupanti potessero volgersi comodamente verso il palco. Dovunque erano appesi serti di foglie e frutti, augurio di abbondanza e fertilità. Sotto al palco erano già seduti i suonatori, pronti con i loro strumenti.

Al loro ingresso gli invitati, molti dei quali erano amici d'infanzia di Marco, rimasero piacevolmente impressionati dall'ambiente. Ma all'improvviso la musica interruppe le chiacchiere e comparvero sul palco a passo di danza le ragazze e i ragazzi apprendisti attori, che si inchinarono e si disposero ai lati, e poi al centro apparve lei, vestita piuttosto semplicemente, poiché era in casa sua, ma graziosissima e piena di moine.

I riccioli ribelli a stento trattenuti da pettini d'argento la ornavano come gioielli e facevano da cornice al volto, poco e sapientemente truccato, in cui gli occhi apparivano grandi e brillanti. Sembrava una ragazzina più degli altri e fece risuonare la sala della sua risata argentina, che mise tutti di buonumore.

Accolse gli ospiti con semplicità e allegria, e grande rispetto. Io glieli avevo portati in casa, ma lei li conquistò presto; già dal momento in cui era apparsa aveva intrapreso una rapida scalata al vertice dei Sillani.

Dopo i convenevoli batté le mani e apparve una processione di servi con gli antipasti; i cibi erano costosi e l'estetica dei piatti era stata molto curata; c'erano l'allegria e lo spreco che per i Romani danno l'idea della festa.

Feci sdraiare Frine accanto a Catilina.

Ci volle tutta l'arte di Lusio per evitarmi come compagno di quella serata un bel ragazzo depilato, con lunghi capelli sciolti sulle spalle e gli occhi bistrati, un cinedo che mi ricordava come dovevo apparire io a Rodi, l'unica differenza era il trucco intorno agli occhi. Con tutta la buona volontà non avrei mai potuto sdraiarmi accanto a lui. Invece si distese accanto a me una ragazza molto piacevole con un sorriso simpatico, che mi sceglieva i bocconi e me li portava alla bocca con delle belle dita affusolate e profumate.

Il buonumore di quella serata non era una forzatura e, quando i convitati stimolati dal vino e dalle danze passarono dai piaceri del cibo a quelli dell'amore, notai che Catilina era molto preso da Frine, che lo aveva eccitato con gesti e parole per tutta la sera. Forse il suo amoreggiamento con Frine durò troppo e diventò fastidioso per gli altri, che si erano trastullati solo quanto ammette il buon gusto e secondo le regole del banchetto. Lo vidi dalle facce. Per me non fu piacevole: sapere del lavoro da cortigiana di Frine era una cosa, ma vederla fare l'amore con un altro, e poi un uomo come Catilina, bello e di grande fascino, era tutta un'altra faccenda.

Il culmine della serata fu una danza orientale eseguita da Frine, ma tirammo l'alba a bere e ad assistere a danze e canti. La gelosia mi divorò per tutta la notte.

Gli amici cominciarono a spargere la voce su Frine. Dopo qualche giorno fu chiamata a esibirsi di fronte a Silla, il quale la tenne nel suo seguito di attori, danzatori e cantanti, che risiedevano presso di lui e ogni sera cenavano con lui e lo allietavano, e la incaricò di organizzare degli spettacoli per festeggiare il suo trionfo, ormai prossimo.

Grazie a me la sua carriera non aveva subito battute d'arresto e lei me ne fu molto grata, con parole e fatti, ma io vedevo sempre il disprezzo per il vigliacco in fondo al suo sguardo, anche nei momenti di passione.

In effetti queste furono brevi parentesi di serenità, ma i miei pensieri andavano costantemente al mio grave problema, al ricattatore, poiché la mia vita stava prendendo una piega tale, per cui ero sempre più importante, anzi indispensabile per un gran numero di persone. Dovevo proteggere anche mio figlio. Lelia Prima era incinta.

Lelia si accorse della paura che tentavo di dissimulare e fraintese. Mi disse: «Non preoccuparti. Credi che io sia una di quelle donne che muoiono di parto? Non è possibile. Dopo quello che abbiamo superato insieme, avremo questo figlio, perché tu, che sei riuscito a salvare la mia dote, hai diritto ad avere un erede, e perché gli dei, se così non fosse, sarebbero ingiusti e ci avrebbero portato fino a qui inutilmente tra ansie e pericoli».

«So quanto sei coraggiosa» le dissi, con sincero affetto e profonda stima.

CAPITOLO TRENTADUESIMO

Anno 672 ab Urbe condita *(81 a.C.)*

Il ricattatore si rifece vivo, ancora una volta in mezzo alla cagnara della gente che al Campo Marzio cercava di avvicinare Silla. Stavolta dal fatto che avesse già pagato il latore della missiva si poteva dedurre che gli rimaneva ancora qualche spicciolo. Ma ormai era un uomo che si poteva permettere dei lussi, con il genero di Lelio che lo manteneva.

Il ragazzetto che mi aveva consegnato la lettera vide che mi guardavo intorno pronto a scattare. «Ha detto che è inutile che lo cerchi» mi disse. «E comunque è già andato via. Dice che non si vuole incontrare con te adesso, vi incontrerete quando sarà il momento.»

«Ah... giusto. E che tipo è?»

Alzò le spalle. «Come tutti gli altri. È un po' più basso di te e meno elegante, forse è più vecchio di te di qualche anno, ma non ne sono sicuro. Portava un mantello scuro. Ha i capelli scuri, gli occhi scuri...»

«Basta basta... ho capito. Grazie» lo bloccai. «Ma se per caso lo incontri da qualche parte vieni a dirmelo? Mi trovi qua la mattina. Ti pagherò in argento.»

«Certo. L'argento non si rifiuta.» Inutile dire che non tornò mai.

Ruppi il sigillo dei Drusi e lessi la lettera.

Quello che mi chiedo spesso è se quel vigliacco del tuo padrone lo hai ucciso tu, o è morto senza il tuo intervento. Certo è che quel vigliacco sarà stato anche un vigliacco, ma godeva di ottima salute. Certo è anche che i vigliacchi campano a lungo, perché di fronte ai pericoli si tirano indietro. La scomparsa del tuo padrone è un enigma che mi piacerebbe veder discusso in un tribunale, ma credo che sarebbe risolto solo portando te e il tuo complice in una camera di tortura. Chissà che non capiti? Il problema è che perderei il mio mezzo di sostentamento. Manda il tuo complice a passeggiare da solo tra le bancarelle del Vicus Suburanus con i soliti quaranta aurei domani mattina. Ti chiederai perché non ti ho chiesto ottanta aurei la prima volta. Ma mi sarei negato il piacere di comunicare con te. Vale.

Si sarebbe negato il piacere di torturarmi.

Continuavano le uccisioni dei proscritti a Roma e nei suoi domini, ma anche tra gli alleati – il console Norbano fu rintracciato a Rodi – spesso solo allo scopo di appropriarsi dei loro beni. La figlia di Silla acquistò per settantacinquemila denari la villa di Miseno, che poi avrebbe rivenduto a Lucullo per cinquecentomila. Era quello che avrei potuto fare io con i beni di Lelio, che invece avevo tenuto intatti per i suoi eredi, e loro ormai mi consideravano un padre. Lelia Prima mi amava come un padre e come un marito per cui sentiva stima e affetto profondi e io mi consigliavo con lei e Porcia su tutto.

Quasi tutti i capi mariani erano stati presi e giustiziati. Roma era senza consoli e il Senato era decimato, colpito prima dai Mariani, poi dalle guerre, e poi da Silla.

Silla si fece nominare dittatore a tempo illimitato, per procedere alla riorganizzazione dello Stato e delle leggi. Permise ad alcuni Mariani non troppo compromessi con il passato regime di accedere alle cariche, per favorire la riconciliazione e la nomina di un Senato e di magistrati che rappresentassero tutta la città.

Il trionfo di Silla fu splendido, forse il più grandioso dalla nascita di Roma, e durò due giorni. Nel primo giorno sfilarono le ricchezze riportate dall'Asia e quelle trafugate da Mario il Giovane e recuperate a Preneste. Nel secondo sfilò Silla stesso, e io nel suo seguito tra coloro che erano stati scacciati dai Mariani e Silla aveva riabilitato e riammesso a Roma.

Grande successo ebbe Frine nei festeggiamenti successivi al trionfo. Tornò spesso a dormire a casa sua, ora che Silla era in città, e io passai alcune notti con lei, ma i nostri erano sempre rapporti molto ambigui: era grata a *Marco Druso* per quello che aveva fatto per lei, imponendola subito all'attenzione di Silla, ma continuava a disprezzarlo come vigliacco, responsabile della morte di Fausto.

Capivo perfettamente i suoi sentimenti, non poteva imbrogliarmi, ma spesso prevaleva la gratitudine, che la rendeva generosa, spiritosa, incantevole, e questo mi faceva sopportare il disprezzo. Una volta, facendo l'amore, stavo per rivelarle chi ero. Riuscii a fermarmi in tempo.

Silla doveva sistemare i suoi veterani e confiscò terre appartenenti a città o a proprietari schierati con i popolari. La partecipazione di *Marco Druso* e dei suoi clienti alla guerra civile salvò anche la villa di Porcia e le proprietà dei clienti in Campania. Licinio mi adorava, non mancava mai la mattina alla *salutatio* e mi stava costruendo un grosso seguito, degno di qualcuno che vuole darsi alla politica. Io stavo diventando un attore consumato: non solo dovevo fingere di essere *Marco Druso*, ma anche di non avere problemi di sorta.

Intanto i mesi passavano e arrivò la terza lettera.

Eccomi di nuovo. Sei davvero molto abile. Ti stai barcamenando in una difficile situazione certamente meglio di come avrebbe fatto quel vigliacco del tuo padrone. Smettila di sguinzagliare in giro per la città il tuo complice a fare domande su un immunis *che ha aurei da spendere. Non sono tanto stupido da lasciare tracce di questo tipo. Manda invece il tuo complice con i soliti quaranta aurei domani mattina a passeggiare tra le botteghe dell'*Argiletum. Vale.

Quel *Vale* era davvero sincero. Dovevo stare in buona salute per mantenerlo ancora a lungo. Ma quello che mi colpiva ogni volta era il termine *vigliacco*. Letta la terza lettera, ricordai che Vinicio aveva definito Marco un vigliacco, mentre mi conduceva a casa sua a Rodi per punirmi.

Ormai a qualche giorno dal trionfo di Silla, nel mese di febbraio, ero sicuro che il ricattatore fosse Vinicio. Tutto collimava, e questa convinzione non mi lasciava per niente tranquillo. Vinicio non era da sottovalutare. Pensando a lui ricordavo come prima cosa i suoi pugni, ma Vinicio era furbo, affascinante, buon oratore stimato da Molone, trascinatore di gente. Di sicuro era lui la mente della combriccola di Rodi. Sapeva cavarsela in ogni occasione, e quando non aveva ricevuto più soldi dal padre per mantenersi a Rodi, aveva trovato il modo di sfruttare Marco. Non mi stupiva che fosse tra le spie di Silla.

Ma leggendo e rileggendo le lettere, con la parola *vigliacco* presente in tutte, c'era anche qualche altra cosa nella mia mente che voleva affiorare; ci pensavo continuamente senza venirne a capo, e quella cosa rimaneva insabbiata, pronta a emergere senza emergere mai, mentre io mi tormentavo su quanto fosse importante.

Intanto il tempo passava, giunse la primavera e i rapporti tra le rive del Mediterraneo si risvegliarono.

Una mattina, mentre ricevevo i clienti, giunse Lusio dal mercato con la notizia che il giorno precedente era sbarcato a Ostia Molone e in serata era arrivato a Roma, dove si era fatto ospitare da Cecilia Metella. Lo scopo della sua visita era diplomatico, come nella sua visita precedente, in cui Tito Druso gli aveva presentato Marco, e io avevo composto per l'evento una breve orazione in greco. Molone veniva a riconfermare l'amicizia tra Rodi e Roma e a chiedere ricompense per l'aiuto prestato dai Rodii durante la guerra contro Mitridate.

«Sembra che Rodi sia dietro l'angolo» dissi. «Posso fingere di non sapere ancora che è qui, partire per la villa di Porcia adesso e tornare quando lui è andato via.»

«Ma lui conosceva Fausto?» chiese Lusio.

«No» riflettei. «Non credo che abbia mai fatto caso a me. Io come al solito ero quasi invisibile, affinché lui non pensasse che c'entravo qualcosa con i componimenti di Marco.»

«Allora dobbiamo ricorrere al solito stratagemma, quello che abbiamo usato con Livio. Stavolta, però, non devi farti vedere insieme a me, ma insieme a Porcia.»

«Comunque, a ripensarci bene, non mi sembra che Molone avesse una vista molto acuta. A volte non si voltava verso chi stava parlando, lo riconosceva dalla voce, o dallo stile e dal modo di trattare gli argomenti.»

«Chissà se è un bene o un male» sospirò Lusio. «Allora tu sai benissimo come devi comportarti. Non perderti d'animo.»

Non era finita la *salutatio* mattutina che arrivò mia madre. Ormai riusciva a sostenere qualche istante il mio sguardo; alla fine le grandi proteste d'affetto per il mio schiavo di fiducia scomparso prematuramente e i grandi benefici a Fortunato me la avevano quasi riconquistata.

«*Domine*, Porcia ti vuole parlare» mi disse soltanto e si eclissò per andare a svolgere il delicato compito di pettinarla.

Porcia già sapeva di Molone. Il servizio di informazioni della servitù della nostra casa era tra i migliori di Roma; i servi escono all'alba con la borsa della spesa e si incontrano ai crocicchi, ai mercati, alle fontane, e poi riportano in casa notizie e pettegolezzi. Trovai Porcia circondata dalle ancelle che, sotto la sorveglianza di mia madre, avevano il compito di agghindarla senza farla apparire frivola. Anche Lusio era presente, pronto a ricevere ordini.

«Hai saputo vero? Sarebbe il caso di mandare subito qualcuno a invitare a cena il tuo maestro» mi suggerì Porcia. «Altrimenti lo inviteranno prima altri e sarebbe una scortesia da parte nostra.»

«Allora lo inviteremo subito» dissi io. «Faremo scegliere a lui la prima sera disponibile.»

Porcia fece un cenno a Lusio, che disse: «Vado». Si inchinò a lei e poi a me e si avviò.

Porcia batté le mani e le ancelle, tra cui mia madre, scomparvero come d'incanto. «Allora» disse, «dopo tanto ho il piacere di chiederti che ne pensi di tua moglie. Ho mantenuto la mia parola? Ho fatto un buon lavoro?» Era una delle poche volte che ci trovavamo soli, senza Lelia Prima, che di solito stava sempre insieme a lei e in quel momento era impegnata nelle cure mattutine.

«Penso che tu abbia educato la migliore aristocratica che fosse possibile. Ma è anche una persona di cui ho la massima fiducia, quasi come di te.»

«Ottima cosa. Ricordati sempre che io ti dissi che la ragazza aveva della stoffa, e infatti lo ha dimostrato. Ricordati anche che ti è affezionata sinceramente e io le voglio molto bene.»

«Lo ricordo sempre, e anch'io le voglio bene» risposi.

«Sono contenta che tu abbia saputo fare il tuo dovere e Lelia sia già incinta. Abbiamo avuto tanti lutti, dobbiamo farci forza e la famiglia deve andare avanti. Adesso tra i tuoi doveri c'è la scelta di un marito per Livilla, ma non voglio per lei, così buona e delicata, solo un patrimonio e la stirpe. Gli uomini affidabili si vedono in guerra e tu sai chi tra i tuoi commilitoni lo è. Pensaci un po', fammi un paio di nomi e poi io avvicinerò le madri.»

Ero circondato da persone che mi amavano e si appoggiavano a me, non solo per legge, ma anche perché mi si affidavano completamente, e, se io fossi crollato, sarebbero crollate con me. Un colpo come quello che le si andava preparando avrebbe atterrato anche una donna fortissima come Porcia.

Neutralizzare Vinicio era diventato il mio pensiero fisso.

Entrato in casa di Lelio, Molone rimase impressionato dalla raffinatezza degli affreschi e dei mosaici e dalla ricchezza delle opere d'arte provenienti dalla Grecia e dalla sua amata Rodi. Anche questo, credo, lo distrasse dall'osservarmi troppo attentamente.

Porcia, che quel giorno soffriva molto per la gamba, lo attendeva seduta in fondo all'atrio, vicino alla porta del *tablinum*, e io le ero accanto con un braccio sulla sua spalla, quando Molone, accompagnato da Lusio, varcò l'ingresso e si bloccò un attimo attratto dalla magnificenza dell'atrio, e poi, superata la vasca al centro, mi vide. Io finsi di stare ancora parlando con *mia* nonna di qualcosa di urgente e per questo tardavo ad andargli incontro, e solo quando fui certo che mi avesse associato a lei, le diedi un bacio sui capelli e a passo veloce in un attimo gli fui di fronte.

Lui continuava a parlare solo greco, non aveva ritenuto necessario imparare la lingua dei Romani.

«Marco Druso! Come sei cambiato! Somigli di più a tuo padre.»

Mi abbracciò.

Mi aspettavo che mi dicesse che ero cambiato, dato che lo avevano fatto tutti, così gli snocciolai una risposta che avevo preparato in un greco ottimo: «Le sofferenze, maestro, mi hanno maturato. La prigionia presso i pirati è stata un'esperienza sconvolgente, poiché ogni giorno mi minacciavano di torturarmi, e la guerra civile mi ha fatto combattere contro i miei compagni di gioco dell'infanzia, cosa terribile per un uomo che pensa che l'amicizia sia la cosa più importante nella vita. C'è di che essere cambiati».

«Hai ragione. Comunque ora che si può e non si offende nessuno – perché con la scuola mi guadagno da vivere – ti devo dire che tu sei stato uno dei miei allievi migliori. Il tuo discorso che mi è piaciuto di più, e mi ha anche colpito per l'acutezza, è stato quello sulla grandezza dei Romani e l'inferiorità dei Greci di oggi. Fu una pugnalata al cuore quella tua orazione: sentirmi chiamare Greculo.»

L'avevo sfruttata anche al banchetto di Diotimo, e anche Diotimo ne era stato colpito.

«Quell'orazione mi ha fatto entrare nelle grazie del capo dei pirati.»

«Bene.» Alzò le braccia al cielo sorridendo. «Allora è stata utile anche a qualche altra cosa, non solo a farmi sentire un idiota.»

Salutò rispettosamente Porcia e Lelia Prima e tutta la famiglia riunita per festeggiarlo, fece onore ai cibi e tentò di guadagnarsi Publio come allievo. Cosa del tutto vana, perché Lelia non si fidava di lui e non lo avrebbe mai mandato a Rodi, temeva che il fratello, che già si dimostrava vizioso, potesse cadere sotto l'influsso di cattive compagnie e tralignare. Ne sapevo qualcosa. «Lui non è retto e integerrimo come te» mi sussurrò.

Io nel frattempo pensavo che, se il ricattatore era Vinicio e se volevo trovarlo, dovevo tenere d'occhio Molone durante il suo soggiorno a Roma: Vinicio lo ammirava troppo per non mettersi in contatto con lui. Intanto c'era quel qualcosa che continuava a tormentarmi, quel qualcosa nella mia mente collegato alla parola *vigliacco*, che stava sempre per affiorare, ma non affiorava mai.

CAPITOLO TRENTATREESIMO

Cercai Vinicio durante l'orazione che tenne Molone davanti al Senato per sostenere la causa dei Rodii, ma non c'era. Lo cercai mentre Molone passeggiava nel Foro con un lungo codazzo di Romani giovani e vecchi, che masticavano un po' di greco e pendevano dalle sue labbra, tentando di imparare qualcosa, o che di greco non conoscevano una parola, ma non volevano che qualcuno dei cittadini se ne avvedesse. Vinicio era assente. Il non trovarlo da Molone mi fece pensare che forse avevo sbagliato, forse non era Vinicio il demone che mi perseguitava. Ma il tempo si fece davvero inclemente e costrinse Molone a riunioni al chiuso, cosa questa che non facilitava la fuga, così feci un ultimo tentativo e cercai Vinicio quando Molone tenne un lungo discorso nella basilica Sempronia, in un giorno di pioggia battente.

Per un uomo in vista è un'impresa uscire di casa da solo la mattina. Congedai prima del solito i clienti riuniti per la *salutatio*.

Licinio non fu contento. «Ormai, uno come te, con la scuola di Molone» disse, «dovrebbe cominciare a patrocinare personalmente le cause dei clienti.»

Ma io non avevo la testa per farlo e gli dissi a quali oratori doveva inviarli, caso per caso.

«Io sono un buon oratore e questo si rivelerà presto» gli spiegai, «ma sono anche giovanissimo e non ho potuto frequentare il Foro insieme a *mio* padre, perché *mio* padre è morto e io nel frattempo sono stato a Rodi. E poi non intendo far parte di quegli oratori che vanno in tribunale pensando che il saper parlare sia tutto e viene fuori che non sanno nemmeno di che stanno parlando. Ci vogliono i contenuti. Per il bene dei miei clienti devo avere una buona conoscenza del diritto, ma su questo mi metterò in pari appena possibile. Frequenterò un giurista.»

Mi diressi al *tablinum* e mi chiusi dietro la porta finché non sentii che i clienti erano andati via tutti e con loro anche Licinio. Quando attraversai di nuovo l'atrio lo trovai vuoto, un caso rarissimo, ma, mentre varcavo la porta d'ingresso, mi bloccò il portiere, chiedendomi come mai non fossi accompagnato, e se non esisteva più creanza in casa di Lelio.

«Arrivo solo fino all'angolo» dissi, quasi dovessi scusarmi.

Arrivai tardi alla basilica Sempronia, sperando che Vinicio, se era là, non potesse sfuggirmi, poiché il luogo, anche se ampio, era chiuso. Indossavo un mantello scuro e mi confusi all'ingresso tra tanta altra gente. Entrai e dovetti scoprirmi la testa, ma non mi avvicinai subito all'assembramento intorno al retore, mi tenni distante, accostandomi ai mercanti impegnati nelle loro contrattazioni e ai giudici e ai litiganti dei tribunali, che si erano rifugiati al chiuso. Rasentando le colonne feci tutto un lungo giro per arrivare da Molone, che era in un angolo, e infine, nella luce che piombava dalle alte finestre, *lo* vidi.

Aveva perso l'aria da ragazzo che aveva durante gli studi da Molone. Già era di quattro anni circa più vecchio di Marco, ma nei due anni trascorsi era diventato più uomo; era forte, anche bello direi, affascinante di certo, e la voce, che ricordavo suadente, doveva essere parte integrante del suo fascino. Era paludato in un mantello di lana fine chiara, che avevano pagato gli aurei di Lelio.

Ascoltava rapito la conferenza di Molone fissandolo coi begli occhi scuri intelligenti, standogli quasi a fianco, tra i discepoli più stimati. Forse si era messo così in evidenza perché credeva che ormai non mi sarei fatto vivo.

Dovetti appoggiarmi a una colonna sopraffatto dal pensiero spaventoso, che in effetti non avevo mai contemplato nella sua interezza, che mi avesse tenuto inerme tra le braccia per detergermi e fasciarmi la ferita, e portarmi in salvo fino all'accampamento, per poi ricattarmi.

Cominciai a tremare e, per la prima volta dopo tanto tempo, fui ripreso da una violenta nausea. Ma non volevo farmi vedere da lui. Trovai la forza di muovermi e di nascondermi dietro una colonna, e poi di impormi la calma mentre mi intrufolavo tra un gruppetto di persone che uscivano. Nel Foro la pioggia rendeva impossibile stare all'aperto, mi piazzai sotto lo stesso portico affollato della basilica da cui, rimanendo in ombra tra la gente e le colonne, potevo controllare l'ingresso. Se avevo compreso le sue abitudini, non sarebbe uscito insieme al gruppo dei discepoli. Riconquistai il dominio di me e attesi.

Uscì prima degli altri. Ne vidi gli occhi attenti, mentre sostava un attimo sul portone e si copriva il capo e parte del volto col mantello. Appena fuori, sotto il portico, si guardò intorno indeciso per qualche istante, poi, mentre io lo controllavo da lontano, tenendosi ben stretto addosso il mantello, uscì sotto la pioggia battente. Andò a sinistra nel *Vicus Iugarius*, che era attraversato solo da poche persone, mentre altre si affacciavano dalle porte delle botteghe in attesa che spiovesse. Ma era solo un depistaggio, tornò indietro costeggiando il tempio di Saturno e, dopo essersi guardato intorno con un gesto del tutto naturale, cominciò ad attraversare in fretta il Foro quasi deserto.

Si vedeva che stava facendo qualcosa che gli era congeniale, che aveva fatto molte volte mentre era nell'esercito e forse agli ordini personali di Silla. Passò a testa bassa vicino al *Senaculum* e ai Rostri e, quando imboccò l'*Argiletum*, rasentando la basilica Emilia, affrettai il passo per non perderlo.

Anche nell'*Argiletum* non c'era la solita calca, la gente attendeva al riparo che spiovesse, e dovevo seguirlo senza avvicinarmi troppo. Lui tentava di ripararsi sotto qualche sporgenza dei tetti, se non era già occupata, e, anche se con prudenza, pareva andarsene per i fatti suoi.

Lo seguii fino al *Clivus Suburanus* e da lì ci immettemmo in una serie di sordide viuzze della Suburra, strette, in salita o a scale, dove una volta sola ero passato in vita mia, la notte in cui conobbi Frine. Stavolta erano quasi deserte, ogni tanto inquadrata in una finestrella si vedeva la faccia di qualcuno che aspettava che spiovesse, oppure si incontrava gente che attendeva sotto una tettoia o in qualche andito.

A un certo punto mi resi conto che qualcosa non funzionava. Perché Vinicio non si fermava ad aspettare che spiovesse come tutti gli altri? La risposta la ebbi appena formulata la domanda nella mia mente. Forse era una trappola. Non avrei più dovuto pedinarlo, e invece, quando si imbucò sotto una specie di galleria fangosa, che si incuneava al confine tra due case, per timore di perderlo lo seguii subito, senza attendere nemmeno che il rumore dei suoi passi si allontanasse un poco.

Con la testa sfioravo la volta di assi di legno mezzo marcio della galleria, i topi mi zampettavano tra i piedi. Non sentii più i passi e pensai che fosse già sbucato dall'altra parte, così mi affrettai. Me lo trovai davanti all'improvviso, si scoprì il volto trionfante alla poca luce che proveniva dall'ingresso e poi mi afferrò.

Mi divincolai, riuscii a liberarmi, ma non mi diedi alla fuga, gli rimasi piantato davanti per arrivare a una soluzione, anche se non sapevo bene quale. Pensando con rimpianto al figlio che non avrei visto, conclusi che l'unica soluzione fosse la morte, mia o sua. Ma Vinicio non era solo: dal buio uscì un'altra figura che gli si affiancò e si tolse un cappuccio dalla testa. Learco. Learco di Rodi. Erano d'accordo. Vinicio sapeva dove mi stava portando. Era davvero abile, e pericoloso, e io, imbecille, che avevo voluto misurarmi con lui nel suo mestiere, credendo di affrontarlo da solo...

A vedere quelle due facce tornai indietro negli anni, a una sera in cui, da bravi cittadini, si erano assunti insieme a Difilo e Filisco il compito di punire il mio comportamento, perché il mio padrone non ne era capace e io stavo diventando uno schiavo troppo arrogante.

Compresi che erano ancora intenzionati a farlo. Non era finita, mi avrebbero *punito* e poi rimandato libero alla mia famiglia per continuare a ricattarmi. Intanto, come allora, mi parlavano in modo mellifluo prima di cominciare a picchiarmi, per cercare di scoprire qualcosa.

«Ma che sorpresa: il bel Fausto» disse Learco.

«Che bella sorpresa anche per me» dissi, mostrando una sicurezza che non sentivo affatto. «E dove sono Difilo e Filisco? Devo incontrare anche loro?»

«Filisco è morto per una vendetta di un padre furioso e Difilo è tornato in Grecia alla fine della guerra» disse Learco. «Ma per te bastiamo noi.»

«Oh certo.» Aveva ragione. Bastavano.

«Devo ammettere che non ti avrei riconosciuto per strada, ma che, a guardarti bene, somigli ancora di più a Marco.»

Anche lui era cambiato in due anni, anche lui era più uomo.

«Io l'ho riconosciuto subito» disse Vinicio. «Perché l'ho incontrato due anni fa, durante l'inseguimento dei Mariani fino a Preneste. La cosa che mi ha confermato che non fosse Marco è il suo coraggio. Combatteva da coraggioso, cosa che quel *vigliacco* non avrebbe mai fatto, quel *vigliacco* avrebbe trovato qualche scusa per nascondersi in qualche topaia e non andare in guerra.»

«Schiavo» mi alitò in faccia Learco, «confessa, hai ucciso il tuo padrone per prendere il suo posto.»

«No, non l'ho fatto» gli ringhiai contro. Era una mezza verità: l'avevo fatto per la sua vigliaccheria, non per prendere il suo posto.

Vinicio mi assestò uno dei suoi pugni micidiali. Rimasi in piedi per miracolo, barcollando, e in quel momento ebbi l'illuminazione. *Quel qualcosa* legato alla parola *vigliacco* riuscì ad affiorare: l'idea che Polifemo il pirata aveva di Marco poteva venire solo da una descrizione di Marco fatta da Vinicio.

«Marco è morto per colpa di Vinicio» urlai, prima che mi arrivasse anche un pugno di Learco. Se fossi riuscito a metterli uno contro l'altro...

Alla scarsa luce vidi allarme nello sguardo di Vinicio.

Learco rimase col pugno sospeso a mezz'aria. «Ma non

ti rassegni mai a essere punito!» rise. «Va bene, raccontaci questa bella favoletta prima che ti rimescoliamo un po' i lineamenti, e poi quando tornerai a casa dai Drusi dovrai inventarne anche un'altra per giustificare le botte.»

«Marco è morto per colpa di Vinicio, perché Vinicio era la spia dei pirati al porto di Rodi» dissi.

Learco smise di ridere per fare due conti.

Ricordo sempre come si guardarono in faccia, dopo. Vinicio che voleva trovare una scappatoia e Learco che, facendo un confronto tra le date dei rapimenti più famosi e la disponibilità da parte di Vinicio di denaro per il gioco, giungeva sempre allo stesso risultato: la mia affermazione era sicuramente fondata.

La prima reazione di Learco fu di sdegno ed esecrazione. «Traditore del tuo popolo» lo accusò. «Se i Romani lo sapessero ti torturerebbero per giorni e poi ti getterebbero dalla rupe Tarpea. Tutta Roma verrebbe ad assistere al tuo processo e alla punizione.»

Ma Learco non doveva navigare in buone acque, perché ricominciò a fare calcoli e urlò una nuova accusa: «Mi cerchi sempre per chiedermi aiuto, e invece da questo affare mi hai tenuto fuori».

«Credi che sia un affare semplice? Meno gente lo sa e meglio è. E poi l'ho fatto solo con Marco.»

«Non è vero.» Learco parlò con voce gelida.

«Ma ti ho parlato di Fausto, e questo è il vero affare, che frutterà un capitale. Fausto può attingere a un grosso patrimonio» replicò Vinicio ormai calmissimo con la sua voce suadente.

Ritrovarono il perfetto accordo.

«E poi il bel Fausto...» continuò Learco, col tono di chi pregusta qualcosa, ma si zittì. Meglio non farmi capire tutto. Potevo concludere io: quando mi avessero spremuto per bene e mi avessero fatto impazzire nell'incertezza, avrebbero compiuto il loro dovere di uomini liberi e cittadini verso la società e, togliendomi di mezzo, mi avrebbero propinato la punizione definitiva per aver preso il posto del padrone.

«Tante persone soffriranno se si saprà di me. Tanti si affidano a *Marco Druso*» dissi, e mi accorsi di avere un tono implorante. Avrei fatto di tutto per Porcia e Lelia Prima, e per i deboli come Livilla o il bambino che doveva nascere.

«Oh... allora pagherai puntualmente» mi alitò in faccia Vinicio.

«Ma anch'io potrei raccontare qualcosina su di te, spia schifosa» ringhiai, e scoprii che non ero intenzionato a prenderle soltanto. Anch'io ero forte e di riflessi pronti.

Gli mollai un pugno in faccia mentre era proteso verso di me e lo presi bene. Non emise un gemito e mi restituì un colpo così forte che mi sbatté per terra. Rimasero fermi un attimo chini su di me sogghignando, e poi cominciarono a prendermi a calci. Cercavo di ripararmi come potevo, ma all'improvviso tra le braccia con cui mi proteggevo la faccia vidi un uomo grosso e muscoloso che, afferrato per il collo Learco, con un braccio lo teneva fermo e con l'altro armato di una daga lo sgozzava.

Un fiotto di sangue caldo mi inondò le mani e, colando tra le dita, la faccia.

I calci erano cessati. Ritrovai l'animo di scoprirmi il volto e guardare che fine avesse fatto Vinicio: stava in guardia e si tirava passo dopo passo verso l'uscita, mentre un altro uomo armato di pugnale tentava di colpirlo. Ma Vinicio era molto agile e veloce, con un balzo improvviso si allontanò abbastanza da poter rischiare di voltare le spalle al suo avversario e cominciò a correre. L'altro lo inseguì.

Alzandomi faticosamente da terra, riconobbi l'uomo che aveva ucciso Learco. Era una delle guardie del corpo o sicari all'occorrenza che Lelio aveva mandato a Brindisi a prendermi al mio rientro da Rodi. Mi guardava con espressione priva di emozioni, non solo non esprimeva giudizi sulla mia presenza in quel posto con certa gente, ma nemmeno si poneva il problema.

Io ero frastornato. «Che fate? Perché mi seguite?» urlai macchinalmente, ma mi resi conto che un comportamento del genere non era ragionevole verso chi mi aveva salvato ed era un'ammissione di colpevolezza, perciò mi moderai.

Lui conservò la sua espressione neutra, ma dovette pensare che non fossi contento della morte di Learco. «Ho dovuto farlo» spiegò. «Eravamo due contro due. Tu eri a terra. Avremmo perduto il vantaggio della sorpresa.»

«Sì» dissi. «Hai fatto bene, e ti ringrazio. Come mai eravate qui?»

«Lelia ci ha ordinato di seguirti per proteggerti senza che tu te ne accorgessi.» Doveva avere intuito che qualcosa non andava in me. «Allora ti seguivamo da lontano» continuò lui sempre con tono neutro «e in mezzo a questi vicoli ti avevamo perso, poi per fortuna abbiamo sentito il rumore della lotta passando qua davanti. Questi non sono posti dove puoi avventurarti da solo, *domine*. Tu hai dei nemici: dovresti avere una scorta permanente, in qualunque occasione, e nemmeno dovresti fidarti dei clienti e dei liberti, ma di gente del mestiere. Lelio non usciva mai per strada senza un paio di noi.»

Mi chiesi in quel momento anche quanto del discorso fatto prima dell'aggressione i due avessero sentito.

«Che vuoi che facciamo del corpo?» chiese.

Interessante domanda. Se avessi chiesto di occultarlo avrei dimostrato chiaramente di avere qualcosa da nascondere.

«Sarebbe bene che non fosse ritrovato» risposi, e questo significava che ammettevo di conoscere i miei aggressori.

Ma a lui questo non importava e mi dimostrò che significa essere del mestiere.

«Bene» disse, «al momento lo metteremo ben coperto in quell'angolo e io gli farò la guardia, mentre il mio compagno ti scorterà a casa, e stanotte lo getteremo in un immondezzaio. Per te sarà come se non fosse mai esistito.»

Feci un cenno d'assenso. Si udirono dei passi, lui non si scompose, spostò Learco nell'angolo come se fosse davvero un mucchio di panni, lo coprì col mantello, e si piazzò poi dove c'era la pozza di sangue per occultarla. Due uomini passarono senza guardarci nemmeno. Poco dopo tornò anche l'altro sicario, già munito di un secchio d'acqua, che gettò sulla pozza di sangue per terra.

Pendevo dalle sue labbra, speravo che l'uomo mi riferisse che i miei più gravi problemi erano stati risolti. «Mi è sfuggito» invece annunciò. «È molto furbo e veloce.»

C'era da aspettarselo.

Mi ripulirono coscienziosamente del sangue. Prima di andar via gettai uno sguardo al mucchio di cenci in un angolo, che era stato Learco, un uomo che mi aveva tenuto in suo potere, picchiato e terrorizzato, e finalmente era stato sconfitto. Riacquistai le speranze, e la forza di lottare per la famiglia, sapendo che ormai Vinicio, spia dei pirati prima ancora che di Silla, doveva temermi per quello che sapevo di lui.

Learco era arrivato a Roma al seguito di Molone e dopo poco tempo gli altri del seguito lo ricercarono, soprattutto nei bordelli e nelle bische, ma di lui non si seppe più nulla. Molone era convinto che fosse caduto preda di qualche Lamia dell'Urbe e che si sarebbe ripresentato prima della partenza. Io, senza alcun timore, sicuro di me, frequentai le sue lezioni romane e si sparse la voce che sarei stato un oratore che avrebbe dato filo da torcere a molti. A volte da lontano vidi anche Vinicio, che quando c'ero io si teneva un po' in disparte.

CAPITOLO TRENTAQUATTRESIMO

Eravamo ormai in primavera inoltrata e si era ristabilito un clima più sereno, era diminuita di parecchio la presenza dei soldati nelle strade, i proscritti erano stati acciuffati quasi tutti e comunque Silla aveva fissato alle Calende di giugno il termine per l'epurazione. L'Urbe era affollata di provinciali che, finita la guerra civile, venivano a chiedere ricompense e a sbrigare i loro affari. Anche i tribunali avevano un gran da fare.

Un grave neo nella vita della repubblica era la rapacità delle persone vicine a Silla, che si stavano servendo della vittoria per arricchirsi spudoratamente. Silla, da parte sua, aveva messo mano alle riforme promesse per debellare le cause che rendevano disordinata e faziosa la vita pubblica di Roma, e l'avevano portata alla guerra civile e quasi a essere conquistata dagli Italici. Il Senato era decimato. Oltre a quelli uccisi dai Mariani un centinaio di senatori erano stati eliminati dallo stesso Silla, il quale supplì prima con i suoi più fedeli ufficiali, quindi aggiunse trecento membri del ceto equestre eletti dalle tribù anche tra le aristocrazie municipali. Alcuni Mariani non molto compromessi poterono accedere ad alte cariche. I tribunali da sei diventarono otto e furono restituiti ai senatori. Con le confische di terre appartenenti ai popolari Silla sistemò i suoi veterani, e anche Licinio e la coorte ai miei ordini ebbero la loro parte. Molti videro stretti rapporti tra le sue riforme e quelle progettate dal tribuno Druso, riforme di apertura e conciliazione, ma c'era voluta la forza degli eserciti per attuarle.

Una mattina, quando era quasi finita la *salutatio* e i clienti stavano andando via – alcuni di loro con la promessa che li avrei difesi in cause private, tanto mi sentivo più sicuro di me – arrivò un messo del tribunale competente secondo la *Lex Cornelia de sicariis* a consegnarmi un ordine di comparizione di fronte al pretore per il giorno seguente.

C'era nei miei confronti un'accusa di aggressione, stupro e omicidio da parte di un cittadino romano che risiedeva a Rodi ed era giunto nell'Urbe il giorno prima per ricevere giustizia.

Rimasi incerto se avvisare subito Porcia e Lelia, intanto feci cercare Lusio.

«Guarda» gli dissi e gli porsi la lettera.

«Dunque è per questo che siamo partiti all'improvviso» disse Lusio.

«Quando eravamo nascosti nella stiva Marco mi aveva parlato di stupro, non di omicidio» ricordai, «e del fatto che lui credeva che si trattasse di una schiava, perché era male informato, e quando ha saputo la verità – che la ragazza era libera e romana – ha deciso di dileguarsi. Da quello che mi ha detto, Marco era quasi certo di non essere stato riconosciuto, era dispiaciuto di aver fatto violenza a una ragazza libera, e comunque aveva paura del male commesso e della possibilità di essere riconosciuto in seguito e voleva lasciarsi tutto alle spalle.»

Vigliacco, avrebbe detto Frine.

«Domani ne sapremo di più» disse lui sospirando.

«Se vengo chiamato dal magistrato non è cosa da scherzare. Il pretore, se mi chiama, ha controllato già l'onorabilità dell'accusatore e la fondatezza delle accuse. Domani dovrò tentare di non arrivare al processo. Dovrò fare in modo che l'accusatore si accontenti di un risarcimento. Certo si tratterà di una grossa somma di denaro.»

«Se Marco non ci perseguita più, soldi spesi bene» disse Lusio.

«E se non l'accettasse? Ma probabilmente, anche se lui

accettasse, se l'accusa è grave il magistrato deciderà di procedere comunque.»

«Puoi andare a chiedere subito il parere di un giurista per sapere come comportarti domani» disse.

«Non so nemmeno di che sono accusato, dovremmo andare da una di quelle streghe dell'Esquilino per far apparire il fantasma di Marco e chiedergli che ha combinato. Andrò da Ortensio domani appena saprò con esattezza qual è l'accusa» dissi. E aggiunsi: «Spero che voglia assumersi la mia difesa. Ultimamente si parla anche di un certo Cicerone. Spero che i soldi di Lelio mi assicurino l'annullamento del processo o un buon difensore».

«Ho sempre pensato che da Rodi potessero venire dei pericoli, ma non questo» mormorò Lusio. «Con Marco non c'è da fidarsi nemmeno dopo morto.»

«Che farà Porcia, secondo te?» gli chiesi.

«Ti difenderà, credo. Spero che tu possa trovare qualche appiglio per discolparti, non solo in tribunale, ma anche con la famiglia.»

«Ce l'ho. Dire che sono Fausto e passare a un altro processo peggiore.»

Ridemmo amaramente. Nella soluzione alternativa la pena prevista non era la pena capitale che comunemente si trasformava nell'esilio, ma la crocifissione, e sarebbe caduto con me pure Lusio.

«Ma anche se mi salverò, la famiglia non mi riterrà più affidabile e sarà allo sbando» considerai, e stavolta Lusio non trovò argomenti per contraddirmi.

Il mio accusatore, Quinto Alfidio, era un mercante romano. Si era stabilito a Rodi abbandonando la Grecia per sfuggire alle persecuzioni di Mitridate, salvando a stento la pelle e perdendo gran parte dei suoi averi. Era un uomo distinto e dignitoso, ma severo, che non si permetteva mai un sorriso, se non sarcastico. Doveva essere stato di aspetto piacevole, prima che il grande dolore, e poi l'acredine e l'onere della vendetta, ne alterassero la bonomia e insieme i tratti del volto. Senza vendetta non avrebbe trovato pace.

Lo capivo: un giovane nobile, ubriacone e vizioso, che credeva di essere al di sopra di tutto, gli aveva distrutto la famiglia, dopo che lui era riuscito a salvarla da Mitridate, e lui veniva a Roma, spendendo gran parte delle sue sostanze e rischiando di perdere la causa contro un uomo più potente, per non infangare il suo onore e poter pregare senza vergogna davanti alle immagini dei suoi antenati.

Alfidio aveva lasciato a Rodi un altro figlio, l'unico rimasto a occuparsi dei suoi affari.

Io e Alfidio ci presentammo al pretore. Il pretore Gabinio, uomo di Silla, era meravigliato: stentava a credere che il Marco Druso che aveva davanti, di cui conosceva la ponderatezza in ogni occasione, potesse essere accusato di quelle cose. Mi vergognavo davanti a lui e faticavo a non mostrarlo.

Giunse il momento in cui Quinto Alfidio doveva accusarmi formalmente, per rendere noto a me l'oggetto dell'imputazione e al pretore il delitto per cui gli chiedeva di procedere.

Mi parlò guardandomi negli occhi con odio: «Sostengo che tu hai stuprato mia figlia Alfidia di tredici anni e hai ferito mio figlio Aulo di quindici anni, che si era precipitato in soccorso della sorella. Mio figlio Aulo in seguito è morto per la suppurazione della ferita». A stento riuscivo a sostenere il suo sguardo penetrante, mentre intorno mi osservavano.

Alfidio doveva essersi preparato con grande cura quel discorso laconico, ma terribile, in cui specificava l'età delle vittime per sottolineare la gravità del delitto. Non credo che quell'uomo riuscisse a pensare ad altro che alla sua famiglia orbata, alla sofferenza dei suoi figli e al fatto di non essere riuscito a proteggerli. Io in quel momento pensavo alle persone che mi si erano affidate e al bimbo che doveva nascere e mi sentivo molto vicino al mio accusatore.

Alfidio fece solo una pausa molto breve prima di procedere all'interrogatorio di rito. Mi investì con una raffica di domande.

«Marco Druso, ti trovavi nella città di Rodi il X giorno prima delle Calende di ottobre?»

«Sì» risposi.

«Al tramonto ti trovavi nella zona del porto?»

«Forse, non ne sono certo.»

«Eri tu che, passando nel vicolo deserto dietro la taverna degli studenti, hai incontrato mia figlia Alfidia e l'hai afferrata gettandola a terra per possederla?»

«Lo nego» dissi.

«Neghi che il fratello Aulo è venuto in soccorso e ha tentato di strapparti da lei e tu hai estratto il pugnale e l'hai colpito a una gamba?»

«Lo nego» dissi, e provavo una pena infinita per lui.

«Neghi che, da vile, quando hai visto il ragazzo sanguinare, ti sei spaventato e sei fuggito?»

«Lo nego» dissi. Il suo sguardo pieno di disprezzo mi faceva stare male.

«Neghi di essere fuggito da Rodi come un ladro il giorno dopo per evitare la mia vendetta?»

«Lo nego» dissi. «Non sono fuggito, non sono partito da Rodi all'improvviso, sono partito in segreto per evitare i pirati e le loro spie, ma non sono riuscito a sfuggirgli.»

«Non ti sembra una strana coincidenza che tu sia partito proprio dopo aver commesso un delitto?»

«No, perché non ho commesso un delitto, avevo terminato i miei corsi all'accademia di Molone.»

Alfidio si rivolse al pretore Gabinio con gli occhi, come per chiedere se doveva continuare, ma lui fece segno di no.

Nel frattempo Gabinio aveva fatto trascrivere da un segretario l'accusa e fece apporre la firma da Alfidio.

Alfidio aveva presentato credenziali ottime, aveva detto di avere un testimone inoppugnabile nella figlia, che aveva condotto con sé da Rodi, e un documento firmato dai testimoni che avevano ascoltato il racconto del figlio Aulo prima della morte. Il pretore accettò ufficialmente l'accusa e la fece iscrivere nel registro in cui erano segnati i processi da trattare di fronte alla sua corte. Poiché Alfidio doveva partire per raggiungere Rodi prima dell'autunno, Gabinio gli concesse di trattare la causa da lì a una settimana. Nel frattempo mi guardava con aria di rimprovero, non capivo se condannava maggiormente l'offesa che avevo arrecato alla legge o la mia stupidità in tutta la faccenda.

Io mi sentivo annichilito. Ormai ero il *reus*, l'imputato in una causa per stupro e omicidio. Che potevano cambiare una settimana o quindici giorni? Eppure mi opposi, e, come avrebbe fatto chiunque per impostare la difesa, chiesi più tempo, dissi che i miei avvocati avrebbero dovuto condurre delle indagini a Rodi e ottenni novanta giorni, salvo che la persona da me inviata a Rodi fosse tornata prima.

Speravo che Alfidio, in pensiero per i suoi affari, vedendo passare i mesi, si convincesse ad accettare del denaro come risarcimento. C'era ancora a quel tempo la possibilità di comporre tra i due contendenti la causa per l'aggressione anche se l'aggredito era morto; in seguito lo Stato si sarebbe arrogato il diritto di punire in nome del popolo.

Raggiunsi Alfidio, mentre si allontanava tra la calca del Foro, per parlargli, anche se sapevo che quasi certamente era inutile.

Gli toccai una spalla e si voltò. «Sei tu, vigliacco, che vuoi?» ringhiò.

«Alfidio» dissi, «mi dispiace sinceramente per quello che ti è accaduto, comprendo il tuo dolore e so che la vendetta non è per te solo un dovere verso gli antenati, ma è un grande desiderio...»

Mi interruppe: «Avrei voluto ammazzarti con le mie mani sulla tomba di mio figlio, secondo gli antichi usi, ma devo obbedire alla legge e accusarti davanti a un tribunale».

«Lo so, e nonostante questo ti chiedo di comporre la nostra lite e di ritirare l'accusa in cambio di una grossa somma di denaro...»

Non mi fece finire, mi saltò addosso e mi strinse le mani intorno al collo. Io non reagii e con un grande sforzo lui si dominò e mi lasciò andare.

Continuai: «Tu al momento consideri con disprezzo – e io ti capisco – un risarcimento, che non farà tornare a casa tuo figlio e non farà dimenticare a tua figlia e a te quello che è successo. Ma un risarcimento potrebbe rinvigorire la tua famiglia più della vendetta, anche se solo la vendetta placa gli animi».

«Nemmeno la vendetta mi placherà, e poi non è solo un mio grande desiderio, la vendetta è un dovere per chi non è un vigliacco.»

«Ma io sono molto cambiato, ero solo un ragazzetto ubriaco quando è successa quella cosa terribile, nemmeno la ricordo, e sarei molto portato a pensare di non essere stato io. Sei sicuro che non sia stato qualcun altro?»

«Certo che sono sicuro.»

«Tutta questa faccenda è una grande sfortuna anche per me, io ti comprendo e il tuo dolore diventa il mio dolore.»

Dalla mia faccia vide che era vero. «Ma tu vivi e mio figlio no» rispose con astio.

«Hai ragione, ma non devi decidere adesso. Prendi in considerazione anche il mio dolore, e ti prego di ricordare che il risarcimento non è disonorevole e rientra negli usi degli antenati. Con una grossa somma di denaro il figlio che ti rimane potrà entrare nel commercio più in grande e mettersi in luce a Rodi. Con un gioiello di grande valore, degno di una regina, tua figlia potrebbe partecipare alle feste religiose notata da tutti, sfoggiando un oggetto che ha avuto come scusa e riparazione, e mostrando quindi di aver ottenuto giustizia per l'offesa subita.»

«Vuoi evitare la vergogna alla tua famiglia» mi rispose quasi ringhiando, «ma la tua famiglia deve soffrire, anche se non patirà comunque quello che ha patito la mia.»

«Pensaci» conclusi, «una cosa certa invece che una incerta, perché anch'io lotterò. Ti prego, ritira l'accusa.»

Alzò le spalle. «Non ci sperare» sentenziò.

Tornato a casa li trovai tutti in subbuglio, avevano saputo da qualcuno che ero stato iscritto dal pretore del tribunale *de sicariis* nel registro degli imputati per essere processato.

Dopo aver sperimentato l'insicurezza e la paura di chi a Roma si trova senza protezione, e dopo che io avevo salvato il loro patrimonio e la casa, vedevano aleggiare di nuovo lo spettro delle requisizioni e dell'infamia. Terenzia e Lelia Seconda scoppiarono a piangere quando mi videro; non sapevano se ero colpevole o innocente, ma ero colpevole di attentare alla loro tranquillità. Il debole Publio mi accusò senza mezzi termini di portarli alla rovina. Livilla mi abbracciò tremando e io riuscii a rassicurarla. Solo Porcia e Lelia Prima conservavano la calma in vista della battaglia.

Mi chiusi in una stanza con loro.

«Bene» esordì Porcia, «spiegaci di che sei accusato e da chi.»

Rimasero in silenzio, turbate, quando conobbero nei dettagli l'accusa e seppero che l'accusatore era una persona onorata, che portava con sé credenziali e testimonianze e una figlia tredicenne all'epoca del fatto, che avrebbe di sicuro commosso la giuria con la sua testimonianza. Alfidio non era uno dei soliti perdigiorno che bazzicavano i tribunali in quel periodo facendosi pagare per sostenere un'accusa, e questo avrebbe fatto buona impressione ai giurati. Il processo avrebbe attirato gli sciacalli che volevano partecipare alle aste dei beni dei condannati e si sarebbero associati a lui per assicurargli la vittoria, nella speranza di mettere le mani sul patrimonio di Lelio.

«Ma non volete sapere se è vero?» chiesi io dopo il loro lungo silenzio.

«Che importanza ha?» rispose Lelia. «Anche l'accusa a tuo padre era vera, ma il denaro e il buon avvocato l'hanno fatto assolvere.»

«Ma non c'è più Lelio a orchestrare il processo.»

«Ce la faremo ugualmente» disse Lelia, convinta. Lei era consapevole di essere l'erede di suo padre. Suo padre aveva agito per tante cose dietro le quinte, anche se questo non gli aveva evitato che la sua testa imputridisse sui Rostri; da donna a Lelia veniva richiesto comunque di agire dietro le quinte, e lei con le lezioni di suo padre sapeva come farlo e non si sottraeva al rischio.

«A me interessa» disse Porcia guardandomi negli occhi. «È vero?»

«Non ricordo. Ero ubriaco, credo, erano i giorni in cui stavo lasciando Rodi, non potevo dirlo per paura dei pirati, ma io brindavo spesso alla mia partenza e a una fortunata traversata.»

«Fonderemo la difesa sull'ubriachezza?» chiese Porcia, costernata. Mi guardava come se non mi riconoscesse più, o come se riconoscesse in me per la prima volta il nipote arrogante che era partito per Rodi.

«La fonderemo anche sul fatto che l'omicidio non è volontario. Mi viene contestato solo il ferimento» dissi. «E poi vedremo come la imposterà l'avvocato.»

«Ma c'è lo stupro...» ragionò Porcia. «La situazione è tutt'altro che semplice.»

«Ho incontrato l'accusatore e gli ho proposto di pensare a un accomodamento con un grosso risarcimento in denaro» dissi. «Spero che lo accetti.»

«È un'ammissione di colpevolezza» disse Porcia.

E Lelia aggiunse: «Non vorrai usare il mio denaro per pagare quell'uomo, pagheremo piuttosto il migliore avvocato e la giuria, come è stato fatto per tuo padre».

«Un processo è sempre pericoloso» dissi. «Se voi volete posso andare in esilio preventivamente e tanti guai vi saranno evitati.»

«In esilio ci andrai solo se perderai» disse Porcia, e la via della fuga mi fu preclusa.

E Lelia aggiunse: «Senza di te siamo senza protezione».

«Vi troverei un buon tutore, ad esempio Catilina.»

«Vinceremo» disse Lelia.

Non sapevano quante insidie fossero in agguato per la famiglia in un processo a *Marco Druso*.

Mi faceva pena l'uomo addolorato che veniva da lontano a combattere per una giusta causa contro le alleanze dei nobili Livi Drusi e i soldi di Lelia Prima, ma io lo avrei contrastato servendomi di ogni mezzo per salvare la *mia* famiglia in pericolo.

CAPITOLO TRENTACINQUESIMO

Porcia chiamò Ortensio da noi per via della gamba, che quel giorno le dava dolore più del solito. Ortensio aveva sentito delle voci e si aspettava di essere chiamato, ma disse che voleva sapere qualcosa di più sull'accusa e quali elementi avevo io per difendermi, prima di accettare il caso. Evidentemente pensava che quegli accoliti di Silla, che si stavano arricchendo con le proscrizioni, avrebbero fatto pressione su di lui affinché perdesse, e a lui perdere non piaceva. Io non gli davo torto: non ci voleva tanto a immaginare che il processo avrebbe richiamato molta gente e per lui la situazione si sarebbe fatta incresciosa.

«Sono passati pochi anni, da quando ho difeso un Druso servendomi di Porcia, stavolta di che dovrei servirmi?»

Non si aspettava però il sontuoso dono preventivo: un'antica statuina di divinità in oro massiccio, che doveva essere stata un tempo sull'altare domestico di una facoltosa casa di Siracusa.

Quando la ebbe per le mani Ortensio decise di non cederla mai più e accettò il caso, e infine, mentre parlavo con lui, di fronte ai suoi freddi ragionamenti analitici riuscii anch'io a pensare freddamente e a dargli quella sera stessa gli elementi per impostare la difesa. A me l'argomento fondamentale lo aveva fornito Marco nella stiva della nave alla partenza da Rodi: la sua convinzione che la ragazza fosse schiava in seguito a una menzogna di Learco. Uno scherzo molto pesante, che si era rivelato atroce.

Altri due erano i punti fondamentali secondo Ortensio: l'involontarietà dell'omicidio che all'inizio era stato solo un ferimento e il luogo dove era avvenuto, vicino alla taverna degli studenti da cui ero uscito ubriaco, il che dava credito alla tesi dell'involontarietà, e alla tesi della *mia* convinzione che la giovane fosse schiava.

«Sono buoni argomenti in mano a un buon oratore» disse Ortensio, molto confortato. «Ma servirebbe qualcosa in più. Chi potrebbe testimoniare in tuo favore? Ad esempio per dire che il ragazzo ti aveva aggredito con violenza. C'è qualcosa che non mi quadra in questa storia. Possibile che al momento del fatto tu fossi solo? Non ti accompagnava uno schiavo?»

«È morto nell'attacco dei pirati.»

«Ah... be'... ai morti possiamo far dire quello che vogliamo.»

«Lui di solito mi aspettava fuori dalla taverna, gironzolava tra le botteghe nella piazza e nella strada o arrivava al porto a guardare l'ingresso delle navi, qualche volta entrava dentro e si sedeva a un tavolo a mangiare qualcosa.»

«Quella sera c'era?»

«Non lo ricordo, ma di sicuro c'era. Era molto difficile che io fossi solo.»

«Anche questa cosa è importante.»

Avevo preso in mano saldamente la situazione ormai. Chiamai Lusio e Livio per assistere al resto del colloquio e parlare con Ortensio.

«Alfidio ha portato con sé molte testimonianze da Rodi» feci presente.

«Abbiamo bisogno di prove anche noi» disse Ortensio.

«Possono andare Lusio e Livio, che conoscono la città di Rodi e molti mercanti. Troveranno certamente qualcosa» dissi io.

«Il loro compito è portare da Rodi delle testimonianze scritte che possano in qualche modo rendere più convincente la difesa» disse Ortensio. «Sono certo che Alfidio, col suo carattere spigoloso, ha molti nemici. Si potrebbe indagare anche sulla virtù della ragazza: se era solita uscire da sola al tramonto, se non aveva una serva e andava personalmente alla fontana... tutte quelle cose che avrebbero potuto supportare la tua convinzione che la ragazza fosse schiava.»

Concertammo a lungo il da farsi e l'indomani Lusio e Livio partirono di buonora per Brindisi, accompagnati da un segretario di Ortensio più pratico di loro di cose legali. Da lì avrebbero trovato immediatamente un passaggio, poiché quello era il periodo in cui viaggiavano molte navi

Dopo pochi giorni avevo acquisito la parvenza del *reus*, secondo la consuetudine, oggi un po' in abbandono, che imponeva all'accusato un aspetto quanto più possibile dimesso, anche sordido. All'abito dimesso potevo arrivarci, barba e capelli incolti pure potevo accettarli, ma sulla trascuratezza della persona non transigevo. Facevo quotidianamente un bagno, ma senza profumarmi, e mi lavavo i denti, non tagliavo più e non pettinavo la barba e i capelli, indossavo abiti un po' insudiciati ad arte sul davanti, ma comunque puliti sulla pelle. In questo mi aiutava Lelia, che sporcava i miei abiti con grasso e fuliggine in cucina.

Così, trasandato e implorante, come un'anima in pena – quello che ero in realtà dentro di me – facevo il giro di tutti gli amici per chiedere che venissero al processo come miei *laudatores*, o almeno a sostenermi sedendosi accanto a me. Più testimonianze favorevoli avessi raccolto sul mio passato comportamento e maggiori sarebbero state le possibilità di vittoria, in quanto la giuria avrebbe dovuto tenerne conto.

Andai da tutti, parenti, amici di Marco che non vedevo da tanto tempo, commilitoni, e anche qualche vecchio amico dei Livi Drusi e di Porcia sopravvissuto agli eccidi di Mario e a quelli di Silla.

Catilina mi promise da parte sua il massimo appoggio e di recitare una lunga *laudatio* in cui avrebbe messo in luce i miei pregi.

«Gli uomini si vedono nel pericolo» disse. «E tu sei affidabile, io ti avrei affidato la mia vita e lo dirò. Però non credevo proprio di sentire certe cose sul tuo conto. Sei sempre stato così serio, sempre col pensiero fisso alla famiglia, alla fidanzata, ai doveri... forse questa cosa nuova ti rende più simpatico.»

Non potevo non andare da Silla.

Osservò ironico il mio aspetto sordido. «Torni ancora a chiedermi appoggio» disse. «Ma io già ti ho dato un'altra volta la possibilità di tenerti il patrimonio, e tu lo metti di nuovo in pericolo. Sarà difficile stavolta allontanare le grinfie di chi vuole metterci le mani sopra, anche perché ormai la lista dei Romani da depredare si è assottigliata e già si ricorre molto alle altre città. La tua situazione è grave, e io non posso intervenire manifestamente, perché sai bene che mi presento ai Romani come un pacificatore, l'uomo che vuole rimettere ordine nel caos e pace tra le varie forze sociali, e questo processo si presenta come una lotta tra gli aristocratici e la gente comune, o potrebbe essere così interpretato.

Per mantenermi in linea coi miei progetti, e per omaggio al popolo che mi ama, dovrei sostenere l'uomo comune. Credo che andrò in una mia villa in campagna e poi, per un terribile attacco di gotta, non potrò tornare a Roma a presenziare al processo, anche se lo vorrei tanto. Ma cercherò di fare in modo che non entrino in gioco interessi economici. Prima di partire farò sapere che i tuoi soldi non si toccano, altrimenti le testimonianze e le prove a favore dell'accusa lieviterebbero.»

Silla mi stava salvando un'altra volta.

Naturalmente cercai il sostegno di Molone e lui si mostrò sinceramente stupito delle accuse e mi preparò un lungo discorso in greco da leggere al processo di cui mi disse di fare la traduzione in latino.

Nel frattempo non trascurai di cercare di convincere Alfidio a tornarsene a Rodi più ricco di come era venuto; mandai da lui anche Ortensio, ma senza esito. Quell'uomo inacidito amava vedere il mio aspetto da poveraccio, che gli faceva pregustare il momento in cui avrebbe assistito con gioia alla mia partenza per l'esilio scacciato da tutti. Era tanto preso dal desiderio di tormentarmi, che faceva in modo di incontrarmi spesso, mentre compivo i miei giri per la città implorando soccorso, e per umiliarmi mi inviava maledizioni e ingiurie davanti agli amici.

Rividi anche Vinicio, che sostava accanto a Molone e si allontanò al mio arrivo. Chissà che pensava di Learco, mi chiedevo: forse, una volta che Learco era venuto a sapere dei suoi rapporti con i pirati, gli avevo fatto un favore eliminandolo. Mi dispiaceva proprio di avergli tolto una spina dal fianco.

I miei giorni passavano nella ricerca di sostenitori e dopo nemmeno due mesi i tre inviati a Rodi tornarono. Lusio disse che avevano raccolto una lunga serie di testimonianze, e ciò era stato possibile in quanto Alfidio si era fatto parecchi nemici, perché era un uomo giusto che le cose non le mandava a dire.

Opportunamente consigliati dal segretario di Ortensio, i testimoni avevano dichiarato che Alfidia era così poco modesta da attaccare discorso con gli estranei e che il fratello aveva un caratteraccio, era un vero attaccabrighe, proprio come il padre, il quale padre, poi, non controllava a sufficienza i figli. Questa esperienza mi portò da allora a diffidare delle testimonianze, soprattutto quelle non rese davanti al tribunale, ma Ortensio esaminò i documenti e si mostrò certo che ci avrebbero molto aiutato.

Visto che Alfidio non si faceva convincere e aveva affittato un appartamentino con l'intenzione di passare l'inverno a Roma, decisi di andare dal pretore Gabinio per affrettare il processo. Ormai non ne potevo più. La notte non dormivo, o se dormivo avevo gli incubi, e la nausea era tornata a tormentarmi.

Poco prima del processo ricevetti una lettera di Vinicio di tenore diverso dal solito.

Che ne diresti se io venissi a testimoniare? Non preoccuparti, non verrò. Ma se tu fossi condannato, perderei il mio mezzo di sostentamento. Considerando questa eventualità, sarà bene che io mi premunisca. Domattina manda Lusio a passeggiare al Clivus Suburanus con mille aurei, o il corri-

spondente in oro, se non ti è facile trovare le monete. Certo, è una grossa somma, ma con questa mi sistemerò per sempre, sarei intenzionato a comprare una fattoria.

P.S. Diciamoci la verità, sono anche stufo di tormentarti. Hai vinto, non voglio vederti mai più.

Vinicio si proclamava stufo di tormentarmi e parlava di sistemarsi stabilmente da qualche parte con la mia ultima generosa *donazione*; ma sottovalutava la mia lunga pratica, sviluppata dalla più tenera infanzia per comprendere le intenzioni dei padroni e tentare di limitare i danni per me. Non sempre ero riuscito in questo intento, ma sapevo entrare nella testa dei Romani.

Le intenzioni di Vinicio mi erano chiare, ogni parola da lui detta in mia presenza era scolpita nella mia mente e tutti i suoi discorsi e le sue lettere erano come le tessere di un mosaico e formavano un disegno, o meglio un piano, chiarissimo. A parte quello che considerava un dovere: punirmi, Vinicio non avrebbe lasciato uno schiavo a capo di una importante famiglia romana, con la possibilità di accedere alle magistrature e ai supremi comandi. Vinicio, a suo modo, amava Roma. Voleva fare l'ultimo prelievo e poi mi avrebbe ucciso, evitando che giungessi al processo.

Avevo bisogno di tempo. Chiamai Lusio e gli consegnai una borsa con sessanta aurei, in cui avevo inserito anche un biglietto.

Non possiedo in questo momento la somma che mi chiedi e non potrei fare un prelievo importante senza essere notato dalla famiglia. Sai quante leggi ci sono contro gli scialacquatori e che riprovazione sociale. Perderei la loro fiducia. Ma i soldi per te arriveranno. Pazienta ancora qualche mese e li avrai. Vale.

Mi aiutava il fatto che non era facile trovare molti aurei a quei tempi, poiché la circolazione dell'aureo è aumentata solo con Cesare. Nel tesoro di Lelio c'erano, e c'era anche oro in gioielli e lingotti, ma Vinicio non poteva supporlo.

Arrivò anche il giorno del sorteggio della giuria. Oltre a restituire le corti al Senato, Silla aveva introdotto una nuova procedura per la scelta dei giurati. La lista dei senatori divenne la lista generale dei giurati, divisa in dieci decurie di sessanta senatori ciascuna. Per ogni singolo processo le giurie erano formate per estrazione di un certo numero di giudici dalla decuria assegnata al tribunale; dopo l'estrazione l'accusatore e l'accusato ricusavano alternativamente i giudici non graditi.

Ortensio sapeva esattamente quali giudici erano corruttibili e mi indicò quelli che dovevo ricusare. Alfidio invece era tranquillo, non aveva soldi per corrompere e non intendeva farlo; si limitò a ricusare quei giudici che erano legati ai Drusi da rapporti evidenti di amicizia e parentela. Aveva scelto un avvocato di non grande fama, che non avrebbe mai potuto competere con Ortensio, un certo Curione, che veniva da un'antica famiglia del Piceno impoverita dalla guerra sociale.

Ortensio prese contatti con lui, sempre con la scusa di rinnovare l'offerta di risarcimento, ma in fondo per cercare di sapere di più dei nostri avversari. Lo stesso Curione gli rivelò che Alfidio non confidava nell'avvocato, ma nelle prove inoppugnabili e ben custodite portate da Rodi. Il patrocinatore rappresentava solo un obbligo per Alfidio, per districarsi nella burocrazia senza errori. Alfidio credeva nella giustizia degli uomini, e questo rese Ortensio e Lelia molto più sicuri di vincere.

A un certo punto ci interrogammo sulla figlia, avrei voluto vedere in faccia la persona che tutti credevano avessi violentato. La cercammo nel grosso caseggiato dove alloggiava Alfidio, ma nessuno degli inquilini l'aveva mai vista: anche lei doveva essere molto ben custodita.

Lelia e Ortensio cominciarono ad avvicinare i giurati che sapevano di poter corrompere, perché, anche se Silla aveva fatto delle riforme per eliminarla, la corruzione delle giurie non fu eliminata e mai lo sarà. C'è sempre stato qualche senatore che conta su questo per arrotondare i guadagni. Lelia si servì di Antistio e di Frine, le stesse persone di cui si serviva suo padre. Frine conosceva i vizi e le disponibilità finanziarie di tanti senatori, e non solo dei suoi amanti; scoprii che a lei faceva capo una rete di informatori vastissima. Antistio, ben conosciuto da tutti i corruttibili poiché li aveva avvicinati in passato per Lelio, contattava le persone prescelte e offriva i regali, che raramente erano denaro, ma piuttosto oggetti di valore.

Ortensio passò molte ore facendosi descrivere da Lusio e dal suo segretario il luogo del misfatto e se ne fece fare una piantina. Credo che a quel punto lo conoscesse meglio di Alfidio. Si procurò delle pedine con cui rappresentava i protagonisti della vicenda e mi chiedeva continuamente delucidazioni, dicendo che forse in questo modo avrei ricordato. «Nonostante l'ubriachezza» sottolineava ironico. Ma io non ricordavo, e lui ci rimaneva male. E pensare che, se io ci fossi stato, forse avrei distolto Marco da quello a cui Learco lo aveva spinto.

CAPITOLO TRENTASEIESIMO

In una torrida mattina d'agosto ebbe inizio il processo contro *Marco Druso.*

Ormai io non pensavo più a me come suo *alter ego,* ma a lui come mio *alter ego,* e se ci fu un giorno in cui veramente mi pentii di averlo ucciso fu quello.

Già all'alba era caldo. Lusio e Livio erano usciti che ancora era buio per vedere cosa succedeva e venire a riferire.

«Non c'è più nemmeno un posto a sedere» mi disse Livio trafelato. «E la tribuna è stata montata in modo che la gente veda sullo sfondo la basilica Porcia. Da quanto mi ha detto il segretario di Ortensio – perché ormai siamo amici – quando c'è stato il processo contro tuo padre Porcia è stata determinante.

Ortensio, però, non può fare di nuovo il gesto di mostrare la basilica, non può ripetersi, la gente vuole l'emozione del nuovo – perché altrimenti occuperebbe i posti all'alba? –, allora ha pagato i funzionari del pretore per far mettere la tribuna avendo come sfondo la basilica, in modo che gli antenati di Porcia siano comunque sempre presenti nella mente del pubblico.»

«Se dobbiamo impostare la difesa su questo...» mormorai.

Mi vide agitato. «Non ti preoccupare» rispose. «Il segretario dice che i pochi elementi a nostro favore nelle mani di Ortensio diventeranno consistenti.»

Giunsi al tribunale insieme a Ortensio e ai suoi segretari

carichi di casse di documenti, che contenevano, oltre alle effettive prove portate da Rodi, alle *laudationes* scritte dagli amici e al discorso di Apollonio Molone, un mucchio di papiri di altre cause, che servivano a impressionare la giuria. Alcuni amici, che volevano mettersi particolarmente in mostra, o che ci tenevano a parlar bene di me, dissero che avrebbero reso la loro *laudatio* a voce al termine dell'arringa conclusiva di Ortensio, mentre quelle scritte sarebbero state lette da Ortensio durante la sua arringa iniziale.

Al nostro arrivo ci fu prima silenzio e poi un mormorio insistente. Passammo in mezzo alla folla: tutti mi guardavano tentando di penetrare le mie difese e vedere che tipo ero, e se poteva essere vero che io fossi un tale depravato, o avessi un tale disprezzo dei costumi aviti, da stuprare una cittadina romana, con tante donne schiave o liberte che c'erano in giro, la cui virtù non aveva importanza per nessuno. Io sostenni i loro sguardi solo perché da Ortensio avevo ricevuto l'ordine tassativo di non abbassare mai gli occhi.

Non appena ci sedemmo vennero a prendere posto vicino a me gli amici e i parenti più influenti e stimati di cui avevo sollecitato il sostegno, a testimoniare con la loro presenza la buona opinione che avevano di me.

Alfidio era già là, seduto tra il suo avvocato e una giovane donna velata, pronto a godere del gran giorno della vendetta, il giorno della vergogna e della sofferenza di *Marco Druso*. La mia attenzione fu catturata dalla figura velata di Alfidia che era stata sempre tenuta nascosta dal padre, perché al momento opportuno commuovesse il pubblico ed esercitasse un effetto travolgente sulla coscienza dei giurati, anche se corrotti.

La ragazza che *io* avevo violentato era piccola e delicata. La gente cominciava già a scrutarmi con disprezzo mentre la confrontava con me grosso, forte, prestante, e la immaginava piccola e indifesa come un fuscello tra le mie mani, impotente contro la mia forza e la mia libidine. Lei teneva la testa bassa con modestia, il velo spesso sul capo le ricadeva anche su metà del volto e non riuscii a vedere i suoi occhi. Ebbi qualche rapida visione di manine bianche, quasi diafane, di una bocca tenera e di guance rosee, morbide e delicate, facili al rossore. Alfidia era una pastosa creta nelle mani del padre, che ne faceva la sua arma principale per abbattermi.

Erano stati tesi dei velari per proteggere la tribuna dal sole, ma già si sudava. Rivolsi uno sguardo rapido al pubblico assiepato al caldo e già sofferente. Vidi Porcia, Lelia e tutta la famiglia. Licinio era in mezzo alla folla dei clienti e dava istruzioni di urlare al momento opportuno nel tentativo di eccitare il pubblico, per influenzare i giurati. Lusio era teso come la corda di un arco, vicino a lui c'erano mia madre e Fortunato. Dovetti percorrere con lo sguardo la marea di facce più volte per vedere Vinicio, che ironico stava là a osservare fino a che punto lo *schiavo* si sarebbe spinto.

Alfidio fece parlare il suo patrocinatore, poiché in gran parte l'accusa si fondava sul documento che raccoglieva il racconto della vicenda fatto dal figlio ferito, con la gamba in cancrena, prima che morisse, davanti a testimoni.

Curione era un bell'uomo giovane e si alzò in piedi facendo qualche passo sul bordo della tribuna per farsi ammirare dal pubblico e conquistarsene la simpatia. Il pubblico è sensibile all'adulazione, lo apprezzò molto e gli accordò grande attenzione. Dalle prime parole che disse compresi che considerava quella causa di argomento scabroso, attraente per la plebe, in cui disponeva di prove inoppugnabili contro il nobile *Marco Druso*, un'occasione irripetibile per farsi strada, per sconfiggere il grande Ortensio, e conquistarsi il suo spazio a Roma.

Cicerone, il cui volto attento tra il pubblico era ben visibile, avrebbe fatto la stessa cosa dopo sette anni accusando Verre, difeso da Ortensio, che con questa causa avrebbe perduto il primato tra gli avvocati.

Ortensio si preparava a una pericolosa battaglia; mi voltai verso di lui, ma il suo sguardo non tradiva preoccupazione.

Curione cominciò a parlare a bassa voce, un altro mezzo per attirarsi l'attenzione: avrò sentito mille volte Molone suggerirlo nelle sue lezioni, mentre nascosto dietro una colonna prendevo appunti per Marco. Tutti furono costretti a tendere le orecchie, e quando Curione alzò il tono quasi urlando, mentre mi accusava puntando il dito su di me, tutti sobbalzarono e furono molto impressionati dalle accuse, che penetrarono la loro corazza di infingardaggine e indifferenza, facendoli sentire tutti Romani attaccati ai costumi degli antenati.

Ricordo bene le parole dell'arringa di Curione, che per me, che già cuocevo sulla graticola, erano come morsi di tenaglie incandescenti che mi martoriavano la carne.

«Romani, questo è un processo molto importante, e vostro dovere è seguirlo attentamente, perché riguarda tutti voi, ricchi e poveri, nobili e plebei, e se il mio assistito non vincerà, potrete ritenere che la giustizia ha lasciato Roma insieme alla probità e agli antichi valori, che ci hanno resi forti e dominatori *in passato*.»

Si avvicinò ad Alfidio e gli appoggiò una mano su una spalla.

«Romani, guardate quest'uomo: è un uomo onesto, che ha sofferto, ma è determinato ad avere vendetta ed è venuto da lontano per ottenerla. Faceva parte dei Romani che commerciavano con profitto a Efeso e possedeva seicentomila sesterzi. All'improvviso si è abbattuta sull'Oriente la scure di Mitridate e tante migliaia di Romani sono morti. Ma lui è riuscito a fuggire a Rodi portando in salvo i suoi tre figli. Due maschi e una femmina. Del suo patrimonio non ha potuto salvare che le briciole, solo ventimila sesterzi di quei seicentomila, ma non si è perduto d'animo e, aiutato dai figli, ha ricominciato a lavorare a Rodi e già al momento del misfatto per cui chiede giustizia possedeva una casa e un'avviata bottega al porto, e stava progettando di comprare una piccola imbarcazione per entrare nel commercio delle spugne tra le isole greche.

Aveva superato la bufera, ma una bufera più grande di quella di Mitridate si è abbattuta su di lui: un giovane Romano vizioso e pusillanime, ma molto ricco, ha arrecato alla sua famiglia più danni del feroce Mitridate, re del Ponto.

E adesso sentirete come sono andate le cose. Vi descriverò prima il teatro dei fatti. La casa di Alfidio nella città di Rodi ha una porta su una strada discretamente elegante e una porta che, da un orticello sul retro, si apre su una stradina stretta e poco trafficata, sulla quale affacciano solo poche finestre quasi sempre chiuse e porte sul retro delle case come la sua. Di quelle – per intenderci – da cui generalmente escono gli schiavi per gettare l'immondizia. Il punto in cui la stradina sbuca nella via principale non è lontano da una taverna frequentata da studenti.»

Curione si avvicinò al suo posto e prese un papiro che gli porgeva il suo segretario. «Adesso passerò a leggere la testimonianza che mi ha rilasciato Alfidia, la ragazza che vedete qui, accanto a suo padre, e che è velata perché è timida e modesta. Quello che le è successo l'ha resa ancora più timida ed è spaventata dalla folla. Sì, è molto intimorita da voi che siete in così gran numero, ma teme soprattutto il vostro severo giudizio.»

Il pubblico manifestò la sua simpatia per la ragazza con un confuso mormorio di incoraggiamenti e benedizioni. «Non aver paura di noi, carina» urlò una donna.

Il pretore sembrava annoiato. "Ecco un altro demagogo mistificatore" diceva la sua faccia: il patrocinatore chiamava in causa il popolo e ciò avrebbe dato guai prima o poi, in quello o in un altro processo.

Curione cambiò del tutto atteggiamento, sembrò intimidito dalla folla anche lui e cominciò a leggere con una voce esile esile.

> Prima del tramonto sono uscita con un'anfora dalla porta sulla strada principale per andare a prendere l'acqua nella piazza vicina e, al ritorno, per accorciare il cammino, perché l'anfora pesava per me, sono passata dalla stradina sul retro. Il sole stava calando, nella stradina non si vedeva nessuno e le ombre si stavano allungando. Mi sono affrettata, ma l'anfora pesava tanto e ho dovuto fermarmi un attimo per poggiarla a terra. Ho sentito delle risate e delle voci e ho visto due uomini che imboccavano la stradina. Uno dei due sembrava ubriaco e parlava a voce alta e l'altro mormorava a bassa voce, forse tentando di convincere di qualcosa l'ubriaco. Ho ripreso subito l'anfora e ho cercato di sbrigarmi, ma poco dopo, quando ero già vicina alla porticina

dell'orto, mi sono sentita afferrare per le spalle e un uomo grosso e pesante mi ha scaraventato a terra, mi si è gettato addosso e ha tentato di possedermi. Ho implorato aiuto, ho urlato con tutto il fiato che avevo, ma quell'uomo mi ha dato un ceffone che mi ha tramortito e non ho capito più niente. Ma se vedessi quell'uomo sarei in grado di riconoscerlo.

Le parole della ragazza mi facevano rivivere la mia terribile avventura di tanti anni prima, mi sembrava di ritrovarmi in un vicolo buio della Suburra, senza via di scampo, mentre Marco fuggiva e quattro bruti mi accerchiavano.

Ortensio attirò la mia attenzione e mormorò: «Che ti avevo detto? Non eri solo, ci doveva essere il tuo schiavo con te. Finalmente uno spiraglio, cominciavo a perdere le speranze».

«Vuoi servirti di Fausto? Lascia perdere, ormai...»

«Vuoi scherzare? Non possiamo dimostrare la tua estraneità ai fatti, ma possiamo instillare il dubbio.» Non voleva ascoltarmi, e aveva ragione, non ero in ballo solo io, ma la mia famiglia, e anche la sua credibilità.

«Questa è la testimonianza della ragazza» continuò Curione, «ma vediamo quella del fratello, il quindicenne Aulo Alfidio. Aulo è morto e la sua testimonianza è convalidata dal magistrato di Rodi.» Prese un altro papiro e ricominciò a leggere.

Lasciai mio padre e il mio fratello maggiore al porto a chiudere la bottega e mi avviai a casa, perché eravamo sempre preoccupati per mia sorella, che nelle ore pomeridiane terminava il suo lavoro alla bottega e tornava a casa per occuparsi delle faccende rimanendo sola. Arrivato a casa sono entrato dall'ingresso principale e ho visto che non c'era nessuno, allora sono andato nell'orto sul retro e ho sentito urlare. Era una voce di donna, ho riconosciuto subito la voce di mia sorella, ho aperto la porta dell'orto e sono uscito di corsa nella stradina per andare a vedere. Avevo un brutto presentimento perché intanto lei aveva smesso di urlare. Era a terra, ma ormai al mio arrivo era incosciente, e sopra di lei c'era Marco Druso, l'ho riconosciuto subito perché lo vedevo a volte davanti alla taverna insieme agli altri studenti. Io li ammiravo perché studiavano la retorica, la filosofia, la matematica, così, anche se erano tanti, li conoscevo quasi tutti per nome. Mi sono gettato su di lui tentando di strapparlo da mia sorella. Era molto forte e mi ha dato un pugno tremendo, che mi ha quasi tramortito, poi si è staccato da lei, e si stava ricomponendo ancora in ginocchio, ma io vedevo mia sorella incosciente e mezza nuda, con la tunica tirata sulla faccia e non ho capito più niente e sono tornato alla carica. L'ho picchiato in faccia, allora lui ha estratto il pugnale che portava alla cintura e mi ha colpito alla gamba. Io ho sentito il sangue caldo sulla gamba, ho sollevato la tunica e ho visto la ferita che sanguinava abbondantemente. Anche lui l'ha vista e ha urlato. Era spaventato. Si è rialzato ed è fuggito via urlando e incespicando. Così proprio le sue urla hanno richiamato l'attenzione e da una porta sul retro della casa del nostro vicino Damofilo è uscito il suo schiavo, che ci ha aiutato e mi ha bendato la ferita per fermare il sangue.

Curione fece una lunga pausa, perché le parole che aveva scandito bene fossero anche ben digerite e archiviate nella mente dei giudici e della gente.

Poi puntò il dito su di me e lo tenne puntato a lungo, quasi per caso, come se avesse dimenticato quel dito alzato mentre pensava a cosa dire.

«Dopo circa due settimane il quindicenne Aulo, che era corso a difendere la sorellina, aveva capito che presto sarebbe morto per la suppurazione della ferita. Io riesco a immaginare quali momenti siano stati questi per il padre e per gli altri due fratelli. Impotenti videro morire un ragazzo di quindici anni. Poco prima di morire Aulo Alfidio ha voluto rendere questa testimonianza, affinché il padre potesse vendicarlo. L'ombra di quel povero ragazzo strappato all'affetto di suo padre vuole vendetta.

Ma basta con la descrizione di questo orribile delitto, ci torneremo se la difesa ce lo chiederà. Lo vedete tutti, eccolo davanti a voi lo stupratore e assassino. E come si è difeso dall'accusa davanti al padre addolorato? Ha detto ad Alfidio di non ricordare niente, ha detto che forse era ubriaco. È bello, ricco, intelligente, buon oratore, soldato decorato in tante azioni belliche. Un futuro candidato alle più alte magistrature della repubblica. Spero che questo processo glielo impedisca e ci salvi da lui. Io non so se voglio farmi governare da uno stupratore, assassino, ubriacone.

Diciamoci la verità, molti nostri giovani violentano qualche donna o ragazza, è una cosa che fa parte delle esperienze di ogni giovane, ma sono schiave, o donne infami. Chi fa violenza a una Romana commette uno stupro e mette in discussione tutto quello che le nostre donne rappresentano: le virtù romane, la saldezza e l'unità dello Stato. Chi stupra o solo offende una Romana stupra e offende tutti noi. La virtù delle nostre donne si fa virtù dei nostri soldati, dei nostri comandanti e magistrati, perché sono le nostre donne che hanno l'alto compito di generarli ed educarli. E questa ragazza a Rodi avrebbe sposato un Romano e avrebbe creato una famiglia romana a Rodi, che ci avrebbe rappresentato con i nostri valori: oggi potrà farlo solo se il padre avrà dimostrato di essersi vendicato per quanto le è successo.

Se permetterete a questo stupratore ricco e nobile, che viene preso ad esempio dagli altri, di restare in mezzo a noi, che diventerà Roma, il regno incontrastato degli stupratori e degli assassini? Cosa dovremo vedere ancora?

Ma questo uomo bello, forte e affascinante, non è solo uno stupratore e un assassino, è anche un vile. La sua viltà, la fuga ignominiosa di fronte alle sue responsabilità ci sono state descritte dal ragazzo morente. Perché non ha aiutato un Romano ferito? Ma non è finita qui. Il giorno dopo all'alba il vile è fuggito da Rodi e il povero padre, che è andato a chiedere soddisfazione, ha trovato il suo alloggio vuoto, ed è dovuto venire fino a Roma per stanarlo. Se non è una prova questa... ma vi parlerò più a lungo della sua viltà nell'arringa finale. Devo pure tenermi da parte qualche argomento incontestabile, mi trovo a competere con Ortensio, il primo avvocato di Roma, il dominatore incontrastato del Foro, a cui lascio la parola.»

La gente applaudì, fu un boato che si innalzò sino ai colli.

Curione aveva affascinato anche me, volsi lo sguardo al pubblico e vidi odio genuino in tante facce che mi fissavano. Non scorderò mai quella di Frine, che mi scrutava con gli occhi ridotti a una fessura, mentre veniva descritta la fine di un'altra vittima della *mia* vigliaccheria, come il *povero Fausto*. Porcia e Lelia tenevano la testa alta, ma doveva essere difficile per loro.

Apollonio Molone seguiva con grande interesse, mentre un allievo che gli sedeva accanto gli faceva una traduzione quasi simultanea. I giurati erano in grande disagio, si stava presentando la necessità di condannare un esponente dei Livi, una *gens* che aveva dato a Roma molti personaggi importanti, e questo non piaceva neanche ai senatori non corrotti che costituivano la giuria, figurarsi a quelli già pagati, ma anche loro non se la sarebbero sentita di assolvermi, nonostante i regali generosi distribuiti da Lelia.

Ortensio si portò al centro della tribuna. Si fece silenzio, tutti aspettavano la sua risposta alla sfida, tutti avevano capito che solo dalla sua bravura e non da altro dipendeva la mia sorte. Si poteva sentir volare una mosca.

«Romani, il rappresentante dell'accusa ha calcato un po' la mano per farsi conoscere e per attirare l'attenzione del pubblico, e questo possiamo perdonarlo a un giovane, che deve farsi strada e cercare nuovi clienti per mettere insieme il vitto quotidiano. Ma non ha tenuto in considerazione che nessuno finora ha provato che lo stupratore fosse Marco Druso. Se Marco Druso vorrà, appena questo processo sarà concluso, sarò lieto di sostenere un'accusa per calunnia contro Curione, e non vorrò niente in cambio.»

La gente rise, tutti sapevano quanto fosse esoso.

Lui continuò imperterrito. «Curione ha messo un grande impegno nell'insultare, ma non nella preparazione dell'accusa. Cito alcune parole della ragazza, che lui ha letto e che ricordo perfettamente: *Ho sentito delle risate e delle voci e ho visto due uomini che imboccavano la stradina.*

Dov'è finito l'altro uomo? *Dov'è?* No, Curione, stai zitto, è tardi per riparare al tuo errore. Ora tocca a me, e risponderò io.

La risposta richiede il ripasso di un po' di storia, ma non vi spaventate: non comincerò dallo sbarco del troiano Enea sui lidi del Lazio, comincerò da una notte tempestosa che tutti ricordate, la notte in cui vilmente ed efferatamente fu ucciso il tribuno Druso. Quella notte dopo l'assassinio del tribuno, una banda di gentaglia guidata da sicari piombò a casa di Tito Livio Druso, cugino del tribuno, padre dell'accusato, per uccidere anche lui.

Qualcuno di quegli assassini prezzolati è qui suppongo, e potrebbe confermare, ma non c'è bisogno, perché questi fatti li conoscono tutti. Tito Druso affrontò la marmaglia nell'atrio, ma all'improvviso si sentì toccare e vide vicino a sé, sfuggito alla sorveglianza, il figlioletto, Marco Druso, che era solo un bambino, ed era il suo unico erede. Per un momento fu preso dal panico e non solo per amore del figlioletto, ma anche per il dovere di ogni uomo di difendere la sua stirpe: se fosse morto il piccolo Marco, unico erede, sarebbe finita la sua stirpe. Marco era accompagnato dal suo schiavetto, Fausto, della stessa età.

Tito Druso agì rapidamente, allontanò Marco, che fu messo in salvo, prese per mano il piccolo schiavo e con lui affrontò i sicari, spacciandolo per suo figlio. I sicari non passarono ai fatti perché in quel momento arrivò il vicino Gaio Lelio con una scorta armata e la marmaglia si disperse, ma da quel turpe episodio è nato il male.

Da quel momento il piccolo schiavo è diventato l'*alter ego* del padroncino, credeva di poterlo sostituire in tutto, lo seguiva dovunque e, quando Marco Druso è fuggito a Rodi per scampare alla morte per mano dei sicari di Mario, il piccolo schiavo era con lui. A Rodi Fausto era una presenza quasi invisibile, ma costante, accanto a Marco. Fausto era bravissimo nel seguire il suo padrone dovunque senza essere notato ed era molto abile nello spacciarsi per Marco, quando voleva ottenere favori e denaro. Più volte Marco lo ha punito per questo, ma poi ricordava quella notte in cui Tito Druso aveva sostituito a lui il piccolo schiavo esponendolo alla morte e non riusciva a essere severo.

I due si somigliavano molto. Fausto era nato in casa da una schiava. Si presume che il padre fosse Tito Druso. Queste cose le ho apprese dai liberti dei Drusi e non ho piacere di metterle in piazza, ma la ricerca della verità lo esige.

Così io mi sono fatto un'idea di tutta questa faccenda. Perché Marco Druso dice sempre e continua a sostenere, anche a suo discapito, come ha fatto pure davanti al pretore, di non ricordare di aver aggredito Alfidia? Perché non l'ha fatto. Se gli uomini erano due all'imbocco della stradina e Marco era chiaramente troppo ubriaco per arrivare così presto alle spalle della ragazza, come lei stessa ci ha fatto pensare, perché continuare a dubitare della sua parola? Io gli credo, altrimenti Marco avrebbe potuto appellarsi a quello a cui generalmente si appellano tutti gli stupratori: che qualcuno gli avesse fatto credere che la vittima era una schiava. Dai tempi antichi del decemviro Appio Claudio, che concupiva Virginia, questa è stata una difesa di grande successo per gli stupratori. Inoltre Marco Druso avrebbe potuto appellarsi alla poca modestia della sua presunta vittima.»

Si avvicinò alle cassette di documenti e ne aprì una e gettò all'aria il contenuto.

Afferrò un papiro e lesse a caso: «*Alfidia usciva anche la sera, vestiva con poca modestia e il padre non la controllava.* Questa è la testimonianza di un mercante di Rodi, ma ce ne sono altre, molte altre, ne abbiamo una cassetta piena».

«Sono miei nemici» urlò Alfidio.

«Sono testimoni» ribatté seccamente Ortensio. «Ma Marco non se ne è servito, non ha mai invocato la poca modestia e non mi ha chiesto di servirmene, ha sempre detto di non ricordare. Cosa pericolosa per lui. Io credo che Marco Druso sia un uomo onesto. A questo punto mi chiedo, e dovete chiedervelo anche voi: e se questa fosse la verità?

Marco deve essersi fermato, non è entrato nella stradina, probabilmente è tornato indietro fino alla strada principale per riunirsi al gruppo degli studenti. E l'altro uomo, quello che approfittava di tante situazioni che gli si presentavano adoperando il nome di Marco Druso, è andato avanti nella stradina fino alla ragazza. Ma purtroppo non possiamo interrogarlo, perché è morto nell'attacco dei pirati. Come mi ha raccontato il liberto di Porcia Lusio, che era presente, Fausto aveva nascosto nella stiva il suo bel gruzzoletto composto millantando e imbrogliando col nome di Marco, così si è attardato nella stiva a recuperarlo e il fuoco gli ha precluso l'uscita dalla nave. Interrogando lo schiavo Fausto sotto tortura avremmo saputo certamente tutto dei fatti accaduti quella sera in una stradina di Rodi al tramonto. Ma Fausto non può parlare, la sua avidità lo ha ucciso. Credo, Romani, che non sapremo mai la verità per intero.»

Ortensio fece una pausa, e il silenzio di tomba che aveva accompagnato la sua arringa fu interrotto all'improvviso da brusii che diventarono battibecchi tra i favorevoli alla colpevolezza di Fausto e i non favorevoli. E questa era già la vittoria per Ortensio, l'aver instillato nelle menti della gente e della giuria il dubbio. Il dubbio così sapientemente inculcato sarebbe rimasto anche dopo il riconoscimento da parte della ragazza.

Poteva essere solo uno schiavo – perché mai un libero avrebbe preso in considerazione un'eventualità del genere – il balordo che protetto dall'incognito urlò all'improvviso: «Proviamo a torturare Marco Druso per sapere la verità».

Questa *assurdità* fu accolta da un coro di risate sarcastiche dei poveracci, che sono sempre in balia dei potenti e sanno che il potente avrà un trattamento diverso da quello riservato a loro. Se avessero saputo...

«Adesso concittadini» continuò Ortensio, «appellandomi alla vostra coscienza e al vostro senso della giustizia vi dirò perché non potete condannare Marco Druso.»

A quel punto lesse la *laudatio* di Apollonio Molone. Il buon Molone aveva scritto che Marco Druso era uno dei migliori allievi che avesse mai avuto, che era stato un onore per lui essergli maestro e che lui non sapeva come Marco avesse potuto trovare il tempo di spiare e usare violenza alle ragazze, dato che si impegnava molto nello studio. Poi Ortensio lesse altre tre *laudationes* che gli parevano utili e passò a cercare la compassione per l'imputato raccontando le disavventure di Marco. La morte del tribuno Druso, la morte di Tito Druso per mano dei Bardiei, i famigerati schiavi liberati da Mario, il rapimento da parte dei pirati.

Mentre la piazza ricordava le persecuzioni di Mario, mi sentivo oggetto di sguardi pieni di simpatia e compassione. Mi resi conto che Ortensio aveva fatto un lavoro geniale, la situazione era quasi capovolta e ormai la testimonianza di

Alfidia era diventata pressoché irrilevante. Il dubbio così abilmente instillato in tutti era evidente anche nei giurati, che pure erano abituati a lui e alle sue manipolazioni. I giurati pagati da Lelia mostravano un grande sollievo: nell'incertezza dilagante non avrebbero avuto problemi a votare per la mia assoluzione.

Alfidio era scontento e mordeva il freno, ma il suo avvocato gli ingiungeva di rispettare il tribunale e non fare scenate. Io ormai non mi sentivo padrone nemmeno di un piccolo brandello di me, mi sentivo trascinare da una parte e dall'altra come tra le onde di un mare in tempesta. Ricordavo le parole di Polifemo il pirata, che, ammiccando col suo unico occhio, diceva: «Il mare è il pascolo dei pazzi».

Non solo il mare è il pascolo dei pazzi, mormoravo.

Dopo molto tempo rivolsi di nuovo lo sguardo al pubblico: la gente era sudata, sfinita, l'uno con l'altro si passavano acqua e vettovaglie, ma nessuno si allontanava, perché il processo era diventato un grande spettacolo. Il palco del tribunale *de sicariis* quel giorno era come il palco del teatro. Altra gente veniva ad assieparsi tra le colonne delle basiliche e dovunque ci fosse un po' di spazio.

Porcia e Lelia mantenevano un atteggiamento dignitoso, nonostante il sudore che colava sugli abiti, e tutti gli altri familiari, perfino l'inetto Publio, tentavano di imitarle. Per un istante incontrai lo sguardo cauto di Lusio, che si fece strada tra la calca e portò dell'acqua a Lelia, prossima al parto. Finalmente osai guardare mia madre, talmente umiliata che teneva lo sguardo basso, ma non credo che non si accorgesse di essere additata come una criminale. Frine era furiosa, e non era difficile capire il perché: dopo aver fatto morire Fausto senza soccorso ora *Marco Druso* lo stava infangando per scagionarsi.

I due oratori avevano terminato, e il pretore decise di passare ad ascoltare i testimoni. Ortensio mi disse: «Con Fausto abbiamo insinuato il dubbio, ma non ci fermeremo qui e leggeremo le testimonianze contro la ragazza».

Curione prese per mano delicatamente Alfidia e la condusse verso di me. Appena mi si trovò vicino Curione mormorò: «Ci penserà lei a mettere fine a questo scempio della verità».

«Bene» risposi, come se fossi sicuro di me, «accomodatevi.»

Alfidia tremava. Curione le tolse delicatamente il velo, che ricadde sulle spalle. Era molto graziosa, aveva lineamenti fini e delicati, e occhi grandi e scuri, pronti a versare un fiume di lacrime, e senza fingere. Per la prima volta senza lo schermo del velo, mi fissò con gli occhi spalancati per qualche attimo, e si spaventò. Era confusa, si coprì la faccia con le mani. Ero un mostro agli occhi di quella ragazza. La folla mi maledisse. Grande mossa averla tenuta velata fino a quel momento, punti a favore dell'accusa, sentii Ortensio che mi era vicino agitarsi.

Toccava al patrocinatore dell'accusa interrogarla per primo.

«So che per te è molto difficile, so che hai sofferto tanto, ma ormai l'uomo che ti ha fatto del male è di fronte a te...»

«Questo è da provare. Che l'accusatore non imbecchi la testimone» disse il pretore. «Si allontani da lei.»

Curione ubbidiente si allontanò di un passo. «Alfidia» disse, «è questo l'uomo che ti ha assalito nella stradina dietro casa tua e ha ferito tuo fratello Aulo?»

«No.»

Questa risposta non se l'aspettava nessuno. Ecco perché si era spaventata, per timore di suo padre più che di me; Alfidia sapeva che stava per deluderlo ma, o era una persona molto onesta, o molto religiosa, e aveva ancora più paura dell'ira degli dei chiamati a testimoni del giuramento, di quanta ne avesse di suo padre. Per un attimo tutti stettero là a pensare se avevano capito bene e cadde un silenzio di tomba. Poi sentii sobbalzare Ortensio e i suoi segretari e tutti i miei sostenitori accanto e dietro di me. Tutti fissavano alternativamente lei e me.

Alfidio scattò verso di lei ruggendo e, se i littori non gliel'avessero tolta dalle mani, l'avrebbe uccisa, credo. Poi cominciò una gran confusione, che il pretore non riusciva a sedare.

Io non ero molto stupito e avrei voluto guardare mia madre, in quel momento pensavo solo a lei che riceveva indirettamente dalla testimone la conferma che il suo Fausto era un vile stupratore assassino, ma riuscii a trattenermi per non generare sospetti. Guardai Porcia e Lelia che mantenevano sempre lo stesso atteggiamento composto, qualunque cosa accadesse, e mi diedero coraggio.

Quando la gente si calmò e di nuovo si poteva udire la sua voce, Curione, alquanto provato, ricominciò l'interrogatorio, nella speranza di rimettere a posto le cose. «È questo l'uomo che ti ha assalita?» ripeté, mentre Alfidio guardava la figlia pendendo dalle sue labbra, forse nella speranza che potesse ancora ravvedersi.

«No.» E Alfidia fece per coprirsi di nuovo con il velo.

«La testimone ci mostri il volto» disse il pretore.

«Sei sicura di quello che dici?» chiese Curione. «Forse ti sei sentita intimorita vicino all'uomo che ti ha violentata e istintivamente hai voluto proteggerti, ma lui non può farti niente ormai, e se ora cambi idea nessuno ti farà del male...»

Il pretore rimproverò Curione: «Il patrocinatore dell'accusa non istighi la testimone».

«Gli dei mi faranno del male, se sarò spergiura» disse lei, interrompendo il pretore e il patrocinatore a voce alta e senza timore, finalmente trovando il coraggio nell'asserire questa cosa che riteneva giusta e inoppugnabile.

«Ti metti contro il tuo fratellino morto...» ci provò ancora Curione.

«Basta» urlò il pretore.

«Riformulo la domanda» disse Curione. «Tuo fratello Aulo, prima di morire, ha asserito nella sua testimonianza che l'aggressore era Marco Druso. Ora Marco Druso è davanti a te, è lui o non è lui l'aggressore?»

«Non lo è. Ma gli somiglia moltissimo.»

«Perché non l'hai detto subito?» Curione tentò in un'altra maniera. «Hai fatto perdere del tempo a questo tribunale, che avrebbe potuto portare avanti un'altra causa. Hai tenuto in sospeso e fatto preoccupare tanta gente e hai illuso tuo padre.»

«Non lo avevo capito subito, per la grande somiglianza e

perché sono passati più di due anni. Col velo vedevo tutto annebbiato e non mi sono accorta dell'errore, ma quando l'ho visto bene da vicino, senza il velo che mi confondeva, ho capito.»

«E come si concilia la tua affermazione con la testimonianza di tuo fratello? Forse sei tu che menti...»

«No» urlò Alfidia. «Io non mento!»

«Questo tuo comportamento potrebbe portarci a pensare che non è bene che le donne testimonino in tribunale. Comunque, spiegaci quello che è successo, se ci riesci.»

«Io l'ho visto bene in faccia mentre lottavo contro di lui, finché non mi ha sbattuto la testa per terra perché non cedevo e allora ho perso i sensi. Invece mio fratello l'ha visto per poco tempo, e poi è stato ferito e non ha pensato più ad altro. Credo che sia così.»

«E tu come fai a dire che non era Marco Druso?»

«Quell'altro, che gli somigliava tanto, quasi come un gemello, aveva comunque qualcosa di diverso dall'uomo che adesso ho di fronte. E poi quello mi ha trattata come una bestia, mi ha gettata a terra e mi diceva *Stai ferma schiava,* e poi mi ha sbattuto la testa per terra con violenza, invece nell'uomo che ho di fronte ho intuito per tutta la durata del processo un profondo rispetto. Lui non è l'aggressore, ma si sente responsabile e io gli faccio pena.»

«Perché il fatto che l'aggressore abbia detto *schiava* non è riportato nella testimonianza?» chiese il pretore.

«È sembrato irrilevante» rispose Curione.

Il pretore disapprovò in modo manifesto. «È un'attenuante per l'imputato» disse.

«Se Marco Druso fosse colpevole» interloquì Ortensio, anche se non era il suo turno.

Toccava all'oratore della difesa interrogarla.

«Questa è una ragazza onesta, che ha bisogno di protezione, soprattutto da suo padre...» cominciò Ortensio, ma Alfidio gli fece un cenno come per dire di soprassedere, perché la voglia di ammazzarla gli era passata... *È solo e sempre la solita storia: delle donne non ti puoi mai fidare.*

«Questa giovane donna onesta ha bisogno di protezione, ribadisco» disse Ortensio. «Ma lei ha dimostrato di non temere tanto l'ira degli uomini, uomini come suo padre che ci appare un iracondo, quanto quella degli dei, e non sarà mai una spergiura e bene ha risposto a chi voleva estorcerle una falsa testimonianza. Allora figliola, è quello che hai di fronte, e che risponde al nome di Marco Druso, l'uomo che ti ha aggredita?»

«No.»

«Hai detto nella tua deposizione di aver visto all'imbocco della stradina due uomini e uno dei due era ubriaco. L'uomo che ti ha assalita lo era?»

«No, non mi è sembrato.»

«Questo collima con la dichiarazione di Marco Druso: potrebbe spiegare perché non ricorda nulla» disse Ortensio rivolto alla giuria, e poi alla ragazza chiese: «L'uomo che ti ha aggredita era convinto che tu fossi una schiava, secondo te?»

«Credo di sì.» Alla ingenua affermazione di Alfidia Curione emise un gemito e Alfidio scosse la testa, perché la figlia *onesta* continuava a tradirlo, ormai era passata al nemico.

Ortensio si voltò vittorioso verso il pretore. «Anche questa affermazione potrebbe essere discussa. Alla luce delle testimonianze a favore di Marco Druso che vengono da Rodi, questa convinzione dell'aggressore riguardo a uno *status* di schiavitù della vittima limiterebbe le responsabilità di Marco Druso anche nel caso in cui ad assalire Alfidia fosse stato il suo schiavo Fausto.»

«Adesso limitiamoci a parlare dell'accusa principale» disse il pretore.

«Le cose sono così chiare, che io a questo punto ritengo di non dover aggiungere niente» disse Ortensio.

Suscitando l'ilarità generale, il pretore, che odiava le aringhe senza fine di Ortensio, disse seccamente: «Questa è davvero un'ottima cosa».

Ma Curione tentò di salvare il salvabile. Si avvicinò a Gabinio e disse: «A questo punto, di sicuro comunque abbiamo accertato delle responsabilità da parte di Marco Druso, che era ubriaco mentre lo schiavo stuprava e uccideva e perciò è responsabile delle azioni del suo schiavo e...».

«Lo schiavo è morto» intervenne Ortensio, avvicinandosi anche lui.

«Qualcuno qui ha visto il cadavere?» Curione si rivolse con un gesto a tutto il pubblico e alla corte.

«Marco Druso lo ha visto e anche quello che allora era uno schiavo di Porcia, Lusio, oggi liberto, lo ha visto» ribatté Ortensio.

Richiamai l'attenzione di Ortensio, che mi venne vicino. «Anche se Fausto è morto» gli dissi a bassa voce, «non mi tiro indietro sul risarcimento. Pure se la legge dice che, essendo morto lo schiavo, Alfidio oggi non può rifarsi su di me, Fausto apparteneva a me, quando ha commesso questi fatti che infamano anche me. Cerchiamo di chiudere senza malanimo.»

«Marco Druso, anche se lo schiavo è morto e per legge la sua responsabilità decade, si sente comunque coinvolto e infamato dal comportamento dello schiavo a cui dava fiducia» proclamò Ortensio. «Marco Druso intende risarcire Alfidio come se lo schiavo fosse vivo.»

La gente fece udire con lunghi applausi la sua approvazione per la mia generosità e il mio senso del dovere, e alcuni dei *laudatores* vollero tenere il loro discorso in mio favore. Il pretore disse a Ortensio che erano troppi per un processo nemmeno tanto importante e ne limitò il numero a due.

Chiamò anche Curione e io udii quello che diceva ai due patrocinatori: «Spero che il vostro contraddittorio finale non voglia durare fino al tramonto, sono stanco e ho caldo e la vostra voglia di fare spettacolo e di far parlare di voi mi sta nauseando. Spero che la giuria possa deliberare presto». Fece distribuire le tavolette cerate.

In effetti la mia estraneità al fatto era stata provata, bisognava solo stabilire se avevo comunque delle responsabilità e se queste rientravano nei casi per i quali lo stesso tribunale prevedesse una pena, altrimenti, come io avevo promesso, il risarcimento sarebbe stato stabilito in un incontro privato tra me e Alfidio.

CAPITOLO TRENTASETTESIMO

La folla chiacchierava e commentava e sentivo tanti sguardi su di me, più o meno benevoli. Nessuno credeva che la giustizia avesse trionfato, ma che Ortensio con le sue sottigliezze giuridiche avesse subornato la ragazza, un piccolo essere senza volontà propria, debole nella mente e nel corpo. Gli atavici nemici dei Drusi, che avevano sperato in una condanna esemplare, mi fissavano abbattuti, sconfitti.

Un processo a Roma si riconfermava sempre e comunque come il modo migliore che possiedono le famiglie per diventare più potenti e per accaparrarsi i patrimoni altrui. I Romani non sono litigiosi senza scopo. Se io non avessi portato quei cinquecento uomini a Silla, Silla non avrebbe fermato i suoi parenti, i suoi generali e i suoi potenti liberti interessati al patrimonio di Lelio. Avrebbero pagato degli accusatori, che affiancassero Alfidio con finte accuse molto pesanti, e avrei perso tutto. Un anno dopo il giovane Roscio di Ameria sarebbe stato accusato di parricidio dai parenti che volevano prendersi la sua eredità in connivenza con il liberto di Silla Crisogono, ma per fortuna in quel caso il liberto sarebbe stato sconfitto da Cicerone.

I miei sostenitori accanto a me e alle mie spalle mi chiamavano e mi davano gran pacche sulle spalle, si complimentarono con me per come ero riuscito a tirarmi fuori da una situazione disperata, con Ortensio per come aveva studiato bene il caso. Il pretore li riprese bruscamente invitandoli al silenzio. Eppure io non ero tranquillo, e finché non fossi sceso da quel palco non lo sarei stato. Ci potevano essere ancora sviluppi imprevedibili. Ortensio non sapeva nemmeno *chi* stava difendendo. E chi avrebbe potuto prevedere il comportamento sconsiderato di Alfidia, contrario al suo stesso tornaconto e al volere paterno?

Ancora non finivano i discorsi dei due *laudatores*, i quali proclamavano ai quattro venti gesticolando che mi avrebbero tranquillamente affidato la loro vita, se se ne fosse presentato il bisogno, quando sorse un tafferuglio sulle scale del palco tra i littori e un ometto, che strillava come un ossesso.

«Voglio testimoniare!» urlava. «È mio dovere e mio diritto!»

La gente rideva, un littore si avvicinò a Gabinio a informarlo sull'individuo.

«Si chiama Aulo Vestinio, figlio di Quinto, della tribù Suburana. Dice che ha grosse rivelazioni da fare su Marco Druso e sul suo schiavo Fausto. È un testimone volontario dell'ultimo momento, mi sembra un po' alticcio e il suo nome non è nella lista.»

«Dell'accusa o della difesa?» chiese il pretore.

«Non lo sa nemmeno lui» rispose il littore. Mi si gelarono le mani.

«Ah» fece il pretore, «non abbiamo avuto abbastanza rivelazioni?»

«Sono un cittadino romano» urlò più forte il tizio, dimenandosi come un'anguilla tra le braccia robuste di due littori.

«Fatelo passare, visto che la giustizia sembra essere soprattutto spettacolo.» Dicendo questo con tono acre, Gabinio si voltò verso Ortensio, perché intendesse che veniva messo sullo stesso piano dell'ubriaco urlante. Ortensio sorrise: non sarebbero finite là le loro dispute, e lui avrebbe proseguito per la sua strada.

L'uomo diede il suo nome e giurò, poi aspettò impettito sul palco che la seconda *laudatio* fosse terminata. Nel frattempo gli passò parecchio anche la sbronza e, borbottando, preparava la sua arringa come un grande oratore, che mai si sarebbe presentato a un dibattito senza studiare bene il caso. Doveva esibirsi davanti ai senatori della giuria e a un vasto pubblico.

Io lo guardavo poco, per simulare indifferenza, ma dentro di me non ero indifferente. Alfidio sembrava solo vagamente incuriosito dal nuovo testimone, sentendosi ormai sconfitto era piuttosto disinteressato agli intrighi romani.

Non aveva una voce forte il tizio, ma la gente aspettava qualche novità, dopo le frasi trite e ritrite delle *laudationes* sul mio coraggio e la mia abnegazione, così in un profondo silenzio le sue parole si udirono distintamente.

«Io sono qui come accusatore» dichiarò con la sua strana voce chioccia, avendo finalmente deciso da che parte stava e gonfiando il petto. Poi tentò di sollevarsi più che poteva e disse: «Tutti i grandi uomini sono stati accusatori per il bene della repubblica...».

Questo suscitò l'ilarità generale e lui continuava a strillare, ma non poteva superare la cagnara; allora mi puntò il dito addosso per far vedere che aveva davvero qualcosa da dire e, quando la gente fece silenzio per sentire di nuovo qualcosa di divertente, si sbrigò ad accusare per non essere ancora interrotto e con tutto il fiato che aveva urlò: «Quest'uomo non è Marco Druso! È lo schiavo! È Fausto!».

L'ilarità si spense presto, perché anche la folla sa fare due conti e, con tutto quello che avevamo sentito su Fausto fino a quel momento, quest'affermazione non suonava ormai così stramba. Il fantasma a lungo evocato cominciava a prendere corpo. Dovetti fare forza su me stesso per non fuggire su due piedi, e mostrai alla gente che questa affermazione suscitava in me prima una certa contenuta ilarità e poi sdegno. *Come si permetteva quel plebeo, che sicuramente aveva tra i suoi antenati degli schiavi, di dare dello schiavo a me?* Questo fu il messaggio che tentai di trasmettere col mio atteggiamento.

«Che il testimone ripeta e ci illustri su cosa basa questa affermazione, e ricordi di essere sotto giuramento» disse Gabinio. Non credeva al testimone, non aveva ancora preso sul serio la cosa, ma voleva far vedere a Ortensio dove l'aveva portato la sua difesa troppo disinvolta.

Voleva ricordargli che è buona regola per l'oratore mantenersi sempre su cose di cui ha una perfetta conoscenza per non creare ulteriori danni. Ci si mettevano anche le ripicche tra quei due.

Il testimone si schiarì la gola e tentò l'impresa impossibile di parlare a voce alta e chiara, ma il silenzio era profondo e lo udirono comunque.

«È successo in inverno. Entrai in una taverna della Suburra a scaldarmi, ma avevo appena pagato l'affitto e non avevo soldi per bere. Mi sedetti vicino a un bel giovane ben vestito, che vide come guardavo con desiderio il suo vino di Rodi e me ne offrì una coppa. Non parlava bene il latino, e facendo una certa confusione, perché era anche un po' ubriaco, mi disse di assaggiare quel nettare, e mi disse che Rodi ne produce tanto e ha tante navi che lo trasportano, così lo puoi trovare anche in una taverna qualunque.

Io sono un uomo educato e, se qualcuno mi fa una gentilezza, lo ringrazio e gli chiedo chi è e che mestiere fa e se ha bisogno di qualcosa, del voto, di scorta la sera, o magari di una testimonianza in tribunale...»

Lo interruppe il pubblico sganasciandosi dalle risate.

«Lui mi disse che veniva dalla città di Rodi» riprese poi l'accusatore, «ma che era rimasto deluso da Roma. Disse che Roma non ha niente a che vedere con Rodi per i monumenti, per l'eleganza della città che ha strade più ampie, e nemmeno per l'ospitalità e la gentilezza, e i Romani sono spocchiosi...»

Gabinio lo interruppe: «Manca ancora molto per arrivare al dunque?».

«Ci sto arrivando. Non capita tutti i giorni di parlare su un palco e voglio godermela» gli rispose l'ometto spudoratamente. «Ho una cosa importante da dire e faccio come i grandi oratori, che quando gli si dà un uditorio, fanno fatica a mollarlo e la tirano in lungo in tutte le maniere.»

La gente si divertiva sempre di più. Io a sentir nominare Rodi stavo male, Alfidio invece aveva ritrovato l'interesse e mi guardava fisso, come un lupo che guarda la sua preda con l'acquolina in bocca, nella speranza un po' folle che da Rodi potesse venire qualcosa che mi avrebbe spacciato.

«Comunque arrivammo a parlare di donne» continuò il teste, «e lui disse che a Rodi ci sono le più belle e io dissi che su questo non ero d'accordo e nominai le donne belle e famose di Roma. Nominai anche la mima Frine, e poi dissi che Frine, secondo la voce corrente, se la godeva Marco Druso. Lui quando sentì parlare di Marco Druso si mise a ridere come un matto, e io gli chiedevo perché e lui non voleva dirmelo, e io insistevo, e tira e molla alla fine lui parlò. Disse che Marco Druso era lo schiavo Fausto, che aveva preso il posto di Marco Druso e probabilmente lo aveva ucciso. Disse proprio così, che Giove mi fulmini se non è vero. E poi disse che i Romani si credono i padroni del mondo e non sanno nemmeno tenere a bada i loro schiavi, e che saranno gli schiavi ad abbattere Roma prima o poi. Disse anche: meglio tardi che mai. Poi si pentì di avermi fatto una tale rivelazione e non volle parlarne più. Io non gli avevo per niente creduto, ma ora, con i discorsi che ho sentito, comincio a dubitare...»

Saltò su Ortensio a dire che non si poteva stare ad ascoltare certe sciocchezze e a perdere tempo, che non era giusto che oratori come lui e Curione fossero stati invitati dal pretore a sbrigarsi e a parlare poco e poi si dava spazio a qualunque ubriacone volesse provare l'ebbrezza di salire sul palco ad arringare la folla senza nemmeno uno straccio di prova.

«Quello che accade non è rispettoso per i Romani e per il luogo» concluse indignato.

«Lo decido io cosa è rispettoso» disse il pretore e si rivolse al teste: «Sapresti condurre qui l'uomo che ti ha detto queste cose? Sai il suo nome?»

«Ah no. Gettate un bando e forse si presenterà.»

«Tutte chiacchiere. Tutto nasce dalla confusione generata anni fa dalla sostituzione dei due bambini di fronte ai sicari fatta da Tito Druso» disse di nuovo Ortensio. «Questo è un ottimo esempio, una dimostrazione esemplare, di come nascono tante leggende sulle grandi famiglie.»

Alfidio era rimasto immobile, poi scattò e tentò di raggiungermi, ma erano pronti ad afferrarlo i due littori che avevano accompagnato sul palco il testimone.

Ma lui, mentre i due littori faticavano a trattenerlo, urlò: «Ci hai presi per i fondelli tutti! Certo che non sei tu l'assassino del mio Aulo, l'assassino è Marco Druso che tu hai ucciso. Aveva ragione mia figlia! Tu me l'hai ammazzato!».

Curione lo afferrò per un braccio, riuscì ad attirare la sua attenzione e gli mormorò qualcosa. Doveva essere qualcosa del tipo che, se fosse stato provato che Marco Druso era morto, e io fossi stato riconosciuto come schiavo, nessuno avrebbe pagato il risarcimento, e lui, Alfidio, se ne sarebbe tornato a Rodi senza vendetta e più povero.

La folla discuteva con passione, divisa tra colpevolisti e innocentisti. Le accuse erano diventate tre, ma l'ultima era la più grave. I giurati mi guardavano gravemente perplessi e Ortensio stava riflettendo su cosa fare senza provocare incidenti su quel terreno infido.

Io mi sforzavo di non mostrare il tremito, mi guardavo le mani e credo che una larva nell'Oltretomba avesse più colore di me in quel momento, ma non riuscivo a fare quello che avrei dovuto: saltar su a indignarmi e a urlare che ero un Livio e che avrebbero pagato tutti per quello che si permettevano di dire.

Infatti Gabinio mi guardò un po' sconcertato. Si stava rivolgendo a me per chiedermi spiegazioni, ma una voce decisa lo interruppe.

«Adesso basta» si sentì dire proprio sotto il palco.

Si alzò Porcia e, a fatica, passando attraverso la gente assiepata da tutte le parti, appoggiandosi al bastone, arrivò alla scala. Un littore si stava sporgendo per aiutarla, ma mi slanciai io, che al suono della sua voce avevo ritrovato la voglia di battermi. La presi sottobraccio e quasi la portai di peso sulle scale. Non pesava molto, era esile, era tutta forza di volontà.

Arrivata al centro del palco disse: «Grazie, caro nipote».

Si guardò intorno. Guardò a una a una le facce del pretore e dei giurati, di Alfidio e di sua figlia, dei vari avvocati e segretari e poi parlò.

«L'identità dell'accusato, Marco Livio Druso, mio nipote, figlio di Tito Livio Druso, mio figlio, è certa. Marco è tornato a Roma dopo vari anni di esilio per sfuggire ai massacri di Mario, dopo il rapimento dei pirati, e dopo la guerra civile in cui si è distinto come un eroe, ma credete che io, se non fosse lui, lo avrei accettato? Sono zoppa, ma non cieca, e ci vedo benissimo. Ma non solo io l'ho accolto in casa nostra con grande gioia, anche la fidanzata che ora è sua moglie, anche sua sorella Livilla e tutta la famiglia lo hanno accolto. Forse vorreste sostenere che siamo tutti ciechi o stupidi?»

Salirono sul palco anche gli altri, incitati da Lelia Prima, che si appoggiava a Publio, ma la vidi prima chiamare Lusio e Livio e dare un ordine, che loro si affrettarono a eseguire. Cominciarono a parlare tutti insieme, poi il pretore diede la parola a Lelia, la quale si schermì dicendo che avrebbe testimoniato poco dopo, al momento di sottoporre alla corte le prove della mia identità.

Tornarono di corsa Lusio e Livio e consegnarono un pacchetto a Lelia, che lo svolse e chiese di poter parlare e mostrare le prove. Nel pacchetto c'era il ritratto di Marco spedito da Rodi, il mio ritratto. Lelia tenendolo davanti a sé con le due mani, praticamente appoggiato alla sua grossa pancia, passò di fronte a tutti i giurati e al pretore, ad Alfidio e a sua figlia.

«Questo è il ritratto che più di due anni fa mi ha spedito da Rodi Marco Druso, che allora era il mio fidanzato. Vi prego di notare che è il ritratto dell'accusato e che questo ritratto è stato eseguito prima del rapimento da parte dei pirati in cui lo schiavo Fausto, a cui Marco voleva molto bene, è stato ucciso. Ho anche delle lettere spedite da Rodi prima e insieme a questo ritratto, le quali potrebbero essere un'ulteriore prova, confrontando la scrittura.»

In molti si impietosirono per la prossima maternità di Lelia.

«Credo che queste testimonianze, anche se fuori dalla normale procedura, siano da ritenere valide» disse il pretore.

Interrogarono Lusio, che era diventato il teste principale, e poi Livio, e infine sul palco salì di sua spontanea volontà Molone, che *mi* aveva frequentato fino a poco più di due anni prima e certamente comunque era più attendibile di un liberto.

Lo stesso pretore si assunse il compito di tradurre le sue parole: «Non sono zoppo, ma non ci vedo molto bene, però ci sento, e conosco un metodo infallibile per sapere».

Quindi Apollonio si rivolse a me chiedendomi di tenere un discorso in greco sul motivo per cui i Greci erano stati sconfitti dai Romani, disse che era stato il mio migliore compito e uno dei migliori nella sua scuola nel corso degli anni. Era l'orazione che io avevo composto per Marco, che con questo compito aveva vinto la gara tra gli studenti, e che poi io avevo ripassato e migliorato per Diotimo il pirata.

Mi lanciai in una perorazione in greco e quando mi fermai Apollonio parlò e Gabinio tradusse:

> Questi erano gli argomenti trattati da Marco Druso e questo era lo stile e questa era la voce, che oggi, però, è leggermente diversa, è la voce di un uomo adulto, che ha sofferto. Io sono convinto che uno schiavo come quello di Marco Druso, che io ho solo intravisto una o due volte, intento piuttosto a occuparsi di tante piccole incombenze quotidiane per sollevarne il suo padrone, non avrebbe potuto parlare così e nemmeno conoscere questi argomenti, e poi come farebbe a sapere esattamente quello che aveva detto Marco?

Il pretore sentenziò: «Poiché l'identità dell'accusato è confermata, invito gli oratori al dibattimento finale riguardo al processo per stupro e omicidio».

Ricordo ancora come fosse ora il momento in cui i giurati furono sollecitati dal pretore a emettere il verdetto. A quel tempo l'accusato poteva scegliere tra la votazione scritta, che era segreta, e la votazione orale. Con Ortensio e Lelia avevo deciso per quella scritta, per incoraggiare i giurati pagati da Lelia. Le tavolette cerate con la A, *absolvo*, su un lato e la C, *condemno*, su un altro erano state già distribuite. Ogni giurato con una semplice pressione del pollice sulla tavoletta cancellò la A se voleva la mia condanna, la C se voleva la mia assoluzione, entrambe se voleva astenersi. Poi ognuno depose la tabella nell'urna, che fu portata davanti al pretore. Si procedette al conteggio e il risultato fu consegnato al pretore.

Io abbassai gli occhi. Pensavo alla famiglia, a Porcia e a quella che si era dimostrata la grande alleata, Lelia.

Infine sentii la voce di Gabinio.

«Hanno votato a favore dell'assoluzione ventitré, della condanna otto...» Non sentii altro, avevo vinto.

Il primo a gettarmisi addosso fu Licinio, che con la sua grossa mole e il suo entusiasmo spazzò via tutti gli altri e mi abbracciò piangendo. «Gli dei ti hanno assistito» disse, «ma un'altra volta gli schiavi ci hanno fatto del male. Stanno diventando la piaga della nostra società. Quello che ti è successo è la prova. Dedicherò la mia vita a stanare tutti questi bastardi millantatori che si spacciano per il padrone...»

Per fortuna gli altri che dovevano congratularsi me lo tolsero di dosso.

CAPITOLO TRENTOTTESIMO

La stessa sera in casa nostra si tenne un banchetto per molti ospiti. Apollonio Molone arrivò accompagnato da Vinicio, dicendo che aveva bisogno di qualcuno che lo scortasse al ritorno da Cecilia Metella, a causa della sua vista non buona.

Vinicio era ospite in casa mia, dovevo fare uno sforzo su me stesso per staccare lo sguardo da lui e mostrarmi tranquillo.

Lelia Prima sovrintendeva con grazia maestosa e sedeva a capotavola nella sala apparecchiata per le donne. Nel triclinio principale io ero sdraiato accanto a Catilina e al posto d'onore nel letto di fianco c'era Molone insieme a Vinicio. Lelia aveva pensato che avrei avuto piacere di conversare con un condiscepolo e infatti Vinicio chiacchierò amabilmente, quando era il suo turno.

Una sua lettera col sigillo dei Drusi arrivò durante il banchetto e io quando vidi il sigillo di cui la mia mano era priva, mi sbrigai a coprirlo, mentre Vinicio mi guardava ironico e faceva qualche nuova osservazione sull'argomento preferito di quella sera: il gran numero di schiavi che tentano di spacciarsi per liberi e vengono scoperti.

Ma se mi aveva fatto recapitare la lettera al banchetto voleva che la leggessi di fronte a lui. E io lessi sotto il suo ipocrita sguardo amichevole.

È stato emozionante quando la ragazza ha detto no e poi ha spiegato che non riconosceva in te il vigliacco. Anche Molone si è emozionato. Il povero Molone ha riconosciuto in te l'autore dell'orazione che hai tenuto in modo mirabile, lo devo ammettere. Questo porta a pensare che quel vigliacco del tuo padrone non ha composto le orazioni che ha recitato alla scuola di Molone. Naturalmente l'altro uomo all'imbocco della stradina era Learco, il quale aveva detto a Marco che la ragazza era una schiava. Marco l'aveva adocchiata qualche giorno prima proprio mentre tornava dalla fontana con l'anfora, cosa che gli ha confermato l'asserzione di Learco. Learco non era Romano e non ha mai amato i Romani. La sua fine è meritata. Un conto è spennare un pollo con i dadi quando capita, un altro istigarlo a commettere stupro su una Romana. Manda Lusio domani al solito posto con tutto quello che riesci a racimolare o io ti starò sempre più addosso e tu non riusciresti mai a prendermi, perché sto facendo il mestiere che ho fatto per due anni agli ordini diretti di Silla. A proposito, che ne diresti se parlassi con lui?

Richiusi la lettera accuratamente e me la nascosi in petto. E del fatto dei pirati allora? Forse anche quello era spennare un pollo quando capita... La sua mentalità contorta mi faceva apparire Vinicio sempre più pericoloso. Forse dovevo andarmene, e forse, andato via io, il suo alito pestifero si sarebbe allontanato dalla famiglia. Se glielo avessi fatto sapere lui mi avrebbe seguito e ci saremmo scontrati, e al più furbo e forte la vittoria. Solo il fatto che avesse asserito di non voler danneggiare direttamente con uno scandalo una grande famiglia romana mi permetteva di restare sdraiato a banchetto. Ma lui si stava avvicinando sempre di più...

La stessa notte, andati via gli ospiti, Lelia cominciò ad accusare i dolori del parto. Attendevo davanti alla sua stanza, speravo che la mia grande alleata non mi abbandonasse. Mi aveva sempre detto di non essere una donna che muore di parto e io le credevo. All'alba nacque mio figlio. Porcia, molto orgogliosa, lo appoggiò sul pavimento di fronte a me. Era piccolino e questo faceva pensare che le grandi emozioni del processo, in cui Lelia aveva dato la dimostrazione del suo ingegno individuando subito le prove da esibire, avessero affrettato il parto. Ma quel cosino grinzoso e bruttino mostrava una grande vitalità. Lo sollevai per riconoscerlo come figlio legittimo e compresi che lo amavo tanto, più di quello che avevo creduto.

«Come sta Lelia?» chiesi.

«Benissimo, tra poco potrai andare da lei.»

Mentre ricevevo le congratulazioni dei clienti e degli amici accorsi in gran numero, mi si avvicinò Lusio. Dalla faccia compresi che doveva dirmi una cosa urgente e mi appartai con lui.

«C'è una sorpresa per te» disse. «Frine ti deve parlare in segreto e subito, è qui.»

«Sei matto? Proprio oggi una donna infame in casa?»

«Mi ha pregato e scongiurato. È in casa dei Drusi, l'ho fatta entrare di nascosto dalla bottega del vinaio.»

Mi condusse alla vecchia comunicazione tra la casa dei Drusi e quella dei Leli, che era diventata il passaggio abituale usato da mia madre per venire a servire Porcia la mattina, e che, dopo anni di abbandono, nuovamente usavamo tutti piuttosto spesso.

«Come sta mia madre?» gli chiesi sottovoce nel percorrere i corridoi e i cortili.

«Non osa parlare nemmeno con me» bisbigliò Lusio, «credo per paura che tu venga scoperto. Dopo quanto è avvenuto in tribunale sembra che pensi che la famiglia si sia appropriata di suo figlio, che era il migliore, per andare avanti. Non hai avuto questa impressione?»

«Sì, l'ho avuta.»

«E questa poi è la verità. Lei ha capito. È dispiaciuta perché le è stato rubato il figlio, perché da che mondo è mondo le madri amano vantarsi dei figli e lei non può farlo. Anzi il suo Fausto passa per uno stupratore assassino. Ma nello stesso tempo è contenta per te. Comunque la condizione di libera, a cui non era abituata, continua a distrarla. Si consola con Fortunato, che è libero, e sogna per lui un buon lavoro, un po' di rispetto...»

Ne sapevo qualcosa. «Tu, se puoi, impediscile di tormentarlo troppo con le sue ambizioni» dissi.

«Sì, lo faccio già.»

Frine mi attendeva in una stanza che pareva abbandonata, gli affreschi rovinati dall'umidità, che dava sull'atrio. Era sola, coperta da un mantello scuro. Nessuno avrebbe riconosciuto in lei la celebre bellezza. Mi venne incontro e si scoprì il volto. Era senza trucco, né gioielli, né pettini tra i capelli ribelli, e aveva abbandonato davanti a me anche le moine da cortigiana. La preferivo così, mi ricordava la servetta cenciosa, ma allegra, del lenone della Suburra.

Mi guardò bene in faccia e mi abbracciò, con un trasporto per niente finto, stavolta.

«Anche tu sei venuta a congratularti?»

«Non ti bastano le congratulazioni di tutta quella gente con la *toga praetexta*, che fa la fila per entrare in casa tua?»

«Anzi, non ne posso più.»

Lei era troppo intelligente per non trarre le giuste conclusioni dal processo. Eravamo tornati alle battute mordaci tra Fausto e Frine, di prima della partenza per Rodi. Le accarezzai i capelli guardandola negli occhi, come avrei voluto fare allora, e lei fu contenta, mi prese la mano, e se la appoggiò sul volto, con un'espressione felice, che non avevo più visto da quando era bambina, ma che durò poco.

«Sono qui perché devi sapere una cosa che potrebbe essere importante» disse.

«Allora parla, tra un po' mi cercheranno.»

«Quando Silla non aveva ancora celebrato il trionfo, e non poteva entrare a Roma, io sono stata spesso sua ospite, introdotta da Catilina, come tu sai. Ho recitato, ho partecipato a banchetti, sono stata anche l'amante di Silla per qualche notte. In una delle due o tre serate organizzate per molta gente, non solo per la solita cerchia più ristretta, ho conosciuto un uomo, giovane, bello, affascinante. Disse di apprezzare la mia arte, e mi trattava con grande rispetto. Quella del rispetto è una mossa astuta per attirarsi la simpatia di una donna infame.»

Avevo la sensazione di essere braccato, non sapevo perché.

«È venuto a trovarmi quando sono tornata a casa mia e siamo diventati intimi. Naturalmente, diceva di amarmi e mi chiedeva di sposarlo, ma io gli dicevo che sono votata alla mia arte, al palcoscenico. Mi faceva regali splendidi, gioielli, vini, e a volte dei sacchetti con una dozzina di aurei.»

Mi sentii soffocare. Ecco uno dei modi con cui Vinicio spendeva i soldi di Lelio.

«Non voleva che io parlassi di lui a nessuno perché è un *immunis* e una spia di Silla e sta compiendo una missione a Roma per eliminare un traditore. Mi ha detto di chiamarsi Ottavio, ma io l'ho visto a fianco di Molone e ho sentito Molone chiamarlo Vinicio. Non mi importava di queste cose, ero affascinata e divertita da lui. Sapeva che in giro mi associano a te come il mio amante favorito, anche perché sono una liberta di tuo suocero, così spesso mi chiedeva di te, e a volte mi chiedeva anche di Fausto, e raccontava che in giro la gente maliziosa dice che l'amante preferito di Marco Druso era stato di gran lunga lo schiavo Fausto.

Al processo c'era anche lui; guardandolo in faccia, ho capito che quell'uomo ha un interesse del tutto particolare per te e ho capito anche il motivo delle sue domande, che prima mi sembravano senza senso: lui cercava di capire qualcosa del tuo carattere per prevenire le tue mosse, credo che sia tu il traditore che vuole eliminare.»

Attraverso Frine Vinicio mi dava non volendo la conferma che intendeva togliermi di mezzo. Continuava con le sue mosse, al fine di accerchiarmi, ma stavolta aveva fatto un errore: aveva parlato troppo e con la persona sbagliata. Non sapeva che la celebre Frine un tempo era una piccola schiava destinata a qualche infimo bordello e che era stata notata da Antistio, il liberto di Lelio, con il quale era venuta in contatto tramite lo schiavo Fausto. Non sapeva che c'era un antico legame tra Frine e Fausto. Speravo che tutto questo si risolvesse in qualcosa di buono per me, ma sapevo che Vinicio era troppo furbo per cascare in una trappola. Lo avrei affrontato. O lui o io.

«Sai dove abita?»

«Non dice niente di sé e ho capito che, se dice qualcosa, sono menzogne.»

«Quando tornerà da te?»

«Quasi certamente oggi, nel pomeriggio. Entra sempre dalla porta sul retro, ha una chiave. Avevo pensato che fosse per non incontrarti e avevo ragione. Tante volte mi è capitato di ricevere uomini che si odiano; fare in modo che non si incontrino è un'arte, così credevo che fosse come tutte le altre volte. Spero che vorrai raccontarmi come sono andate le cose fra te, Marco e Vinicio.»

«Va bene, lo farò. Adesso vai. Fra poco verrà Lusio da te e con discrezione darai la chiave della porta sul retro anche a lui. E ti consiglio di uscire, oggi. L'importante è che ti togli di torno.»

«Da solo è pericoloso...»

«Ma se sarò circondato dagli sgherri di Lelio lui non mi si avvicinerà, è troppo furbo ed esperto, e io devo chiudere con lui.» Io stesso dovevo essere esca e cacciatore, decisi.

Era impaurita, ma mi sorrise dolcemente e all'improvviso prima di andar via si sollevò sulla punta dei piedi e mi baciò. In quel momento ci ritrovammo, dopo tanti anni. Tornai tra la gente col ricordo del suo sorriso che mi incoraggiava.

Misi insieme una grossa somma per Vinicio, perché finalmente si decidesse ad affrontarmi per finirla con me. Spedii Lusio a consegnare i soldi e poi da Frine a procurarsi la chiave.

Prima di uscire, nel pomeriggio, cercai di intrattenermi il più possibile con mio figlio e mia moglie. Non sapevo se li avrei rivisti. Ma in realtà non mi ritenevo degno di essere padre e di amare il bambino, che sentivo di amare più di me stesso, se non potevo proteggerlo, se l'ombra di Vinicio lo sovrastava. Mi congedai quando Lelia cominciò a notare la mia espressione preoccupata, e comunque era ora di incamminarmi.

In un angolo dell'atrio sostavano giocando ai dadi i due uomini di Lelio che avevano ucciso Learco: se mi avessero visto uscire si sarebbero messi discretamente alle mie calcagna. Tornai nella casa quasi deserta dei Drusi, indossai un ampio mantello anonimo e uscii da lì, non visto, rasentando i muri. Compii un lungo giro per non incontrare conoscenti, ma giunsi da Frine sull'Aventino prima dell'ora in cui di solito Vinicio si recava da lei. Avevo tempo per organizzarmi.

La casa faceva angolo. Sull'ingresso principale aperto stazionava il portiere guardando la gente che passava, l'ingresso sul retro dava su una strada stretta, sporca, oscurata dalle chiome degli alberi che sporgevano dai giardini e si incontravano in alto. Aprendo la porta con la chiave di Frine, mi ritrovai in un orto pieno di panni stesi, e mi introdussi in casa per un angusto corridoio su cui affacciavano i *cubicula* degli schiavi tutti aperti e vuoti. Non si sentivano rumori, pareva tutto deserto. Frine era uscita, come le avevo raccomandato, allontanando anche gli schiavi con qualche incarico.

Ero attento e teso. Conoscevo abbastanza la casa e avevo pensato a lungo a quale fosse il posto migliore dove aspettare Vinicio, ma non mi ero deciso ancora. Ci voleva comunque una buona dose di presunzione per pensare di affrontarlo: dopo due campagne di guerra, se io ero diventato più forte ed esperto, certamente lui continuava a essere più agguerrito e pericoloso di me. Speravo di sorprenderlo, perché solo questo, per quanto mi sembrasse vile, poteva aiutarmi.

Dagli alloggi degli schiavi arrivai silenziosamente nell'atrio. Là c'era un gran frastuono, oltre l'ingresso si vedeva la schiena del portiere ritto sulla soglia e poi il traffico della strada. Pure se pieni di colore, graziosi ed eleganti, quei luoghi senza Frine erano come un palcoscenico vuoto, sostarvi era deprimente.

Uscii nel giardino passando su un viottolo bordato di fiori, quasi un percorso obbligato che conduceva davanti al triclinio estivo, il cuore della casa, con due ampie porte sull'esterno ombreggiate da alti cespugli. Il viottolo li rasentava e poi si diramava in quattro stradine tra le aiuole. Quasi certamente anche Vinicio sarebbe passato da lì e avrei potuto sorprenderlo. Decisi dunque che lo avrei atteso nascosto tra i cespugli, nell'esile speranza che lui non prevedesse questa mossa, anche se piuttosto ovvia.

Intanto entrai nel corridoio su cui davano le stanze di Frine. Lo feci solo per scrupolo, per controllare se davvero non c'erano gli schiavi, ma il corridoio era deserto e anche le stanze. In fondo, nel vano della porta del triclinio invernale semibuio, teatro dei miei amori con Frine, era inquadrata la statua che sorreggeva il nitido specchio d'argento, sempre un forte richiamo per me.

Avanzai verso la stanza, ma prima di oltrepassare la soglia mi accorsi che uno dei battenti della porta riflesso nello specchio aveva un contorno strano. Non mi fermai, non cambiai niente del mio comportamento mentre notavo che si trattava di una piccola, trascurabile sporgenza dello stesso color bruno del legno. Ma niente era trascurabile per me in quel momento, e quella sporgenza poteva essere un lembo della stoffa bruna più comune di una tunica corta da uomo. Quando la sporgenza sparì, ebbi la conferma ai miei sospetti.

Per un'imboscata era un posto ottimo il piccolo triclinio buio, appartato allo scopo di racchiudervi il calore...

Era probabile che Vinicio avesse visto Frine entrare a casa mia, poi Lusio andare a prendere la chiave da lei, e avesse dedotto che tra me e Frine c'era un accordo e che l'avrei cercato lì. La grossa somma di denaro gli aveva confermato i sospetti. Forse mi aspettava nel triclinio perché Frine quando mi credeva Marco gli aveva raccontato che indugiavo a specchiarmi, e lui conosceva il motivo: non sapevo più chi ero. In cuor mio in fondo ero sempre stato certo che non sarei riuscito a prenderlo di sorpresa.

Mi aspettava. Eppure... ancora potevo sorprenderlo. Lui ignorava che lo avevo visto nello specchio. Camminando estrassi silenziosamente il pugnale e, tenendolo sul petto, avanzai, superai la soglia ed entrai nella stanza, sempre fissando lo specchio. Ero esca e cacciatore, come avevo sperato.

Davo le spalle alla porta, ma ero pronto. All'improvviso una figura a braccia levate si materializzò nello specchio, nello stesso tempo udii un sibilo, e qualcosa di liscio, sfiorandomi la faccia, andò a stringermi il collo e mi tolse il respiro. L'istinto era portare le mani alla gola per liberarla, ma riuscii a mantenere il sangue freddo e non lo feci. Invece mi voltai istantaneamente e mi trovai di fronte il volto di Vinicio, a un palmo dal mio. Sorrideva trionfante, ma io lo colpii col pugnale allo stomaco, il posto più facile perché lui mi attirava a sé e non avevo possibilità di ampie manovre, e il suo sorriso si spense subito.

Con la testa che mi pulsava in fiamme e i polmoni che stavano scoppiando colpii selvaggiamente ancora, non saprei dire quante volte, e finalmente si allentò la stretta alla gola. Lui cadde a terra. Gettai l'arma e mi sfilai di dosso la cosa levigata che avevo intorno al collo, un sottile e robusto laccio di lino. Vinicio non era intenzionato a sporcare di sangue la casa di Frine, voleva farmi scomparire nel nulla; ma una larga macchia di sangue si stava spandendo sul pavimento di mosaico sotto di lui, e non era mio.

Lo frugai precipitosamente, tremando, mentre mi guardava ormai impotente con gli occhi furiosi luccicanti nella penombra e tentava di muoversi, ma non poteva, e ogni tentativo si trasformava in spasimi e sussulti. Aveva una borsa pesante appesa alla cintura, ne tastai il contenuto e me lo avvicinai al volto per scorgere qualcosa nella luce fioca. C'era il pagamento che aveva effettuato Lusio la mattina, ma questo mi interessava poco. Finalmente, avvolto in una pezzuola, trovai un sacchetto di stoffa fine, lo aprii e riconobbi al tatto il sigillo dei Drusi. Mentre me lo infilavo al dito, lui emise un gemito.

Poi tentò di parlare, dovetti accostare l'orecchio alla sua bocca per sentire.

«Mi dispiace» sussurrò.

Sapevo bene cosa gli dispiaceva, non tanto di morire, perché per uno come lui questo era tra i rischi previsti, ma di non aver impedito che lo schiavo diventasse *dominus* di una grande famiglia, il padre, il padrone e il responsabile di tutti.

«Avresti dovuto uccidermi quando ero svenuto tra le tue braccia» dissi, «ma non hai saputo resistere alla voglia di tormentarmi e di spillarmi del denaro.»

Fece un cenno di assenso mormorando ancora qualcosa e di nuovo mi accostai. «I dadi...» disse. Non capii se attribuiva la responsabilità del suo errore al demone del gioco, che si appropria delle anime, o all'essersi fatto conquistare, ma lasciava la vita sentendosi in colpa.

Rimasi fermo, immobile, a contemplare Vinicio agonizzante che rantolava, ma lui a un certo punto si voltò per morire lontano dal mio sguardo.

Andai allo specchio. Erano sempre gli occhi scuri e attenti di Fausto quelli che brillavano nella penombra e mi guardavano, ma ormai per Roma Fausto era definitivamente morto. Mi chiedevo se fosse finita la spirale della violenza.

Mi sedetti su uno dei triclini e aspettai. Presto la stanza si fece buia, sentii di essere osservato. Era lei, Frine, sulla soglia, ma non ne vedevo bene il volto. Si allontanò e tornò con una lucerna, che illuminava la sua espressione soddisfatta, osservò il corpo per terra e venne a sedersi vicino a me, mettendomi un braccio sulle spalle.

«Adesso devi andartene» disse.

«Questo posto è un disastro. Faccio venire Lusio.»

«Non occorre.»

«Che farai?»

«Non è la prima volta che faccio portare via un morto. L'altra volta fu depositato in strada in modo che fosse ritrovato, ma stavolta sparirà. Non è quello che vuoi?»

«Sì.»

Non seppi mai chi lo avesse fatto sparire. Lei mi diede un mantello pulito, mi prese sottobraccio accompagnandomi nell'orto e mi fece uscire dalla porta sul retro nella stradina deserta ormai buia, da cui sbucai unendomi alla folla di Roma come un uomo nuovo.

Tornai a casa sentendomi tranquillo, pronto a godere della nascita del mio bambino: ormai potevo ritenere che la famiglia fosse libera, al sicuro. Eppure già la sera, nel coricarmi, cominciai a capire che quello non libero ero io. Avevo dato la colpa per l'angoscia che mi tormentava a Vinicio, e poi al processo, ma era il fingere continuamente che mi aveva stremato. Troppe finzioni, da troppo tempo.

Dopo nove giorni ci furono le cerimonie e i festeggiamenti per l'ingresso di mio figlio nella famiglia. Gli imposi il *praenomen* Tito. Durante i rituali ero a disagio. Pensai che ormai la famiglia aveva Tito Livio Druso, e finalmente io potevo anche scomparire per riposarmi un po'. E poi basta, dovevo smetterla di sentirmi sempre in obbligo verso una famiglia che, se avesse saputo chi ero in realtà, mi avrebbe scacciato.

All'alba chiamai Lusio e gli dissi di annunciare a Lelia che sarei partito a cavallo la stessa mattina in compagnia del solo Lusio per riposare qualche giorno nella villa di Lelio a Tuscolo. Lui mi osservava – non era nemmeno molto sorpreso – e non riuscii a nascondergli che non ero affatto certo di tornare.

Lusio andò a dare la notizia e immediatamente me lo ritrovai di nuovo al fianco. «Porcia ti vuole parlare» disse.

«Forse ti avevo ordinato di dirlo a Porcia?»

«Sono un uomo libero, se per caso non lo sapessi.»

«Che vuole?» reagii. «Non è da lei interferire con certe cose.»

«Non so» rispose Lusio. «Mi è sembrata molto contrariata, quando le ho annunciato che saresti partito.»

Mi aspettava seduta su una poltrona in camera sua, indossava ancora la tunica con cui aveva dormito ed era spettinata. Così non la vedeva mai nessuno tranne le sue ancelle, evidentemente il colloquio con me doveva essere molto importante.

«Siediti, caro nipote» ordinò, indicando la sedia accanto a lei.

Mi sedetti immediatamente. L'attitudine al comando era così connaturata in lei, che a nessuno in casa veniva in mente di disobbedirle, era molto più semplice e naturale eseguire i suoi ordini. Mi chiesi che sarebbe successo quando di lì a poco ci saremmo trovati in disaccordo, ma sedendomi notai per la prima volta che, da quando ero tornato, non mi aveva mai chiamato Marco mentre eravamo soli. Si rivolgeva a me chiamandomi Marco solo di fronte ad altri e se era indispensabile.

Fu come una folgorazione. Mi guardava tranquilla e sicura di sé: sapeva a cosa stavo pensando.

«Nella mia vita ho preso molte decisioni importanti per la nostra famiglia. E pensare che come donna sono considerata afflitta da una leggerezza d'animo che limita ogni mia capacità; per legge non posso prendere nemmeno decisioni per me stessa e tu sei il mio tutore. In realtà le decisioni delle donne sono segrete e spesso molto sofferte, e non sono palesi fuori dalle mura di casa.»

Mi prese una mano tra le sue.

«Voglio raccontarti una storia, *caro nipote*. Qualche volta è indispensabile guardare indietro, alle decisioni degli avi, per avere il coraggio di prendere le nostre decisioni.

Molti anni fa un re, Tarquinio Prisco, governava Roma saggiamente consigliato dalla sua devota moglie di stirpe etrusca, Tanaquil. Sai come vengono considerate da noi le Etrusche: male, perché si immischiano negli affari degli uomini. Ma la verità è che a volte è necessario immischiarsi. Tarquinio ebbe un figlio dalla schiava Ocrisia, un bambino talmente intelligente e amante del sapere, che fu ammesso a ricevere l'educazione dei figli del re. Come ben sai quel bambino era il futuro re Servio Tullio.

Tarquinio e Tanaquil amavano Roma e volevano che diventasse grande, ma il vecchio re sapeva che la sua vita non sarebbe bastata a farla grande. Chi avrebbe continuato con forza e con amore l'opera di Tarquinio? Per la legge a Roma un figlio non poteva succedere al padre sul trono. Tarquinio e Tanaquil videro nel ragazzo figlio della schiava colui che aveva le qualità per continuare l'opera del re.

Così Tanaquil, naturalmente con la complicità di Ocrisia, fece circolare una voce che voleva Servio figlio di un cliente di Tarquinio e poi addirittura di un dio, del Genio del re Tarquinio. Ma non del re. Servio intanto diventava un valoroso condottiero dando buona prova di sé. Quando il re fu raggiunto dai sicari e ucciso, Tanaquil fece credere che fosse ancora vivo e preparò la successione di Servio. Solo nel momento in cui Servio ebbe saldamente preso il potere, Tanaquil annunciò la morte di Tarquinio. Così uno schiavo diventò re, e fu un grande re, il secondo fondatore di Roma. Devo raccontare ancora?»

«Da quando lo sai?» chiesi in un sussurro.

«Da sempre. Come hai potuto credere che Lusio, persona a me così fedele, non mi raccontasse quello che era successo? Mi chiedevo quando tu, invece, avresti trovato il coraggio di dirmelo.»

«Mai. Perché voi non me lo avete detto?»

«Perché io non sono del tutto incurante delle regole. Tu, come Servio, dovevi dimostrarti degno. Al suo ritorno da Rodi Lusio comunicò a me e a Lelio che Marco era stato rapito, e poi a me da sola che Marco era morto e i pirati avevano per le mani Fausto, credendolo Marco. La famiglia per cui tanto mi ero prodigata era finita, non c'era più un Livio Druso. Ero disperata. In maniera molto abile Lusio mi prospettò alcune cose. Disse che tu ti eri fatto passare per Marco e i marinai non se ne erano accorti, che gli somigliavi moltissimo ed eri migliore di lui, che scrivevi i suoi discorsi – cosa che non stento a credere, dato che proprio io ti ho offerto la possibilità di studiare – e che da quando ti eri tagliato i capelli la gente a Rodi vi confondeva. Mi disse che tu eri il bel giovane di cui tanto gelosamente Lelia conservava il ritratto, che Marco le aveva inviato per sfregio, sicuro di non essere scoperto, data la somiglianza. E poi Lusio mi ha prospettato abilmente tante altre cose che tu forse immagini.»

«Ti ha detto che l'ho ucciso?»

«Sì. Mi ha detto che avete lottato, e tu l'hai ucciso perché sei il più forte e determinato. Non ha trascurato nemmeno questo, perché secondo la tradizione il più forte e coraggioso deve essere l'erede.»

Porcia lo sapeva e non mi condannava; mi sentii meglio, scaricato di un grave peso. Caddi in ginocchio ai suoi piedi e mi appoggiai al suo grembo.

«Oltre al fatto terribile che la famiglia era finita io pensai anche a quel momento in cui Lelio avrebbe trovato un altro fidanzato per Lelia Prima, sarebbe stato disastroso per noi. Non ci avrebbe scacciate, ma saremmo diventate come le parenti povere nella sua casa. E questa era solo la prima eventualità, ma come questa poi, tante, tante altre disgrazie ci avrebbero colpito. Che marito avrei trovato per Livilla? Avevamo bisogno di un Druso.

Per molti giorni esaminai il ritratto. Ti guardai negli occhi, vedevo gli occhi di mio figlio, Tito, ma con qualcosa in più: una grande forza di volontà, che mio figlio non aveva. Ricordavo quando nascondevi le tue tavolette con i compiti in un cespuglio nel giardino, il tuo grande caparbio amore per il sapere, e il tuo coraggio quando mi difendesti dallo schiavo ribelle Sesto, frapponendoti tra me e lui.

L'uomo del ritratto non aveva bisogno, come mio figlio, di essere spinto da me per agire. Marco, invece, mi aveva sempre preoccupata, e infatti Lusio mi disse che era intenzionato a rompere il fidanzamento con Lelia, una volta tornato a Roma, mancando alla parola data da suo padre, disonorandolo. Marco era figlio di una donna debole, talmente inconsistente che io ho quasi dimenticato il suo viso. Ma tua madre è forte. Decisi che intanto potevo metterti alla prova. È stato un intrigo simile a quello di Tanaquil. Il primo esame, senza saperlo, te lo fece Livio, che non sospettò di nulla. Un grave problema di coscienza fu per me far sborsare tanti soldi a Lelio, forse inutilmente, ma ho rischiato.»

Mentre lei parlava ripensai all'improvviso alle parole che aveva pronunciato poco prima: *con la complicità di Ocrisia.*

«Mia madre lo sapeva?»

«Sì. Il rapporto tra me e lei è un rapporto complesso, strettissimo. A nessuna delle due può accadere qualcosa senza che l'altra se ne accorga.»

Erano padrona e schiava, ma avevano lo stesso sangue. Lusio mi aveva detto che mia madre era figlia del fratello di Porcia e di una schiava, che a sua volta era figlia del padre di Porcia, e Porcia lo sapeva.

«Ho richiesto il suo aiuto» continuò Porcia, «e lei me lo ha assicurato, anche perché in questo modo si realizzava il suo sogno.»

«E se mi avessero scoperto?»

«Ti avrei abbandonato al tuo destino, per salvare l'immagine della famiglia e per il bene di Livilla. Tua madre era del tutto cosciente anche di questo.»

«Ma al processo non l'hai fatto...»

«Perché il tempo è passato – più di due anni – e tu hai superato brillantemente tutte le prove. Sei tornato in Italia e hai partecipato alla guerra facendoti notare per il coraggio e vendicando la morte di Tito Druso e gli affronti subiti dalla famiglia, ti sei fatto amare e stimare da tutti, hai salvato le ricchezze di Lelio e hai sposato Lelia, che ci ha dato un erede e i mezzi per figurare ancora tra le grandi famiglie. Come il re Servio Tullio fu il rifondatore di Roma, tu sei stato il rifondatore della nostra famiglia, che non aveva brillato ultimamente e forse con Marco sarebbe decaduta. Ormai nel momento del processo la famiglia si identificava in te ed era giusto rischiare.»

«Ma sono stanco. Ho pagato il mio debito e vi lascio un figlio. Avete l'erede...»

«Ormai non è questione di debiti tra noi.»

«Non voglio abbandonare il bambino, ma passerò una parte del tempo in campagna. Sono stanco di fingere, non so più chi sono e...»

«Certo che sai chi sei. Sei il mio amatissimo nipote, e io sono molto orgogliosa di te. Sei Marco Livio Druso, ormai la tua identità è stata dimostrata in tribunale. In te confluisce il sangue delle più grandi famiglie romane – e questa è la verità, per il tramite di una schiava hai sangue dei Livi e dei Porci e di tutta la nobiltà romana. Devi convincerti definitivamente che Fausto è morto e continuare quello che hai intrapreso così bene. Con me non devi fingere, perché sei davvero mio nipote e *Felicitas* ha voluto che un nipote nemmeno considerato come nipote, ma schiavo, diventasse tutto per me.»

Appartenevo a lei, che mi apprezzava e amava anche come Fausto. Questo mi diede la forza di restare a proteggere la mia famiglia e di continuare a fingere col resto del mondo.

Appoggiai la testa sul suo grembo. «Caro Fausto» mormorò lei accarezzandomi i capelli. Sentirle pronunciare con amore il mio nome fu la cosa più emozionante. «Questa è la prima e l'ultima volta che ti chiamo Fausto. Non ti chiamerò mai più con questo nome...»

EPILOGO

Sono debole, il mio corpo robusto è diventato minuto e fragile. Gli schiavi mi sollevano con facilità e mi portano dal letto alla poltrona nel giardino. Rivivere il passato mi stanca più di qualunque altra cosa, ma non posso farne a meno.

Vivo nella *domus* dei Drusi, in cui nacqui come Fausto, piccolo schiavo attento e curioso, assetato di sapere. L'ho fatta restaurare molti anni fa senza apportare cambiamenti significativi. Il grande atrio dai soffitti scuri mi ricorda la notte in cui fu ucciso il tribuno Druso. Il *cubiculum* che dividevo con Marco è intatto, c'è ancora la mia stuoia ormai a pezzi in un angolo. In giardino si stanno rafforzando i germogli nati dalle vecchie radici del cespuglio in cui nascondevo le mie tavolette con i compiti, il sapere trafugato da cui tutto ha avuto inizio. Il passaggio con la casa di Lelio non è stato mai chiuso, ed è servito altre volte, come anche il nascondiglio che aveva custodito il tesoro di Lelio. Ci hanno protetti durante le perquisizioni. Ho assistito all'avvicendarsi di molti uomini al potere e i bagni di sangue non sono finiti con Mario e Silla.

Ho avuto da Lelia, la mia fedele alleata, tre figli: Tito, Marco e Gaio. Tito e Gaio sono morti combattendo a Tapso, e anche Lelia è morta da quasi vent'anni. Marco è il *dominus*, oggi, la famiglia è affidata a lui.

Vivere tanto a lungo per me è stata una disgrazia. Quei pochi che conoscevano la verità sono morti e io mi sento molto solo. Mia madre se ne è andata presto, dando alla luce il suo primo figlio libero, a cui teneva tanto, Porcia l'ha seguita poco dopo. Lusio ha vissuto a lungo, e mi è stato sempre accanto, ma era tanto più anziano di me. La consolazione di questa mia vita interminabile è stata Frine, ma da poco anche lei mi ha lasciato.

Io aspetto di andarmene e di portare finalmente via con me il mio segreto. Sento tanto freddo... forse è il momento.

NOTA

A volte qualcuno mi chiede perché scelgo soprattutto personaggi di fantasia per i miei romanzi. La risposta è semplice: le vicende dei personaggi più celebri dell'antichità sono conosciute e il finale è scontato. A me invece piace inventare storie mie, senza contare il fatto che le vite delle persone comuni mi offrono la possibilità di descrivere meglio la società romana.

Le vicissitudini dei protagonisti di questo romanzo, comunque, si svolgono accanto a quelle degli uomini che hanno determinato la storia del loro tempo – come Mario, Silla, Druso, Pompeo, Crasso, Catilina, Mario il Giovane, Ponzio di Telesia –, in una ricostruzione storica verosimile per quanto è possibile da parte di chi vive duemila anni dopo i fatti narrati.

Riguardo ai protagonisti Marco e Tito Livio Druso, è bene precisare che, oltre al tribuno Druso, non si conoscono altri Livi Drusi importanti in Roma in quel periodo.

La vicenda di Fausto prende spunto da episodi reali. Spesso gli schiavi si sono fatti passare per liberi e ciò generava grande timore e inquietudine nei Romani.

Come considera Fausto, il mondo è fatto di padroni e schiavi, ma i liberi e gli schiavi dovevano essere divisi da una barriera impenetrabile, che serviva, per l'appunto, ad allontanare lo spettro della schiavitù dai liberi e a evitare che gli schiavi potessero fingersi liberi.

Per tanti motivi, tuttavia, questa barriera poteva cedere. A volte creavano confusione l'evoluzione sociale e le mansioni delicate affidate agli schiavi colti, altre volte le guerre e il gran numero di manomissioni. Per fare un esempio, a seguito delle proscrizioni, Silla scelse più di diecimila schiavi dei proscritti e li manomise: conosciuti come Corneli, costoro diventarono un esercito sempre pronto alle sue dipendenze.

È successo che alcuni uomini liberi fossero tenuti in schiavitù a causa di errori giudiziari o rapimenti. Tiberio ordinava periodicamente delle incursioni negli *ergastula* di tutta Italia alla ricerca di liberi rapiti e ridotti in schiavitù: non doveva essere agevole per uno schiavo tenuto sotto stretta sorveglianza, *vinctus*, presentarsi da un giudice a denunciare il rapitore.

Al contrario, alcuni schiavi, spacciandosi per liberi, riuscirono ad accedere a importanti cariche, come un tale che diventò centurione sotto Domiziano o un altro che diventò pretore. Tacito racconta nel libro secondo degli *Annali* la storia di Clemente, uno schiavo di Agrippa Postumo che somigliava molto al suo padrone. Dopo l'assassinio di Postumo, sembra da parte di Livia e Tiberio, Clemente si fece crescere barba e capelli per aumentare la somiglianza con Postumo e, facendosi passare per lui, innescare una rivolta popolare contro Tiberio.

Ma questi sono soltanto i casi scoperti e balzati agli onori delle cronache...

Ringraziamenti

Desidero ringraziare Antonio Franchini e Giulia Ichino per la fiducia che mi hanno accordato, permettendomi di partecipare alla serie *Il romanzo di Roma* con due libri e con piena libertà sulla scelta dei soggetti.

Grazie a Laura Cerutti, che coordina il progetto con grande professionalità, e a Marzia Mortarino, che con la sua vasta cultura e il suo impareggiabile gusto ha reso migliori tutti i miei libri.

Ringrazio la mia agente Agnese Incisa, che mi sostiene da molti anni.

Grazie infine al maestro Valerio Massimo Manfredi, che è stato determinante per il successo di tutta la collana.

INDICE

Arnoldo Mondadori Editore S.p.A.

Questo volume è stato stampato
presso Mondadori Printing S.p.A.
Stabilimento Nuova Stampa Mondadori - Cles (TN)

Stampato in Italia - Printed in Italy